Maretenebre

Maretenebrae
Vol. 1

A QUEDA DE SIEGHARD

L. P. Faustino

AVEC
EDITORA
2024

Copyright © 2024 L. P. Faustini
Coautoria de R. M. Pavani
Todos os direitos desta edição reservados ao autor

Nenhuma parte desta publicação poderá ser reproduzida, seja por meios mecânicos, eletrônicos ou em cópia reprográfica, sem a autorização prévia da editora.

PUBLISHER	Artur Vecchi
REVISÃO E PREPARAÇÃO DE TEXTO	Ismael Chaves
CAPA, PROJETO GRÁFICO E DIAGRAMAÇÃO	Fabio Brust — *Memento Design & Criatividade*
BRASÕES E LOGOTIPO MARETENEBRAE	Guto Pais
ILUSTRAÇÃO DE CAPA	Borisut Chamnan
MAPA	Edoardo Poli

Dados Internacionais de catalogação na Publicação (CIP)

F 268

Faustini, L. P.
 A queda de Sieghard / L. P. Faustini. — Porto Alegre : Avec, 2024. — (Maretenebrae; 1)

ISBN 978-85-5447-195-8

1. Ficção brasileira I. Título II. Série

                 CDD 869.93

Índice para catálogo sistemático:
1.Ficção : Literatura brasileira 869.93

Ficha catalográfica elaborada por Ana Lucia Merege — 4667/CRB7

1ª edição, 2011, Biblioteca 24 horas
2ª edição, 2014, Página 42
3ª edição, 2024, AVEC Editora

IMPRESSO NO BRASIL | PRINTED IN BRAZIL

AVEC EDITORA
CAIXA POSTAL 6325
CEP 90035-970 | INDEPENDÊNCIA | PORTO ALEGRE — RS
contato@aveceditora.com.br | www.aveceditora.com.br
Twitter: @aveceditora

Salve, nobre maretenebrense (de primeira ou segunda viagem),

Meu nome é Luiz e sou o criador da saga Maretenebrae, que completou dez anos de existência em 2022. Muitos *verões* se passaram até que ela encontrasse suas mãos, e se não fosse pela minha leitura aos dezesseis anos de Stormbringer de M.Moorcock, talvez ela não teria sequer existido. Então, devo começar agradecendo a este grande autor — autor inclusive com quem eu já troquei algumas mensagens por e-mail — por ter me fornecido a inspiração para trazer essa história à vida. Não posso esquecer também do meu único leitor beta, Rafael (vulgo Boi), que, ainda antes da primeira edição, comentava cada capítulo e torcia pelos nossos "peregrinos", os protagonistas da saga.

Tanto tempo assim escrevendo a mesma história em épocas de minha vida tão diferentes, de solteiro a casado e divorciado, de empregado a empresário e falido, de quem não se preocupava com queda de cabelo para o finasterida, que acredito isso tenha gerado um amadurecimento equivalente na trama. Maretenebrae progride com o passar dos volumes, indo do simples ao complexo, do ingênuo ao devasso, do raso ao profundo, **do colorido ao tenebroso.**

Para esta reedição da saga pela AVEC, eu decidi reescrever A Queda de Sieghard e O Flagelo de Dernessus e eu vou dizer o porquê fiz isso. Para quem está iniciando agora na saga, desejo que aproveite a leitura e que a Ordem o guie nessas páginas aventurescas. Mas, para quem está fazendo a releitura, é importante que saiba que, se você está vindo aqui para buscar informações inéditas, você não vai encontrá-las. *Porém*, vai perceber a leitura mais completa, além de mais dinâmica e fluida. Em A Queda de Sieghard, quem escreveu a maior parte do livro foi meu querido amigo e coautor, Roney Pavani, que abandonou o projeto quando começamos a escrever O Flagelo de Dernessus. O Roney se apegava bastante a detalhes e escrevia com um tom mais professoral e cadenciado. Não só as mãos dele apareciam em grande parte do primeiro volume, como eu, Luiz, aprendi muito sobre escrever nesses dez anos que se passaram. Recebi muitos feedbacks positivos e negativos e, através deles, principalmente dos negativos, tirei lições importantes. Apesar de reescrever com o estilo "Luiz" de escrever, a essência do meu nobre amigo se mantém em muitos parágrafos. Ao Roney, então, meu muitíssimo obrigado por fazer parte desta história.

E, por último, mas não menos importante, meu agradecimento vai para aquele que sempre esteve fiel ao meu lado, me dando forças para continuar, mesmo nos meus períodos mais sombrios. Ele tem muitos nomes, atende muitas pessoas e muitas crenças, no universo de Maretenebrae é chamado de Destino, mas aqui, no mundo real, ele é Deus.

LUIZ PAULO FAUSTINI

Maretenebræ

Terras de Além Escarpas

Cinturão das Pedras

Egitse

Everard

Kemeu

O Grande Lago

Planalto Real

Domo

Adalaf

Sevânia

Bico de Astar

A Floresta dos Voentes

Umar

Wassow

Estreito dos Peregrinos

Colinas de

Bogdana

Salácia

Praia dos Pemcla

Península dos Argonautas

Vellamo

Muireann

O Bosque dos Trapaceiros

O Velho Condado

Bos

Pe

Penhascos Negros

Praia do Arco Longo

Mar

Ten

Sieghard

PARTE I

Reminiscências

Sobre como a Grande Guerra
começou e como dois homens
misteriosos, um prisioneiro e seu
visitante, discutem a relevância dela
para a atitude lamentável do primeiro.

I

Os estrategistas

Escarpas Geladas, extremo norte de Sieghard, momento presente

vento gelado das montanhas ao sul se fez ainda mais severo quando dois vultos — insignificantes diante da vastidão da paisagem branca — avistaram a infame prisão onde os piores inimigos do reino de Sieghard eram deixados ali para apodrecerem. A rigorosa caminhada havia os conduzido a um sítio restrito e isolado, não havendo ali presença humana há pelo menos duas *auroras** de viagem. O último sinal de civilização encontrava-se nas ruínas da antiga cidade de Keishu.

Com a tarde se findando, os raios do sol invernal alertaram que o frio habitual e quase eterno da região ainda estava por endurecer-se de uma forma incrível e indescritível. A única chama do dia se apagaria repentinamente e, em breve, uma mescla de obsessão e medo se apoderaria daquelas duas almas peregrinas — caso não se apressassem. Em comum acordo, eles buscaram abrigo junto a uma fenda arqueada, talhada em meio às escarpas geladas e, assim, livraram-se da cortante ventania.

Após passarem com dificuldade pela abertura do cárcere, a dupla parou para tomar fôlego e acenderam suas lanternas. A luz turva revelou-lhes um longo corredor de teto baixo. Ao se curvarem para não ferirem as cabeças nas estalactites de gelo, os dois aventureiros perceberam que o local exalava um odor peculiar.

---

* *Aurora* = dia; *Auroras* = dias.

— Cubra o nariz. O cheiro aqui não é dos mais agradáveis — sugeriu o homem de mais idade.

— Já esperava por isso — replicou o mais novo. — Porém, você não vai precisar entrar mais do que dois passos. Sente-se, descanse, e procure se manter aquecido, enquanto realizo essa missão.

— Sim, senhor — seu companheiro se acomodou. — Tome cuidado! E que a Ordem o guie! — Desejou-lhe boa sorte.

Na medida em que o homem percorria a caverna, alguns roedores fugiram em pânico, à procura de um lugar seguro. Temiam eles o mesmo destino reservado às ossadas que jaziam dentro das minúsculas celas — umas existentes ali há poucos *verões** e outras por tanto tempo quanto um dragão poderia viver; entretanto, todas compartilhando a mesma cama que o esquecimento lhes proporcionou. Apesar das curtas, mas seguras passadas, os morcegos do lugar continuavam insensíveis diante da presença do invasor.

Ao final do estreito corredor, à direita e por trás de grossas e enferrujadas barras de ferro, distinguia-se uma figura humana, decrépita qual um dos cadáveres, mas ainda viva. Estava sentada, a cabeça por entre os joelhos, cercado por uma pilha de ratos mortos. O prisioneiro estava ali há muito tempo, misteriosamente vivo. Um homem comum não sobreviveria duas *lunações*[†], porém, este havia durado demais, e a notícia havia se espalhado como brasa entre os cidadãos. Qual era o seu segredo? Por que ele simplesmente não morria?

A luz da lanterna, projetando-se através das grades, iluminou um rosto pesado e de aparência cansada. Era um ancião. Magro, olhos tristes e distantes, barba branca e comprida, e calvo. As roupas podres e rasgadas que usava cobriam uma pele de um passado moreno, embora agora estivesse empalidecida, repleta de rugas e outros sinais do tempo. Apesar de visivelmente incomodado, ele nem se deu ao trabalho de levar suas mãos ao rosto para se proteger da claridade que o ofuscava. Talvez nem tivesse mais forças.

O viajante se sentou sobre uma pedra que havia do lado de fora da cela e olhou sem comoção para o velho homem.

— Vim para que se cumpram suas últimas vontades — ele disse.

O prisioneiro suspirou longamente.

— Ah, então você veio. Você envelheceu. Muitos *verões* se passaram, não é mesmo? — ele também encarou o visitante de modo imperturbável.

---

* *Verão* = um ano, composto de 13 *lunações*

† *Lunação* = um mês, composto por 28 *auroras*

— É verdade. E ainda assim, você resiste a essa sepultura — havia uma certa piedade, ainda que distante, nos lábios do homem. — Como consegue?

— Você demorou — o velho desconversou. — Por que só agora?

O outro hesitou, percebendo que sua visita já era esperada.

— Por muito tempo achei que estivesse morto — respondeu. — Era meu dever tê-lo ouvido em seu julgamento, como manda a Tradição*, e eu virei as costas para nossa lei sagrada e para a Ordem. Eu achava que já tinha resolvido minha consciência com os deuses; porém, quando soube que você estava vivo, recaiu novamente o peso de minha decisão. Sinto que me foi dada uma nova chance para corrigir esse erro.

— Você irá me ouvir, então? – o idoso perguntou.

O homem aquiesceu com a cabeça.

— Que Ieovaris me perdoe por não o ter feito em um primeiro momento.

O prisioneiro sorriu-lhe um sorriso torto com uma ponta de satisfação.

— No final de tudo, ninguém precisará perdoá-lo, a não ser você mesmo.

Sem perder sua pose nobre tão característica, o visitante levantou uma sobrancelha e os dois se entreolharam por um brevíssimo instante.

— Diga-me, velho homem, por que você assassinou um de meus servidores mais fiéis? – ele, finalmente, iniciou a conversa que o trouxera até ali.

— Dizem que um homicida pode até encontrar um lugar na terra dos deuses, mas um suicida está condenado à inexistência — disse o velho, misteriosamente, olhando para o nada.

— Não sei do que está falando... — o viajante se frustrou, achando que o prisioneiro havia caducado com os *verões* de solidão.

— Minhas palavras dizem mais respeito a você do que a mim mesmo, acredite-me — informou o velho. — Há muitos fatos que desconhece. Você e muitos de sua linhagem. Saiba que a origem deles e a morte daquele... — ele hesitou, como se procurasse a palavra certa — ...daquele homem, a quem você chamava de servidor, estão intimamente ligadas. Engana-se se pensa que, para tirar-lhe a vida, eu não tive motivações. Motivações estas que remontam a eventos de outra época, que nem mesmo o avô de seu avô as testemunharam. Se eu guardasse comigo essas informações e continuasse com minha vida como se nada estivesse acontecendo... ela não teria valor algum.

Apesar de enfático, o discurso inicial do prisioneiro não pareceu ter surtido efeito sobre o mais novo.

---

* Tradição: Conjunto de costumes regidos por leis contidas no Livro Sagrado da Ordem.

— Nada do que disse parece ter alguma lógica. Terá que fazer melhor para que eu continue sentado sobre essa pedra falando com você.

— Mesmo? Pois se eu não tivesse feito o que fiz, você não estaria aqui falando comigo — o prisioneiro irritou-se levemente com o ceticismo.

O viajante refletiu incerto por um longo período. Fez que ia se levantar, porém desistiu.

— Muito bem, você tem minha atenção. Apenas devo-lhe lembrar que nada do que me disser o livrará deste lugar, sua sentença já foi dada.

— Neste momento, liberdade ou opressão são equivalentes para mim.

— Pois que seja — o homem aparentava não estar interessado em uma discussão. — Agora, vá em frente.

O prisioneiro se abraçou e murmurou para si frases incompreensíveis, sombras de uma era distante. Talvez muito distante.

— Creio que conhece a história da Grande Guerra, estou certo? — o velho questionou, surpreendendo o visitante.

— Bem... – disse ele. — Conheço o que qualquer um conhece. Sei pelos cronistas que ocorreu há muito tempo. Se não me engano, há quase trezentos *verões*. Invasores de Além-Mar iniciaram suas investidas no que então se chamava Velho Condado. Os exércitos do reino foram convocados e se apresentaram. Houve milhares de mortes em poucas *auroras*... — o homem interrompeu seu discurso, observando a figura descorada à frente, e esperou sua reação. Para o prisioneiro, dada a ignorância de muitos sobre o tema, a descrição que acabara de ouvir não estava tão longe da realidade. Não que o velho tivesse estado lá, o que seria impossível, mas havia algo por trás de seu interesse pela Grande Guerra que o atormentava. — Não entendo o que esse exame de história tem a ver com a morte de meu servidor, ou comigo — ele falou, impaciente.

— Certamente você também não sabe de onde os invasores vieram ou como conseguiram chegar às nossas terras — disse o prisioneiro, em tom calmo.

— Quisera eu saber. Não há registros dos momentos anteriores ao primeiro ataque. Com a ocupação que se seguiu, todas as bibliotecas foram queimadas por eles. Isso não ajuda muito se você quer saber alguma coisa sobre o passado. Eu não sei. Ninguém sabe. Nenhum homem vivo sabe. Somente defuntos, como os soldados que se foram, sabem.

— Pois eu sei — o velho sussurrou por entre seus dentes podres e enegrecidos.

O homem gargalhou.

— Faz-me rir. O que é você, agora? Algum erudito? Um mestre em documentos antigos?

— Isso não importa.

— Será que os *verões* de solidão o deixaram insano?

O prisioneiro respirou fundo. Sem pressa para responder.

— Sempre fui fascinado por história — explicou. — Ela instrui e moraliza as pessoas. Embora seja verdade que o conhecimento às vezes ande de mãos dadas com a insanidade.

— Quer que eu acredite nesse falatório, vindo de um assassino? — O visitante continuava cético.

— Acredite no que quiser — o prisioneiro direcionou-lhe um olhar intimidador. — Só não posso deixar que este relato morra comigo. Eis a minha última vontade. Vai me ouvir ou não?

O visitante deu de ombros.

— Há quem diz que se fossem retirados todos os méritos de uma boa história, ainda restaria o de distrair — disse, engolindo o final de seu riso. — Por favor, continue.

O ancião, então, ergueu seu rosto ao alto, como se buscasse as primeiras palavras de um pesado tomo. O breve silêncio entre os homens na penumbra, por um momento, tornou audível o chiado dos ratos.

— Era de manhã, à terceira hora — ele suspirou. — Quase não ventava quando o exército da Ordem de Sieghard chegou, sob um céu claro, aos pés das Colinas de Bogdana, onde as forças do Caos o esperavam. Faltava apenas uma lua para o verão de um novo ano iniciar. Os inimigos... por Destino... eram numerosos e já haviam se revelado imbatíveis sete *auroras* antes deste encontro. Eles chegaram em Sieghard em imensos navios. Qualquer embarcação que se construa atualmente, por maior que seja, não passa de uma pálida lembrança frente à imponência daquela armada. Nunca antes vistos por nenhum siegardo, eles eram temíveis. Arrisco a dizer... atrozes. E, como se isso não bastasse, o inimigo, que trazia uma centena destas máquinas marítimas de guerra, conseguiu ancorá-las surpreendentemente entre os incontáveis rochedos próximo aos Penhascos Negros de Sethos.

O visitante estranhou sua última informação, pois sabia que a praia dos Penhascos Negros era uma região impenetrável por mar. O prisioneiro, definitivamente, estava mentindo.

— Eu também devo reconhecer — ele continuou, lendo a expressão de espanto do homem por trás das barras de ferro — que foi, de fato, uma manobra admirável. Nem mesmo a fúria de *Maretenebræ* conseguira derrubá-los. Ancorando ali, em um local onde ninguém pensaria em avançar com navios, as forças do Caos evitaram um encontro perigoso e mortal com os famosos canhões da muralha da única região atracável desse país, o único ponto da costa que não é repleto de rochedos pontiagudos.

— A Península dos Argonautas em Véllamo — o visitante completou.

— Vejo que seus conhecimentos vão além da mesa onde se senta — a figura comentou, com um certo sarcasmo.

— Sabe da minha posição e ainda pensa que sou um ignorante? — o homem se irritou.

— Então, creio que não preciso dizer o nome do general responsável por tamanha proeza... Ou preciso? — perguntou o prisioneiro, obtendo o silêncio do homem, que engoliu sua própria língua. — Era Linus. Linus Firdaus, o general das forças do Caos.

O homem refletiu por um bom tempo, analisando se as palavras proferidas pelo ancião decrépito faziam sentido.

— Suponhamos que seja verdade o que está dizendo — ele, finalmente, fitou a figura e resolveu afrontá-la entrando no seu jogo. — Para que a estratégia deste tal Linus fosse executada, ele teria que ter em mãos um estudo profundo de nossa costa. Um estudo, talvez, realizado por vários *verões*. O que significa que, ou o general não sabia nada e teve um golpe de sorte, ou...ele sabia exatamente o que estava fazendo.

— Excelente — o prisioneiro elogiou sem demonstrar emoção. — Assim como nenhum homem comum viveria o suficiente para adquirir a experiência de dez mil batalhas e ser capaz de manobrar mais de uma centena de navios de guerra em meio às pedras.

— Está tentando dizer que Linus não era um homem comum?

A figura não respondeu de imediato. Antes, fitou o teto, como que perdida em pensamentos.

— Digamos que .... ele tinha mais do que seus próprios homens lutando ao seu lado.

I I

Waldfraiss

Delta do Wasswa, Primavera do ano 476 aU

Faltava metade do caminho para que o sol alcançasse seu ápice quando os primeiros tiros dos canhões trazidos pelos navios da armada do Caos foram ouvidos. Ao sul de Sieghard, no Velho Condado, os Penhascos Negros de Sethos estavam repletos de fortes e torres de vigia improvisados. As pesadas esferas de metal, viajando a uma velocidade espetacular, riscavam os céus com sons agudos e atingiam as construções com explosões destruidoras. A cada projétil, dezenas de homens, vindos das terras mais remotas do reino — desde Askalor até a longínqua Vahan Oriental —, pereciam em meio a gritos de dor e desespero.

Quando a fumaça de destroços e pólvora se dissipou, os soldados da Ordem puderam avistar ao longe os estandartes estampados com o brasão da nação inimiga. Adotado pelos invasores em outras eras, o desenho da lua hexarraiada tremulava sobre as várias embarcações em uma espécie de dança triunfal ao anunciar o destino que havia sido reservado para aquelas fortificações de madeira e pedra na praia.

Pegos de surpresa, os siegardos não poderiam esperar que Linus — o general da armada que se aproximava — tivesse a habilidade quase sobrenatural de contornar, por entre tão escarpado litoral, as gigantescas máquinas marítimas de guerra. Projetadas e construídas durante incontáveis *verões*, nem mesmo os mais experientes timoneiros ou capitães de fragata deixariam de testemunhar, atônitos, o seu difícil — e, ao mesmo tempo, tão suave — deslizar. Parecia que até mesmo as forças da natureza lhes eram aliadas, pois o Grande Mar, sempre violento e impiedoso, havia ficado sereno diante das investidas. O rei de Sieghard, definitivamente, teria sérias complicações para mobilizar um efetivo com plenas condições de enfrentar o inimigo de igual para igual.

Dentro dos navios, os carrascos da Ordem gargalhavam enlouquecidamente com o som estrondoso de cada tiro certeiro com o qual densas nuvens de fumaça e poeira levantavam-se. Na costa, aos ouvidos dos soldados fustigados pelo poder de fogo, chegavam ecos fantasmagóricos do que parecia ser um brado de batalha invencível. "*Waldfraiss!*", era o que eles escutavam sem entender. Somente algumas *auroras* depois foi-se descobrir o que a sentença significava: "Que reine a liberdade!".

Com a esquadra inimiga se aproximando e o alerta de ancoragem iminente, os oficiais encarregados de guardar o litoral siegardo tratavam de mobilizar seus efetivos o mais rápido possível. Enquanto isso, os bombardeios não cessavam e não demorou para que um dos postos de vigilância desabasse, lançando ao chão corpos, mantimentos, armas e boa dose de esperança dos que resistiam.

Cavalgando desesperadamente por entre as torres de vigília, um dos oficiais de Sieghard, de nome Amir, ordenava aos gritos "Armar balista! Formação de defesa!". Imediatamente, cerca de três centenas de soldados, divididos em vinte grupos, deixaram seus postos para proteger a costa e seu tão amado reino. Para os operadores de balista, entretanto, restou-lhes a pesada missão de subir as torres mais resistentes para atacar uma centena de navios de guerra. Àquela altura, não era de se estranhar que os homens mais covardes – ou mais prudentes – fossem deixando, em fuga, o campo de batalha.

As enormes setas de ferro rasgaram o ar em direção à linha adversária, conseguindo algum sucesso em meio a muitas tentativas frustradas. A superioridade tática da marinha de Linus, aliada ao fator surpresa, havia tomado conta das almas e corpos de todos aqueles em terra. As embarcações não paravam de surgir por detrás das escarpas, desviando delas sem dificuldade. Gritos de vitória já ecoavam em pelotões localizados mais à frente da esquadra.

Então, a ancoragem dos navios aconteceu.

Muito embora se soubesse que o calor escaldante dessa época do ano podia causar ilusões fortes, o baixar dos primeiros botes próximos à costa não era produto de nenhuma alucinação. Os pequenos barcos iam se multiplicando rápida e desenfreadamente, como em uma densa nuvem de gafanhotos. Para quem estava ali, tudo aquilo era inconcebível. Jamais os siegardos poderiam supor um ataque daquela magnitude à sua Terra-Mãe.

Finalmente, na praia, o desembarque se fez. Arqueiros e homens de infantaria corriam e gritavam de forma ainda mais selvagem enquanto, sobre eles, flechas eram disparadas repetidas vezes. Não obstante os esforços do exército Ordeiro, os Caóticos subiam o relevo acidentado a largas passadas portando armas de todos os tipos e tamanhos — desde as eficientes espadas curtas até os temíveis machados de batalha.

Por horas, os arredores do Velho Condado foram palco de uma carnificina sem igual. Com as defesas da Ordem em menor número, além de bastante fraquejadas após uma manhã inteira de investidas, não parecia que se deixaria vivalma para contar a história. Os mais velhos pereceram primeiro, enquanto os mais jovens esperariam um pouco mais.

Para morrerem na próxima saraivada de tiros ou...

Para serem dizimados no combate corpo-a-corpo.

III

Asas nos pés

Como se perseguido por uma matilha de cães selvagens, Driskoll, um dos soldados mensageiros da Ordem, conseguiu retirar fôlego de onde parecia não haver mais. Na iminência da morte, ele se afastou pouco a pouco da frente de batalha, tendo que deixar vários companheiros e irmãos de armas agonizarem na dor. Em sua mente, turvada por um grave conflito de consciência, não havia tempo ou espaço para ajudá-los. A mão da morte já os havia buscado, sem chance de retorno. Oriundo de uma aldeia aos pés das Colinas de Bogdana e próxima ao conflito, subiu-lhe à cabeça a simples possibilidade de que todos os seus familiares pudessem ser mortos também. Ele sabia que não se tratava de uma investida qualquer — mas, sim, de um ataque definitivo, de proporções extraordinárias — e que pedir auxílio externo tornava-se imprescindível. Portanto, se já não era possível prestar seus últimos cuidados ou homenagens aos soldados que tombavam um após outro à sua frente, agir com rapidez tornava-se a maior de suas obrigações.

Tendo em mente um conhecido provérbio das terras elevadas de Sumayya — que dizia que "em uma guerra, nem sempre as pessoas são donas do seu próprio tempo" —, Driskoll rapidamente transformou os poucos instantes que possuía em um minucioso momento estratégico. Era preciso encontrar uma rota de salvação em meio àquele labirinto mortífero no qual seus olhos mergulhavam. Esquivando-se de incontáveis flechas, o mensageiro tratou de contar às pressas o efetivo que desembarcava em suas terras. Passo após passo, seja por entre as folhagens ou por detrás dos fortes vigilantes, movimentava-se em silêncio como um verdadeiro predador — embora naquele momento não pudesse agir como tal.

Dos navios de guerra que chegavam, Driskoll contou cerca de cento e vinte unidades, cada uma equipada com quinze a vinte canhões grandes. Essa cifra colossal explicava por que as áreas litorâneas estavam sendo devastadas em tão pouco tempo. A extensão do contingente inimigo também era de apertar o peito. Com quase trezentos homens por embarcação, não era preciso ser nenhum doutor em aritmética para projetar um exército de trinta e seis mil soldados, o bastante para que o mensageiro sufocasse um grito de espanto ao lembrar que pouco mais de quinhentos homens guardavam o litoral naquela manhã.

Com as pernas trêmulas pelo medo e pelo horror que lhe tomava, Driskoll montou em seu corcel e partiu, como uma águia em busca da presa, rumo ao forte de fronteira mais próximo. A instalação, localizada a cinquenta milhas reais* a noroeste dali, encontrava-se entre a próspera província marítima da Salácia e as floridas – embora, agora violadas – terras de Bogdana.

A trilha atravessada por Driskoll era privilegiada pela magnífica paisagem que contava com campos cobertos por lírios, papoulas e esporeiras, de vários tipos e cores. À direta do jovem cavaleiro repousavam as silenciosas Colinas de Bogdana, uma formação de relevo antiga que cortava praticamente a metade do território da província, prolongando-se em direção à fronteira com as planícies áridas de Azaléos, ao leste, e o Bosque dos Lordes de Askalor, ao norte. Cobertas por uma vegetação rasteira, de cor verde-clara, as colinas pareciam dançar ao sabor da brisa que vinha de *Maretenebræ*. Qualquer um que as contemplasse, ainda que fosse por um breve tempo, jamais poderia imaginar que no mundo houvesse espaço para dor, fúria e crueldade. A sensação de invencibilidade e harmonia não coadunava com o espetáculo de cólera encenado nos arredores do Velho Condado.

No limiar da nona hora, o mensageiro avistou sua oportunidade de salvar a terra que tanto amava nas pesadas edificações do forte fronteiriço. Com o clima quente, sua garganta clamava por água fresca, assim como sua montaria – que dava sinais fortes de exaustão. No entanto, a vontade de saciar-se era desprezível se comparada ao desejo de aliviar o fardo carregado desde que partira. Os céus pareciam lhe pesar as costas, pois, ao mesmo tempo em que guerreava contra as necessidades do corpo, em prol de seu reino, também pensava em todos os seus companheiros mortos e, é claro, em todos os que poderiam morrer, caso as tropas de todo o reino não fossem unificadas diante de uma meta. Todavia, e isso seria uma conclusão óbvia, mesmo que o rei conseguisse inspirar o dobro do número total presente em suas tropas, fatalmente, haveria uma guerra de proporções nunca testemunhadas por aquela geração.

---

* Uma milha real = mil passos de um soldado da Ordem = um quilômetro e meio.

A sentinela que estava de guarda no topo da torre sul, vendo aproximar-se, a galope, um cavaleiro aparentemente desconhecido, acionou a sineta de advertência.

— Cavaleiro!

Nesse instante, todas as atenções do forte se voltaram para aquela minúscula figura, aproximando-se de forma veloz. Ao se perceber pelos trajes e pelos sinais que fazia que se tratava de um mensageiro da Ordem, o alerta cessou, embora a preocupação ainda existisse.

— Vida longa à Marcus e à plenitude da Ordem! – disse Driskoll, ofegante, logo que chegou ao pé da instalação.

— Vida longa! O que o traz aqui, Driskoll de Bogdana?

— O reino está sendo profanado! Avise Askalor imediatamente.

IV
Marcus II, o Ousado

— E a mensagem, como foi recebida pelo rei? – perguntou o homem.

— Ninguém esperava um ataque de tamanha proporção – respondeu o prisioneiro. — Nem mesmo Marcus.

— Marcus... – o visitante refletiu por um momento. — Pela Ordem! Está se referindo ao desaparecido Marcus I, o Velho?

— Ora, ora! Pensei que soubesse apenas o que "todo mundo sabe" – a figura o ironizou. — Mas não. Estou me referindo ao seu filho Marcellus, ou Marcus II, O Ousado, que teria que, se quisesse ao menos pensar em uma defesa eficaz, convocar todas as hostes oficiais dos lugares mais isolados do reino, e alistar todos com alguma ou nenhuma habilidade de combate. Artesãos, camponeses, comerciantes.

— E ele conseguiu? – o homem inclinou-se para frente, interessado.

O velho não respondeu de imediato.

— Quarenta mil homens – disse ele. — Em apenas sete *auroras*, quarenta mil homens de diversos lugares, desde as regiões arbóreas de Everard até as montanhas geladas de Vahan, já estavam a postos na planície de Bogdana, aguardando ordens.

— De fato, é um número incrível – o outro se admirou. — Considerando as tantas partições políticas contrárias ao rei atualmente.

— Qualquer que fossem os motivos de discordância naquele tempo, fossem eles políticos ou financeiros, estes não tiveram seu espaço na batalha que estava por vir – rebateu o outro.

— Ainda que não pareça, toda guerra é motivada por assuntos políticos e financeiros, velho – o visitante discordou.

— Não nessa – rebateu o prisioneiro. — Os sieg...

— Em uma guerra, o rei e seus súditos defendem, acima de tudo, seus privilégios – o outro interrompeu, tentando dar alguma lição. — E esse tal general, Linus, desembarcou em Bogdana, ou seja, no exato local onde funcionava uma antiga mina do nosso metal mais precioso, o *aurumnigro*. Uma curiosa coincidência?

— Posso continuar? – o ancião perguntou, irritado. O homem do lado de fora acenou em concordância. — Os siegardos em si não queriam proteger um rei, e sim, os princípios da Ordem. Claramente, Marcus II apoiou-se nessa vontade da população para incitá-los ainda mais à guerra e obter maior aceitação entre seus opositores. A Ordem estava em xeque, o rei sabia muito bem disso. Ademais, acha que a política importaria para os absortos combatentes que lutavam pelo que eles acreditavam? Por sua terra, suas mulheres e crianças? – a figura fitou seu inquisidor.

— Quem diria, tamanha nobreza provir de um assassino – o homem disfarçou um sorriso cínico.

— Não sou quem pensa que sou – respondeu o prisioneiro, categoricamente.

Por um instante, olhares foram trocados sem que uma palavra fosse dita; cada um em sua própria tentativa de desvelar a alma do outro.

— Apenas me diga – disse o viajante, atiçando as esperanças do velho. — Enquanto Marcus reunia suas forças, o que fizera Linus? – perguntou, ignorando a última declaração do prisioneiro e levando adiante sua narrativa.

— Ele e sua armada montaram acampamento nos arredores do Velho Condado – respondeu o outro, de cabeça baixa. — Fizeram de escravos os que resistiram ao ataque à costa, e os camponeses que ali habitavam.

— Você me fala sobre um exército liderado por um brilhante estrategista, mas, montar acampamento após o primeiro ataque não me pareceu uma manobra inteligente – o visitante pareceu cético. — Eles deveriam ter avançado. Já tinham a vantagem do fator surpresa. Parados assim, sem conhecer o terreno, o exército da Ordem poderia tê-los cercado e os deixado ali até apodrecerem.

— Vejo que você não prestou atenção ao que eu disse antes – o velho retrucou em tom irônico. — Linus tinha mais do que seus próprios homens lutando ao seu lado. Subitamente, uma estranha doença se espalhou pelo reino logo depois do desembarque inimigo em Sieghard. Os primeiros afetados foram os habitantes de Véllamo e Muireann. Nenhum soldado daquelas cidades compareceu aos chamados do rei. Todos estavam cegos e debilitados.

— Ora, uma doença, como todas as outras, trazidas por *Maretenebræ* – o homem sugeriu.

— Tinha-se certeza de que isso era obra de Linus – disse o velho. — Quando os primeiros casos começaram a aparecer na capital, Askalor, ameaçando a vida do próprio monarca, a decisão oficial foi imediata: enfrentar sem piedade as forças do Caos, abdicando de qualquer estratégia. Ou isso, ou as forças da Ordem sucumbiriam sem lutar.

— E assim Sieghard acabou realizando o desejo de Linus. Um massivo e descontrolado ataque frontal – completou o outro com lógica.

— Antes de tudo, um desejo de Destino.

V
Retalhos de uma guerra

Do diário de campanha de Sir Nikoláos de Askalor, comandante dos Cavaleiros da Ordem e braço direito do rei de Sieghard, Marcus II

A21L2, Primavera de 476 aU*

Ao entardecer de hoje, fui convocado por Sua Majestade, o Rei, ao Domo Real de Askalor, onde me reuni com vários outros súditos. Nosso rei pareceu perturbado. Não era à toa. Fomos informados que nossas terras foram invadidas e um exército de quase quarenta mil homens se assentou na região próxima ao Velho Condado. Devemos alertar todas as províncias e nos preparar para uma possível batalha de grandes proporções contra forças estrangeiras.

---

* Leitura correta do calendário siegardo: Vinte e um dias (A21 = 21ª *aurora*) passados após o segundo mês (L2 = 2ª *lunação*) da primavera do ano 476 após unificação do reino (aU);

(ilegível)*

Todas as mensagens foram devidamente despachadas para os governantes. Os soldados ainda estão cuidando de suas últimas provisões. A noite será quente, mas marcharemos sem demora rumo às planícies de Bogdana.

A22 L2, Primavera de 476 aU

gora, pela manhã, estamos descansando para um breve desjejum na passagem do Estreito dos Peregrinos sob um típico sol dessa época do ano. Na *aurora* anterior, descemos o Planalto Real e fomos até os limites de Askalor junto com o rei. Os homens se mostraram bem-dispostos, mesmo com a marcha incessante.

O forte de fronteira dessa área, no qual obtivemos comida, água e demais mantimentos, é suficientemente confortável, graças ao bom trabalho das sentinelas em serviço. Partiremos em breve e, com sorte, chegaremos ao forte da divisa sálata no início da próxima *aurora*. Mais tarde, o rei se deterá aqui com uma pequena tropa, a fim de discorrer com os imediatos exércitos passantes sobre o ataque inimigo, e sua ameaça aos princípios da Ordem.

(ilegível)

Hoje à noite, um mensageiro de nome Lucius do Grande Lago me trouxe notícias das regiões de Sevânia e Everard. Suas tropas já se mobilizaram e logo se juntarão a nós na próxima fronteira. O fato de estarem prontos não é uma surpresa. Muito me conforta liderar homens que estão sempre disponíveis para qualquer eventualidade.

A23 L2, Primavera de 476 aU

hegamos ao Forte de Fronteira e Pedágio junto ao caudaloso rio Wasswa, também chamado pelos vahanianos de "Braço Esquerdo de Sieghard". Apesar da satisfação em termos cumprido esta primeira etapa, ainda é cedo para comemorar. Estranhamente, os militantes da Salácia, que deveriam ser os primeiros a estar aqui, ainda não chegaram.

Enviei um rapaz chamado Driskoll ao Velho Condado para recolher notícias sobre o exército inimigo. Já faz algumas *auroras* que desembarcaram em nossas terras, e,

---

* Sujo de lama, sangue e carcomido por traças e outros sinais do tempo, grande parte do diário de Sir Nikoláos não pôde ser transcrita para as *auroras* atuais.

desde então, não pudemos obter nenhum tipo de retorno. Maldição! Tenho receio que já estejam marchando em direção a nós.

(ilegível)

A tarde se finda e nenhum contingente da costa siegarda se juntou a nós. Sob meu ponto de vista, as tropas de Véllamo e Muireann parecem não querer atender ao chamado do Rei. Ordens do governador, imagino. Eu deveria desconfiar. Aquele inútil do Wiley, nem assim ele consegue se manifestar! Verme! Ao fim disto tudo, rogarei ao rei que o destitua do seu cargo!

Driskoll retornou. Para a minha feliz surpresa, as legiões invasoras montaram assentamento, não esboçando vontade de avançar. Não podemos responder a essa ação enquanto as demais legiões do reino estiverem a caminho. Por enquanto, ainda estamos em menor número.

(ilegível)

Os comerciantes da próspera Alódia chegaram exaltadas com o discurso do Rei. Vejo muitos homens comuns. Milícias armadas com paus, pedras, bordões e foices. Muitos não têm sequer uma armadura leve. Raros são os que vêm montados. Embora seja motivador vê-los tão encorajados, ainda mais por saber que alguns deles se tratam de homens ricos, podendo facilmente se esconder por detrás de suas posses, eu espero que não sejam nossas últimas forças.

A24 L2, Primavera de 476 aU

sta última noite não foi tranquila no acampamento. Meus sonhos pareciam anunciar maus presságios. Acordei várias vezes e acabei chamando a atenção de algumas sentinelas. O silêncio dos nossos vizinhos ao sul aterroriza minha alma. Sem os vassalos sálatas, não conseguiremos unir a Assembleia dos Notáveis. Em nome da Ordem, será que Wiley não teme ferir o pacto que há tantas gerações une nossas províncias? Resistimos juntos às insurreições locais e colocamos fim às guerras internas; conquistamos a confiança dos aristocratas e da plebe em Sua Majestade — mesmo que, a princípio, o tenham chamado de usurpador —, e tudo para quê? Para quê? Por que quando mais precisamos nos unir contra o inimigo comum os interesses provincianos falam mais alto? Desgraça dos povos! Desgraça dos governos! Sem o conselho completo, não pode haver planos estratégicos, nem mesmo uma batalha em nome do reino. Como agir rapidamente sob estas condições?

(ilegível)

Maldita diplomacia!

(*ilegível*)

Não tivemos notícias de avanço inimigo.

Doloroso ponto de interrogação.

Tive, sim, durante o almoço, notícias de uma nova moléstia se alastrando pelas terras portuárias. O que não me surpreende. Aquelas docas são mais sujas do que um chiqueiro, e seus habitantes... ah... mais imundos que sua própria covardia em não terem se juntado a nós até agora!

(*ilegível*)

Mesmo o inimigo não dando sinais de ataques diretos, e como ainda não temos comandos de Sua Majestade para atacar, não podemos simplesmente ficar de braços cruzados, à espera de que se rompam as hostilidades. Por isso, antes do entardecer, darei ordens aos homens para que construam barragens no rio Mirembe. Dessa forma, esperamos dificultar o curso d'água que vai para o sul e abastece nossos invasores.

A25 L2, Primavera de 476 aU

Salve a Ordem! Sevânia e Everard chegaram! Finalmente pude contemplar as flâmulas e os pavilhões trazidos por um exército de verdade! Embora o inimigo tenha estado em silêncio, os soldados que chegaram do Oeste me trouxeram muitas esperanças e deixaram meu espírito um pouco menos inquieto. Calculo, agora, que nosso contingente geral se situa em torno de trinta mil combatentes.

Esta manhã, os lutadores de Sevânia se apresentaram. Vieram armados com espadas, machados e lanças. Alguns traziam armaduras leves, outros, corseletes mais elaborados. O efetivo veio, em sua maioria, de Kêmen, uma cidade que repousa às margens do Grande Lago, conhecida por seus valentes e bravos veteranos que serão o bastião de nossa infantaria pesada. Eles gostam de lutar sempre com brados de ânimo, o que pode nos conferir uma ampla vantagem moral em caso de confrontos reais. Apesar de grandes e destemidos, a meu ver, são um pouco estúpidos e estão longe da disciplina rígida de Askalor.

Os arqueiros e patrulheiros de Everard também vieram a mim após minha conversa com os kemenitas. Conta-se que eles são os melhores soldados de combate à distância de todo o reino, e que podem, muitas braças* afastadas, acertar um falcão que imprime toda a sua velocidade em um ataque. Pude observar arcos e bestas de todos os tipos

---

* Uma braça = dois metros.

e tamanhos, cada um representando uma aldeia ou vila daquela portentosa região. Seus corpos são esguios, com traços finos e delicados, seguramente não aptos para o combate corpo-a-corpo. Porém, com arcos soberbos e flechas certeiras como essas, quem precisa de combate corpo-a-corpo?

Dos homens que acabaram de chegar, aqueles que estavam mais dispostos e descansados se voluntariaram para a construção das barragens no Wasswa, iniciadas na *aurora* anterior. Desde a primeira alva até o meio-dia, muitas árvores foram ao chão para que a obra pudesse ser realizada, juntamente com enormes pedras encontradas às margens do rio.

(*ilegível*)

Perto do crepúsculo, os vigilantes encontraram um mensageiro, por nome Flavius, agonizando em um canto da estrada. Estava vindo de Véllamo, ao menos foi isso o que me disseram. Foi trazido às pressas para o forte, mas os cirurgiões não conseguiram sará-lo. Estava fraco, com o corpo repleto de manchas arroxeadas. O que mais chamou a atenção dos que estavam ali, contudo, foram seus olhos. De alguma forma, suas pupilas foram consumidas, dando lugar a grandes esferas brancas, como gelo em pleno inverno. Pobre sorte a do jovem. Suspeitamos que tenha perdido a visão pouco a pouco antes de cair nesse estado de privação.

Porventura, seria esse um caso da moléstia de que tanto falam? Alguns receiam que sim. O que me aflige é, se realmente tiverem razão, a velocidade com a qual se alastra.

A26 L2, Primavera de 476 aU

Mais uma *aurora*, e não recebemos sinais de Véllamo ou Muireann. Ou melhor, recebemos sim, novos casos da praga. Agora não são mais isolados, trata-se de dezenas de vítimas. Não se faz ideia de qual seja sua origem. Os soldados mais jovens dizem que provém da urina dos cavalos. Tolice! É mais provável que o Grande Mar tenha lançado sobre eles essa moléstia. Tudo o que dele emana é pernicioso, por isso, com razão, o chamam de *Maretenebræ*. Não há exemplo mais pertinente da sua sanguinária vontade que o surgimento inesperado dos esquadrões vindos de águas desconhecidas.

(*ilegível*)

O Rei Marcus já foi informado acerca de nossas condições. Com a chegada dos jovens guerreiros de Tranquilitah e dos magos da longínqua Keishu, ocorrida no meio da noite, temos um pouco mais do que a quantidade de homens trazidos pelo invasor. Falta-nos, porém, um conselho de guerra.

Mesmo assim, fiquei contente ao ver o brilho nos olhos dos rapazes imberbes de Tranquilitah, dispondo-se de suas vidas imaturas por uma causa maior. Ao mesmo tempo, sinto não poder ser um anfitrião de largueza generosa, pois o que lhes ofereço é apenas um clima de combate. São soldados que ainda não concluíram a academia, portanto, ainda despreparados para sentir o odor da morte tão de perto.

Para certo alívio em minha consciência, a juventude contrasta em nosso exército com os veneráveis magos da remota Keishu, o que explica suas vestimentas volumosas e pesadas, em um clima tão ameno como o do fim da primavera. Suas habilidades sempre me despertaram desconfiança, mas há muita fé por parte dos soldados em que eles sejam uma força singular. Seu controle sobre as forças da natureza será de auxílio determinante, nesse sentido. No entanto, o que mais me intrigou foi a observação feita por eles diante dos casos da moléstia. Ela não parece ser outra coisa senão obra de bruxaria! Eu sabia! Porém, minhas hipóteses estavam incompletas. Ao contrário do que se supunha, não proveio de *Maretenebrae* em si, e sim dos pérfidos espíritos que nele navegavam.

(*ilegível*)

Os diques já estão em estágio de conclusão. Perfeito! Isso fará com que o inimigo se desloque na busca de água potável. Desta feita, marcharemos e nos esconderemos por detrás das Colinas de Bogdana, distantes vinte milhas do forte onde estamos agora. Quando os adversários virem que se trata de uma armadilha, já será tarde demais, pois desferiremos um assalto surpresa.

A27 L2, Primavera de 476 aU

ela Ordem! Desde a última *aurora* mandamos vinte e cinco homens para o interior da Salácia e nenhum deles retornou. Os guerreiros estão inquietos e impacientes, algumas divisões também já apresentaram casos da doença, cerca de dez a vinte enfermos. Passamos a chamá-la simplesmente de Pestilência Cega. Até que ponto é seguro ficar aqui? Estive conversando com os demais nobres, e todos são concordes em realizar um ataque frontal, se este, é claro, for o desejo do rei.

(*ilegível*)

Entre a manhã e a noite, muitos homens caíram em desgraça, ceifados em suas vistas, inaptos às mais simples atividades, quanto mais aos duros momentos de batalha. Perdemos homens a cada momento. Embora suas vidas tenham sido conservadas, não são mais úteis aos exércitos.O imediatismo de nossa conjuntura não nos deixa outra opção senão lançar fora o plano do ataque surpresa e preparar uma investida frontal. Maldita moléstia! Ou melhor, maldita feitiçaria! Trazida por esses imundos e depravados invasores! Há *auroras*, nossas forças têm sido postas à prova, devido às perdas de incontáveis almas, tanto nas proximidades, quanto nos arredores do litoral. Há quem diga que a Pestilência Cega já tomou assento ao norte, além da Passagem dos Peregrinos. Isso significa que nosso rei também corre perigo. Pela Ordem! As respostas que ele teria de nos mandar, que tanto conforto traria ao peito, ainda não chegaram! Será que devemos esperar pelo pior?

(ilegível)

A mensagem de Sua Majestade Real chegou há poucos instantes. Nosso nobre soberano tomou uma decisão, ele ordena que ignoremos a província da Salácia na convocação da Assembleia dos Notáveis, marcada para essa noite, e que ataquemos de forma urgente.

(ilegível)

Os Lordes de Sieghard foram unânimes, reuniremos o exército antes do amanhecer. Se for esse o desejo do rei, em favor da Ordem, então é o desejo de todos. À primeira vista, trata-se de uma sábia decisão. Contudo, a meu ver, deve-se lembrar que abdicamos de *auroras* e mais *auroras* de planos e estratagemas, dando lugar a uma investida desesperada e irracional. Seja o que Destino quiser.

A28 L2, Primavera de 476 aU

É chegada a hora. Nossa ofensiva será face a face, não temos muitas escolhas diante do clima causado pela Pestilência. O moral dos homens está inconstante. Juro por minha vida, por meu Rei, por meu Glorioso reino, pela sagrada Ordem, que esta praga mortal, que se alastra como um parasita pernicioso, está ligada, de alguma forma, àqueles que nos violaram. Por isso, não descansaremos até calcá-los sob nossas sandálias. Havemos de derramar sangue, perfurar peitorais, esmagar cabeças, destruir navios. Por tudo o que amamos, por tudo o que somos, temos de derrubar os monstros que nos envolvem.

Pela Ordem e pela Glória de Sieghard.

VI

Por quem se treme

— as não houve nenhuma negociação? Linus não ofereceu uma proposta? — perguntou o mais jovem.

— Antes de iniciarem a batalha, o oficial supremo de Askalor, Nikoláos, junto com os Cavaleiros da Ordem foi ao encontro dele. As linhas dos exércitos já estavam em formação. A conversa seria breve. Linus vestia uma armadura escarlate, e Nikoláos, a armadura com o uniforme dos Cavaleiros da Ordem, a túnica branca com o símbolo de coloração vermelha do meio sol nascente. Ambos montavam cavalos brancos. Quando o general inimigo retirou seu elmo de cornos, os homens ficaram estupefatos e, após um coro de vozes em espanto, silenciaram, pois não podiam acreditar que dentro daquele elmo, um rosto tão nobre, sereno e pacífico estaria empunhando forças contra nosso povo. Seus cabelos prateados e leves como plumas esvoaçavam ao mínimo vento que incidia sobre os líderes. Seu olhar hipnotizava quem o fitava e sua presença impusera respeito a qualquer nobre de Askalor. Seu queixo angulado e perfeitamente barbeado dava impressão que não quebraria nem com o mais forte golpe de uma clava grande. Seu semblante inabalável parecia zombar dos esforços da Ordem. Linus propusera, então, que o exército de Marcus se entregasse sem luta e prometeu que as vítimas da Pestilência Cega seriam curadas.

— Em troca...?

— Em troca do livre acesso às regiões altas de Vahan.

— E Nikoláos não achou a proposta aceitável, creio eu.

— Obviamente. Só um tolo acreditaria que forças Caóticas do Grande Mar permaneceriam em Sieghard sem causar danos a ela! Ou um ignorante.

— E graças à decisão do oficial, Sieghard deu o primeiro passo para sua queda — o viajante concluiu com um muxoxo. — Não me pareceu muito brilhante.

— Nikoláos fez o que deveria ter feito — o velho justificou. — Linus desembarcou sem se importar com as vidas que protegiam nossa costa, e isso já era o suficiente para impedi-lo. Ademais, Sieghard tinha números maiores e Nikoláos não entregaria uma região rica de novas minas de *aurumnigro*.

— Toda guerra é motivada por assuntos políticos e financeiros, não foi o que eu disse? — o homem demonstrou orgulho. — Então, Linus viera para roubar nossas riquezas.

— Assim pensava o comandante. Para ele, eram muito claras as intenções do inimigo.

— Não sabiam os siegardos que caminhavam para uma trágica derrota...

— Se sabiam, não deixaram de lutar com todas as suas forças. Infelizmente, mesmo com a vantagem numérica, os Ordeiros não poderiam prever que o exército do Caos contava com a ajuda de algo muito maior do que pensavam.

— A que você se refere?

— Refiro-me àqueles que acabaram por pesar a balança para o lado deles. Por onde eles passavam, nada sobrevivia. Atacá-los era como se jogar para seu destino. Entre a mistura do sangue derramado na relva e o aroma das flores da planície, o fedor da morte se destacava, inconfundível. Seus poderes não encontravam rival no campo de batalha. Não estou me referindo a um exército particular, e sim a sete criaturas cujos aterrorizantes olhos negros brilhavam como a luz da lua: os Thurayyas.

— Você disse... "criaturas"? — o visitante estava intrigado.

— À primeira vista, pareciam homens comuns. Debaixo de seus mantos negros, conseguíamos até ver seus rostos humanos. Porém, por debaixo de suas peles, existiam feras que só se comparavam às bestas das lendas que assombram nossos sonhos. Na última *aurora* de batalha, ao toque da segunda trompa, a cavalaria leve de Askalor entrou em ação. Àquela altura, os guerreiros de Kêmen, Tranquilitah e Alódia aguentavam firmes e sem perder a formação. Flanqueando-os, mais um pouco atrás, as setas certeiras de Adaluf caíam com eficácia, um disparo, um corpo inimigo tombado. A Ordem venceria, se não fosse pela poderosíssima intervenção deles. Suas mãos brancas disparavam relâmpagos azuis nas mais variadas direções, indo de encontro ao cerne de nossas defesas.

— Você conta como se estivesse lá! Que riqueza de detalhes! — o homem se impressionou. — Mas, e os magos de Keishu? Nada fizeram com relação a esses seres?

— Alguns desviavam flechas adversárias por meio de correntes de ar, outros criavam fissuras no chão, ou pequenos tremores de terra, outros ainda incendiavam nossos projéteis de cerco, permitindo uma maior quantidade de dano, mas eles não tinham energia suficiente para que impedissem os desastres presenciados naquelas *auroras*. A investida lançada pelos Thurayyas foi implacável, incutia medo nos homens e deixava as montarias em pleno pânico.

— Foi assim que Sieghard percebeu que estava no limiar da derrota?

— O exército pensou que seria possível lidar com aquelas legiões. Ledo engano. Os Thurayyas tiraram deles sua força mais fundamental: as cavalarias. Fulminadas em meio aos relâmpagos, mísseis de fogo e projéteis encantados, elas se dispersaram, juntamente com toda a confiança que os unia em torno de um objetivo comum.

— Deixando o moral ao nível do chão...

— Não somente isso. As tropas estavam enfraquecidas, pois as linhas não conseguiam mais manter-se no plano. As estratégias já não poderiam ser concordes. De um grupo coeso e ordenado, passaram à condição de um monstro de várias cabeças. E, é claro, os gritos de agonia se transformaram em um coro que trespassava seus ouvidos, fazendo-os lembrar vagamente de suas esperanças no começo da batalha, e de como seria jubiloso, ao invés de ouvi-los, entoar os hinos da Ordem como cânticos de sua vitória.

— E Nikoláos, ainda estava vivo a esta altura?

— Sim. Inclusive foi ele quem ordenou que os homens se retirassem daquele campo de sangue. Ainda mais enfraquecidos, muitos soldados foram obrigados, cada um por si, a dar as costas ao inimigo, na tentativa desesperada de tomarem seus rumos em direção a Askalor. Era preciso proteger o rei.

— E todos conseguiram voltar?

— Exatamente neste ponto começa a relação entre você, eu e aquele que assassinei. Sabe bem que nossas ações quase nunca seguem nossas vontades, tornando-nos escravos das circunstâncias. Para um pequeno grupo de siegardos, esse aforismo funcionou perfeitamente. Naquele momento não foi possível para eles seguir o percurso da maior parte do exército. Eles que viriam a se tornar os protagonistas de uma saga épica que é e ainda há de ser contada por gerações através de lendas seculares, hinos e cantigas de ninar. Certamente morreriam, se não se ocultassem nas providenciais Colinas de Bogdana, por entre as relvas. Digo providenciais, uma vez que, a partir dali...

"A história de Sieghard estava prestes a caminhar por um novo norte."

PARTE II

Dias de Conflito

Sobre como sete desconhecidos,
culturalmente discordantes, se juntam
após recuarem de uma batalha perdida
e descobrem uma maneira de sobreviver
em meio à guerra.

VII

Um encontro nada simples

As Colinas de Bogdana eram uma forma de relevo antiga, surgida durante as primeiras eras nas quais se formara Exilium. Tratava-se de um conjunto de elevações repleto de uma espessa relva de coloração viva. Devido aos encantos encontrados naquela região, as primeiras comunidades que habitaram suas imediações, batizaram aquela parte de Sieghard com um nome que, nas línguas protodinásticas do reino, significava "dada pelos deuses". Com o avanço da primavera e a proximidade do verão, o ar de Bogdana se tornava mais úmido e as temperaturas subiam de forma extraordinária, tornando-se insuportáveis em algumas horas do dia. É verdade, porém, que as chuvas, quando ocorriam, eram constantes e volumosas, produzindo nas pessoas que passavam por ali uma sensação agradável de prazer e deleite. Para os homens de baixa estatura, a relva das colinas atingia o nível dos joelhos, ou seja, era o suficiente para que qualquer pessoa, ao deitar-se, ficasse completamente oculta. No entanto, apesar do alívio proporcionado pelas águas pluviais, a vegetação também apresentava seus reveses, como ao produzir pequenos cortes na pele dos transeuntes. Isso provocava irritações, podendo incomodar um viajante por uma ou duas *auroras*.

Deitados sobre a relva, perto do Bosque de Pekko — onde em épocas de outrora, os habitantes do Velho Condado e de zonas próximas costumavam minerar *aurumnigro* —, alguns sobreviventes do conflito entre os exércitos do reino e as forças invasoras do

Grande Mar buscavam se refugiar após *auroras* de batalha intensa e perdas irreparáveis. Com a derrota iminente daqueles que defendiam Sieghard e a Ordem, muitos soldados foram forçados a bater em retirada, na esperança de conseguir proteger o coração do reino, Askalor, onde residia o rei Marcus II, o Ousado.

Para aqueles que não podiam recuar, e ainda estavam em uma condição inferior para lutar por qualquer outra coisa que não fosse a própria vida, a relva das colinas parecia um esconderijo acolhedor. Sob os olhares perspicazes dos inimigos, a ideia também parecia muito propícia. E, com efeito, foi através desse pensamento que um dos lanceiros da armada estrangeira, responsável pela guarda daquela região, avistou alguns vultos por entre as folhagens. Apercebendo-se do perigo, seis deles se distanciaram ainda mais, fugindo para as colinas. O lanceiro se aproveitou da situação para segui-los com histéricos gritos, em uma investida alucinada.

Mas sua loucura iludira-o, não contando que haveria mais alguém deitado ali, espreitando-se para uma investida atroz.

Deixando-se levar pela fúria, seu assalto foi abruptamente interceptado por um golpe certeiro — embora não mortal — no peito, um pouco acima do abdômen, que o levou ao chão no mesmo instante. O soldado buscou desesperadamente por um mínimo de ar. Mas antes de encontrá-lo, foi posto de joelhos por uma forte mão que puxava seu corselete.

Ainda com a mente confusa e a visão turva devido à pancada, o soldado pôde contemplar o semblante feroz de um homem alto em uma couraça de couro, com cerca de trinta *verões* de idade. À primeira vista, qualquer um diria tratar-se de um gigante. A titânica figura possuía uma face áspera, com barba cerrada e escura, entrecortada por uma enorme cicatriz, que ia dos lábios até a orelha direita. Sua pele era moldada por vincos profundos. Seus olhos eram pequenos e negros, na mesma cor de seus cabelos ondulados à altura do ombro.

— Onde pensa que vai, verme? — ressoou uma voz firme e gutural.

Diante da fúria do gigante, o soldado tremia, procurando recobrar o seu fôlego enquanto as ameaças não paravam de emergir daquele olhar fulminante, acompanhado de expressões grotescas e ruidosas.

Não obtendo resposta, novamente o gigante rosnou.

— O que foi? A lebre comeu sua língua?

Sabendo que a resposta do soldado não viria, o homem grande, pegou um montante de batalha* escondido na relva e a ergueu um pouco acima do ombro direito, decidido a aniquilar o adversário.

---

* Um montante de batalha, ou montante, é uma espada longa manuseada exclusivamente com duas mãos.

Antes, porém, que o pesado aço fizesse um mínimo corte no ar com sua lâmina cintilante, uma voz masculina vinda de trás o desconcertou aos brados.

— Detenha-se, guerreiro!

Sem tirar sua atenção da vítima, o homem tentou ver, de soslaio, quem o interrompera.

— Dê ao inimigo a oportunidade de pronunciar suas últimas palavras — disse quem quer que estivesse atrás dele.

— Escute, imbecil — ainda sem virar o rosto, impassível em sua posição de executor, o gigante rebateu. — Só mesmo um boçal poderia pensar que um verme como esse merece dizer suas últimas palavras. Meus irmãos de Sevânia não tiveram essa chance. Não é do meu interesse que esses miseráveis vivam. Nada do que ele diga ou faça pode ser útil para mim.

Enquanto o diálogo era travado entre o guerreiro armado e o homem de voz clemente, os outros cinco que tinham fugido inicialmente voltaram-se com cuidado e postaram-se ao redor da cena.

Percebendo que estava sendo cerceado, o dono do montante, ao olhar em sua volta, notou em algumas daquelas faces assustadas e curiosas o mesmo sentimento trazido pelo homem que interviera em sua decisão de matar o lanceiro. Os olhares, embora não unânimes, acabaram, mesmo que por um breve instante, por interromper o seu próximo movimento.

— Contenha o seu golpe — disse a figura que ainda se mantinha um pouco atrás. — Deixe-o falar.

Instintivamente, todas as atenções se voltaram para o soldado inimigo, que até então se conservava de joelhos. Com sua boca ensanguentada — devido aos efeitos do golpe que sofrera — ainda não era capaz de pronunciar sentenças inteligíveis, mas apenas alguns grunhidos ou formas de linguagem estranhas.

Buscando forças, e vendo que o momento era oportuno para se declarar, o soldado pronunciou impetuosamente suas palavras, mesmo que de maneira rouca e embaralhada. O dialeto não era próprio do reino, embora pudesse ser entendido pela maior parte das pessoas que habitavam as terras de Sieghard.

— Matar-me não fará nenhuma diferença. Homem algum, por mais forte ou sábio que seja, pode escapar de Destino e de suas vontades. Seu povo já está condenado à perdição, pois Itzal, mais uma vez reina! Waldf... — ia articular seus últimos dizeres, mas a expressão de júbilo e loucura estampada em sua face foi congelada por um suave e decisivo golpe de espada, projetando sua cabeça por entre a relva.

— Não! — lamentou-se a única mulher entre os seis que presenciavam a cena.

— O que você fez?! — exclamou o resoluto pacificador que deu início à trama, cobrindo a fronte com as mãos em clara expressão de decepção.

— Quem é este que pensa que pode me dar ordens? — gritou o guerreiro, virando-se irritado.

Ao olhar para trás, ele se deparou com um homem imponente, trajando uma bela armadura de malha de anéis sob um uniforme branco, apenas um pouco mais baixo em estatura, e talvez até com a mesma solidez que ele próprio. Os traços de seu rosto eram fortes, mas não rústicos; a face era coberta por uma barba polida — característica dos fidalgos de Askalor — de coloração castanho-claro, de fios tão vivos quanto a cor de seus curtos cabelos. Seus olhos também seguiam esse mesmo tom, e transmitiam uma sensação de civilidade. A conclusão de que se tratava de um lorde era facilmente obtida devido ao nariz afilado e reto. Suas cicatrizes visíveis, embora pequenas, eram muitas, e revelavam um veterano de guerra, aparentando ter quase trinta *verões*.

— Eu sou Sir Heimerich, filho de Sir Heinrich, barão de Askalor. Vim até aqui em nome da Ordem e da honra do invencível reino de Sieghard — disse admiravelmente. — E você, quem seria?

— Braun, do vilarejo de Kêmen — falou bruscamente. — Preciso me estender mais do que isso? — gritou abrindo os braços e girando ao redor de si mesmo, tentando intimidar os demais.

Enquanto Braun se apresentava, percebera que dentre aqueles que o contemplavam, uma figura simplória conservava-se boquiaberta, com os olhos azuis vidrados de espanto, provavelmente desde que a cabeça do inimigo havia sido cortada e lançada ao longe. O sujeito trajava uma leve túnica de coloração amarronzada, cortada em uma só peça, que deixava à mostra apenas os dedos de seus pés. Seu rosto, ainda que possuísse uma barba negra fechada, não deixava de exibir uma expressividade peculiar, ressaltada pelo seu corte de cabelo rente à sobrancelha. Os traços de seu perfil, apesar de jovem, não eram delicados, mas isso não indicava uma presença ameaçadora, como a do guerreiro à sua frente. O que mais se destacava em sua simpática silhueta era o báculo que trazia em sua mão direita, objeto que chamou a atenção de Braun.

— O que deu em você, homem? — Braun estalou os dedos na frente dos olhos azuis da curiosa figura, impacientemente. — Você tem um nome? Você é capaz de falar?

— Hein? É... d... d... desculpe-me senhor... é que... tudo isso parece muito para mim — o homem parecia inseguro.

— Por que raios você está carregando um báculo? Não sabia que os invasores estavam recrutando animais.

— Ah... bem... eu não estava no campo de batalha... quer dizer... eu estava, mas não como vocês... eu não estava lutando... eu não entendo nada de armas... meu nome é Petrus, eu sou um pastor de ovelhas e tenho uma propriedade perto dos limites do

Velho Condado... ou pelo menos eu tinha... fui preso e mantido como escravo até agora, mas consegui fugir e nesse momento... — concluiu, buscando um último ar de seu peito. — Eu só quero ficar vivo.

— Ficar vivo? Não será tão sopa agora — falou uma voz rouca que ainda não havia se pronunciado dentro do grupo. — A batalha inicial foi perdida, e provavelmente haverá outras derrotas como essa, ou até mais devastadoras. Nosso rei não conseguirá juntar um efetivo suficiente para retardar, quanto mais para expurgar os inimigos.

— Nós não perderemos essa guerra, senhor... – Sir Heimerich se interpôs.

— Pode me chamar de Formiga — disse um homenzinho careca e corpulento, de soberbo nariz, que vestia um avental de couro e levava vários instrumentos de ferraria presos por duas correntes em volta da cintura. As grossas e esbranquiçadas sobrancelhas contribuíam para lhe conferir uma idade situada próxima aos quarenta *verões*. Seus olhos amendoados eram astutos e vigorosos, o mesmo podia se dizer das mãos e braços, possivelmente revelando um homem experiente, de grandes habilidades manuais.

— Pois bem, senhor Formiga — prosseguiu Sir Heimerich. — É nosso dever proteger a Ordem e morrer pela causa do reino! Devemos, então, rumar sem demora em direção a Askalor e cuidar para que a segurança do rei não seja posta em xeque.

— Você está louco, sir lordezinho? — interrompeu Braun, furioso, tentando diminuir o cavaleiro com uma alcunha irônica. — As tropas inimigas já estão marchando para lá há tempos. Cruzando com elas, iremos morrer antes de chegarmos à sua preciosa Askalor.

— Não — disse severamente uma voz fantasmagórica, assombrando a todos, e fazendo-os silenciarem. A perturbação veio de um homem que, até então, tinha se passado despercebido. Ele se conservava a certa distância dos outros e se vestia de forma muito estranha, chamavam a atenção suas roupas escuras, juntamente com um grande capuz, que encobria o seu rosto quase por completo, não deixando de revelar, porém, um queixo grave e proeminente. O restante de sua face, no momento, não era passível de descrição, posto que permanecia de perfil, olhando sempre para o céu e não para os presentes.

— Nossa morte poderá ser evitada — continuou — se cruzarmos as colinas ao nordeste em direção ao Bosque dos Lordes. Chegaremos algumas horas depois de nossos inimigos — sua voz era arrastada, principalmente no "s", e perturbante, com o "r" retroflexo, e o "d" falado com a língua entre os dentes. Uma acentuação não muito comum nas terras conhecidas do reino.

— E você seria...? – questionou curiosamente Sir Heimerich.

— Victor... — respondeu com a face voltada para nenhum dos que estavam ali. — Victor Dídacus — concluiu, fitando Sir Heimerich de soslaio com um olhar aterrorizante.

— Victor está certo — afirmou a voz feminina, a mesma que se lamentara momentos antes com a morte do soldado inimigo. As vestes pesadas usadas pela mulher denunciavam que era natural de uma região bem fria, possivelmente situada ao norte de Askalor. Os traços apresentados por ela, no entanto, deixavam sua origem mais específica, os planaltos gélidos de Vahan. De fato, os habitantes daquelas terras tinham os olhos afinados, bochechas salientes e nariz achatado. — Eu sou Chikára, maga da sagrada Keishu — apresentou-se com a pronúncia característica das terras de onde vinha. — Conheço bem essas paragens, pois venho aqui com frequência em busca de ingredientes necessários às minhas fórmulas. Se quisermos chegar ao Domo do Rei para defender nosso soberano, devemos contornar Askalor, passando pelo Bosque dos Lordes. Saberemos que estamos perto quando avistarmos Bakar, o vulcão das planícies de Azaléos.

Mesmo que a estratégia proposta pela maga fosse relevante, as expressões daqueles que estavam ali em volta não eram tão animosas quanto o ímpeto de Sir Heimerich.

— Vocês podem ir, eu fico — resmungou Petrus, inseguro.

— Amigo do campo — interpelou Formiga —, se ficar por aqui você será morto. Por acaso é possível se defender com um modesto pedaço de galho? — questionou-o, apontando para o báculo que Petrus levava em sua mão.

— Vindo conosco suas chances de sobrevivência fatalmente serão maiores — disse com suavidade um homem que portava um arco longo e que se enunciava pela primeira vez. Retirando sua aljava repleta de setas, continuou. — Estas flechas que vê são capazes de destruir as muitas feras que cruzarem o nosso caminho, e, é claro, servirão também contra qualquer um de nossos inimigos. Disso, não tenha dúvida.

Petrus, que ainda apresentava um semblante amedrontado, ao ouvir as palavras reconfortantes, pareceu revigorar-se, ainda que por um breve instante. Seu olhar de insegurança foi sendo confortado pouco a pouco, dando lugar a uma expressão renovada, repleto de certeza e decisão. O arqueiro possuía uma fisionomia tão suave quanto a sua própria voz, um corpo esguio, com traços finos e delicados, fazendo crer que possuía destreza e agilidade destacáveis. Seu rosto claro, de olhos fundos e sobrancelhas bem delineadas, contrastava com o tom de seus longos cabelos negros e de seu cavanhaque na mesma coloração, ambos bem cuidados. Certamente, não se tratava de um homem que pudesse passar despercebido em meio a uma multidão. As vestes eram peculiares, ampliando ainda mais o seu destaque, camisa branca aberta ao peito e uma calça de couro marrom intensamente justa. Portanto, adquiria, desde já, certa relevância dentre aqueles outros seis personagens.

— Então, venha comigo – convidou compassivamente com um breve e charmoso movimento de cabeça. — Junte-se a nós.

— Ah, isso só pode ser uma fanfarronice – rosnou Braun. — Esse caipira não sabe sequer empunhar uma espada curta. Em que ele seria útil? Por Destino, nós não estamos lidando com ovelhas, estamos lidando com lobos. Escutaram? Lobos! – Braun abria os braços, com os dentes rangendo em raiva.

— Acalme-se, Braun! – exclamou Sir Heimerich. — Estas terras deixaram de ser seguras há muitas *auroras*, não podemos simplesmente deixar Petrus aqui. Se ele estiver de acordo, irá nos acompanhar até conseguir encontrar outro lugar para viver.

— Acalmar? Acalmar? Nós estamos em guerra, esqueceu-se, sir lordezinho? Guerra! – gritou Braun com o dedo em riste, apontando para a face apaziguadora do nobre. — Não temos tempo para resolver os problemas de todos! Não temos tempo para compaixão!

— Engana-se, monstro de pedra – a voz de Victor ressoava surpreendendo mais uma vez. — Destino é cruel para com todos os homens, sejam os que querem a guerra, sejam os que por ela sofrem inevitavelmente. Todos compartilham da miséria, portanto, todos são dignos de compaixão – completou sabiamente.

Contrariado, Braun encarou Victor, que não se abateu. Na verdade, pelo contrário, os olhos verdes-água penetrantes de Victor pareciam fulminar o cerne irado da alma do guerreiro, que se mostrou, ainda que por um momento, tomado por um leve desconforto.

— Basta! Esse não é momento para discussões – determinou Chikára. — Precisamos ser rápidos. Petrus, você vem com a gente?

— Q... q... quem, eu? – gaguejava o camponês.

— Pela Ordem! Não é esse o seu nome? – sorriu-lhe Formiga.

— É... Bem... Ah... – embaralhava-se enquanto os olhos do jovem arqueiro o enquadravam fixamente, não dando uma alternativa de recuo. — S... s... sim – decidiu-se, ainda que hesitante.

— Ótimo – Chikára olhou de relance para Braun, que externava resignação. — Então, o que estão esperando? O sangue imaculado de nossos irmãos ainda não cessou de verter de suas veias abertas!

Chikára, que sempre conservava a voz firme e dura como um pedaço de aço, foi tão decisiva quanto o golpe de um carrasco. Apesar de possuir certa idade, aparentando ter não menos de cinquenta *verões*, continuamente se mantinha em postura marcial, digna de uma líder. O belo cajado de bronze em sua mão direita, repleto de runas místicas, pedras preciosas de rara expressão, de tipos e tamanhos variados, mais parecia um cetro real, posto que sabia como empunhá-lo. Em verdade, sua experiência e conhecimento estavam de alguma forma relacionados com sua postura, sua maneira enérgica de agir e o seu modo decisivo de se pronunciar.

VIII

Bonanças e Tormentas

Enquanto as memórias da batalha do Velho Condado eram abandonadas, juntamente com o ar bucólico do Bosque de Pekko, os sete aventureiros caminhavam a duros passos por entre as suaves Colinas de Bogdana, tendo à frente um conjunto de vegetação úmida, conhecido em Askalor como Bosque dos Lordes — um refúgio a sudeste do Domo Real e da residência do rei, lugar preferido de caminhada dos nobres e de suas costumeiras caçadas em épocas de paz.

Chikára marchava à frente de todos, tendo Victor Dídacus ao seu lado — embora a certa distância. Ambos afirmavam conhecer bem a geografia do reino; seja por quais razões fossem, tal fato permitiu a eles guiarem os demais em meio a uma região de incertezas. Um pouco atrás dos líderes ia Sir Heimerich — que, apesar de suas vastas andanças por Sieghard, até então somente tinha se aventurado pela pavimentada Estrada Real —, acompanhado por um contemplativo Formiga e, ao seu lado, Braun — sempre transparecendo um semblante grave de insatisfação, possivelmente devido à sua oposição à entrada do camponês no grupo, unida à desavença já firmada com o cavaleiro. Por último, caminhavam Petrus e o arqueiro, que, mesmo chamando a atenção de todos desde o primeiro encontro, ainda não tivera a chance de apresentar-se. Os dois conversavam um pouco, em um clima de salutar frivolidade.

Um sol típico das últimas *auroras* da primavera fustigava o grupo, mas não era mais forte do que os sentimentos melancólicos produzidos pelo profundo tilintar das armas e armaduras daqueles heróis que ainda jaziam no campo de batalha. Os derradeiros gritos de dor e agonia diminuíam continuamente, sendo suplantados apenas pelo medo e o terror de se ter participado do conflito.

Uma peleja perdida, martirizava-se Sir Heimerich no silêncio de sua caminhada. À exceção dos dois que iam por último, os membros do grupo dialogavam com uma frequência rara, provavelmente por ainda estarem atrelados àqueles momentos finais. A derrota, para alguns, só não era vergonhosa porque mantinham a convicção que haviam dado o melhor de seus braços e mentes pelo reino, e porque lutavam pela Ordem. Apesar da tranquilidade de seu passo, Chikára deixava transparecer uma suave preocupação. Versada em seus conhecimentos esotéricos e eruditos, ela parecia ser detentora de um saber misterioso, que naquele momento não estava ao alcance dos outros. *Itzal mais uma vez reina... Itzal... Que nome seria esse que me lembra tanto uma marcha de batalha?* Ela refletia, buscando em suas memórias mais antigas o significado das palavras proferidas pelo soldado inimigo antes de morrer.

Após uma interminável marcha de subidas e descidas pelas formações suaves de relevo, a noite chegara. Mais uma lua plena* nascia por entre as colinas, anunciando o início da próxima estação. O nascer admirável do corpo celeste fazia-se, àquela altura, providencial, pois fornecia a luz para iluminar a trilha daqueles sete peregrinos, pois, já que como vinham de uma campanha de guerra, não portavam tochas, lâmpadas ou outros instrumentos que pudessem ser utilizados para esse fim. *Graças a Destino*, meditou Chikára.

Ficaria acordado entre todos que a questão das vigílias seria organizada por ordem de tamanho. Iniciando-se com os membros de maior estatura, no caso, Braun, e terminando com Formiga, quase ao alvorecer, todavia Victor Dídacus se negou a dividir o tempo com o restante do grupo.

— Eu faço toda a vigília – disse.

Os outros se entreolharam espantados com a atitude.

— Você também precisa dormir, companheiro – Formiga tomou a palavra de maneira amigável.

— Eu faço toda a vigília – repetiu Victor, sendo mais enfático, ou, em outras palavras, mais assustador.

Petrus, ainda que tomado por alguma estranheza, pareceu se satisfazer com a resposta. *Assim posso dormir por mais tempo*, pensava maravilhado quando suas divagações jubilosas foram podadas por uma sábia sugestão de Formiga.

---

* Lua plena: na cultura siegarda, lua cheia.

— Muito bem, precisamos de uma fogueira que nos mantenha afastados de cobras, coiotes e outras bestas. Isso, é claro, sem falar nos insetos. Creio que vocês não queiram passar por uma situação incômoda ao longo da madrugada. Vou buscar lenha, alguém me acompanha?

— Eu irei com você, senhor Formiga. Conheço ótimos gravetos para uma boa fogueira que durará toda uma vigília – disse prontamente o até então desconhecido arqueiro.

— Ótimo. Mas eu ainda não sei o seu nome, meu jovem.

— Eu me chamo Roderick. Roderick de Adaluf.

— Esperem! – interferiu Petrus. — Não acham melhor apenas se achegar e dormir? Tomaremos muito tempo para fazer essa fogueira e já estamos cansados demais.

Ouvindo a proposta, Chikára se aproximou de Petrus com os braços cruzados e o fitou com reprovação.

— Vão buscar lenha, vocês dois. Eu cuido do fogo – disse ela, ainda olhando para Petrus, que deu de ombros, não entendendo o olhar satírico da maga. Enquanto os dois emissários seguiam seu rumo, Chikára voltou-se para onde os outros estavam sentados. — Os rapazes devem estar com fome, não? – ela perguntou, com um leve sorriso de preocupação.

— Um assado de javali não seria mau em um momento como esse, mas duvido que algum de nós esteja descansado o bastante para aventurar-se por entre a relva atrás de um – respondeu Sir Heimerich, demonstrando um pouco de saudosismo. Braun, que estava à sua esquerda, aquiesceu-se, concordando com a cabeça.

Vendo que Victor se mantinha afastado e não participava da conversa, Chikára, colocando as mãos na cintura, tentou apartá-lo do silêncio.

— Mas... pode haver frutas silvestres e raízes, não acha, Victor?

O soturno Victor conservou-se calado, apenas observando o céu noturno, sem uma nuvem sequer. Havia algo em seu olhar que parecia uni-lo às incontáveis estrelas, como se ele não quisesse fazer parte da triste realidade na qual todos estavam envolvidos. Seu semblante, porém, nunca era de agressividade, somente de indiferença.

— Vou ver o que posso providenciar – continuou a maga após o seu insucesso em tirar alguma palavra da boca de Dídacus. — Conheço bem a vegetação desse lugar.

Ela se retirou por entre as folhagens, à espera de encontrar amoras, figos, framboesas e demais frutas típicas da região, deixando para trás Sir Heimerich, Braun, e Petrus — uma tríade pouca avessa a palavras amistosas —, além do distante Victor, a quem pouco importavam as possíveis desavenças entre os demais. Diriam os antigos mineradores do Velho Condado que nem mesmo a presença das mais belas donzelas de Askalor ou um número pródigo de garrafas do mais saboroso vinho das terras de Sumayya seria capaz de romper o clima de tensão entre os três que ali estavam.

Para surpresa de todos, no entanto, entre os cantos de grilos e pássaros noturnos, e o coaxar de sapos, uma leve e harmoniosa sonoridade – proveniente de onde Victor estava – destacou-se. Os três se viraram na direção do som, curiosos com o que poderia ser. Eles se articulavam de tal forma que produziam uma suave melodia de compasso longo. Um clima de conforto tomou a alma dos que ali estavam, visto que era entoada por uma grave, doce e incomparável voz.

Não entendo seus conflitos
Seus medos seus inimigos.
Viemos do mesmo sítio,
Da terra do mesmo início.

— É só comigo, ou esse sujeito também causa encrespamento em vocês? – perguntou Petrus, desconfiado.

— Estava tão quieto há poucos instantes... e agora, entoa cantos como um rouxinol – interferiu Sir Heimerich, enrugando a testa de preocupação.

— O que há de errado com esse cara? Pensei que o louco fosse aquele que tentara impedir-me de matar o inimigo – disse Braun, se referindo ao nobre cavaleiro que estava ao seu lado. — Dragões me chamusquem! Estou cercado de loucos! – completou, em voz alta, balançando a cabeça negativamente.

— Meça suas palavras, bruto – compreendendo o significado da insinuação, Sir Heimerich retrucou. — Aquele pobre homem não representava mais uma ameaça para nenhum de nós após você tê-lo posto de joelhos. Sua vida seria poupada, pois certamente ele nos forneceria informações preciosas sobre a cúpula central de nossos inimigos, e os planos que estariam formulando. E o mais importante, ele era a peça-chave que forneceria as respostas para essas questões: quem são os invasores? De onde vêm? Por que querem nossas terras? Porém, agora, graças à sua temeridade, temos andado há um bom tempo, sem termos certeza do que encontraremos em Askalor.

— Então – pondo-se de pé bruscamente, e com uma voz ainda mais forte, Braun retorquiu — você se acha no direito de julgar a vida e a morte dos assassinos de minha raça?

— Você, bárbaro, já o tinha subjugado. Não era necessário derramar mais sangue em vão, apenas para tentar provar algum valor que possua. Tolice a sua pensar dessa maneira. Irar-se é muito fácil. Porém, irar-se contra o homem certo, no momento certo, e pelo motivo certo, é deveras difícil. Porventura, não te ensinaram o significado da palavra honra?

— Ora, seu... – o grande guerreiro fechou o punho e rangeu os dentes, preparando-se para um embate. Diante da ameaça intempestiva, Sir Heimerich levantou-se, aprontando o escudo prateado em seu braço esquerdo.

— Shhh! Sosseguem vocês! – interrompeu Petrus com o dedo indicador sobre seus lábios. — Alguém se achega.

Subitamente, a atenção dos três se desviou para os ruídos emitidos entre os arbustos.

— Vejam! Conseguimos o suficiente para toda uma vigília – disse com satisfação Formiga. Ele e Roderick haviam retornado com os braços repletos de cipós, galhos e gravetos secos.

— Onde está Chikára? – indagou Roderick.

— Ah... é... ela foi buscar... comida... para a gente... é... comer, não é? – respondeu Petrus, pretendendo ser rápido.

— Temos três homens aqui e nenhum de vocês acompanhou a dama? Por acaso vocês não usam calças?! – gargalhou Formiga. — Vamos Petrus, mostre a todos que você sabe mais do que ordenhar ovelhas. Limpe essa área aqui para organizarmos nossa fogueira — ele apontou com o pé.

— Bem... Ah... Está certo – respondeu Petrus, meio a contragosto, abaixando-se para fazer o que havia sido pedido.

Enquanto Petrus limpava o local onde seria feita a fogueira, Formiga aprontou os galhos e gravetos, com uma habilidade que, por aquelas horas, ainda não havia sido notada. Em seguida, a maga Chikára retornou com figos, amoras negras e outras frutas, trazidas em seu colo. Também seus cintos estavam repletos de raízes e ervas silvestres. Ela tinha trazido o bastante para que todos comessem e contornassem a intensa fome que sentiam, ao menos por alguns momentos.

— Não foi preciso procurar muito – disse ela com um leve sorriso. — Comam isso, pois não terão nenhuma outra refeição até o amanhecer – concluiu, lançando as frutas ao chão.

— Tem gente aqui que está pensando que eu sou um curió – Braun embirrou-se. — Um canário de peito amarelo, como aqueles que minhas primas costumavam alimentar, ou coisa parecida.

— É fácil desdenhar daquilo que não se alcança, velha raposa — sussurrou Victor Dídacus ao longe.

— O que você resmungou aí, sabiá?

Formiga, que estava ocupado com a armação da fogueira, arregalou os olhos em direção ao monte de frutas.

— Já que você pensa assim, guerreiro — ele debochava de Braun —, melhor para mim. Hum, vou querer aquela raiz ali, alguém se importa? – falou, levando uma suculenta raiz de nabo à boca. — Hum... delicioso!

— Ei, senhor Formiga! – chamou Roderick.

— Sim, meu jovem? – respondeu ao chamado, ainda de boca cheia.

— Você disse que iria fazer uma fogueira, já está se esquecendo? – perguntou para clarear a memória de Formiga e intervir no que parecia ser o prenúncio de um glorioso banquete individual.

— Ah, é mesmo, a fogueira! Mas que cabeça a minha... vou continuar a prepará-la, mas, por favor, deixem para mim este figo, sim? – Formiga voltou ao seu trabalho, mas só após colocar uma enorme raiz de rabanete em um de seus bolsos. — Apenas um aperitivo, sabem como é...

— Mas que fanfarrão! – exclamou Braun. — Quer nos deixar com fome?

— Ora, ora, canarinho, pensei que você havia dito que não as queria – respondeu, às gargalhadas, referindo-se às frutas.

— Basta de conversa! – disse Chikára, irritada. — Braun, venha se servir, venham todos vocês. Formiga, deixa que eu lido com essas chamas. Roderick, bata a ponta de uma de suas flechas contra o martelo que Formiga carrega na cintura — comandou.

— Senhora? – Roderick mostrou-se confuso.

— Apenas faça – a maga enfatizou.

Com delicadeza, o arqueiro tirou uma de suas flechas da aljava, e quando a golpeou na superfície de ferro do martelo e a primeira faísca surgiu, Chikára fez um movimento rápido em arco com o cajado que segurava. Em um instante, aquela frágil centelha se transformou maravilhosamente em uma robusta labareda, que foi direcionada, como em uma dança através do ar, para o local onde repousava a lenha. Diante de tamanho espetáculo, Petrus e Formiga olharam estupefatos para o fogo que estalava a madeira à sua frente. Sir Heimerich, Braun e Roderick também se mostraram surpresos com o feito, mas sabiam disfarçar o que sentiam — muito melhor do que os outros dois. Somente Victor permaneceu em silêncio, alheio a todo espanto.

Depois da modesta refeição, sobretudo por se ter Formiga como um dos convivas, os aventureiros procuraram preparar o chão, forrando-o como podiam, a fim de conseguirem dormir. A noite finalmente debruçava-se em Bogdana sobre aqueles sete corpos, trazendo em seu seio uma lua magistral, branca e brilhante como uma opala trabalhada pelo mais formidável dos ourives. Algumas estrelas faziam companhia, mas embora ricas em beleza e esplendor, não conseguiam superar seu encanto do qual muitos corações contemplativos seriam alvo. De fato, toda a harmonia celeste juntava-se ao suave vento proveniente do Sul, seguido por uma magnífica sensação de frescor — contrariando os prognósticos feitos durante o anoitecer. Toda a noite parecia estar colorida em um tom prateado, desde os céus até a relva molhada pelo orvalho. O clima de paz e conforto, decididamente, era mais do que sensível. Victor se encontrava sentado em meio à paisagem, como se o seu corpo dela fizesse parte, semelhante a uma pintura na qual não se consegue discernir uma pedra de um ser humano. O cenário lhe parecia perfeito, como resultado afortunado de uma vida inteira de buscas e peregrinações.

— Digníssimo — Sir Heimerich, não obstante, foi a ele —, peço que se aproxime da fogueira e busque um mínimo de conforto entre nós. Além disso, não é sábio vigiar toda a noite, sem dormir. Rogo-lhe que deixe a primeira hora da vigília para mim. Em seguida, poderá tomar minha função até a próxima alvorada. Seria uma grande honra.

Victor, ainda mergulhado no infinito de seus pensamentos, demorou um pouco para responder. No entanto, suas palavras soaram com suavidade, similar ao vento que refrescava os rostos daqueles dois.

— Prefiro estar aqui, só, a conversar com minha alma em tom aprazível. É o momento oportuno para não estar com os outros. E quanto à vigília, não se preocupe, costumo passar as noites em claro.

— Se assim prefere, que seja – afirmou o nobre, colocando-lhe a mão direita sobre o ombro. — E não se perturbe, nós confiamos em você.

— Não me incomodo com a desconfiança de vocês.

Parecendo desmascarado por essa declaração, Sir Heimerich, que estava ciente da falta de confiança do grupo no misterioso homem, apenas lhe desejou boa noite, com a voz trêmula.

— Que a Ordem o guie, digníssimo.

I X

O arcanista, o guerreiro e o cavaleiro

Na calada da noite, Braun, desconfiado da vigília solitária de Victor, abriu os olhos lentamente e os girou à sua procura. *Aquele tolo do Heimerich, quanta estupidez acreditar que podíamos confiar neste homem.* No momento, todos estavam dormiam cada qual da maneira que lhe parecesse mais agradável. A madrugada só não era mais silenciosa devido aos altos roncos de Petrus — deitado bem perto da fogueira em posição fetal. Nem um tropel de cavaleiros o acordaria naquele momento. Formiga cutucava o nariz, espantando alguns gafanhotos. Os demais permaneciam quietos.

Apesar de robusto, Braun, como uma fera à espreita, deitou-se na relva para tentar investigar uma possível trama. Sua natureza desconfiada não conseguia conceber que qualquer homem, por mais gentil que fosse, renunciasse o seu conforto e repouso noturno, mesmo que em situações adversas. *As pessoas são movidas por interesses individuais. E, no máximo, quando procuram auxiliar alguém, estão preparados para receber em troca a recompensa correspondente*, pensou. Logo, era de se estranhar que Victor estivesse querendo ajudá-los gratuitamente.

Uma luminescência verde surgia ao longe, com breves espaços de interrupção. Parecia estar vindo por detrás dos arbustos que cobriam Braun. *Maldição, uma tempestade se aproxima?* Perguntou-se. Se arrastando ainda mais pela relva, avistou a silhueta de Victor logo adiante. *Eis que o desgraçado está ali, bem acordado. Mas de onde será que vem essa luz?* Ele esperou um pouco, antes que, mais uma vez, um brilho verde ardesse, proveniente da mão de Victor. Ele segurava algo, mas Braun não conseguia descobrir do que se tratava. A claridade emergia da palma de sua mão e a envolvia, cessando instantes depois. *Que raios seria isso?*

A cena assistida pelo guerreiro era singular, algo mais para fortalecer sua tese de que aquele homem de manto e capuz não se tratava de um ser qualquer. Antes que pudesse formular uma nova hipótese para explicar o fenômeno, Braun foi descoberto. Victor pareceu perceber sua aproximação e interrompeu o que estivera fazendo até então, seja lá o que fosse. Olhou fixamente em direção a Braun.

— Quem está aí? — Victor perguntou.

Sem demonstrar hesitação, Braun se levantou.

— É o Braun. Vim aqui para saber se tudo está bem, mas vejo que você está bem acordado — completou com um leve sorriso.

Sem esperar um comentário de Victor, Braun voltou para perto da fogueira e dos demais companheiros, onde os rugidos de Petrus soavam ainda mais assustadores do que aquilo que ele havia visto anteriormente nas sombras.

Desse jeito, até eu espanto os lobos, refletiu, rindo de si mesmo.

Esta noite, porém, ele passaria em claro.

Antes da aurora que daria o primeiro dia de verão — anunciado pela lua plena da noite anterior — todos já se encontravam de pé, exceto Petrus, que ainda roncava como um cão resfriado. Victor, que não tinha dormido, permanecia com o mesmo semblante incansável da noite passada, e não demonstrava sono ou coisa parecida, o que contrastava com as feições amarrotadas do resto do grupo, principalmente Braun. Apesar do sol ainda não ter nascido, a temperatura já era alta. Muitos pássaros gorjeavam próximo à guarida improvisada dos aventureiros, também celebrando a chegada da estação mais quente e úmida de todo o calendário de Sieghard. Não obstante, era pouco confortável para alguns dos que estavam ali — sobretudo os mais cultos e versados na contagem do tempo — saber que uma temporada estava prestes a se abrir apenas uma *aurora* após as terríveis perdas na batalha do Velho Condado.

Segundo tradições que remontam ao período arcaico do reino, perder parentes, propriedades ou batalhas às vésperas de uma nova estação poderia ser sinal de maus agouros.

— Que início de verão pouco afortunado — Chikára foi a primeira a notar a infame coincidência, dizendo enquanto ainda arrumava a longa saia cor de vinho. — Em minha terra, deveríamos estar celebrando contentes com fogos de artifício a chegada da estação.

— Espero que não seja nenhum tipo de arapuca contra nós. Se o for, oremos para que os invencíveis Deuses da Ordem nos protejam — completou Sir Heimerich, beijando o brasão dos Cavaleiros da Ordem que portava em seu escudo e olhando ao longe para as intermináveis colinas.

Um pouco atrás dos dois que estavam discutindo, perto das cinzas da fogueira, Braun manifestava suas indignações contra Petrus.

— De quem foi a ideia de trazer esse moleirão pestilento para junto de nós? — resmungava.

— Acalme-se, meu filho. O moço não estava habituado com jornadas tão longas — pacificou Formiga.

Sem obter outras respostas, Braun olhou para Petrus, que ainda rugia insensivelmente. Roderick, já pronto para a nova jornada, aproximou-se dele e pousou a mão em seu peito.

— Ei herói! Chega de descanso. O dia está para clarear e precisamos prosseguir.

Petrus, porém, continuava imóvel e impassível, não cedendo ao chamado afetuoso do arqueiro. Ao assistir a cena, Braun encheu-se de ira e pronunciou algumas palavras sujas. Achegou-se para perto de onde estavam os dois, tirou Roderick com um movimento forte de braço, inclinou-se ao ouvido de Petrus e bradou o mais alto que pôde.

— Levante-se, verme!

Com um pulo, Petrus ficou de pé, ainda atordoado e lutando para se manter ereto. Olhou em volta, curiosamente. Formiga não pôde conter a gargalhada.

— O que houve, neném? O Dragão da Barba Negra* veio te pegar? — riu Formiga, se referindo a um antigo conto siegardo que costumava contar para seus priminhos antes de dormirem.

— Mas... mas... o sol ainda nem raiou! — rezingou Petrus com uma voz grave de sono.

---

* O Dragão de Barba Negra possui um conto disponível online.

— Cale-se e mova-se! — bradou Braun com a mão na cintura, pendendo o corpo em direção a Petrus e olhando-o de cima para baixo, como um comandante para um recruta noviço.

Não muito longe da cena, Sir Heimerich, reparou na atitude agressiva de Braun e quis intervir.

— Não seja tão duro com ele, guerreiro — disse em voz alta.

Ao ouvir a repreensão, Braun se aproximou do nobre e o encarou com olhos em chamas, como se estivesse pronto para um confronto.

— Guerreiros de verdade são duros e forjados no sacrifício, não amansados com leite e mel, como você, sir lordezinho-morador-de-castelos.

— Pela Ordem, senhores! — Chikára tentou uma intermediação. — Parem de uma vez com essa contenda e comportem-se como homens de caráter!

Parecendo atender aos apelos da maga, Braun se voltou e deu as costas ao nobre, pensando tê-lo abalado.

— Está virando as costas, guerreiro de palco e plateia? Aposto minha espada como seus irmãos de Sevânia eram todos assim como você, uma horda de bolas peludas que só sabiam encenar — retrucou Sir Heimerich com uma ironia que até então não havia sido manifestada.

O comentário mordaz penetrou profundamente nos ouvidos de Braun, que apanhou seu montante sobre os ombros e, girando seu corpo de forma brusca, partiu em direção ao cavaleiro.

— O que foi que você disse? Bastardo de uma figa!

Em um movimento rápido, Braun desferiu um imponente golpe em direção à cabeça de Sir Heimerich, que se desviou sutilmente com um ágil movimento de corpo. Ainda empenhado e incentivado por suas paixões, o sevanês continuou tentando golpear seu oponente, que continuava a se esquivar, investida após investida. Mesmo trajando uma armadura muito mais pesada do que o guerreiro em fúria, Sir Heimerich não se deixava atingir, nem da maneira mais leve possível.

— É isso mesmo que você ouviu — respondeu o nobre. — Você foi responsável pelo nosso fracasso na batalha. Você ajudou a nos matar!

Braun girava seu montante, fazendo vários arcos no ar com sua lâmina afiada. Às vezes, o que parecia ser um golpe certeiro em Sir Heimerich, desmanchava-se nos bloqueios de seu escudo, já que permanecia sempre na defensiva.

— A sua fúria em nada nos ajuda, Braun de Sevânia — ele continuou em meio a incontáveis ataques. — Contenha-se, do contrário será morto pelos seus próprios sentimentos. Ou pior, irá matar a todos nós!

A pequena batalha era observada pelos outros cinco, nenhum deles pronto a intervir. A força física de Braun era colossal — semelhante à de um urso. Cada golpe de espada que desferia, parecia cortar os ventos e um zunido soava em meio às vastidões, explodindo no pesado escudo de corpo carregado por Sir Heimerich. De fato, mesmo em uma conjuntura tão desfavorável, mantinha sua posição, firme como um rochedo fustigado pelas marés. Era paciente, esquivo e estrategista, condizente com os atributos dos demais homens de sua estirpe. Certamente poderia ter Braun sob seu domínio assim que o quisesse.

— O que houve, cavaleiro de mel? Por que não me ataca, posso saber? — indagou Braun, ofegante.

Repentinamente, em uma das inúmeras ofensivas de Braun, Sir Heimerich esquivou-se, girou o corpo, desembainhou sua espada e a pousou rente ao pescoço de seu oponente. Um pássaro cantou ao longe enquanto o vento levantava algumas folhas. Um silêncio lúgubre se fez presente, entrecortado pelo barulho advindo da respiração de Braun.

— Sua ira o matou, guerreiro de Sevânia!

Braun, atônito, apenas respondeu com um rugido. Sir Heimerich deitou sua espada de volta na bainha, esperando que Braun se recompusesse para dizer algumas palavras. Porém, o guerreiro derrotado simplesmente saiu caminhando, querendo disfarçar e deixar claro que nada de incomum havia ocorrido até ali.

— O que estão olhando? — perguntou para a perplexa plateia que se formara. — Vamos logo, não temos o dia todo!

X

Caça e Caçador

A primeira manhã de verão estava convidativa para uma caminhada. Os sete aventureiros prosseguiam sua jornada pelas Colinas de Bogdana, enquanto a relva ganhava contornos de um gigantesco tapete verde. O clima quente característico da região era acompanhado por uma suave brisa marítima, já bastante enfraquecida devido à distância ao Grande Mar, que levava às narinas o aroma suave das flores e ervas que por ali germinavam.

Algumas aves emitiam seus gorjeios matinais, prenunciando um dia inteiro de sol e clima agradável. Alguns dos que seguiam viagem tinham conhecimentos dessa natureza, como o pastor Petrus.

— Espia o canto dos pássaros, que singeleza! Entendo que não teremos chuva, para nossa sorte.

— Você está certo, herói! — Roderick, contente ao ver os talentos do rapaz, procurou ser gentil e elogiá-lo. — Em minha longínqua Adaluf, os anciões nos ensinam a avaliar o tempo dessa mesma maneira.

Petrus, que estava a um quartel da manhã dividindo os passos com o agradável arqueiro, manifestou interesse em aprofundar suas conversas.

— Ah... — ele suspirou. — Eu acostumava tosquiar minhas ovelhas nessa ocasião do ano. Mas, agora, sem elas, não vai dar mais. Falando nisso, há animais de bom corte em sua comunidade?

— Minha Adaluf não é uma comunidade, camponês. Nem mesmo uma aldeia como a sua. É uma grande vila — ao dizer isso, Petrus arregalou seus peculiares olhos azuis. — E não temos o hábito de domesticar animais, mas sim de caçá-los. Devemos obedecer aos desígnios da natureza. Quer dizer, não devemos atraí-los e torná-los nossos servos, até o momento do abate. Além disso, a nossa caça é um ritual sagrado, respeitado por várias gerações — Roderick se lembrou com saudades de sua casa. — O ritual da caça confere identidade a nossos irmãos. São verdadeiras festas. *Auroras* e *auroras* em busca da presa perfeita! Nesse momento, é que conseguimos descobrir os bons e maus homens, aqueles que servem à tribo, e os que têm talento apenas para os serviços domésticos. Os banquetes também são maravilhosos, regados a muita carne, cerveja, homens e mulheres!

— Mas que bacana, Roderick – maravilhou-se o pastor. —Tem vezes que me apanho pensando se eu poderia ser como você nas atuais *auroras*. Mas em certo momento de minha vida, Destino decidiu que ela seria mais fácil se eu continuasse o trabalho dos meus pais, tratando de ovelhas.

— Como assim, Petrus?

Roderick não obteve resposta para sua indagação, pois Braun — que seguia seus passos adiante do grupo — pediu silêncio ao avistar um cervo de idade adulta mastigando pequenos arbustos.

— Sh! Calem-se, seus boçais. Hora de um verdadeiro desjejum! – sussurrou para os seis que vinham atrás.

— Não se precipite, guerreiro – sussurrou Roderick de volta. — Presas assim são ágeis e velozes. Temos de abatê-lo à distância!

— O que você entende disso, magricela?

— Vou demonstrar. Apenas me acompanhe – respondeu Roderick, deitando-se na relva e induzindo Braun a fazer o mesmo, ainda que contrariado.

Ocultos pela relva, Roderick e Braun afastaram-se lentamente do restante do grupo e se aproximaram do despretensioso animal. Os demais quedavam curiosos, exceto o indiferente Victor. Quando chegaram a uma distância ponderada por Roderick — fixada em um pouco mais de cinco braças —, Braun recebeu a ordem para que parasse e observasse a fim de que não houvesse a necessidade de um segundo disparo.

Roderick levantou-se serenamente, pondo-se de joelhos. Examinou o alvo com olhos de lince, elevou a mão por trás da aljava em busca de uma flecha, retesou seu arco e preparou a mira perfeita. O tiro cumpriria seu objetivo se, no instante em que a flecha foi abandonada de sua mão, um inocente pássaro não tivesse alçado voo, assustando a caça. Vendo que o disparo tinha se transformado em completo insucesso, Braun perdeu a pouca paciência que ainda lhe restava.

— Pega! Pega! Pega! – levantou-se bruscamente, gritando para todos.

Roderick saiu em disparada, desferindo flechas enquanto corria com suas passadas delicadas. Braun, por sua vez, de maneira muito mais rude e veloz, tentava alcançar o animal para detê-lo com as próprias unhas. Formiga, que até então não tinha se manifestado para esperar a conclusão da empreitada, decidiu participar da corrida desenfreada pelo cervo. Embora motivado pela fome, seu grande ímpeto não era suficiente diante de um físico que lhe era desfavorável. Não demorou muito para que suasse em bancas e começasse a buscar ar, ofegante.

— Vamos lá, rapazes, vocês são melhores do que essa gazela! — cantarolou, batendo as mãos em incentivo, percebendo que não lhe restava outra coisa a fazer senão auxiliá-los com um divertido apoio moral.

Sir Heimerich, Petrus e Chikára, embora também tivessem comido apenas os frutos na noite anterior, não estavam dispostos a correr no mesmo ritmo. No máximo, caminhavam rapidamente, mas deixavam o grosso da tarefa para os dois que haviam corrido primeiro.

Ao som das torcidas de Formiga, Roderick e Braun tentavam como podiam alcançar o cervo, que se movia ziguezagueando, dificultando ainda mais o serviço da dupla de executores. Em um dos inúmeros tiros de Roderick, o cervo teve o seu joelho acertado, o que o lançou ao chão. No mesmo momento, Braun debruçou-se sobre a caça, procurando imobilizá-lo e, em seguida, asfixiá-lo. Debatendo-se, o cervo procurava um meio para libertar-se, mas em vão. Braun era forte como um leão, agarrando seu corpo com as duas mãos que o mantinha sem chances de fuga. Ciente da oportunidade, Roderick disparou mais duas flechas no corpo do animal, o qual se deixou abater sem mais resistências.

— Eu sabia! Esses jovens são incríveis! — algumas braças atrás, a voz de Formiga podia ser ouvida, em formas de gloriosos brados de satisfação.

Braun riu-se da façanha, batendo as palmas das mãos contra o chão em contentamento, e ergueu o cervo por detrás dos ombros musculosos.

— Foi uma bela arremetida, magricela! Acho que o subestimei! Você merece metade desta carne — gritou para Roderick.

— Não banque o bufão, Braun. Sei muito bem que você está falando da sua parte.

— Bah — disse, fazendo um movimento com a mão. — Vamos fazer um bom cozido, digno dos melhores quituteiros de Sevânia.

— E com que água, sabichão? — interveio Formiga, que chegou ofegante e a passos rápidos. O guerreiro coçou sua nuca frustrado, pois, de fato, não havia pensado que um cozido era preparado com muita água. — Deixem a carne comigo. Irei revelar a vocês uma receita secreta da minha família, guardada a várias gerações. Uma iguaria só experimentada pelos assíduos frequentadores da Taverna do Bolso Feliz, regida por meus velhos pais em Alódia — disse, lambendo os beiços e esfregando as mãos.

— De que se trata, senhor? – inquiriu Roderick levantando a sobrancelha.

— Um bife alodiano à moda dos Bhéli!

— O que em nome de Destino vem a ser isso? – perguntou Braun.

— Bife alodiano? Soa muito bem – disse Chikára em seguida, que acabara de chegar.

— Vindo de você, senhor Formiga, deve ser algo bem exótico – Sir Heimerich comentou, reparando nos trejeitos e na barriga do suposto mestre-cuca.

— Ora, ora, senhores – Formiga continuou, ansioso para contar suas ideias aos demais. — Ninguém que perambula vivo por essas terras é realmente um homem se ainda não experimentou semelhante bife. Primeiro, pegaremos a carne e a espancaremos com esse menininho aqui – Formiga apalpou o martelo que carregava na cintura. — Depois, devemos picá-la com uma faca comum e formar bolinhos de carne, acrescentando alguns temperos selvagens. Finalmente, colocamos uma gema de ovo de pombo alodiano em cada um desses bolinhos. Porém, como estamos há muitas léguas de Alódia, teremos que improvisar e usar ovos de outra ave dessa região. Alguém sabe que tipos de pássaros voam por aqui?

— Esqueça essa ideia, vovô. Onde pensa que conseguiremos esses tais temperos selvagens? – Braun não conseguia esconder seu ceticismo.

— Eu tenho algumas raízes e condimentos aqui comigo, mas são para poções e elixires mágicos que iria preparar se não estivesse em meio a essa tormentosa situação planejada por Destino – Chikára respondeu de forma despretensiosa.

Antes que Formiga pudesse iniciar uma negociação com a maga pela posse dos ingredientes, os pensamentos de Formiga foram cortados por um grito de advertência de Roderick.

— Alto! O que é aquilo que vem lá? – apontou para o cume da colina vizinha. O grupo ficou em dúvida do que o arqueiro havia visto, pois, à distância e aos olhos de homens comuns, nada havia lhes chamado a atenção. Entretanto, não demorou muito para que a ameaça surgisse – e apenas a algumas braças deles.

— Preparem suas armas! Temos companhia – acrescentou Sir Heimerich, em voz baixa, pressentindo o pior.

Um bando de cães selvagens – cerca de quinze feras –, percebendo o cheiro do cervo abatido, se aproximou velozmente dos aventureiros. Seus corpos eram rígidos e suas pernas ágeis, o que lhes concedia uma imponente aparência, capaz de mover um ataque arrasador a quem estivesse em seu caminho.

— Pelas barbas negras do dragão, eles são muitos! – exclamou Formiga, desesperado, referindo-se ao tradicional conto infantil.

— Petrus, fique atrás de mim! – bradou Roderick, retesando o arco com uma flecha.

MARETENEBRÆ ❖ 65

À medida que a terrível investida descia pelas colinas, foi possível perceber, por meio de sua pelagem, que não se tratava de simples cães. Estes se caracterizavam com pintas de pelos castanhos, pretos e brancos. Suas cabeças eram mais escuras e as caudas terminavam num tufo branco. As orelhas eram grandes e arredondadas e as pernas longas e finas terminavam em patas fortes com quatro dedos.

— Lobos-pintados-das-colinas! — Braun constatou aos berros.

Roderick preparou suas flechas e as desferiu contra a alcateia em uma cadência insuperável. Da mesma forma, mas surpreendendo a todos, junto às flechas disparadas pelo arqueiro, pequenas pedras também estavam sendo atiradas em alta velocidade contra os lobos, que caíam de dor um após o outro. Tais projéteis eram arremessados pelo até então pouco participativo Victor Dídacus, que os retirava de um pequeno bolso e os lançava com uma funda. Embora as pedras não fossem letais em animais tão peludos, elas serviam para refreá-los — e dava a Roderick a oportunidade de disparar contra alvos mais lentos. As arremetidas de Dídacus convertiam-se em sucessos constantes e, com a sua participação, o arqueiro conseguiu tirar a vida de cinco deles. Os corpos sem vida rolaram monte abaixo — deixando rastros inconfundíveis de sangue na verde relva bogdanesa — e confundiram o restante das feras que insistia no assalto.

Os sábios das terras de Sevânia — uma paragem onde as crianças eram treinadas desde cedo para se tornarem fortes e destemidos guerreiros, tendo que enfrentar intempéries, trabalhos forçados e, sobretudo, uma necessidade contínua de se alimentar — costumavam dizer que "quando o Lendário Cavaleiro da Fome se aproximava, o medo para enfrentá-lo e permanecer vivo diminuía na mesma proporção". Os lobos se encaixavam muito bem nesse aforismo, pois seus instintos diante ao cervo abatido pelos aventureiros impulsionavam-nos a ignorar as flechas e pedras certeiras e a prosseguirem em sua emboscada. Como um homem no campo de batalha embebido em seu furor, eles rosnavam selvagemente enquanto sua salivação intensa contribuía para dar ao cenário um toque ainda mais ameaçador.

Os animais estavam dispostos a tudo para obterem os cobiçados pedaços de carne. Naquelas alturas, o grupo estava completamente cercado. Braun e Sir Heimerich tomavam a dianteira, enquanto Chikára, Roderick e Victor conservavam-se às suas costas. Formiga, ajoelhado, tentava armar algum estratagema. Apenas Petrus, ao centro, quedava-se assustado demais com a situação para esboçar algum tipo de reação — seja ela ofensiva ou defensiva.

— Protejam-se! — exclamou Chikára, sentindo o coração bater no mesmo ritmo dos passos dos animais em disparada.

Os primeiros assaltos vieram tal qual um relâmpago. Quatro lobos lançaram-se violentamente sobre os guerreiros que mantinham a vanguarda. Braun, de forma desordenada, porém eficiente, desviou de duas feras e golpeou-os com sua pesada espada, ferindo-os mortalmente. Sir Heimerich, mais disciplinado e concentrado, desferia golpes elegantes ao mesmo tempo em que, de modo hábil, defendia-se com seu escudo — em um desses bloqueios, uma besta saltou sobre ele e teve seus dentes incisivos estilhaçados pelo impacto com o metal, assim como a sua moral.

Outros dois lobos projetaram-se contra os corpos esguios de Victor e Roderick, deixando o tom do combate um pouco mais difícil. Diferente da situação na vanguarda, cada investida aqui tornava o nível de desafio maior.

O arqueiro, sem tempo para armar uma flecha a tão curta distância, observou ao redor em busca de uma saída estratégica. Pensando rápido, logo que conseguiu distrair o lobo, partiu em direção a um imenso carvalho a cerca de dez braças dele e, tal como um esquilo da Floresta dos Viventes, escalou a árvore deixando o lobo que o seguiu sem opção a não ser rosnar e ladrar na base do tronco. Suas intimidações, no entanto, duraram poucos instantes, pois assim que o arqueiro se acomodou, uma flecha já perfurava seu pescoço. Victor, por sua vez, guardou sua funda e apalpou uma adaga curva que trazia em seu cinto. Percebendo, porém, que a lâmina seria curta e ineficiente devido à espessa pelagem do lobo que o atacava, apanhou um bastão de bambu que trazia às costas e, erguendo-o de forma decisiva, desferiu um golpe vertical, atingindo a cabeça do animal que, ensanguentado, foi ao chão desacordado.

Apartada do grupo e sem uma arma adequada para infligir um mínimo dano, Chikára tentava sozinha livrar-se de uma das feras, mantendo-a ensandecida na ponta do seu cajado, enquanto pensava em uma forma de eliminá-la — uma forma que apenas os magos de Keishu saberiam realizar. As investidas contra a maga não cessavam, e quando uma delas encontrou sua perna direita, que a fez reagir com um grito de dor, Victor lançou-se em investida a fim de ajudá-la. Chamando a atenção para si, não demorou para que o animal o atacasse sem hesitar. Agora com o pouco de tempo e espaço que lhe fora dado, Chikára fechou os olhos e, concentrada, iniciou uma série de balbucios incompreensíveis, enquanto um brilho fulgurante nascia da ponta de seu cajado e longas raízes surgiam da terra por debaixo da fera, se dividindo e tomando a forma assustadora de duas enormes conchas. Percebendo as intenções da sábia senhora, Victor esperou o momento certo e se jogou para trás com um impulso, antes que Chikára abraçasse bruscamente a si mesma, comandando as raízes para que se fechassem.

O lobo, surpreendido, não conseguiu escapar ao abraço da natureza, restando a ele apenas emitir um ganido de desesperança e dor frente à firmeza da gaiola que o envolvia. Faltava, entretanto, que alguém o liquidasse de forma definitiva, visto que as raízes começavam a recuar. Ofegante, a maga tentava recuperar as energias que utilizara para o encantamento. Da mesma forma, Victor, após desviar-se de vários ataques, buscava se recompor. Não foi preciso, porém, que os dois tomassem alguma iniciativa: de cima do carvalho e distante da ação, Roderick percebeu o drama e disparou uma flecha certeira na testa do lobo, liquidando-o na hora.

De joelhos desde o início do ataque da alcateia, Formiga cortava fatias da carne do cervo abatido com uma faca comum e lançava-as a dois outros lobos.

— Bons meninos! Papai tem mais aqui para vocês — ele sorria um sorriso amarelo.

Sir Heimerich e Braun, tendo já executado com facilidade quatro feras, assim que perceberam o truque do astuto companheiro, correram em sua direção enquanto os lobos disputavam um pedaço de carne. Completamente desatentos, os animais nem sequer viram de onde vieram as estocadas fatais que puseram fim à peleja.

— Vitória! — Braun elevou seu montante com um brado de satisfação.

Victor ajudou Chikára a se levantar, Roderick desceu do carvalho e Sir Heimerich ergueu Formiga com seu braço direito.

— Estão todos bem? — preocupava-se o nobre.

— Pelo menos para mim, me sinto melhor que os lobos, eu acho — Formiga riu, limpando as mãos na sua roupa — Mas... pelas minhas contas, nós fomos atacados por quinze deles e eu só vejo catorze corpos. Onde foi parar o último?

— E o nosso amigo do campo... — Chikára adicionou, sentindo falta de alguém.

— Petrus! Eu disse que o protegeria! — Roderick colocou a mão na testa, percebendo que havia quebrado a promessa que fizera.

Os outros se entreolharam, pressentindo o pior. Após uma breve investigação nas imediações, porém, Braun observou uma silhueta no cume de uma colina.

— Eis o verme! — informou, vendo que Petrus descia a passos rápidos, seguido por um lobo que o alcançaria em instantes. Desajeitado, não demorou muito para que o camponês tropeçasse em suas próprias pernas e rolasse pela relva. — Dragões me chamusquem! — Braun se assustou.

Todos tinham a certeza de que aquele seria o fim do pastor.

XI

A lenda dos azalenos

oderick rapidamente preparou uma flecha, procurando evitar que o lobo ferisse seu amigo. Porém, não foi necessário dispará-la, pois seus olhos contemplaram uma cena peculiar: quando o lobo alcançou Petrus, começou a lamber seus pés, fazendo-o dar deliciosas risadas. Recuperado do tombo, ele se agachou e acariciou o animal em um clima lúdico e infantil.

Os aventureiros procuravam entender o que estava acontecendo. O que Petrus fizera para domesticar a fera? Seria algum tipo de magia? Ao mesmo tempo em que essas indagações vinham à tona, os mais variados sentimentos tomavam posse dos seus devaneios.

Como um homem tão simples foi capaz de cativar esse animal? Admirado, Sir Heimerich deixou emergir sua natureza nobre e superior. *Esse rapaz é formidável!* Refletiu Formiga, que considerava a habilidade de Petrus um sinônimo de proteção e fácil refeição. *Nunca vi algo semelhante em toda Keishu! Por que esta tão poderosa habilidade não pode ser minha?* Chikára se encolheu. *Verme estúpido! Poderia feito isso com todos os lobos antes de lutarmos contra eles!* Braun resmungava apertando os dentes. *Um espírito que amansa lobos em um homem que domestica ovelhas,* Victor permanecia sempre moderado em seus pensamentos. *Quem é esse que seduz até animais? Todos devem amá-lo por isso!* Sussurrou o arqueiro consigo mesmo.

Petrus ainda brincava com seu novo companheiro peludo quando o arqueiro correu em sua direção e abraçou-o como um amigo.

— Como conseguiu isso, herói?

— Ah... bem... eu não sei ao certo... é coisa minha, assim como era do meu pai também.

— Por Destino! Isso é muito mais do que um dom!

— Mais ou menos... meus vizinhos costumavam dizer que é um tal de... "enlaçamento" que eu tenho com os demais seres da natureza. Para falar a verdade eu me sinto bastante ligado aos animais – disse Petrus, acariciando o pescoço do lobo sentado ao seu lado.

— Pode ter certeza disso, herói! Você não sabe do que é capaz...

Acompanhado pelo restante do grupo, Braun, de braços cruzados, aproximou-se da dupla.

— Pois eu sei. Esse infeliz é capaz de nos transformar em comida de lobo antes de usar seus poderes.

— Não seja míope, Braun – repreendeu-o Sir Heimerich. — Eles nem eram tão ameaçadores assim. A menos, é claro, que confesse ser um fracote – completou em um tom de voz mais baixo.

— Deixem de tanta "capa e espada", rapazes. Não acredito que estejam impressionados com essa exibição. Ainda temos uma missão a cumprir, esqueceram? Ou preferem ficar discutindo futilidades? – interrompeu uma irritada voz feminina.

Todos olharam para Chikára, estranhando sua voz rasgada.

— Acalme-se, minha senhora – Formiga falou com tranquilidade. — Partiremos neste instante. Mesmo assim, é curioso saber que o pastor possui alguns dons naturais.

— Tolice. Vocês o superestimam.

— Perdão, como disse? – Roderick se sentiu ofendido com o ataque ao camponês.

— Não existem dons naturais ou habilidades inatas. Tudo o que existe é aprendido por meio de esforço, dedicação absoluta, horas e mais horas de leitura, observações e experiências. Acariciar lobos até mesmo uma criança é capaz. Entenderam? Agora, parem com isso e se apressem. É imprescindível que...

— E a dama pretende partir sem comer? – Formiga a interrompeu, sentindo o peso da declaração da maga. Chikára calou-se a contragosto, percebendo que sua barriga resmungava. — Fique tranquila, senhora. Eu disse que cuidaria da nossa comida. Deixamos o cervo a menos de meia milha atrás de nós e eu não vou desistir dele – concluiu, colocando um fim ao assunto. Com a delicada questão encerrada, o ferreiro voltou sua atenção para o pastor. — Seu novo amigo vem com a gente?

Petrus analisou a fera amansada sentada ao seu lado. Como se pressentisse a partida, o lobo olhou para o pastor, balançou o rabo e latiu.

— Acho que ele respondeu. Já escolheu um nome para ele? — indagou Formiga.
— S... s... sim. Ele se chama Rurik.

azia meia *lunação* que os sete viajantes não sabiam o que era uma refeição decente. Desde o início da guerra, o tempo havia se tornado instável, não sendo respeitados mais os padrões de uma alimentação diária. No entanto, ainda que de aspecto duvidoso, o bife alodiano à moda dos Bhéli pareceu atraente ao paladar dos andarilhos esfomeados. *Uma iguaria tão fascinante como aquela não pode ser encontrada em qualquer lugar do reino*, exaltou-se Sir Heimerich, relembrando o gosto exótico do prato.

Mesmo assim, não foram todos os que degustaram o manjar. Victor rejeitou a comida, dizendo estar indisposto e que não estava acostumado àquele tipo de refeição. Petrus, enojado, afirmou ser vegetariano e se conformaria apenas com os vegetais e ervas usadas no preparo da carne. Os outros cinco, porém, se fartaram em um clima bastante alegre e cativante – assim como Rurik, que recebeu as partes menos nobres do cervo. Formiga ressaltou, mais de duas vezes, que faria o bife alodiano novamente caso a situação pedisse. Seus olhos brilhavam com o orgulho de sua obra. Falando e mastigando em um mesmo ritmo, o ferreiro divertiu o grupo, principalmente depois de ter pedido "modestamente" a parte que seria de Petrus e Victor.

O sol estava a pino e ventava pouco quando os aventureiros voltaram a pôr os pés em marcha rumo ao Bosque dos Lordes. Lutando contra o tempo, a caminhada a passos velozes acontecia sem imprevistos, exceto pelos infindáveis pedidos de Formiga para que parassem e descansassem um pouco. Muito pesado – e caminhando segurando a volumosa barriga que já doía fazia horas –, ele ficara para trás, empanturrado com suas próprias guloseimas. Por causa dele, o passo dos viajantes atrasou, provocando o desconforto de alguns – além da ira de Braun.

— Esse pança-louca não pode andar um pouco mais rápido?

Quando o horizonte adquiriu um tom alaranjado e o calor lentamente perdia sua intensidade, o gigante Braun, ao chegar ao topo de uma das mais altas colinas já enfrentadas, avistou a ponta de uma montanha solitária. Parecendo estar entre duas a três *auroras* de caminhada, perdida no horizonte a muitas e muitas léguas adiante, ela reinava majestosa sobre uma vastíssima planície seca.

— Vejam! – apontou o guerreiro.

— O vulcão que reina absoluto nas planícies de Azaléos, como um déspota que pisa em seus servos e os transforma em migalhas – disse Victor, perdido em pensamentos enquanto observava a montanha. — Esse é Bakar, o imperador de uma terra dominada pelo calor do fogo, escravizada pelo poder de seu soberano.

— Bah, vocês usam adjetivos demais para um monte de terra! – menosprezou Braun.

— Aliviem-se, senhores, pois a partir daqui, se continuarmos seguindo a nossa esquerda até encontrarmos o Braço Direito de Sieghard, mais um pouco e chegaremos no Bosque dos Lordes – prosseguiu Chikára, otimista.

— Me desculpa, mas é que... o que é braço direito de Sieghard? – perguntou Petrus, confuso.

— Se não me engano, Braço Direito de Sieghard é o nome dado ao rio Nakato pelos povos do norte. Não é isso, senhora? – indagou Roderick. Chikára acenou com a cabeça. — Ele deságua atrás do Bosque de Pekko – completou, apontando para o sul.

O pastor, de repente, pareceu ter sido atingido por uma flecha no peito. A julgar pelos seus costumes, Petrus não apresentava ser um homem de muitas andanças, porém seu semblante admirado e ao mesmo tempo triste denunciava que ele guardava mais que algumas velhas e esquecidas histórias sobre o local.

— Ah... – proferiu timidamente — Nakato... Nem me lembrava mais. Eu e meus irmãos pescamos nele algumas vezes... q... q... quando minha família ainda estava viva – concluiu, sufocando suas últimas palavras.

Roderick foi o único que ouviu as palavras proferidas por aquele simples homem no silêncio de sua amargura.

— Eu compartilho sua dor, meu amigo – frisou, tocando no ombro do companheiro.

O lamento contido de Petrus foi bruscamente interrompido pela respiração ofegante de Formiga, que havia ficado para trás.

— Água! Água! Pelo amor de Destino! Água!

— Aguente mais um pouco, velho Formiga – disse Sir Heimerich. — Já, já, chegaremos a Nakato. Conseguirá sua água em breve.

— Escuta aqui, mestre almôndega — Braun não conseguiu esconder o desdém. — Da próxima vez, veja se não come como um barril destampado — aconselhou.

— Fique tranquilo, senhor Formiga. Como Chikára já nos disse, o rio Nakato está bem próximo de nós. Vamos nos apressar antes que escureça — Roderick deu o tom da marcha.

Quando o grupo começou a dar os primeiros passos para retomar a caminhada, Petrus congelou, parecendo demonstrar um temor que os outros, aparentemente, não tinham.

— Esperem. E se encontrarmos algum azaleno?

O inseguro pastor estava se referindo ao mítico povo que habitava as bordas de Bakar. De geração em geração, lendas sobre ele foram contadas para assustar as crianças — ou para divertir os assíduos frequentadores das tavernas do reino. Muitas informações foram acrescentadas ao longo do tempo, se tornando às vezes contraditórias, e pouco se sabia realmente o que era verdade. A lenda dos azalenos remontava muitas luas antes da unificação de Sieghard e até as *auroras* atuais atiçava o imaginário popular. Os relatos eram infindáveis e assombravam a consciência de muitos homens, principalmente daqueles que costumavam atravessar a margem leste do rio Nakato em busca de caça ou de uma ovelha perdida, ou ainda por andarilhos em busca do desconhecido.

Um número grande de homens afirmava por suas vidas que testemunharam a existência nas redondezas de entidades ou espíritos que vão além do senso-comum. Não são poucos os relatos de vultos ou formas vaporosas escuras além do Nakato, observados principalmente nas noites de verão. Sombras também não deixavam de povoar os contos, mas de um modo mais brando. Outros, entretanto, contavam ter ouvido vozes soando ao longe, como numa canção lamentosa. Por se tratar de uma paisagem terrivelmente quente, as mentes mais céticas afirmavam que tudo não passava de miragem ou outro tipo de alucinação.

Muitos sábios já escreveram obras — verdadeiros compêndios — acerca da lenda dos azalenos. Alguns para explicá-la, outros para torná-la mais coerente. Os mais fantasiosos dentre eles já disseram que os azalenos, fora de seu território, assumiam forma humana e conseguiam conviver entre os siegardos como pessoas comuns, sem serem descobertos. Havia quem dissesse que sua identidade era revelada de duas maneiras: seu rosto se tornava translúcido, como vidro fosco, ao se aproximarem de luz de vela, tocha ou lampião; e, além disso, eram totalmente imunes ao fogo.

De acordo com a crença comum, os azalenos eram perigosos e assassinos e tendiam a tratar as pessoas de modo hostil. Eles raptavam crianças e com seu sangue envenenavam as fontes de água de Sieghard. Entretanto, se tais histórias encontravam seus méritos no ensino de crianças ou no entretenimento da população, não se podia dizer o mesmo da veracidade desses relatos, pois a região não era clemente à sobrevivência. Seu solo era pedregoso e quente — fruto das explosões de Bakar. Também, o ar seco e a inexistência de cursos de água na extensa planície não permitiam a existência de plantas ou animais, nem mesmo insetos. Ninguém veria o sol nascer por mais de uma *aurora* naquela terra amaldiçoada e esquecida pelos deuses. Tórrido, interminável e impiedoso — como a morte por febre —, esse era o panorama de Azaléos.

Os viajantes pararam e fitaram Petrus, curiosos, convidando-o a prosseguir. Ele, então, olhou para os lados parecendo confuso, como se procurasse informações de um passado remoto, mas belo.

— É verdade. Eles existem! — afirmou, amedrontado. — Uma vez eu fui com meus irmãos pescar lá onde o rio encontra *Maretenebræ*. Eu era o mais novo... e o mais fraco. A gente costumava passar a noite apanhando peixe e contando histórias. Naquela *aurora* não foi diferente, a não ser por ter visto uma estranha luz branca bem distante alumiando. Não me lembro muito, mas acho que também tinha uma voz fina chamando meu nome. S...s... só me dei por mim quando meus irmãos jogaram um balde de água no meu rosto para que eu acordasse. Eu tinha certeza de que eram os azalenos, mas eles me disseram que eu só estava assustado pela escuridão da noite — concluiu, quase choroso, escondendo o rosto entre as mãos.

— Sandices — Braun mostrou ceticismo, porém, em seu íntimo, o relato de Petrus havia de alguma forma lhe tocado — mais pela lamúria do colega do que por sua crença enfadonha. — O que me diz, Chikára?

— Há muito mais do que pensa abaixo do sol que o queima, guerreiro — disse a maga, reflexiva, com os braços cruzados e mão ao queixo. — Se tivesse todas as respostas para suas perguntas, não estaria aqui, e sim habitando a Trikala*. Mas... encontrando algo estranho, sejamos prudentes — ela concluiu, enfática.

— Prudência é um nome muito educado para falta de coragem, não acha, sir lordezinho? — Braun sussurrou para Sir Heimerich, acotovelando-o nas costelas.

Decidido a não retrucar, em silêncio, o nobre tomou a iniciativa de prosseguir a caminhada. O deboche de Braun, todavia, ecoava em seu ouvido. Calado e cabisbaixo, Sir Heimerich desceu por uma trilha e fez sinal para que os outros o acompanhassem. Seu rosto apresentava um semblante de severa preocupação, como se toda a lenda dos azalenos o tivesse envolvido com seus supostos espectros. De fato, para cada passo dado em direção à sua terra-natal, o cavaleiro sentia-se em profunda agonia, pois

---

* Trikala: diz-se do local no plano etéreo onde passado, presente e futuro coexistem em um tempo só.

sabia que os castigos sobre os amigos e sobre a própria família, além do rei, seriam impiedosos. Ocupado por estrangeiros bárbaros, Askalor – o coração do reino – estaria pisoteado, e o Domo do Rei destruído. Não se ouviria mais o soar dos acordes das harpas e das liras; no lugar, choro e ranger de dentes. Seu coração também temia por sua amada Anna. Ainda estaria viva? Se estivesse, seria uma prisioneira de guerra? Um "prêmio" para o exército de Linus? Ou fugitiva, escondendo-se como um cão selvagem, subjugada ao seu próprio medo?

O percurso dos peregrinos conduzia a uma vasta descida que terminava nas proximidades do rio Nakato, cujas margens seriam atingidas, provavelmente, no crepúsculo. Do alto, ele assemelhava-se a uma serpente prateada – culpa de suas águas cristalinas, oriundas de nascentes das longínquas montanhas egitsianas. Até seu leito, à medida que as planícies de Azaléos ficavam mais perto, a paisagem das Colinas de Bogdana começaria a se modificar: a relva praticamente desapareceria, dando lugar a um solo amarronzado de plantas rasteiras; as flores, arvoredos e arbustos, diminuiriam consideravelmente conforme o barulho das águas se aproximava; e o ar se tornaria toxicamente mais seco, aumentando o desgaste físico e a sensação de sede.

Ainda antes do pôr do sol, os aventureiros conseguiram chegar ao seu objetivo. De perto, Nakato era como um elixir da vida. Uma fonte inesgotável de prazer e saciedade. A calmaria era plena. Não havia outros sons, a não ser a própria correnteza do rio. Em alguns pontos, podia-se observar seu fundo, até mesmo o movimento de pequenos cardumes.

Retirando suas últimas gotas de fôlego, Formiga alcançou a margem de Nakato e mergulhou a cabeça na água fria.

— Ah! É realmente impressionante como algo tão comum quanto um curso d'água é capaz de renovar as forças de um ser humano! — disse, entre longos e revigorantes gorgolejos.

Homens... desejam a eternidade e não são capazes de fugir de sua própria natureza. São tão comuns e ordinários quanto aquilo de que necessitam. Victor, afastado meia braça da cena, refletia em seus devaneios habituais enquanto olhava os seis viajantes saciando-se com quase desdém.

Em certo momento, Braun agarrou Petrus pela sua túnica e o empurrou para dentro do rio. Apesar do gesto rude, não demonstrava agressividade, mas um certo zelo pelo seu companheiro. Rurik rosnou em um primeiro momento, mas ao perceber tratar-se de uma brincadeira, lançou-se atrás de seu dono, espalhando água e arrancando dele saudáveis gargalhadas.

No outro lado da margem, Roderick se banhava nu. Sua pele amorenada era bem cuidada, assim como seus cabelos, evidenciando uma preocupação com uma beleza pela qual o restante do grupo — que se resumia a lavar apenas o pescoço e os pés — parecia não se importar.

De repente, o amigável banho de Petrus e Rurik foi interrompido por um grito seco de Formiga.

— Um corpo! Tem um corpo no rio! — o velho homem exclamou assombrado. Não que a morte fosse algo incomum para ele, ainda mais para alguém recém-saído de um conflito armado, mas porque algo em especial havia no cadáver.

— Como assim? Aqui e agora? Não é possível! — Chikára, que no momento estava distraída enchendo o odre que trazia amarrado em seu cinto, mostrou-se incrédula, achando-se tratar de uma vítima da guerra.

XII

Os pestilentos não morrem

Enquanto Formiga tentava impedir que o cadáver fosse levado pela correnteza, Braun mergulhou rio adentro, dando largas braçadas que o conduziram, em poucos instantes, a uma região de rochedos onde o corpo havia encalhado.

— Pela Ordem! Pela Ordem! O que esse homem teve? — Formiga, com os olhos arregalados de pavor e preocupação, gritava sem cessar.

Alçando-o por sobre os ombros, Braun conduziu o cadáver até a margem. Ali, os outros se ajuntaram, alguns curiosos, outros afoitos, mas quase todos com a sensação de que aquela morte estava relacionada de alguma forma com os mitos dos nocivos azalenos. Seriam eles realmente verdade? Deveriam temer por suas vidas? Petrus foi o primeiro a deixar a dúvida de lado, levando a mão à boca, aterrorizado.

O corpo pertencia a um homem de meia idade. Além da face e das unhas arroxeadas, suas pupilas estavam tão brancas quanto a neve. De sua boca, cobrindo parte das maçãs do rosto até o queixo, saía uma espuma também de cor esbranquiçada, que ampliava ainda mais o terror causado pelo mórbido encontro.

— A morte nem sempre é algo heroico — Victor interrompeu o silêncio. — Mas quase nunca é tão patético.

— Maldição! É a Pestilência Cega! — exclamou Sir Heimerich.

— Infelizmente — Roderick concordou com pesar — alguns de minha aldeia também contraíram essa enfermidade durante nossa última batalha.

— Do que estão falando? – indagou Chikára.

— Você esteve na campanha? – questionou o nobre.

— Na verdade, não – a maga respondeu.

— É uma peste trazida por nossos invasores que, pelo visto, já chegou aqui – explicou o cavaleiro. — Ela tem o poder de cegar os infectados e deixá-los fracos. Porém não sabíamos que era capaz de matar.

A senhora analisou o corpo.

— E pode ser que realmente não seja – afirmou, fazendo com que os outros se entreolhassem. — Ora, basta observar as evidências, senhores. Sua morte pode ter sido uma consequência indireta da moléstia. Eu presumo que esse homem morreu por afogamento. Ele estava com a vista debilitada pela doença, e se precipitou, sem querer, nessas águas frias. Como não soubesse ou estivesse com dificuldades ainda maiores para nadar, não resistiu à força da correnteza. E teve seu destino selado ao ir de encontro a um dos rochedos espalhados pelo rio. Vejam aqui – concluiu, apontando para o corte ensanguentado na cabeça do homem.

A astuta conclusão de Chikára impressionou a todos, deixando-os a par de uma sabedoria pouco comum para uma mulher de Sieghard.

— Você pode estar certa, senhora – Sir Heimerich concordou, denotando uma preocupação que não seria aliviada em breve. — De qualquer forma, é com muita aflição que as notícias sobre a dominação de nosso país chegam a nós dessa maneira. Este corpo é apenas um pequeno exemplo do que está por vir.

— É isso, não é? É o fim! Você não quer nos contar, mas eu sei, não temos mais nenhuma chance – Petrus se expressou resumindo em palavras a sensação geral do grupo, que rasgaram o coração dos caminhantes, cortando em pedaços o leve e frágil cordão de esperança. O sentimento que delas surgiram poderia conter alguma verdade. Não seria fácil suportá-la. Em silêncio, todas desviaram o olhar para a figura altiva do cavaleiro, esperando uma resposta, mesmo sabendo que seria muito difícil conseguir alguma aceitável. Ele, então, desembainhou a espada e a fincou na terra macia da margem do rio.

— O que será que fizemos, Destino? – Sir Heimeirich bradou, e seus gritos ecoaram entre os vãos das colinas de Bogdana. Depois, segurando a espada, ajoelhou-se e descansou a testa no punho da arma. — Pai... eu falhei. Vim em busca de honra e me tornei um covarde! Deveria ter lutado até o último golpe! – sussurrou para si.

O gigante Braun, pela primeira vez, não deu as costas à ação do cavaleiro e concordou com um movimento lento de cabeça, concentrando-se nas incertezas do destino de cada um.

— Tenho inveja das criaturas que habitam o Pico das Tormentas — Chikára tentou amenizar o clima que se abateu sobre o grupo. — Ao menos, elas respiram um ar que ainda não foi profanado por esses demônios.

Após a fala da maga, um longo e pesado silêncio se fez.

Tão pesado que poderia até ser ouvido.

— Ora, ainda estamos vivos, não é verdade? Ou você realmente pretende viver sem lutar? — Formiga quebrou o silêncio, questionando com um ar de quem não aceita o conformismo, ou, se o aceita, não faz disso um ritual.

— Em Kêmen, eu cresci ouvindo que, se algo não nos mata, acabará por nos deixar ainda mais fortes — Braun complementou. — Azar de nossos inimigos que nos deixaram escapar, pois que voltaremos a lutar com muito mais ímpeto!

As palavras de Formiga e Braun, mesmo que não tivessem a intenção de confortar Sir Heimerich, motivaram o cavaleiro a levantar-se, ainda que abatido, com uma dose maior de convicção. Ele percebeu que sem uma meta não viveria, por mais difícil que ela pudesse ser. Os sevaneses do Grande Lago diziam que, se alguém estivesse sozinho e imerso na água, seja em um lago pequeno ou no oceano mais profundo, teria a mesma reação: nadar.

— No dia em que não houver mais dor... — Victor, quieto já há algum tempo, abraçou a todos com sua voz assombrosa — nem pranto, nem perda de sangue, já estaremos mortos e não gozaremos das vantagens dessa vida. Lamente-se o quanto puderem. É isso que os mantém vivos! Quantos *verões* vocês precisam viver para aprender que sem a escuridão a luz não tem significado, e por mais longa que tenha sido a noite ela não dura para sempre? — questionou, deixando um tilintar de desprezo em suas palavras. Depois, voltou-se para Petrus, o primeiro a ser picado pelo inseto do desespero. — Homem de pouca fé, por que não observa o seu novo amigo das colinas? — Dídacus apontou para Rurik, sentado ao lado do camponês e alheio a toda situação — Atacado por um ou por mil, ele lutará por sua vida, ou correrá e continuará vivo. Dialogue com ele. Ele tem muito a te ensinar. A todos nós!

Petrus olhou para Rurik. *É verdade, animais não desistem de sua vida. Homens também não deveriam.* A mera sensação de que isso seria verdadeiro o tranquilizou, ainda que momentaneamente. Percebendo que o pastor tinha entendido o recado, Victor devolveu-lhe um olhar de resposta ao agradecimento não-concretizado.

As águas lentas do rio Nakato pareciam aguardar que o pesado corpo do desafortunado homem fosse devolvido o mais rápido possível. Como um ser que vive, elas desejavam que aquela oferenda a *Maretenebræ* pudesse ser concluída e, assim, cumprir sua missão de mensageiras do oceano. O grupo fora unânime em responder aos anseios da correnteza, mas apenas Sir Heimerich e Chikára tomaram a iniciativa de realizar os rituais fúnebres. Ambos eram conhecedores das mais antigas tradições siegardas e, cada qual, seguindo os costumes das regiões de onde vieram, convidaram a todos que se pusessem em silêncio e cobrissem a cabeça em respeito à morte.

— Apenas pó e cinzas... — começou Sir Heimerich uma sentença funerária dedicada aos heróis mortos de Askalor, ajoelhando-se e coletando um punhado de terra do chão.

— Finalmente livre de Exilium, de volta às mãos de Destino — completou Chikára, fazendo um sinal com as mãos sobre o peito.

Braun e Formiga ergueram o corpo e o colocaram cuidadosamente no rio. Antes que fosse largado, sua cabeça foi mergulhada três vezes. Roderick tirou uma flor de alecrim da paisagem e colocou entre as mãos já resfriadas do falecido, demonstrando-lhe alguma admiração.

O corpo ainda deslizava de forma lenta quando os sete se puseram em caminhada, margeando o Nakato. Segundo Chikára, o grupo atingiria o Bosque dos Lordes em menos de uma *aurora*. Como estava começando a escurecer, seria bom estar longe dali para encontrar um refúgio mais prazeroso, longe dos perigos da morte.

Vestida em tons de amarelo e alaranjado acima do horizonte, a lua plena dominava novamente o céu. Ao contrário da noite anterior, o calor era muito forte e beirava o insuportável. A brisa do mar já havia desaparecido há tempos; no lugar dela, havia uma ventania quente vinda das planícies de Azaléos que contribuía em muito para a sensação de desconforto. O perfumado aroma noturno das colinas fora substituído por um cheiro de ovo podre.

Não demorou muito para que os aventureiros avistassem casebres de pescadores à margem esquerda do Nakato, iluminados apenas pela luz da lua. Tudo estava assustadoramente silencioso.

— Conhece esse lugar? — Braun voltou-se para Sir Heimerich.

— Não, mas me cheira a morte — o nobre respondeu.

— Vilarejos assim são comuns nas beiras dos rios, mas esse aqui parece abandonado pelos deuses — Formiga explanou.

— Melhor passarmos adiante, cortar logo algumas lenhas e dormir mais para lá para frente. O que acha, Roderick? — Petrus, como sempre, tentou uma estratégia evasiva.

— Façam silêncio! – Chikára comandou. — O homem que encontramos mais cedo pode ter vindo daqui. Os populares já devem estar assustados o bastante. Podem até mesmo estar de luto.

— Eles não deviam estar procur... – Petrus iria resmungar.

— Basta. Vamos nos aproximar – a maga o interrompeu, ríspida, e avançou, seguida pelos demais. Atrás de todos, Victor Dídacus permanecia calado em um momento de solidão espiritual – embora atento a tudo o que se passava.

Apesar dos mosquitos incomodarem bastante, conseguindo arrancar alguns palavrões da boca suja de Braun, o grupo conseguiu se mover com cautela. Para eles, ou a vila estava desabitada, ou seus moradores jaziam em sono profundo. Tomavam cuidado, pois a segunda opção – ainda que improvável – poderia ser verdadeira, e eles não desejavam acordar ninguém de modo impensado.

— Existem espíritos aqui – sussurrou Victor, como se tomado por um sentido além do que as pessoas podiam interpretar.

À primeira vista, o lugar parecia deserto, mas à medida que se aproximavam do povoado a certeza dava lugar à dúvida. As cabanas eram feitas de madeira seca, palha e peles de animais, todas gastas pelo tempo e levavam a crer que os habitantes não deviam gozar de grandes recursos – como se podia esperar de uma simples aldeia de pescadores.

Quando ruídos estranhos puderam ser ouvidos do interior de uma das habitações mais amplas, os peregrinos souberam, definitivamente, que não estavam sozinhos. Uma mescla de vozes e lamentos se juntava ao som assombroso de estalos e rangidos do assoalho do casebre.

— Te...te...tem gente aqui! – assustou-se o pastor. — E algo me diz que essa gente não parece muito satisfeita.

— Não se perturbe, Petrus. Devem ser apenas os moradores, passando por alguma dificuldade. Estou quase certo de que é isso – disse Roderick, tentando tranquilizar o amigo e a si mesmo.

Inquieto, Rurik rosnou e latiu. Braun, impaciente, desferiu um tapa na nuca do mascote.

— Quieto, lobo dos infernos! – ordenou.

No que o animal se preparou para investir contra o guerreiro, Petrus o interrompeu com as mãos e, utilizando-se de sua habilidade pouco comum e surpreendentemente eficaz, domou a fera com facilidade.

Sem mais delongas, os aventureiros se achegaram à porta da habitação de onde vinham os incessantes murmúrios. Devido ao vento inconstante, que trazia um cheiro de carne podre, ela se chocava entreaberta contra seu batente produzindo um som pesado e profundamente desconfortável.

Como se Destino estivesse marcando o tempo.

Braun, adiantando-se, subiu alguns degraus até a porta e, sem virar para trás, ordenou aos outros que não saíssem de onde estavam.

— É perigoso para um homem sozinho, Braun — Sir Heimerich ponderou. — Precisará de retaguarda.

— Fique aí e tome conta dos outros — o guerreiro rejeitou ajuda, respondendo de maneira ríspida.

Com os devidos cuidados, Braun afastou devagar a porta e passou pelo vão. A música lamentosa que tomava a mente dos aventureiros cessou de repente. *Não consigo enxergar um palmo à frente. E esse cheiro... por Destino, é asqueroso! Afinal, que raios está acontecendo aqui?* Perguntou-se, sentindo um leve calafrio, enquanto seus olhos se ambientavam à escuridão entrecortada pelos finos raios de lua provenientes das frestas do teto. Não demorou muito para que ele enxergasse silhuetas de homens e mulheres, deitados por sobre o chão de tábuas.

— Quem está aí? — perguntou, em voz baixa, não obtendo respostas. Somente as trevas do aposento lhe faziam saudações. *Será que estão mortos, a exemplo do infeliz que encontramos no rio? Ou apenas dormindo? Se estão acordados, por que preferem o silêncio?* Ia formular outro questionamento quando sentiu um ar frio perto da nuca, causado pelo deslocamento de uma fumaça escura e densa.

Algo muito maior do que ele o espreitava pelas costas.

Com um movimento súbito, o guerreiro girou o corpo pretendendo pegar o suposto adversário de surpresa; contudo, aquele mesmo ar frio de hostilidade passou pelo seu pescoço, esquivando-se e tornando o esforço em vão.

O que quer que fosse, além de grande, era bem rápido.

Apareça! Braun se irritara, não sabendo que, atrás dele, iluminado pelo feixe de luz da lua, uma figura negra postava-se imóvel. Percebendo o perigo, apesar da atmosfera de horror que o abraçava, ele não se intimidou. *Se me quisesse morto, já o teria feito,* pensou. Foi essa simples convicção que deu forças suficientes para encarar o monstro atrás de si. Olhando de canto de olho, ele virou-se lentamente.

Não se tratava de uma visão muito amistosa.

— Quem é você? O que é você?

A grotesca forma de aparência brutal quase alcançava o teto do aposento. Seus braços eram largos como uma velha seringueira, e as pernas rígidas como colunas de mármore. Usando somente uma longa tanga, parecia que seus volumosos músculos pulariam de seu corpo. O titã então levantou sua monstruosa mão direita ao lado do corpo, como se quisesse fazer algum tipo de cumprimento.

— Saudações, homem — uma voz que lembrava os mais fortes tambores militares em batalha ecoou.

Dragões me chamusquem!

Do lado de fora da habitação, logo que Braun havia passado pela porta, Formiga sentiu a falta de um dos companheiros.

— Onde está Victor?

— Ele ficou para trás enquanto caminhávamos — Roderick respondeu.

— No cenário desfavorável em que nos encontramos, se ele se perdeu, devemos investigar. Pelo tempo que chegamos aqui, não deve ter ido muito longe — concluiu Sir Heimerich. — Vou procurá-lo por entre as outras cabanas. Vigie os três — olhou para Chikára, que por sua vez, assentiu a ordem.

Ao som de grilos, sapos e outros animais noturnos, o nobre cavaleiro seguiu sozinho por entre as cabanas envelhecidas. Mariposas, vaga-lumes e um número sem-par de formigas e mosquitos também acompanhavam seus passos e provocavam-lhe um leve incômodo.

— Dídacus! Dídacus! — chamava, entre um tapa e outro em sua própria face, procurando não erguer muito a voz.

Quando o nobre se postou a quatro braças de distância da margem de Nakato, reparou que fios de uma luminosa coloração esverdeada desciam o rio e se extinguiam rapidamente. Acreditando que aquela curiosa visão estava relacionada ao seu amigo perdido, pouco a pouco, aproximou-se.

Perto dos pés do paladino, nas águas rasas, vários peixes jaziam sem vida. *Quem será que os matou?* Pensou, intrigado, antes de avistar ao longe um ponto negro transparecendo na superfície prateada de Nakato.

— Victor! — Arriscando uma resposta intuitiva à sua pergunta, o nobre gritou para chamar a atenção daquele a quem ele pensava que poderia estar por trás da pequena matança de peixes. Não houve resposta. Vendo que seria necessário entrar nas águas calmas do rio, Sir Heimerich, então, descalçou suas botas de aço. Ao colocar os pés na correnteza, um frio repentino cruzou todo o seu corpo — causado não só pela baixa temperatura de Nakato, mas também pelo assombroso ressoar de uma voz arrastada, embora muito familiar.

— Não se aproxime!

— O que faz aqui, digníssimo? — perguntou, constatando suas suposições após se recompor do susto.

— Você não entenderia.

XIII

O servidor

A figura negra se aproximou de Braun e deixou a luz da lua pairar em seu rosto, revelando uma face oblonga de traços fortes e exóticos: nariz largo, queixo fendido e grossas sobrancelhas, apesar de calvo e sem outras evidências de pelos no corpo. No entanto, eram suas pupilas brancas — como as do homem encontrado morto no rio — o que mais saltava aos olhos.

— Está precisando de respostas, homem. Guarde sua arma, não irá obtê-las por meio dela.

— Quem é você? — repetiu o guerreiro.

— Meu nome não é pronunciável em sua língua. Chame-me apenas de Ázero. Sou o encarregado desse lugar.

— Encarregado?

— Sim, de zelar pela vida destes pescadores atingidos pela peste.

Então, o gigantesco ser se voltou serenamente à escuridão.

— Não se preocupem, ele não fará mal a nenhum de vocês – disse Ázero. Imediatamente os estalidos na madeira e os lamentos assustadores voltaram. Eram de homens, mulheres, velhos e crianças. Todos encolhidos como um rebanho acuado por bestas selvagens.

— Como pode cuidar deles se também foi atingido pela peste? — questionou Braun, apontando para as pupilas brancas do anfitrião.

Ázero lhe devolveu um leve sorriso.

— Não fui atingido por peste alguma, os deuses me moldaram assim desde sempre, mas enxergo perfeitamente. Vejo, por exemplo, a cicatriz que lhe marca o rosto, e que sua arma está empunhada com a mão esquerda.

Instintivamente, Braun passou a mão no lado direito de sua face, e certificou-se que sua mão esquerda estava realmente empunhando a montante.

— Bah! Com razão!

— Vejo que também lutava na guerra – Ázero continuou — E que seu coração está ferido pela morte de seus companheiros de Sevânia.

Braun vacilou ao ouvir a última frase.

— Qual é o seu nome, homem de Kêmen? Para onde vai? – o monstro prosseguiu após uma breve pausa.

— Eu me chamo Braun. Estou com alguns companheiros lá fora e pretendemos chegar ao Domo do Rei em poucas *auroras*.

— Chame-os então, Braun de Kêmen. Precisam de água, comida e abrigo.

Sir Heimerich estava inquieto e temeroso.

O que Victor fazia na água e o que havia matado aquele cardume? Se os dois eventos estivessem relacionados, o homem à sua frente poderia ser muito mais que simplesmente misterioso.

Ele poderia ser poderoso.

Decidido a dar sua alma por uma resposta clara e convincente, o Cavaleiro da Ordem continuou a caminhar rio adentro.

— Algum tipo de pescaria, Dídacus? – suas palavras estavam temperadas com ironia e curiosidade.

— Sim. Pegue os peixes e leve para os demais! – Victor respondeu de modo ríspido, como se quisesse afastar a alma curiosa de Sir Heimerich, sedenta por conhecimento.

— Levarei todos, assim que me explicar como faz isso! – há poucas braças de Victor, a ironia do askaloriano crescia à medida que se aproximava do misterioso homem e dos fios luminosos que dele emanavam.

— Afaste-se, já disse! Não se exalte por sua vã curiosidade.

Apesar dos apelos, o desejo do nobre cavaleiro era forte demais. Para ele, era preciso deter aquele homem de aparência exótica e voz inquietante — nem que fosse para seu próprio bem. Pensando não somente em si, mas também no que o grupo poderia estar recebendo como companheiro, Sir Heimerich avançou lentamente através da correnteza, sem perceber que seu corpo entrava em um estado de embriaguez. A temperatura de seu corpo baixou, e, com dificuldades de caminhar, ele começou a suar. Em poucos instantes, tendo a vista já turva, o paladino tombou nas águas de Nakato.

"Afaste-se... afaste-se...".

Ouviu, antes de perder os sentidos e a consciência.

Chikára, Petrus, Roderick e Formiga aguardavam impacientes o retorno de Braun. Desde que ele entrara na habitação, não houve um ruído sequer. Em meio àquele penetrante silêncio, Formiga disse que não suportaria mais um instante e, decidido, tomou a iniciativa de entrar no casebre. Seus passos, porém, foram interrompidos pela aparição brusca de Braun à porta.

— Entrem – falou ele, aparentando perturbação.

— O que houve? – perguntou Chikára.

— Se eu disser, vocês não vão acreditar.

Sem escolha, os quatro seguiram os comandos do guerreiro e cruzaram a porta rumo à escuridão para, logo em seguida, depararem-se com o colossal Ázero.

Ele, novamente, demonstrou cordialidade.

— Saudações, homens – disse com a voz retumbante, elevando a mão direita.

O desconforto capturou a todos pelos tornozelos. Petrus, com seus olhos azuis arregalado, e quase que hipnotizado, foi o único que correspondeu ao cumprimento do gigante. O restante dos peregrinos não conseguiu esconder a aflição de terem de dialogar com a estranha figura à sua frente.

— Este é Ázero – Braun se adiantou. — Ele me disse que é o encarregado por aqui. Ázero está cuidando dos aldeões que foram afetados pela Pestilência Cega – o guerreiro mostrou a massa de pessoas que se encontrava em um canto da habitação. — Chikára estava certa. A doença também atingiu esta região.

— Que a Ordem o guie, gigante Ázero – Chikára aproveitou sua menção para arriscar uma conversa. — Gostaria que me contasse mais sobre essa doença, a fim de que eu possa, mais tarde, registrá-la em tinta e papel.

— Certamente, mulher – respondeu o anfitrião. — Embora não seja fatal, as vítimas ficam cegas, e seus olhos tornam-se brancos como algodão. Sua força diminui e eles não conseguem permanecer aptos a qualquer tarefa manual, por mais simples que ela seja. Ainda que sejam capazes de se alimentar, não posso dizer o mesmo sobre caminhar.

Eles se arrastam. Meio mortos, meio vivos. Bolhas arroxeadas surgem por todo o corpo, exalando um odor ofensivo a qualquer olfato humano. Como podem sentir.

Os aventureiros concentrados no discurso de Ázero, instintivamente, respiraram enojados.

— Eu os limpo todas as *auroras* — explicou o gigante. — Mas não nos apeguemos a estes detalhes. De um âmbito mais geral, o fato é que não existe modo de se saber quem será ou não afetado. Não consegui descobrir quais são os critérios dessa escolha. Porém, sei que é um tipo de feitiçaria e que se espalha de maneira veloz. Tão rápido quanto uma cavalaria em disparada. Tenham a certeza de que, por agora, esta situação já entrou em muitos lares. Não será agradável presenciar a decadência dos afetados. Pelas suas condições, não sei se ainda posso chamá-los de humanos.

Eu também não sei se o chamo assim, Formiga refletiu. Como se tivesse decifrado seus pensamentos, Ázero olhou diretamente para o ferreiro com uma expressão séria, mas que rapidamente se converteu em um leve sorriso, deixando o velho homem confuso e mais tenso.

— Ázero, há algum modo de anular esse feitiço? — continuou Chikára com mais questionamentos, concluindo que este ser com quem conversava poderia ser algum tipo de curandeiro, ou um mestre de sabedorias antigas.

— O feitiço só pode ser anulado por quem o criou — respondeu Ázero.

— Temos que descobrir quem o lançou e eliminá-lo furtivamente — afirmou Roderick.

— Estou contigo, Roderick — apoiou Formiga. — Está na cara que foram aqueles malditos que invadiram nossas terras.

— Muito me admira vocês... — Chikára interrompeu ironicamente — ao sugerirem que nos infiltremos nas forças do inimigo, que já se mostraram extremamente poderosos, e irmos atrás de alguém, talvez mais poderoso ainda, o qual não temos certeza de que possa ser eliminado. Pelo menos não com as nossas mãos.

O silêncio abraçou a todos com as verdades da keishuana. No calor da emoção, Formiga não havia pensado direito nas dificuldades que encontraria. Roderick, como um exímio caçador, não via qualquer problema na tarefa que ele mesmo propôs, porém, pensando nas palavras da maga, haveria uma grande possibilidade deste inimigo não ser um homem que ele pudesse abater com flechas comuns. Petrus apenas ouvia atentamente o desenrolar da discussão, enquanto Braun, por ser um guerreiro que lutava de peito aberto e aos brados de guerra, já havia descartado a ideia desde o início e, por isso, preferiu ficar de boca fechada.

— Ah sim... — Ázero retomou seu discurso — havia esquecido de lhes dizer que essa moléstia é apenas uma fase; um período de transição, como os insetos que fazem seus casulos e se tornam borboletas mais tarde.

— Então, eles se tornarão melhores? – Roderick se exaltou.

— Não foi isso o que disse, homem. Curar implicaria em levá-los à condição anterior. Esse não é o caso. Eles estão sendo preparados para outro propósito. Portanto, o que tiverem de fazer, aconselho que façam rápido.

Os peregrinos se entreolharam, preocupados com as estranhas e inquietantes informações de Ázero, que parecia saber muito mais do que aparentava.

— O... o que poderia ser pior do que isso? – Petrus, amedrontado, não conseguiu calar o seu pensamento.

— Disso eu não sei, homem – respondeu o gigante. — Mas se desejam saber, há um lugar em que todas as suas perguntas poderão ser respondidas.

A afirmação de Ázero causou um suspense impactante, sendo impossível neste momento distrair-se com qualquer outra coisa — mesmo com os tortuosos e incômodos lamentos.

— E que lugar seria esse? – questionou Roderick, complementando o pensamento de todos.

— O Oráculo do Norte, que repousa no Topo do Mundo, onde se costuma dizer que o céu toca o chão – ele respondeu, enigmático.

— Você se refere ao Pico das Tormentas? — deduziu Chikára.

Ázero assentiu.

— Que baboseira! Aquilo lá é apenas um amontoado de pedra bem alto! – Braun tentava ser racional. — Como podemos dar crédito a essas palavras?

— É claro que vocês podem ignorar minhas palavras – Ázero deu de ombros. — E para isso vocês têm o que se chama livre-arbítrio. Mas, seria pouco inteligente recusarem-se a ouvir minhas informações.

— Como você pode estar certo de que lá existe mesmo um oráculo? – Roderick decidiu, de forma simples e direta, averiguar a verdade.

— Eu já estive lá – o anfitrião respondeu com tranquilidade.

Os aventureiros pareceram não acreditar.

O Pico das Tormentas, a região mais elevada de toda Sieghard – talvez de todo o Exilium –, atacada incessantemente por ventos gélidos, era um lugar inóspito e frio. Com avalanches, tempestades de neve e enxurradas, qualquer homem teria poucas chances de sobreviver às intempéries da região.

Como se não bastasse, na longa subida até seu topo encontravam-se os ninhos dos violentos lagartos alados – primos menores dos lendários dragões, há muitas eras extintos. Atingindo cinco a seis braças de comprimento – sendo metade dessa medida uma cauda de ponta grossa –, essas criaturas reptilianas apresentavam escamas que variavam entre o marrom e o cinza. Suas patas dianteiras, diferentemente dos dragões, evoluíram para asas — ou *patágios,* a exemplo de morcegos — que podiam alcançar uma envergadura de oito braças, possibilitando a eles caçar como aves de rapina. Suas enormes mandíbulas, repletas de dentes longos e pontiagudos, dilaceravam a carne facilmente e seus olhos vermelho-alaranjados metiam medo no mais corajoso dos homens. Sem um cheiro característico, os lagartos alados atacavam silenciosamente — e sem piedade — qualquer coisa que se aproximasse dos seus ninhos recheados de ossadas humanas.

Além dos lagartos, também trolls das cavernas habitavam as trilhas de subida. Desajeitados, eles caminhavam a passos irregulares sobre duas pernas, sempre curvados e com os ombros caídos. Seus braços longos terminavam em monstruosas garras afiadas que, quando corriam, arrastavam-se rente ao chão. Possuíam pés grandes de três dedos e uma pele cinza-esverdeada que lembrava couro curtido. Para completar, sua cabeça apresentava uma estranha massa contorcida escura na parte de trás. Apesar da aparência esquisita, essas criaturas eram incrivelmente ágeis e fortes. Um adulto podia atingir até nove pés* de altura e pesar o equivalente a dois bois. Entocados em pequenas colônias dentro de cavernas, ao contrário dos lagartos, eles agiam em bando e não conheciam o medo, sendo conhecidos por causar o desaparecimento de povoados inteiros. Eram carnívoros e, com seu enorme apetite, caçavam incessantemente tudo o que se mexia, desde lagartas até ursos — nem mesmo os lagartos alados ousavam se aproximar deles.

O Pico das Tormentas era não só conhecido pelas horrendas criaturas que habitavam suas encostas, mas também por conter armadilhas feitas para manter as pessoas comuns longe. Muitos se perguntavam o que elas estariam protegendo e por qual motivo. Os relatos dos embustes variavam desde fossos escondidos e pedras rolantes, até labirintos e enigmas que representariam um nível de desafio implacável — mesmo ao mais sábio dos anciões.

Numerosas eram as histórias sobre o Topo do Mundo, porém delas pouco se sabia o que era verdade e o que era lenda, pois, dos que tentaram sem sucesso atingir seu cume, apenas alguns voltaram e, estes, dados como loucos. De qualquer maneira, todos os siegardos sabiam que se tratava de um ambiente extremamente hostil.

Era como encontrar o desespero e a morte solitária.

— V...v....você já foi lá? — perguntou Petrus.

— Há muito tempo, sim — disse Ázero, coçando a nuca. — Mas, nas atuais *auroras,* essas aventuras já não me fascinam mais.

— A mim igualmente, Ázero! — disse Formiga. — Eu também, quando jovem, costumava me aventurar bastante... — ele conseguiu chamar a atenção de todos com

---

* Um pé siegardo são trinta centímetros

a curiosa informação — ...na cozinha da taverna dos meus pais! — completou cheio de graça, gargalhando com as mãos na cintura; embora ninguém tenha esboçado um sorriso.

— Então — Petrus continuou, ignorando Formiga — se acharmos esse tal oráculo, não precisaremos nos infiltrar para saber a origem da peste?

— E subir o Pico das Tormentas? — indagou Roderick. — Tenho minhas dúvidas se essa é a melhor ideia.

— Não sejamos afoitos — Chikára tomou a palavra. — É claro que nós não temos condições de ir até lá. Não temos número, nem provisões suficientes. O melhor que podemos fazer é chegar em Askalor o mais rápido possível e avisar ao nosso rei Marcus sobre a existência desse lugar. *Ele* poderá, então, convocar uma excursão até o Pico das Tormentas.

— Que assim seja, mulher — Ázero parecia contente. — Porém, é chegado o fim do dia e creio que andar à noite por essa região seja perigoso. Fiquem aqui e partam amanhã. Posso oferecer abrigo e comida. Nossas rações são poucas, mas podemos dividi-las com todos vocês.

O gigante mal terminara de falar e a porta rangeu, anunciando a chegada de alguém. Logo, Victor surgiu de repente na entrada, trazendo Sir Heimerich desacordado em seus braços e uma rede repleta de peixes às costas. A água pingava de suas roupas e espalhava-se por todo o assoalho.

— Não se preocupem — falou Victor. — Eu trouxe peixes. Só precisamos achar um meio de assá-los.

Tanto Ázero quanto os peregrinos não puderam deixar de conter o espanto com a cena. A fala de Dídacus não os tranquilizou, pois perguntavam-se, principalmente, o que teria ocorrido com Sir Heimerich. Como se adivinhasse o pensamento dos companheiros, Victor lançou o corpo do cavaleiro ao chão.

— Ele não sabe nadar — explicou, enfim.

XIV

Os outros

A lua plena pendia no céu de verão, em uma noite que resplandecia tons de azul-escuro. Fora do casebre, Chikára tinha em seu colo Sir Heimerich. Todos continuavam intrigados com o que acontecera com o cavaleiro, não podendo imaginar que ele não soubesse nadar e que Victor o salvara de um suposto afogamento. Sabia-se que não estava totalmente morto — o que não representava mais do que um leve alívio —, porém teria Sir Heimerich também contraído a moléstia?

De olhos fechados, e com seu cajado nas mãos, Chikára passou a recitar frases estranhas em uma linguagem que lembrava os dialetos da longínqua Keishu. Os esforços da maga em tentar reanimar o cavaleiro pareciam vazios, embora ela soubesse o que fazia. Do seu lado, Victor — consciente que nada mais poderia fazer para reanimar o nobre — observava atentamente os gestos e as técnicas da keishuana. Sentado nos degraus da habitação, Petrus, angustiado, acariciava Rurik como a um filho. Formiga e Roderick cochichavam entre si palavras de ceticismo enquanto Braun, de guarda e mais afastado, assegurava um perímetro com o montante apoiada em seu ombro, atento a qualquer ruído suspeito. Dentro da habitação, Ázero dava de comer aos infectados, que, por sua vez, pareciam menos perturbados — alguns, inclusive, já haviam adormecido depois de alimentados.

Suando, Chikára concentrou-se o melhor que pode, aumentando o tom de sua voz, quando, de repente, algumas tatuagens — que até então não haviam sido reparadas — começaram a florescer em seus braços, pescoço e ombros. Uma luz branca na ponta de seu cajado brilhou intensamente, quase ofuscando os presentes. Em seguida, os peregrinos puderam contemplar uma visão extraordinária e espantosa.

Do peito de Sir Heimerich brotaram inúmeras gotas d'água, como se uma força as puxasse. Os gritos de Chikára aumentavam, seu corpo tremia e seus braços se movimentavam parecendo seguir os contornos da salvação da alma do cavaleiro. Enquanto as expressões do rosto da maga se tornavam mais severas, as gotas se juntavam, formando vários fios de água limpa no ar. Finalmente, com uma frase que soou como um comando decisivo, a água que pairava no ar caiu e Sir Heimerich golfou e tossiu, abrindo os olhos depois.

— Pelos Deuses da Ordem! — Ao ver o nobre vivo, Formiga exclamou espantado.

A keishuana, entretanto, perdeu os sentidos e desabou no chão.

— Chikára! — Roderick correu para socorrer a mulher.

Victor, mais próximo, apoiou a mão debaixo da cabeça da maga e a ergueu. O arqueiro disse a ela algumas palavras de ânimo. Chikára, porém, para o alívio de todos, havia se recuperado rápido.

— Consegui — ela balbuciou, piscando os olhos.

Petrus ajudou Sir Heimerich a sentar-se. Embora estivesse confuso, o cavaleiro estava completamente recuperado.

— O que houve aqui? — perguntou o nobre.

— Agradeça à moça, sir lordezinho — disse Braun ao longe, que, distraído pelas luzes, ignorara sua função e acompanhara todo o espetáculo. — Se não fosse por ela, você estaria entrando no aposento dos mortos.

Naquela altura, o bife alodiano de Formiga não estava presente nem mesmo na lembrança. Novamente, a fome assolava os aventureiros.

Enquanto Roderick e Formiga procuravam lenha e palha seca para armar uma fogueira, Sir Heimerich fora informado por Braun e Petrus sobre os últimos acontecimentos. Victor tentara, sem sucesso, convencê-lo de que ele havia tido um mal súbito. O nobre, apesar da mente turva, não era nenhum tolo, e suas suspeitas sobre o arcanista tornaram-se mais fortes. Chikára havia se recuperado; estava lúcida e, como todos, faminta. Porém, isso não seria mais problema, pois, como o vilarejo ficava próximo a uma pequena mata, a dupla encarregada de buscar lenha retornara rápido.

A fogueira foi armada por Formiga. Roderick e Braun distribuíram os peixes, entre salmões, enguias e lambaris, para que cada um comesse como preferisse, de acordo com seus costumes. Ázero, entretanto, desde que a fogo fora aceso, era o único a estar distante dentro de sua cabana.

— Venha, Ázero, junte-se aos bons e seja uma exceção! – gritou Formiga, rindo-se de uma típica expressão contada à exaustão na Taverna do Bolso Feliz.

— Muito o apreciaria, homem. Mas tenho trabalho a fazer – a voz estrondosa do gigante ressoou.

— Ah, não seja tão rigoroso. Você também precisa comer!

— Sinto muito. Mas insisto, tenho que cumprir com minhas tarefas. Há pessoas doentes aqui, preciso alimentá-las e limpá-las antes de dormirem.

— Bom que sobrará mais peixe para nós. Ainda bem! Você deve comer igual um urso em época de desova do salmão – gargalhou.

Sentados em círculo, os peregrinos conversavam pela primeira vez com certa naturalidade. Em duas *auroras*, haviam passado por uma série de eventos incomuns que podia lhes render vários assuntos, inclusive sobre a criatura que os abrigava, tão misteriosa e exótica quanto a biblioteca de Keishu.

— Que ser extraordinário – Sir Heimerich tomou a palavra. — Apesar da aparência medonha, tem um coração nobre.

— A meu ver, parece que ele obedece a ordens. Mas... de quem? – questionou Roderick.

— Seja quem for, é maior e mais poderoso ainda do que ele. Isso já é motivo o suficiente para pesadelos à noite, não acha, magricela? – respondeu Braun, irônico.

— Afinal, quem é ele? *O que* é ele? – perguntou Petrus, incomodado.

Não houve respostas, apenas o silêncio entrecortado por um leve suspiro de Victor, que se levantou e partiu rumo ao casebre.

— Aonde vai, Dídacus? – perguntou Chikára.

— Não estou habituado a comer peixes. Vou estudar os infectados.

Sir Heimerich, no entanto, se interpôs no caminho do arcanista.

— Caríssimo, não o vi comer desde que nos juntamos lá nas colinas. Sente-se e coma alguma coisa – as palavras do nobre soaram uma curiosidade natural.

— Já disse, não estou acostumado com isso – Victor respondeu desviando os olhos.

Sir Heimerich tentou em vão encarar Victor, que se conservava sempre de perfil. *Que segredos essa alma enigmática estaria ocultando?* O nobre refletia. Não havia como ficar inerte diante de suas suspeitas, dos motivos que o fizeram perder os sentidos e cair nas águas. Subitamente, Victor afrontou o cavaleiro pela primeira vez, como se soubesse o que ele estava pensando. Sua expressão, reforçada pelos inquietantes olhos verdes, manifestava um pedido de paciência. Movido mais por temor do que por alívio, Sir Heimerich afastou-se, abrindo caminho para Victor. O arcanista abaixou a cabeça e prosseguiu. Quando seus pés pisaram os primeiros degraus da habitação, o cavaleiro sentou-se novamente.

— Espectro! – balbuciou, inquieto e impotente.

— O que disse, sir? – perguntou Roderick, atento à incômoda situação.

— Nada – Sir Heimerich fingiu um sorriso, não conseguindo esconder o desconforto. — Digo, que homem difícil, não acham?

— Você quer dizer, *sinistro*? – Formiga enfatizou, enquanto devorava a cauda de uma enguia.

— Não menos que Ázero – Petrus estremeceu, dando a entender que Victor não era o seu real problema. — Ele não se assemelha com ninguém que eu já havia visto no Velho Condado – o pastor falava acariciando Rurik e olhando para a fogueira.

— No Velho Condado, nem em quaisquer outras terras habitáveis do reino – completou Chikára. — Li a respeito de um homem com essa aparência nos manuscritos guardados na biblioteca de Keishu. Ele atendia por um nome, mas como era um texto muito antigo, datado de antes da unificação, e de difícil tradução, eu não conseguiria mesmo lembrá-lo – Chikára franziu a testa. — E por falar em nomes, alguém sabe o nome do homem que lidera as forças inimigas?

— Seu nome é Linus – respondeu Sir Heimerich.

— Está certo disso? – Chikára desconfiava.

— Sim. Sir Linus, lembro bem. Trata-se de um nobre. Por quê?

— Porque o lanceiro decapitado por Braun não disse esse nome, mas outro.

— E que nome aquele miserável disse? – perguntou o guerreiro, em tom incisivo, interessando-se pelo assunto.

— Se não me engano, acho que foi Itzal. Alguém mais percebeu? – Chikára respondeu, ainda duvidosa do que ouvira, e novamente um sentimento pesado tomou conta dela, fazendo-a estremecer.

Nenhum dos seis havia prestado atenção o suficiente na frase dita pelo miliciano inimigo na iminência da morte. Talvez, se sua cabeça não tivesse encontrado um fim na lâmina afiada de Braun, a resposta poderia estar ao alcance das mãos.

— Bem, por que se importar com isso? – questionou Braun, após um breve silêncio.

— É apenas uma curiosidade – a maga deu de ombros. — Afinal, aquele homem só dizia tolices. Parecia um fanático.

— De onde vieram esses invasores? – Petrus abafou todas as outras perguntas com seu questionamento. — Quem são eles e como chegaram aqui?

— Oramos aos Deuses da Ordem, oferecemos sacrifícios ao Grande Mar e, como se não fosse o bastante tudo que fazemos, eis que *Maretenebræ* lança um castigo sobre nós – disse Roderick.

— Eu corroboro Roderick — Sir Heimerich apoiou o arqueiro. — De onde mais poderiam vir? *Maretenebræ!* Se ele aniquila a todos que ousam aventurar-se em seus domínios, é mais sensato crer que eles são a armada do próprio *Maretenebræ.*

— Não diga asneiras, lordezinho — gritou Braun, em resposta. — O Grande Mar não possui nenhuma armada. Ele é absoluto e poderoso o suficiente, não precisa de *lacaios.*

— Você blasfema! — o nobre se ergueu, com o dedo em riste apontado para Braun. — Quem você pensa que é para tentar decifrar os enigmas de *Maretenebræ,* homem tolo?

— E aquele símbolo estampado nos escudos inimigos? — Roderick mudou de assunto, vendo que as tensões precisavam ser apaziguadas.

— É um dos símbolos arcaicos do Caos. Provavelmente, nenhum de vocês o conhece. É como se nós estivéssemos revivendo uma era remota de nossa história, onde Ordem e Caos eram forças que batalhavam entre si ininterruptamente — Chikára explicou com propriedade. — Há um número infindável de indícios, tanto escritos em papiros ou grafados em paredes, quanto pequenas iluminuras em vasos e demais objetos domésticos antigos. O que eu vi na biblioteca de Keishu em todos esses *verões* não representa sequer um grão de areia diante do que já foi e do que ainda pode ser encontrado em nossas terras. Isso sem falar em construções, quase sempre templos, soterradas por todo o reino, e que, volta e meia, novamente encontram a luz em uma caravana de sábios peregrinos, ou mesmo em um andarilho distraído. Mesmo assim, acreditar que essas evidências provam que houve uma era fantástica, onde os deuses falavam com as pessoas em sonhos, ou mesmo transfiguravam-se em forma humana para conviver com os homens, não é tão simples. Estamos muito distantes no tempo para podermos afirmar algo assim como verdadeiro. Enfim, creiam no que quiserem.

— Há muitas crendices — Sir Heimerich ressaltou. — Mas só as polidas e ávidas mentes de Askalor conhecem a verdade por trás de tudo isso.

— O que quer dizer com isso? — Roderick pareceu ter se irritado. — Que ignora as nossas crenças?

— As crenças selváticas são superstições bárbaras e sem fundamento — disse o nobre. — Vocês nem ao menos conhecem o alfabeto do reino.

O arqueiro parou de mastigar e fitou o cavaleiro.

— Como ousa ignorar os conhecimentos de nossos ancestrais? Ignorar aquilo que nos fortalece, nos faz viver e nos dá identidade?

— Os povos da floresta nunca alcançarão a civilização se continuarem nesse rumo — o cavaleiro continuou sem se incomodar. — Desde os tempos das inundações nós estávamos destinados a ser o centro do reino, que levaria a verdade a todos os cantos. Com nosso modo de vida superior, transformamos simples criaturas em homens! Todas as mentes sensatas desse país sabem que há muitas eras, *Maretenebræ* cobriu todo o mundo conhecido. Foi o fim da época dos deuses. Eles foram banidos para sempre, enquanto outra raça se preparava para dominar a natureza e construir as maiores maravilhas que conhecemos. Eis que Askalor foi o baluarte da unificação de Sieghard. O elemento necessário para que a Ordem reinasse novamente.

— Bah! — Braun cuspiu um pedaço de peixe de sua boca suja e, como de costume, tomou partido contra o askaloriano. — Deixe de lorotas. Você nem sabe nadar. Imagine se *Maretenebræ* o tivesse pegado naquele tempo. Você seria o primeiro a pedir socorro. Houve um dilúvio para purificar as terras de todos os fracos. Apenas os braços mais fortes e preparados sobreviveram. Embora haja uma ou outra exceção... — concluiu com uma indireta para Sir Heimerich, concretizada em um sorriso sem-vergonha.

— Quem disse que não sei nadar? – o nobre reagiu.

— Braun! Heimerich! Basta! — Chikára interrompeu o debate, antes que uma nova peleja surgisse entre os dois. — O que é isso? Uma disputa para escolher políticos?

Apesar da firmeza da voz, a maga viu que não havia convencido a dupla. Aliás, nem Roderick, Formiga ou Petrus — cada qual com a sua própria e relativa verdade sobre o dilúvio, a origem do reino e os mistérios do Grande Mar. Porém, para ela, certa ordem era necessária. Ela sabia que os homens podiam matar mais por suas crenças do que por comida.

Quando a fogo se extinguiu, Ázero e Victor reapareceram. Ainda sentados e trocando devaneios tolos, o gigante pôs-se entre os peregrinos.

— Cansados, homens gentis? – sua voz limpa e forte era branda, e contrastava com sua aparência colossal, ainda mais ameaçadora longe das paredes.

— Sim, bastante – disse Petrus. — Hoje foi uma *aurora* daquelas. Daria tudo por minha velha colcha de lã.

— Onde dormiremos, Ázero? – perguntou Sir Heimerich.

— No velho armazém – Ázero disse, apontando para um barracão rústico e sujo. — Não se preocupem, lá dentro há alguma palha para que façam suas camas. Não é muito confortável, mas vocês têm a minha palavra de que é seguro.

— Por que não se juntou a nós durante a refeição? – Formiga perguntou de boca cheia, querendo ser simpático. — Precisava esperar o fogo se apagar?

— Lamento desapontá-lo, homem de baixa estatura – o gigante esnobou com uma ironia saudável. — Minha função me impedia de acompanhá-los.

— Você está levando a vida muito a sério, meu caro. Desfrute-a por um momento – retrucou o ferreiro.

— Olhe fundo nos meus olhos, pequeno homem, como apenas os pequenos homens são capazes — Ázero sorriu e pousou a mão no ombro de Formiga. — Não está vendo na alma servidora de meu ser um espelho sombrio da sua própria? Você faz o que faz porque há um propósito para você nesse gigantesco ser chamado Destino. Um propósito que não pode ser negado. O mesmo ocorre comigo. Você se considera um homem livre, mas não é. Somos prisioneiros de nossas próprias naturezas.

Braun terminou de apagar as brasas e pôs fim a mais uma jornada. Acompanhados por Ázero, os peregrinos exaustos seguiram até o velho armazém. No horizonte distante, algumas nuvens negras se acumulavam.

— Talvez tenhamos chuva amanhã — suspeitou Sir Heimerich, olhando para o céu.

Ao chegarem no barracão, para a surpresa de todos, Petrus já dormia confortavelmente em um monte de palha, ao lado de seu lobo. Formiga e Roderick, além do próprio Ázero, não puderam esconder o riso. Já os outros estavam cansados demais para verem alguma graça na cena.

— Antes que partam pela manhã, venham à minha cabana para o desjejum — disse o gigante. — Que Destino lhes reserve sonhos satisfatórios, homens.

X V

Aquele que ensina

som dos chuviscos batendo no telhado do velho armazém produzia uma doce melodia. No teto antigo e descuidado, goteiras se multiplicavam e alguns pingos caíam serenamente sobre os rostos cansados e mal dormidos dos peregrinos. O cheiro de terra molhada perfumava o ambiente e, combinado com a musicalidade da chuva e com o clima ameno daquela manhã atípica, convidava os homens para alguns momentos a mais de sono.

Braun, de sono mais leve, foi o primeiro a despertar com as gotas frias. De pé, e resmungando algumas palavras grosseiras, o guerreiro, em seguida, acordou os demais com pisadelas. Victor, às portas do armazém, já esperava pelo despertar dos outros enquanto contemplava as finas lágrimas do princípio de verão em Sieghard. Formiga também não estava entre o grupo naquele momento – não foi difícil, entretanto, saber o motivo: o ferreiro sofria de dores de barriga, visto que havia comido mais peixes do que todos os outros somados.

Com o grupo reunido novamente na entrada da cabana onde Ázero cuidava dos enfermos, Formiga recusou-se a comer quando lhe foram oferecidas frutas silvestres. Petrus, pelo seu semblante ainda sonolento, poderia dormir por mais meia *aurora* seguida. Na claridade, as feições do anfitrião pareciam menos impactante do que nas sombras, e os aventureiros puderam conversar com menos receio a respeito dos mais diversos assuntos enquanto a sinfonia pluvial ressoava nas folhagens. Sir

Heimerich, Chikára e Roderick eram os que mais se expressavam, contando histórias sobre a origem do reino unificado de Sieghard, discutindo sobre as melhores trilhas para o Bosque dos Lordes, ou mesmo ouvindo com atenção as advertências do gigante negro — quando ele resolvia dar as caras. Embora interessados, Braun, Petrus e Formiga ficavam calados na maior parte do tempo. Victor, por outro lado, resumia-se a observar a massa de aldeões recolhida nos fundos do casebre. Agora ele podia contemplá-la plenamente, bem como toda a sua miserável condição: homens, mulheres, crianças e anciãos, todos padecendo da mesma moléstia. Sem autonomia, sem vontade, sem vícios ou virtudes.

Apenas corpos nas mãos de Destino.

Os mais velhos ainda dormiam, enquanto os mais jovens tentavam em vão dividir as frutas e raízes trazidas por Ázero. Seus olhos permaneciam tristemente brancos e os sons que emitiam, apesar de passarem longe dos gemidos ouvidos na noite anterior, não chegavam a expressar sentenças — ou mesmo palavras compreensíveis. *Já não há protagonistas, apenas o coro*, pensava Dídacus.

Terminado o desjejum, Sir Heimerich, Braun e Roderick prepararam as últimas provisões para a jornada que se seguiria: um pouco de frutas e raízes, bem como alguns odres de água nos bolsos e cintos de cada um.

— Devemos marchar. Que a Ordem sempre o guie, caro Ázero. Agradeço por todo o bem que fez a mim e aos outros, além das informações preciosas que nos passou — Chikára agradeceu o gigante por sua providencial hospitalidade. — Creio que podemos chamá-lo de amigo, não? E, em tempos como esses, um amigo vale tanto quanto a arcaica sabedoria contida nas bibliotecas desse reino. Adeus!

— Não lhes fiz bem algum, mulher. Apenas cumpri com minha vocação e sempre o farei quando nos encontrarmos novamente. Seja de uma forma ou outra — Ázero continuava evasivo e misterioso.

— Então nos veremos de novo? – perguntou-lhe Petrus.

— Mais breve do que você imagina – concluiu o gigante, enigmático.

— O que a senhora diz é verdade, grande alma – disse Sir Heimerich, terminando de vestir sua cota de malhas. — O que fez por nós e o que faz por esses aldeões é um exemplo digno de um rei para com seus súditos.

Ázero apenas sorriu, agradecendo sem palavras.

— Como podemos partir deixando-o sozinho? Você estará seguro aqui, com toda a pestilência à sua volta? – perguntou Roderick.

— Se Destino me quisesse com a peste, já o teria feito. Não se preocupem. Caminhem bem, aproveitem todas as *auroras* de suas vidas. Destino os guia.

Satisfeitos com a despedida, o grupo deu início à marcha rumo ao Bosque dos Lordes e, posteriormente, ao Domo de Askalor.

— Homens! — de súbito, em voz alta, o grande homem deu-lhes uma última advertência. — Não se esqueçam. Por mais que seus caminhos terrenos estejam repletos de espinhos, nunca deixem de sorrir, sonhar e ter esperança. Quis Destino dar a vocês estes três dons: usem-nos.

encontro das águas do caloroso riacho Ham com o frio Nakato havia sido deixado para trás, e o grupo soube assim que se aproximava do Bosque dos Lordes — uma tríplice fronteira natural que separava as províncias de Bogdana, Askalor e Azaléos.

Os peregrinos caminhavam, quase todos, sussurrando algumas melodias. Era de opinião corrente, desde os anciãos de Keishu até os taverneiros de Sevânia, que a música e o canto eram artes sábias, podendo amenizar o medo, seja o de que quer que fosse, ou tranquilizar mentes ansiosas. De fato, desde que o reino fora invadido, não se tinha notícias a respeito do rei ou de sua corte, nem mesmo a posição atual das forças inimigas.

Enquanto Braun tinha apreço pelos hinos e marchas de batalha, tão úteis para inspirar guerreiros em Sevânia, Chikára tinha preferência pelos temas mais meditativos, exaltando a sabedoria e a importância de se preservar os conhecimentos antigos. Roderick possuía uma lista infinita de pequenas canções, aprendidas nas mais diversas caçadas de Everard. Todas falavam sobre os mais variados temas de alegria e diversão, desde o sabor do vinho até o amor das mulheres. Porém, o que mais chamou a atenção do grupo foi uma breve marcha iniciada, com certa timidez, por Petrus. Sendo uma canção bem simples, quase todos a conheciam.

> *Lá vai o peixe trapaceiro*
> *Remexendo seu traseiro*
> *Olha lá, meu companheiro*
> *Como é forte o seu cheiro*
> *Ele pula, é faceiro*
> *É o peixe trapaceiro*

Não foi possível não se deixar levar pelo tema alegre e inocente da canção. À exceção de Victor e Sir Heimerich, logo, todos já estavam cantando em uníssono — fazendo com que, pelo menos por um instante, a aflição dos aventureiros fosse aliviada.

Sir Heimerich, ainda que preocupado, conseguiu expressar um leve sorriso. Próximo de sua terra natal, ele lembrava as melodias vindas da voz doce de sua amada Anna, os seus diálogos a sós, e os sonhos com os possíveis herdeiros que haveriam de ter. Askalor significava mais para ele do que para qualquer outro ali. Porém, sua curiosidade em saber a fundo sobre Victor era um dos motivos para não compartilhar do clima alegre em que a viagem se dava no momento.

— Você não é mais capaz de enganar-me, espectro. Fale-me sobre suas habilidades sobre-humanas — o cavaleiro se aproximou de Dídacus, aproveitando que o arcanista não participava das cantorias, palmas e gargalhadas.

— O pastor adestra lobos como ninguém. Isso é também uma habilidade sobre-humana, no entanto você não o interroga — Victor respondeu, sem encarar o nobre, caminhando e olhando para frente como se não quisesse dar atenção às indagações.

— É elementar. Ele não vive sem comer e sem dormir como você. E, também não fez com que eu tombasse dentro do rio. Para o seu próprio bem, seria mais conveniente que respondesse às minhas perguntas.

— Não tive culpa naquele episódio. Eu roguei insistentemente para que se afastasse, mas você não me deu ouvidos.

Victor e Sir Heimerich ainda dialogavam quando a caminhada os levou à entrada do Bosque dos Lordes — uma área úmida demarcada por árvores curvas e distorcidas, entrecortada por três trilhas principais, seguidas por várias outras trilhas menores. A rede de ramificações ligava desde ambientes decorados com fontes e estátuas de antigos nobres, até áreas livres para caça. Também diziam que "não era possível encontrar, em todo reino de Sieghard, um mel de abelha mais saboroso do que o produzido no Bosque dos Lordes".

— Segundo Ázero, creio que seja por aqui — Chikára tomou a liderança do grupo, alegando saber qual trilha percorrer. — Mais alguns passos e estaremos nas terras de Askalor.

As copas das árvores impediam, em grande parte, que a chuva fina alcançasse o chão. Mesmo com pouco vento, o clima era ameno, ainda com ares da primavera. O cheiro de madeira e terra molhada contribuía para uma sensação de frescor, acentuada pelo suave som das águas de Nakato correndo ao lado. Apesar disso, a alta umidade, combinada com as passadas firmes dos aventureiros, fazia-os suar sem perceber, deixando suas peles oleosas e brilhantes.

— Nobre... — sem a intervenção de Sir Heimerich, Victor continuou após o grupo passar por uma larga colmeia afixada no tronco de uma antiga árvore. — Para além de todos os títulos que nos distinguem, você e eu estamos ligados a uma mesma essência. Será que não percebe? O rio, as árvores, os insetos. Todos fazem parte de um corpo a que muitos chamam simplesmente de natureza.

— Aonde você quer chegar? – o paladino mantinha suspeita.

— Olhando para essa paisagem, lembro-me do lugar onde nasci e fui criado. O olfato nos traz lembranças incríveis, ainda mais quando elas estão ligadas à infância.

— E que lugar seria esse? – Sir Heimerich percebeu que Victor queria se abrir e cedeu à sua vontade.

— Uma aldeia em meio à Floresta dos Viventes, cujos fundadores eram membros da Ordem dos Silvestres. Não conheci aquela que me gerou, mas tive excelentes amigos e mestres. A aldeia teve início a partir da união de várias famílias ao redor de um rústico santuário de pedras nos limites da Mata dos Viventes. Muitas *lunações* mais tarde, com o crescimento do número de seguidores, o que era um simples culto tornou-se um modo de vida, com dogmas e regras rigorosas.

— É curioso. Embora a existência de aldeias em meio às florestas não seja incomum, nunca ouvi falar de semelhante ordem – disse o cavaleiro, intrigado.

— A comunidade é bastante restrita. A entrada de novos membros baseia-se em critérios definidos pelos veneráveis anciões. Você, nobre, é um homem da elite e está muito distante dessa realidade – o arcanista parecia testar Sir Heimerich.

— Então, é vetado ao "homem de elite" conhecer outras realidades? – O paladino foi irônico. — Afinal, o que a doutrina desta tal ordem, se ela ainda existe, prega?

Dídacus sorriu de canto de boca.

— A Ordem dos Silvestres tem por princípio básico manter um contato de paz e harmonia com o todo, procurando viver causando o mínimo de dano possível à natureza, mesmo em se tratando da alimentação. A caça, a pesca e a coleta, além do cultivo de ervas e leguminosas, são permitidas, mas em pequena escala.

— Não se trata, então, de uma comunidade como a do arqueiro à nossa frente?

— Obviamente que não. A concepção de homem e natureza é completamente distinta. Lá, pelo que pude saber, caça-se por prazer. E há banquetes e bebedeiras. Homens se entregam a outros homens, da mesma forma que mulheres se entregam a outras mulheres. Todos faminos como bestas selvagens. Em minha antiga aldeia não há nada semelhante.

— Antiga?

— Sim. Fui expulso da comunidade por heresia – as palavras de Dídacus fluíram naturalmente, sem arrependimentos.

— Pela Ordem, por quê?

— Minhas crenças emergiram a partir do que aprendi. O Absoluto existe e devemos manter um equilíbrio entre Ele e os homens. Porém, ao contrário do que meus mestres me ensinaram, não O vejo como um ser sensível, semelhante a nós, humanos, mas sim como uma Essência. Cada um de nós, assim como as pedras, árvores e animais, possui uma centelha da divindade. Ao mesmo tempo, todos estamos inseridos dentro Dela. Tudo o que vemos, tocamos e sentimos, eis o Corpo de Destino. Creio que eu estava mais próximo da verdade do que meus irmãos, embora minha busca ainda não tenha terminado. Fui banido por pensar e, também, por agir de modo diferente. Um modo que... os desagradava.

Sob o barulho da fina e insistente chuva, pássaros e pequenos roedores do bosque acompanhavam os passos dos aventureiros em uma trilha de pedras irregulares.

Formiga, novamente ficado para trás, corria a passos rápidos para alcançar o restante do grupo.

— É delicioso! Experimentem! — sua boca, pescoço e mãos estavam completamente lambuzados de mel e ele carregava alguns favos em seus braços.

— Como conseguiu isso, meu senhor? Como fez para essas abelhas não te picarem? — questionou Petrus.

— Tão simples quanto ordenhar uma vaca — respondeu o alodiano, achando graça. Depois, fez um sinal para que o pastor aproximasse o ouvido de sua boca. — Essas abelhas são as únicas do reino que não picam. Mas não espalhe essa notícia — disse, limpando sua boca com um curioso pano. O tecido vermelho de borda dourada, na verdade, era uma flâmula estampada com o brasão de uma família nobre askaloriana e havia sido encontrada por Formiga presa a uma lança encravada em um tronco — sinal de que havia sido utilizada na caça de coelhos, raposas ou javalis.

Agir de modo diferente... Um modo que os desagradava. As últimas palavras de Victor reverberavam na mente do cavaleiro e aumentavam sua ansiedade.

— Como o que você fez com os peixes ontem no rio! — o nobre afirmou sem nenhuma prudência, indo de encontro a seu caráter cauteloso e paciente.

— Exato — o arcanista corroborou Sir Heimerich. — Enquanto meus mestres cultuavam um Destino pessoal, adorando-o com rituais e sacrifícios e, assim, unindo-se a ele, eu busquei algo mais. Através de meu próprio conhecimento, descobri que por meio da absorção de Destino, a centelha divina da qual lhe falei, poderíamos ser Ele e eu um só.

— Isso explica por que você não come ou dorme?

— Eu absorvo a essência de Destino presente nesses seres. Os peixes foram apenas um exemplo, mas desde que nos encontramos, nas colinas, houve até mesmo pequenos animais. Unido a Destino dessa forma, não preciso comer, beber ou dormir, pois tenho total controle sobre minha natureza e minhas necessidades. Para ser sincero, se Destino e eu somos um, tais necessidades desaparecem. Basta que algo se mova para... – Victor silenciou bruscamente. Não porque estivesse desconcertado com as seguidas investidas de Sir Heimerich, ou porque ele tivesse descoberto parte de suas habilidades ocultas. Na verdade, o temor que o envolveu era originado das conclusões que estariam por vir às portas da consciência do askaloriano.

— Por tudo o que é mais sagrado em Sieghard! Era o que você estava fazendo comigo! – visivelmente transtornado, o nobre gritou e acabou por chamar a atenção do grupo.

— Se é a morte que teme, fique descansado – Victor percebeu seu erro e tentou apaziguar a alma de Sir Heimerich. — Ainda não sou capaz de absorver a essência de um ser humano. E ainda se pudesse, não desejaria fazê-lo com você. Eu o adverti inúmeras vezes enquanto estava cego por sua curiosidade, lembra-se?

O som da palavra "ainda" deixou Sir Heimerich mais aterrorizado. O cavaleiro quis falar, mas não conseguiu. Afinal, estava ele diante de um prodígio, de um monstro, ou das duas coisas? Não se sabia ao certo.

— O que acontece aqui, cavalheiros? – Chikára se aproximou, desconfiada.

Sir Heimerich se viu sendo observado por todo o grupo, com expressões que iam da curiosidade à preocupação. O clima, porém, estava pesado, e o nobre sentiu que a situação precisava ser esclarecida.

— Victor Dídacus é um homem poderoso – disse. — É meu dever adverti-los, para o bem de todos. Suas habilidades põem em risco a nossa sobrevivência. O que aconteceu no rio na noite anterior é um sinal disso. Victor é capaz de viver apenas retirando a essência vital dos animais. Isso também inclui homens como nós. Por muito pouco ele e sua feitiçaria quase não ceifou a minha vida.

— Você me condena por minhas vocações e pelo que ocorreu ontem à noite – Victor defendeu-se em tom de desapontamento. — Com relação a elas, eu já o havia explicado sobre minha origem e como consegui tais habilidades. O que houve contigo, da mesma forma, não ficou nada obscuro ao seu intelecto, foi apenas um acidente. Parece que a confiança que depositei em você não encontrou correspondência. Além da curiosidade, sua prepotência e arrogância arruínam sua alma nobre, cavaleiro.

— Então, é verdade — queixou-se Petrus, apavorado. Sem perceber, passo após passo, ele se aproximou de Roderick para buscar sua proteção. Ao seu pé, Rurik latiu.

— Acalmem-se todos! Victor está conosco desde o princípio. Com tais dons, ele poderia estar sozinho, mas escolheu seguir ao nosso lado — Chikára tentou conciliar os ânimos.

— Para nos destruir quando tiver a oportunidade — gritou Roderick. — Acho que todos já perceberam que ele não come e não bebe. É uma aberração. Não sabemos o que mais ele é capaz de fazer — concluiu, olhando para Petrus, que retribuiu um olhar de conforto.

— Sim, é verdade, magricela. Além disso, ele também não dorme. Eu o vi nas Colinas de Bogdana. Aliás, se quisesse nos matar, o teria feito naquele momento. Sou a favor do queixo-de-quiabo, sobretudo após dar cabo daqueles lobos conosco — Braun fez rodeios, mas apoiou seu colega.

— Ele pode nos querer vivos — Roderick rebateu. — E retirar nossa essência quando estivermos mais fortes e experientes.

— Faz-me rir, Roderick — Formiga estava incrédulo. — Você o compara a um fazendeiro que deseja engordar seus porcos para o abate. Sejamos razoáveis, e não contadores de historinhas infantis.

— Considero tal observação inoportuna, senhor Formiga. Não é de se estranhar os modos desse homem, que difere bastante de alguém civilizado? — perguntou Sir Heimerich.

— Ora, ora, cavaleiro — o ferreiro respondeu. — Não acho que a civilidade que tanto propagandeia esteja somente nos costumes askalorianos. Assassinatos, intrigas, mentiras e traições permeiam aquele lugar desde que o antigo rei Marcus I se foi.

— Creio que ainda existam homens, como eu e o rei Marcus II, que lutam por virtudes e não apenas pela política — Sir Heimerich se justificou.

— Basta disso! — Victor, que permanecera à revelia de seu julgamento, gritou com determinação. — Ignóbeis fanfarrões! O que vocês querem provar? Quem tem o argumento mais eloquente? Quem fala da melhor maneira a fim de ser adulado por todos? Observem seus reflexos na água e sintam o quão humanos são. Limitados, ridículos — o arcanista rugia enquanto encarava tanto aqueles que o acusavam, quanto os que o absolviam. — Vocês acreditam que estão fazendo um bem para esse reino, mas se capturam em discussões vãs. Julgam-me com qual medida? A sua própria? O julgamento da mente condicionada é a causa das maiores e mais insolúveis desarmonias da existência. Se ficarmos perdendo tempo aqui, é ela que estará em risco. Quem quiser me seguir, faça-o. Vocês não me servem de nada — concluiu e, com a cabeça baixa, tomou o caminho pelo bosque evitando as poças d'água que se multiplicavam na superfície das pedras.

Os outros se quedaram paralisados diante da decisão de Victor. Para aqueles que o acusaram, sobreveio às costas o peso da impotência. Para os que o defenderam, o infortúnio da irrelevância. As contendas criadas pelo grupo estavam abaixo das reflexões intermitentes do misterioso peregrino. Ele não desejava impor nenhum discurso moral, político ou religioso. Por isso, não era de se estranhar que seguisse solitariamente, cético com relação às ações dos homens.

XVI

Sir Maya

A chuva ainda caía suavemente quando Victor e os outros membros do grupo deixaram o Bosque dos Lordes e trocaram a trilha de pedras por uma de terra que entrecortava um extenso descampado que ia do Domo do Rei à fronteira sudeste askaloriana.

— Vejam! A Estrada Real! — gritou Chikára, apontando para um caminho pavimentado. A exultação, contemplada em cada uma das faces suadas e molhadas dos aventureiros, foi generalizada.

Originadas em Askalor, as Estradas Reais de Sieghard formavam vias de comunicação vitais para o reino e foram fundamentais para a unificação dos domínios da Ordem, pois ligaram o Domo do Rei às demais províncias. As vias, de meios-fios delineados, eram tipicamente revestidas com pedras basálticas. O primeiro trecho construído foi a Via Sálata-Bogdanesa com o intuito de conduzir, em pouco tempo, o poder real até o Grande Mar. Utilizando um cavalo sadio a trote rápido, chegava-se a consumir uma *aurora* e meia de viagem do Estreito dos Peregrinos até as cidades litorâneas de Véllamo e Muireann. Os trabalhos para sua construção foram tão importantes para Sieghard que cenas de soldados abrindo estradas foram ilustradas em alto-relevo nos painéis dos corredores do Castelo da Ordem. Para completar o sistema real de unificação, foram levantados Fortes de Fronteira e Pedágio. Espalhados por entre os limites entre as províncias, eles garantiam a segurança, a ordem e a fiscalização dos homens e bens que por ali trafegavam, fazendo com que o contrabando e a pirataria passassem a contar somente com as perigosas — e famosas — rotas não-pavimentadas.

— Finalmente! Que a Ordem seja louvada! — Sir Heimerich se ajoelhou e colocou os braços por cima do peito. Em seguida, posicionou o dedo indicador da mão direita entre as sobrancelhas e desenhou com ele um círculo imaginário em sua testa.

— O que ele está fazendo? — Petrus questionou Roderick, observando o curioso movimento.

— É o sinal dos Cavaleiros da Ordem — Formiga adiantou-se, vendo que Roderick não soube responder. — Há incontáveis *verões*, desde muito antes da unificação, os Cavaleiros da Ordem, que devotam sua vida a defender os princípios ordeiros, repetem esse gesto, sobretudo em situações de aflição ou agradecimento.

Na altura do Domo do Rei, a oeste, nuvens densas e escuras anunciavam uma tempestade atroz. Dezenas de relâmpagos rasgavam o céu, parecendo que a natureza abocanharia tudo o que por ali passasse. Não demorou muito para que os ventos atrozes começassem a surrar os sete aventureiros. A vegetação tremulava como em uma dança frenética, deitando-se e se erguendo quando a ventania concedia alguns momentos de benevolência.

Mesmo o destemido Rurik encolheu-se em silêncio aos pés de Petrus.

— Se até aqui molhamos apenas nossas roupas, preparem-se agora para molhar até os ossos! — bradou Braun.

— Não podemos prosseguir! Não me parece um bom sinal! — disse Roderick, analisando o clima com sua experiência de caçador.

— Não lhe parece um bom sinal?! — Sir Heimerich resmungou. — Sobrevivemos a uma batalha de proporções nunca antes presenciadas, a uma investida de lobos selvagens, não contraímos a Pestilência Cega que afligiu grande parte de nossos irmãos, e chegamos aqui. E você está falando em desistir? Não percebe que Destino está ao nosso lado?

— Você está fora de si, cavaleiro. Só estou dizendo que devemos esperar a tempestade passar — explicou o arqueiro.

— Essa tempestade pode durar várias *auroras* — o nobre insistiu. — Ela não irá satisfazer nossas vontades, isso é fato, porém o tempo que nos resta também não irá. Esperar não é oportuno. Temos de partir agora para defender o rei, custe o que custar! É necessário agir, proteger o reino e seu futuro. Não há pior tormenta do que aquela que não se afronta! — Sir Heimerich se impôs e prosseguiu sua caminhada corajosamente.

Enquanto o grupo hesitava, Victor olhava contemplativo para o nebuloso horizonte. O assombroso espetáculo de luzes era incapaz de amedrontá-lo. Diante da poderosa ação divina, a que ele mesmo chamava Corpo de Destino, seus sentimentos mesclavam fascínio e deslumbre.

Era como se ele pudesse absorver a energia de tudo aquilo.

— Vamos rapazes, Heimerich está certo — ordenou Chikára, não se intimidando. — Qualquer que seja a situação que encontrarmos lá, devemos lidar com isso.

Sem opções, Roderick, Petrus e Formiga obedeceram a maga e partiram a largos passos para alcançar o cavaleiro. Victor seguiu-os afastado. Braun, no entanto, não demonstrou querer acompanhá-los, fato percebido pelo ferreiro já distante algumas braças.

— O valentão se acovardou? — perguntou Formiga em alto tom.

— Não diga besteiras, bola de carne. Sua pança é tão grande que cobre sua visão? — Braun retrucou. — Tem um forte de fronteira não longe daqui na outra direção. As sentinelas lá podem nos fornecer equipamentos, informações, ou mesmo querer participar de nossa investida.

— Vou com você, Braun — Roderick, ouvindo a conversa, parou e reavaliou as condições. — Não é prudente que um homem siga para lá sozinho.

— Bah! Venha por você, magricela, e não por mim. Mas se vier, então corra, porque temos pouco tempo! — o guerreiro partiu em disparada, sem esperar pelo arqueiro.

— Companheiro, não se preocupe — Roderick dirigiu-se a Petrus. — Logo estarei de volta para proteger você e o corajoso Rurik. Por enquanto, façam isso um pelo outro — concluiu, acariciando o lobo, que lambeu os seus dedos e latiu. Em seguida, afastou-se dos demais a passos rápidos. Mesmo estando em desvantagem na corrida, não foi difícil se juntar ao guerreiro. Braun era rápido, mas um pouco desajeitado. As pernas longas e esguias do arqueiro eram dotadas de habilidade incomparável.

Dignas dos melhores caçadores de toda Everard.

Sob forte ventania, Braun e Roderick alcançaram a Estrada Real e logo avistaram o Forte de Fronteira e Pedágio. Padrão em Sieghard, os fortes eram pequenas estruturas retangulares de dois andares compostas por dois torreões, um em cada lado da estrada, interligados por uma passarela. No alto de cada uma delas, tremulava a bandeira com o desenho do sol, em tons de laranja, nascendo no horizonte enquanto dele lançavam-se três raios de luz. Tal símbolo era conhecido no reino como o "meio sol nascente". Ou...

O brasão da Ordem.

A toda velocidade, a chuva aliada às rajadas de vento feria a pele como se fosse golpes dolorosos de chicote. Felizmente, os dois não demoraram a chegar aos pés da construção de pedra. O alívio, porém, transformou-se em preocupação quando ambos se entreolharam ao sentirem o mesmo odor podre encontrado na aldeia de pescadores.

Em silêncio, Braun, com o montante em punho, ordenou que seu companheiro o seguisse e entrou na construção. Dentro do forte, espalhados pelo chão, havia armas, papéis e objetos de uso doméstico. Entretanto, o que mais lhes chamou a atenção foi a visão de quatro homens vestidos com o uniforme real. Um deles, sentado em uma velha cadeira de madeira, aparentemente sadio; os outros três, deitados, com suas pupilas brancas e pele repleta de bolhas. *A Pestilência Cega,* Roderick concluiu.

A sentinela sentada possuía alguns fios de cabelo branco acima das orelhas, um nariz fino e caído, e uma barba por fazer que parecia datar de algumas *auroras*. Definitivamente, não se assemelhava a um soldado em plena forma. Talvez fosse um velho militar da corte do antigo rei, Marcus I. Sua expressão era de melancolia e conformismo e, ao notar a chegada dos viajantes, seu semblante não foi de espanto, mas de alguém que espera a morte há muito tempo.

— Vida longa à Marcus e à plenitude da Ordem! — Braun saudou.

— Salve, soldados – disse o homem de voz cansada. Depois, ele esboçou uma risada triste ao reparar que os estranhos não trajavam uniformes militares. — Acredito que vocês não estejam aqui para me substituir, não é verdade?

Braun e Roderick se entreolharam, sem saber o que responder diante da estranha recepção.

— Não, velho homem. Meu nome é Braun, de Kêmen – disse o guerreiro, arriscando uma apresentação. — Este é Roderick, de Adaluf. Buscamos informações sobre a posição das tropas inimigas. Sabe algo a respeito?

— Quem me dera – pigarreou. — Estou aqui... não sei... se há quatro... ou cinco *auroras*. Acho que perdi a noção do tempo. Como de costume, fui enviado para uma troca de posto. Mas encontrei esses três em estado deplorável e, deste então, enquanto cuido deles, espero homens para me substituir.

— Por que não voltou e...? – Braun tentava compreender a situação.

— Maya. Eu me chamo Maya — interrompeu a sentinela, que levantou da cadeira e, andando com dificuldade, estendeu a mão para o guerreiro. — Mas, para vocês, sou Sir Maya.

Sir? O pensamento mútuo deixou os dois peregrinos intrigados.

— Pois bem, sir — Roderick falou, não querendo perder tempo com mais explicações. — Perdemos a primeira batalha nas proximidades do Velho Condado. Com a dispersão do exército principal, temos marchado em direção ao Domo do Rei caminhando por outra rota. Queríamos saber se...

— O Domo do Rei? — Sir Maya deixou sair um assovio entre os dentes. — Por que não foram cuidar de suas vidas, já que ainda as têm, ao invés de rumar para o coração de uma terra sem lei?

— Não entendo, sir — Roderick respondeu.

— Você não entende por ser jovem. Jovem demais para ter conclusões, e jovem demais para não ter presenciado a ascensão de um *usurpador* ao trono — o velho explicou, levemente alterado. Os dois se calaram — mais por temor à figura da sentinela do que por falta de entendimento. — Durante o reinado de meu senhor Marcus I... — Sir Maya continuou — Nunca obtivemos uma derrota como essa. E, se bem me lembro, nem durante os governos anteriores.

— Mas, sir, uma coincidência — Roderick ousou.

— Não existem coincidências, jovem. Apenas o inevitável! — a sentinela foi enfática. — Se perecermos, foi por não termos um rei legítimo. Destino assim o quis, pois a sagrada dinastia dos reis de Sieghard foi violada. Há dois *verões* se senta no trono um *falso rei*. Ele quebrou uma ordem estabelecida por nossos ancestrais. Não é de surpreender que tenha falhado em cumprir com a missão de nos proteger.

— Deixe de sandices, velho — Braun interferiu, sentindo que o soldado ganhava a discussão. — Todos nós sabemos que Marcus II é o legítimo herdeiro da coroa de Marcus I, dado como morto. Supostamente assassinado por nobres em uma revolta.

— Cala-te, víbora! — Sir Maya ordenou. — Não existem provas de que o rei esteja morto. Há alguém, em toda Sieghard, que tenha encontrado seu corpo? Não! Ele está vivo! Vivo! Não existem evidências nem da morte, nem de que tenha havido uma revolta. Vocês se baseiam apenas em suposições. Baseiam a autoridade de Marcus II também nisso.

— Somente um homem estúpido poderia esperar pelo mesmo rei há vinte *verões*! — retrucou Braun.

— Um homem que devota honra absoluta ao seu legítimo rei, aos costumes de seus ancestrais e à plenitude da Ordem! — a sentinela falava alto, tentando convencer pela força da palavra. — Mas, é claro, o que uma carcaça podre como você poderia entender disso?

— Basta! — Braun empurrou o velho, lançando-se contra ele.

Sir Maya foi ao chão, caindo sobre várias peças de armaduras. Com um brado enfurecido, o guerreiro ergueu sua espada e desferiu um golpe vertical no peito do homem, que, por sua vez, apanhou uma espada curta ao seu lado e, com um movimento rápido, usou-a para conseguir afastar a lâmina que o aniquilaria. A sentinela revelara, assim, que possuía uma vasta experiência de campo.

E ela não deveria ser subestimada.

— Pare, Braun! Não faça isso! — Roderick apelava, desesperado.

No que Braun desviou por um instante o olhar para Roderick, Sir Maya, ainda deitado, deu-lhe um forte pontapé na virilha, fazendo-o o inclinar para a frente, e atacou com um golpe de espada horizontal rente ao ventre do guerreiro. A lâmina triscou a vestimenta, quase o ferindo mortalmente. Aproveitando o erro do adversário, Braun pisoteou com força o punho de Sir Maya, fazendo que ele salivasse de dor e largasse sua arma.

A luta, porém, não estava vencida ainda.

Em um movimento final, o guerreiro ajoelhou-se sobre a sentinela e agarrou seu pescoço, semelhante a uma besta selvagem. Com os dentes cerrados de raiva, seus olhos brilhavam eufóricos enquanto as pernas de Sir Maya contorciam-se freneticamente.

— Por Destino! Não leve isso adiante! — exclamou Roderick, perturbado com os soluços do velho. — Não há por que continuar!

— Dê-me um motivo para não exterminar esse cão agora mesmo! — falou Braun.

— Pense, Braun! Pense! Você irá assassinar quatro vidas ao invés de uma! Pois quem cuidará desses homens doentes depois? — Roderick suplicou, apontando para os três soldados enfermos.

A interrogação martelou ferozmente na mente do guerreiro até que, por fim, ele recuou. Sir Maya, entretanto, desfaleceu durante os instantes intermináveis de indecisão de Braun.

— Você o matou! — Roderick não se conteve.

Braun pôs os dedos sobre o pescoço da vítima e checou sua pulsação.

— Eu gostaria mesmo.

— Está dizendo que...

— Esse homem não merece o chão que pisa, mas, sim, eu o botei para dormir — o kemenita respondeu ríspido.

Atentos a toda cena que havia se passado, o trio de soldados, embora não fossem capazes de pronunciar palavra alguma, esboçaram um certo alívio, como a de um condenado que tem sua sentença adiada.

— Pergunto-me se Sir Maya conseguia atenuar-lhes o sofrimento — o arqueiro ponderou, preocupado.

— Não seja tolo, magricela. Que temos nós com isso? Essa batalha não é nossa. Temos outra! Deixe-os e vejamos lá em cima se há algo de útil nessa pocilga, não esse monte de aço retorcido aqui — disse Braun, passando por sobre peças de armaduras espalhadas e dirigindo-se a uma escada ao fundo.

No andar superior, a dupla se deparou com um dormitório limpo e organizado, composto por uma pequena janela com vista para a Estrada Real e uma porta que conduzia à passarela externa. Nele havia, além da cama, um armário e um baú. Como parte decorativa, na parede acima da cama, dependurava-se uma flâmula com o brasão da Ordem.

— Dê uma olhada rápida na outra torre enquanto eu vasculho essa aqui — ordenou Braun a Roderick.

Sem perder tempo, o arqueiro abriu a porta, deixando entrar uma lufada de vento no aposento, e avançou pela passarela em meio à chuva. Assim que seu companheiro o deixou, o guerreiro abriu o armário, encontrando velas, tochas, uma lanterna, óleo, panos, faixas e sacos de couro. Na prateleira superior do móvel, havia penas, tinta e papéis — incluindo mapas e uma lista de taxações sobre produtos.

Não encontrando nada que lhe pudesse ser útil, Braun virou-se, então, para examinar o baú. Trancado a chave, o kemenita não teve outra opção senão desembainhar seu montante e destruí-lo a violentos golpes de espada.

— Abra, maldito! — ele blasfemou, enquanto trabalhava para deixar a estrutura do baú em pedaços.

Finalmente, depois de remover a madeira lascada da frente, Braun encontrou uma riqueza que jamais havia visto em toda a sua vida.

Dragões me chamusquem!

XVII

Uma relíquia esquecida

Castigados pelo vento unido à forte chuva, Sir Heimerich, Victor, Chikára, Formiga, Petrus e Rurik subiam pela Estrada Real, aproximando-se cada vez mais do coração da tempestade e do Domo do Rei. Para o pastor, o caminho era desconhecido; para o cavaleiro, no entanto, aquele era o rumo de volta para casa. Talvez, por isso, ele seguisse à frente de todos. Desde que deixara seu lar, seu mundo estava completamente mudado. Perguntava-se sobre a situação de sua cidade, se ela já havia sido sitiada pelo exército inimigo. Também seus amigos eram motivo de preocupação. *Teriam sido eles atingidos pela Pestilência Cega? Refletiu. E o nosso rei, estaria seguro e com alguma chance de manter os princípios da Ordem em Sieghard?* Sir Heimerich estremeceu, sentindo que precisava desapertar o peito repleto de dúvidas e receios.

— Quando eu tinha uns doze *verões* — o paladino rompeu o silêncio, finalmente —, cavalgava com meu pai por essa estrada em uma viagem que transcorria sem problemas. Estávamos retornando do bosque após uma pequena caça. Eu havia capturado duas lebres em uma mesma *aurora*. Me sentia o homem mais poderoso do universo. Mas eis que uma serpente cruzou nosso caminho e meu cavalo, o audaz Flecha, se assustou. Fui lançado ao chão, e Flecha disparou pelos campos. Meu pai gritou meu nome em desespero, desmontando em seguida. Ele me apanhou e ergueu meu pescoço. Eu havia batido com os joelhos na guia da estrada, e tive medo de não poder mais andar, ou correr, e lutar por meu país quando me tornasse um cavaleiro. Foram momentos de dor que me assombraram durante muitas noites. Para ser sincero, ainda me assombram. Graças aos deuses, meu pai me levou para casa, e lá tive os cuidados necessários. Luas depois, já corria novamente como um corcel – concluiu, olhando para o nada. Depois, coçou sua nuca. — Não sei por que essas lembranças vieram à tona.

— A resposta para sua dúvida é mais simples do que imagina, cavaleiro – disse Victor, chamando a atenção do nobre. — Somos escravos de nosso passado. Ele é seu maior aliado, mas também seu pior inimigo, pois nunca o abandonará. Somente a lembrança de um sofrimento perdido no tempo cria a ilusão de um bem presente. Eis o que almeja, não é verdade? Um bem presente?

— É an...an...gústia... – Petrus gaguejou, receoso em dar sua opinião.

— Sua alma parece conhecer bem este sentimento – o arcanista observou. — O que sabe sobre a angústia, homem do campo? — interessou-se Victor.

— É como quando eu vejo o brilho do ouro das moedas e lembro dos meus irmãos... do triste fim que tiveram por causa de umas poucas moedas que meu pai havia juntado. Se ele soubesse que trariam tanto desgosto, teria dado aos pobres. A angústia desse momento fez Heimerich lembrar do sofrimento de seu passado. Para não viver com angústia, eu renunciei as riquezas. Moedas, joias... só me trazem más lembranças. É assim que vivo feliz. Evitando enriquecer com essas vaidades que escapolem com rapidez.

— Você não é tão tolo quanto eu pensei – concluiu Victor.

— Você deve ter tido um ótimo pai, a exemplo deste episódio – Formiga disse a Sir Heimerich.

— Sim, eu ainda tenho – respondeu o nobre, orgulhoso. — Nas atuais *auroras* vive aposentado em uma fazenda no baronato de Askalor. É um homem honrado. Minha mãe é a mais doce criatura em toda Sieghard. Mas trago manchas em outros ramos de minha casa. E como um homem não é nada sem sua família, parte de mim também está repleto de impurezas.

— Fique à vontade para falar o que quiser – Chikára disse com ternura.

Sir Heimerich suspirou, tomando uma dose de fôlego.

— Um sobrinho de meu pai conspirou contra o nome de nosso rei. Ele e muitos outros partidários consideravam Marcus II um usurpador. Diziam que Marcus I ainda estava vivo. Após tantos *verões* desaparecido em condições duvidosas, não seria sensato imaginar que ele pudesse retornar. Mesmo assim, alguns de meu círculo sugeriram que esperássemos por seu retorno, ao invés de coroarmos Marcus II. Estávamos há apenas um passo para que o reino se tornasse uma monarquia eletiva, e não hereditária, como tem sido até as atuais *auroras*.

"Graças aos deuses, o apoio maior foi dado a Marcus II, mesmo sob a discórdia de algumas famílias. Meu primo, que estava ligado a essas famílias discordantes, comandou uma conspiração para assassiná-lo. Infelizmente, eu tive que delatá-lo.

Não foi fácil quebrar os elos da corrente que haviam criado. Eles se reuniam todas as noites, quase sempre em casa de um velho cavaleiro de nome Sir Maya de Askalor. Por vezes, reuniam-se fora dos muros da cidade, para evitar desconfianças. Estavam sempre perto do rei, bajulando-o, estimulando-o, seduzindo-o, com presentes e elogios. Porém, quem é capaz de bajular, também é capaz de caluniar, de ferir, de matar. E como uma mentira é sempre sustentada por outras sete, não demorou para que tropeçassem em seus próprios planos e na confiança depositada em certas pessoas, leais ao rei e à sua causa.

"Com o sangue de minha família manchado, o que fiz contra o sobrinho de meu pai, que o levou à decapitação *lunações* depois, não passou de minha obrigação enquanto fiel servidor de Sieghard e da Ordem. Encarar essa patética realidade de peito aberto foi duro. Era, e ainda é, necessário devolver o valor completo e merecido da honra de minha família, que se manteve intacta por tantas gerações, desde Sir Helmfried, patriarca de nossa casa. Como filho legítimo da Ordem, uni-me em armas nesse conflito, de forma a limpar minhas vestes sujas pelo vício da traição."

Sir Heimerich concluiu seu discurso, enxugando uma face emotiva, encharcada pelas gotas frias da tempestade.

— Além de seus pais, parece que *alguém* mais o espera além daqueles muros — Formiga deu um leve sorriso para descontrair.

O paladino hesitou por um instante, mas sua expressão de prazer acabou falando por ele.

— Anna – disse, suavemente. — A minha bela Anna. Ela tem os olhos castanhos, da cor da terra molhada em uma tarde de verão. Seu rosto é suave, e seus cabelos à altura dos ombros, escuros como amêndoas, expressam a mesma harmonia que uma bela música para os meus ouvidos. É inteligente, decidida, observadora, mas ao mesmo tempo é pequena e frágil. Como queria contemplar suas mãos tocando as cordas da harpa. É nos braços de um homem valoroso que seus atributos mais virtuosos brilham. Se algo acont... — de súbito, um nó se formou na garganta de Sir Heimerich e ele parou de falar.

— Você tem medo, não é? – Chikára procurou confortá-lo. — Esqueça esses pensamentos vãos. Nós iremos encontrá-la.

— Medo? – o cavaleiro retrucou. — Sua visão deve estar embaçada para enxergar-me com tais sentimentos. Não tenho medo, insegurança nem nada do que possa estar passando pela sua cabeça a meu respeito. As forças da Ordem hão de triunfar ao final de tudo isso — disse, negando sua inquietação e pondo fim à discussão.

Os suaves contornos de um platô verdejante despontavam ao longe. Sabia-se, agora, que o caminho já não seria mais tão longo. O Planalto Real, ou Domo, como o platô era chamado, abrigava uma cidade murada que abraçava, em seu centro, o Castelo da Ordem — o coração de Askalor. Ainda que seus muros não tivessem sido revelados, o simples encontro com o Domo trazia uma visão magnífica e reconfortante para qualquer peregrino que se aventurava pelas terras do reino, pois, além da beleza natural da região, ela podia significar segurança e repouso.

Muito embora isso fosse quase sempre verdade, naquela tarde, infelizmente, o cenário era outro. O Planalto Real estava imerso em uma densa cortina d'água, cercado por nuvens que pareciam querer engolir toda a sua extensão.

Fascinados com a tormenta, os aventureiros distraídos não puderam perceber a aproximação de dois homens às suas costas, um com passadas largas e fortes, outro com curtas e rápidas.

— Estamos atrasados? – perguntou Braun, quase sem fôlego, assustando os demais.

— Deveriam ter vindo mais rápido, rapazes. Por pouco não perderam a grande derrota das forças do Caos frente à nossa caravana – respondeu Formiga com sarcasmo.

— Se quiser mesmo pensar em vitória, pança-louca, acredite em mim, vai precisar disso! – disse Braun, abrindo um saco de couro que trazia às mãos e revelando em seu interior vários mantimentos, como ervas, raízes e frutas; também velas, tochas e uma pederneira.

— Trouxeram tudo isso do forte? — Chikára se impressionou. — A mim parece que vocês o saquearam. A construção estava deserta?

— Antes estivesse – Braun respondeu, irônico. — Mas isso não é assunto para agora. Ei, criador de ovelhas! – o guerreiro chamou Petrus, lançando-lhe uma adaga. — Pegue isso, é hora de aprender a usar uma arma de verdade.

Pego de surpresa, o pastor embaralhou-se ao pegar o objeto, como se ele tivesse acabado de sair do forno, e deixou-o cair no chão.

— Muito... muito obrigado, senhor – envergonhado, Petrus agradeceu, abaixando-se para pegar a adaga.

— Mu... mu... muito obrigado — o guerreiro imitou o pastor com a boca mole. — Deixe de conversa vazia. Agora pegue esse negócio e o prenda em sua cintura. Ou terei eu mesmo que fazer isso?

O camponês olhou para seu cinto de corda, parecendo não entender o que fazer. Irritado, Braun, com apenas dois movimentos bruscos, tirou a arma da mão de Petrus e a colocou em seu devido lugar.

— Espíritos de meus ancestrais, deem-me paciência! — reclamou o kemenita, ainda nervoso, porém orgulhoso de sua obra. Para ele, a simples presença de um pequeno pedaço de aço, adornado com algumas pedras preciosas e cabo bem trabalhado, já conferiam uma nova expressão ao camponês. Poderia até supor que a arma o tornaria mais corajoso ou o faria lutar melhor.

— Você disse que o forte não estava vazio — Sir Heimerich se dirigiu a Braun. — Disse também que teria sido melhor se tivessem o encontrado vazio. Não me diga que...

— Sei bem o que quer inferir, lordezinho. Mas não, não matamos ninguém. Agradeça ao magricela aqui — disse o guerreiro, apontando para Roderick enquanto ele se ocupava mostrando os resultados de sua coleta ao outros. — As três sentinelas de vigília estavam com a moléstia...e havia um velho soldado cuidando daqueles pobres. Bah! Só de pensar nele sinto vontade de esmurrar um muro de tijolos — Braun gesticulou, irritado. — Disse ele ser um seguidor do antigo rei, e afirmou que Marcus II é um usurpador. Jurou que Marcus I, *O Velho*, está vivo e que voltará para continuar o seu reinado. Quanto ao filho, considerado por ele destruidor da linha sucessória da Ordem, seria alvo de morte certa. Ah, não é possível manter a calma diante de tamanha ignorância!

Sir Heimerich estancou, perplexo.

— Quem era o homem que cuidava dos enfermos? — com uma expressão que mesclava medo e desespero, o nobre encarou Braun como um caçador mirava sua presa. Coincidentemente, o discurso sobre uma possível conspiração o fez lembrar de seu primo traidor e de como a honra de sua família ainda não havia sido purificada.

Braun, parecendo zombar do paladino, sem pressa, desembainhou uma espada que trazia à cintura e a ofereceu ao nobre.

— Veja por você mesmo. Talvez você encontre uma ligação entre ela e este homem que tanto lhe incomoda.

O nobre recebeu a arma em mãos, reparando, de imediato, que o pomo do seu cabo era uma imensa e bela pedra roxa — uma ametista. No que sua bainha foi retirada, a atenção de Formiga logo virou-se para a cor e brilho incomum que emanava da lâmina. Era de um fosco-escuro, livre de imperfeições, e apesar de fosca, algo nela cintilava como estrelas no céu – prova que havia sido forjada usando o metal mais precioso e raro de todo o reino.

Aurumnigro.

Há muitas gerações, o precioso mineral repousava ao sul de Bogdana, onde, nas atuais *auroras*, existia o Bosque de Pekko. Uma vila inteira de mineradores foi erguida à época próxima ao local de extração, como modo de oferecer abrigo aos trabalhadores, facilitar o comércio de pepitas, e – obviamente – encher os bolsos do conde local através do imposto sobre a mineração. Com o esgotamento das minas, a cidade foi abandonada, tornando-se, posteriormente, o local bucólico e de pastoreio conhecido por Velho Condado.

Por um longo tempo, achou-se que o *aurumnigro* havia, de fato, sido consumido até seu último grão. Entretanto, um novo veio foi descoberto próximo a Keishu. Muitas campanhas foram despachadas para o norte, mas a quantidade minerada não se comparava à grande época das extrações.

A pouca oferta do metal no mercado dizia que, para se forjar uma arma como essa, de lâmina larga e gume duplo, somente uma quantidade absurda de moedas de ouro poderia pagá-la. Não só isso, mas também seria necessário empregar esforços nunca antes vistos, como a contratação de homens experientes para colher o minério, passando por seu aquecimento com forjas sob altíssimas temperaturas, até a modelagem e o labor final de ferreiros astuciosos e careiros.

É esplêndido! Certamente um nobre a financiou, Formiga refletiu, usando a lógica que lhe era mais fácil. Uma lógica, porém, que seria desafiada pela inscrição desenhada ao longo da afiadíssima lâmina.

ꝓοꝯꝝ𝓼𝓼𝓈ⱡ𝓈ﬂ𝓂é𝓃𝓈ꝋ𝓋ꝓᏀꝓꝓ𝓈ꝋ𝓋ꝓᏀꝋꝋꝓꝋꝝꝝᏀᏀꝓꝝ

— Meninos, venham dar uma olhada! – Formiga convocou o restante do grupo. — Chikára, alguma ideia do que seja isso?

— É uma escrita arcaica do reino – Chikára explicou. — Vejamos. "Por essa lâmina o usurpador adormecerá".

Apenas a palavra "usurpador" foi o suficiente para o ferreiro saber que aquela espada estava intimamente ligada à história de traição contada pelo cavaleiro e à sua preocupação com o homem com quem Braun havia encontrado no forte.

Não era preciso pensar em mais nada.

Apenas ligar os pontos.

— Sir Maya! Aquele abutre nefasto! – Sir Heimerich concluiu em voz alta.

— Era *esse* mesmo o nome do velho – confirmou Roderick. — Braun a encontrou trancada em um baú.

— Maya era o grão-mestre de uma seita secreta da qual faziam parte nobres de todas as regiões do reino, inclusive meu primo – o cavaleiro continuou. — Eles tinham em seu poder um valioso artefato e acreditavam que, em um momento oportuno, ele seria usado para destruir o homem que tomasse o trono de Sieghard ilegitimamente. O fanatismo de Maya em defender essa "profecia" era tamanho que, ao ver Marcus II coroado após o desaparecimento de seu pai, viu nele o seu tão desejado alvo. Ele, então, tomou o artefato para si a fim de cumprir o que suas crenças ditavam, porém elas não eram unanimidade entre os nobres que o seguiam.

"Sem apoio, a seita de Maya dividia-se *aurora* após *aurora*. Mesmo aqueles que eram contrários ao rei não conseguiam estabelecer um consenso sobre assassiná-lo. Talvez por isso o plano não tenha ido adiante, culminando na captura e execução do velho".

— Suponho que o tal artefato que você mencionou seja esta espada – Formiga cruzou os braços, interessado — e que, segundo minha análise, pelas inscrições e a característica do trabalho em cima dela, ela não teria sido fabricada nos tempos atuais.

— Você está certo, senhor Formiga. Essa espada, forjada em aço e *aurumnigro*, data de eras lendárias. Não se sabe quando ou onde ela foi feita.

O ferreiro assoviou, pasmo com a informação.

— Vo...vo..cê disse captura e execução? Então, o velho está morto? – Petrus estremeceu.

— Obviamente que não, Petrus – Sir Heimerich sorriu com a ingenuidade do pastor. — Aliás, estou incrédulo ao saber que vocês estiveram com Maya, pois eu mesmo testemunhei contra ele em seu julgamento. O crime cometido por aquela víbora era tamanho e tão infame que seu sangue não poderia ser derramado em solo sagrado. Por isso, um destacamento de três das mais confiáveis sentinelas foi selecionado para levá-lo às planícies de Azaléos. De lá, ele, e sua espada maldita, seria deixado para apodrecer pelo calor e pela sede.

— Os três homens afligidos pela Pestilência Cega que encontramos no forte... – observou Braun, receoso de sua conclusão — eram os seus executores.

— Espera! – Roderick estava perplexo. — Então, Maya mentia quando nos disse que cuidava daqueles soldados? E, também quando disse estar à espera de uma nova guarda?

O guerreiro colocou a mão na cintura e encarou o arqueiro com uma clara expressão de contrariedade.

— Está vendo, magricela? Eu sabia que devia tê-lo matado. Da próxima vez, mantenha essa boca fechada e não me diga o que fazer!

XVIII

Almas dilaceradas

Novamente reunidos, os peregrinos avançaram a passos lentos e firmes. Sir Heimerich caminhava com a espada de *aurumnigro* às costas. O cavaleiro tomou-a para si, não por querer usufruir do seu valor em moedas, mas por desejar limpar sua má-reputação de alguma forma. Devido ao seu dramático envolvimento com a espada, seus colegas compreenderam a situação e o apoiaram prontamente.

— O mal está nos olhos de quem o vê – declarou o nobre. — Para os Cavaleiros da Ordem, é nosso dever trazer luz para quem já está nas trevas. No momento oportuno, pensarei em uma maneira de trazer justiça e benevolência através dela.

Alguns instantes antes de retomarem a caminhada, porém, Formiga relutara em entregar o artefato após examiná-lo. Para o velho ferreiro, conhecedor de nove em cada dez armas produzidas em Askalor, aquela espada era fruto de perícia e argúcia inimagináveis. Somente Destino poderia saber quantos *verões* de labor haviam sido consumidos somente para forjá-la. Ele, que já havia trabalhado com pequenas peças de *aurumnigro* tempos atrás, não poderia imaginar tamanha perfeição. Não poderia sequer conceber que houvesse alguém que pagasse a fortuna suficiente para confeccioná-la.

Na paisagem, as primeiras árvores queimadas por golpes de raios começaram a aparecer. Os relâmpagos, rasgando o negro céu, ensurdeciam os peregrinos e, junto com a fustigante chuva, tornavam cada vez mais penoso o avanço deles. Porém, o momento agora não era mais de recuar, pois o cume do Castelo da Ordem havia despontado atrás do Planalto Real e das plantações que circundavam a cidade murada.

— Eis que surge o nosso destino! É chegada a hora de lutarmos mais uma vez pela Ordem e por Marcus II. Mas que, dessa vez, não seja em vão! — o cavaleiro bradava, pensando em Anna, sua família, o rei e, por último, mas não menos importante, sua amada terra.

O Domo do Rei abrigava as principais casas nobres do reino. No entanto, com pouco mais de vinte mil habitantes, quase um quinto da população de Sieghard, ela era, em sua maioria, composta por servos, comerciantes e trabalhadores com ofício especializado — como, por exemplo, a carpintaria. Em cada esquina, espalhavam-se tendas de joias, armas, vestuário, ferramentas e mobílias; e, para cada distrito da metrópole, feiras alimentícias vendiam peixes de água doce, frutas, ervas, grãos, pão e broas. Também o tráfico de servos era comum em todas as épocas do ano, uma atividade intensamente lucrativa, quase tanto quanto as casas de "má-reputação".

Os atrativos do Domo do Rei iam desde a vista que se conseguia observar nos pontos mais altos da cidade, a ótima comida e acomodações, até a possibilidade de êxito em grandes negócios nas suas alamedas apertadas e abarrotadas de gente. Apesar disso, a cidade pecava pela presença constante de cavalos, mulas, bois, ovelhas e cabras; e pela quantidade imensa de mendigos, vagabundos e andarilhos. Os ladrões e trombadinhas eram quase sempre contidos pela tropa da cidade, cujo comando se encontrava nas mãos de Sir Tullius, Duque de Askalor. A guarda real, que respondia apenas à voz do monarca, também contribuía para a manutenção da paz pública. Entretanto, quando o rei estava em sua *villa* particular em Tranquilitah, acompanhando os torneios que lá aconteciam para a formação de novos combatentes, a guarda o acompanhava e a responsabilidade pela segurança do Domo do Rei ficava à cargo do Duque.

Observar a cidade real, à distância, mesmo que apenas uma pequena porção sua, era como contemplar, sobre um tabuleiro de xadrez, uma torre solitária. Forte, sólida e invencível.

— Graças a Destino! — exclamou Chikára.

— Em outras palavras, sir lordezinho, é chegada a hora de estriparmos algumas barrigas — disse Braun. — Coisa que não se faz com um báculo, ou uma faca de cozinha — completou, referindo-se a Petrus e Formiga.

— Braun, você... — Chikára irritou-se com a insolência do kemenita.

— Sou tão siegardo quanto você, Braun — Formiga retrucou o guerreiro, captando a indireta e interrompendo a maga. — Inclusive sou askaloriano como Heimerich. Nasci nessas terras. Posso não ser um bravo espadachim como você, ou um arqueiro eficiente como Roderick, mas isso não me impede de usar minhas técnicas para salvar a vida do rei – o ferreiro demonstrou forte orgulho de si mesmo.

— Que os Deuses o abençoem e lhe concedam uma longa vida – Chikára respirou aliviada. — E quanto a você, Petrus? Sabemos que não é apto a guerrear. O que acha de seguir até Alódia? Além de estar seguro lá, talvez você consiga informações que possamos utilizar no futuro.

Petrus olhou aflito para seus colegas e vacilou. Repentinamente, a memória de um raio, seguido por uma explosão fustigou sua mente e ele estremeceu ao lembrar, sobre um assoalho de madeira, de uma poça de sangue e uma faca. Depois, o sentimento de solidão o arrebatou e tomou conta de seu íntimo – e por muito tempo. Agora, sua vida recebia um outro sentido além do mundo das planícies verdes do Velho Condado. Ele não queria ir sozinho para Alódia – mesmo que fosse mais seguro – porque percebera que enfim alguém se importava com ele. Instintivamente, pôs a mão sobre a adaga que Braun havia lhe dado, e ocorreu-lhe que ele nunca encontraria paz em sua terra natal se não pudesse contribuir para a expulsão dos invasores.

— Eu... eu... lutarei junto com vocês – o camponês finalmente respondeu, surpreendendo seus colegas. — Ainda que eu pudesse voltar para o Velho Condado e minhas ovelhas, eu não voltaria sozinho mais. Prefiro lutar ao lado de amigos, para proteger a vida do rei, a pastorear para sempre...e morrer solitário.

— Não se engane, camponês, se recuar no campo de batalha, eu mesmo corto sua cabeça! – Braun o intimou.

— Braun, seu inconsequente! – Chikára lançou-lhe um olhar de desaprovação.

— Uma sábia escolha, herói – disse Roderick. — Fico feliz por estar ao nosso lado.

— Petrus, que lhe seja reservado um fim magnífico – disse Sir Heimerich ao camponês. Depois, virou-se em tom de urgência a todos. — Nossos inimigos chegarão ao Domo do Rei pelo portão oeste, enquanto nós chegaremos pelo Leste. A minha presença é o nosso passe livre para entrar na cidade, porém, com as atenções voltadas para o outro portão, há um risco de encontrarmos o nosso lado fechado e desguardado. Caso isso se comprove, vamos agir rápido e suplantar os muros com a corda e o gancho trazidos por Braun e Roderick. De uma forma ou de outra, uma vez dentro, guiarei vocês pelas ruas até o *front*. Fui claro? Estão de acordo? – o nobre perguntou, recebendo uma resposta positiva. — Lembro a vocês, senhores, que toda cautela é necessária. Agora, vamos! A mão de Destino se aproxima!

A ansiedade dos peregrinos era como *Maretenebræ* – profunda, interminável e impiedosa –, e os incentivava a não retardar a caminhada por um instante sequer, mesmo sob uma chuva feroz e o risco de serem atingidos por um raio.

Conforme a marcha avançava, expondo ainda mais o Castelo da Ordem, uma névoa acinzentada, quase imperceptível, surgiu sobre os contornos do Planalto Real. Aos olhos perspicazes de Roderick, aquilo nada mais era que os resquícios de um grande incêndio abrandados pelas águas torrenciais.

— Heimerich, está pensando o mesmo que eu estou pensando? – perguntou o arqueiro.

— Por Destino! Isso não pode ser verdade! – Sir Heimerich exclamou, incrédulo.

Os rostos esperançosos e cheios de decisão deram lugar a expressões inconfundíveis de choque, ira e frustração. Não demorou para que a única ponta de esperança que tinham caísse por terra quando um brilho alaranjado surgiu em sequência, para comprovar o maior terror que poderia lhes afligir.

Então, o que era um passo apressado em direção à vitória, converteu-se numa caótica e disforme correria.

Domo do Rei, sagrada capital do reino e morada do rei, defendida pelos mais leais combatentes de todas as eras, havia sido incendiada. Fora de suas muralhas, entre o portão leste e oeste, os corpos surgiam no chão às centenas, em sua maioria camponeses que habitavam os arredores, perfurados por flechas, decepados por espadas e machados. Riachos de sangue desciam correndo pelo terreno inclinado. A conclusão era óbvia: o exército de Linus havia, de algum modo – e de forma extraordinária –, superado as defesas Ordeiras. A conquista inimiga era corroborada pelas terríveis torres de madeira sobre rodas, que jaziam diante dos muros da capital siegarda, seguramente elementos decisivos para a tomada da cidade.

Traído pelo seu excesso de confiança, Sir Heimerich limpava seus olhos umedecidos enquanto questionava a si próprio. Frente a uma carnificina nunca antes presenciada, Petrus cobria suas vistas e relutava ao correr. Roderick, compartilhando da mesma agonia, ajudava o pastor a não ceder aos sentimentos. Porém, todos sabiam, desde o seguro Victor ao impassível Braun, que o futuro do reino era incerto.

Distante ainda algumas braças do portão oeste, o grupo lentamente interrompeu sua marcha – para lastimar, para chorar, e para pesar.

Não havia o porquê continuar.

Pai... Anna...meu Rei. O que houve aqui? O cavaleiro se entregou ao desespero. Cego pela dor, ele abandonou seus companheiros e, em uma iniciativa solitária, tal qual o vento forte do entardecer de Véllamo, investiu em fúria contra o Domo do Rei.

— Heimerich, cuidado! — Chikára gritou ao perceber que o nobre havia partido ignorando a razão.

Com a mente concentrada em atingir os muros o mais rápido possível, Sir Heimerich não deu atenção aos apelos da maga.

Nem à saraivada de setas disparadas em sua direção.

Percebendo o perigo, Braun partiu com rapidez atrás do cavaleiro, tornando-se também um alvo fácil. Contudo, antes que um dos incontáveis disparos inimigos os atingisse, o guerreiro saltou sobre Sir Heimerich e, pegando o braço do seu colega armado com o escudo, ergueu-o acima de si.

Em um instante, as setas encravaram-se no aço como pregos martelados em um toco de madeira.

A iminência da morte, porém, não abalara Sir Heimerich, que parecia querer continuar sua loucura. Braun, mais forte — e, naquele momento, mais racional —, não viu outra opção senão abraçar o paladino e se jogar junto com ele para um monte de arbustos à beira da Estrada Real, ocultando-os da vista dos besteiros.

— Solte-me, Braun! — gritava o nobre desesperadamente, enquanto o guerreiro o segurava firme.

— Cale-se, imbecil! — Braun comandou. — A cidadela foi tomada! Não há mais nada a fazer! Você morrerá se prosseguir!

— A Ordem não pode ser destruída! O rei ainda pode estar vivo! Minha família está lá! Todos precisam de mim! — o nobre se debatia.

— Quarenta mil vidas não puderam evitar que a Ordem fosse destruída! O que faz pensar que bastaria apenas a sua para mudar o curso das coisas? — Braun foi incisivo. — Não há mais nada a fazer por aqui! Está acabado! Esse já não é mais o nosso lugar! Nem o de nenhum siegardo.

Dado por vencido, Sir Heimerich, então, pôs-se a chorar pesadamente. Antes cavaleiro determinado, agora sentia-se como um simples e inseguro escudeiro. Sua moral estava abalada, maculada, destruída. Seus muitos *verões* de vida e sua vasta experiência com batalhas e conflitos dos mais variados tipos não eram suficientes para encontrar um refúgio que pudesse animá-lo. Ele tinha perdido praticamente tudo.

Talvez até a sua fé.

Lentamente, e com muita cautela, o restante do grupo se aproximou em silêncio da dupla enquanto o som do pranto de Sir Heimerich soava uma música lamentosa

— como a de uma criança perdida em busca da mãe. Chikára, Roderick e Formiga tinham seus olhos marejados. Victor observava lamentoso o Domo do Rei em chamas. De cabeça baixa, Petrus, além de triste, sentia-se decepcionado. Há pouco, ele tomara uma decisão extraordinária e, agora, não poderia cumpri-la. Refugiado por debaixo da túnica de seu dono e deixando apenas a cabeça de fora, Rurik era o único alheio ao drama.

De súbito, o paladino foi tomado por uma crescente sensação que partiu de seus pés e elevou-se até o peito. Este, por sua vez, inflou-se com grande quantidade de ar para um último ato.

— Anna! — ele clamou, suplicante, mas seu grito foi interrompido pelo ruído estrondoso de um raio que caíra em uma torre próxima aos muros. Após isso, silêncio.

Um silêncio tão grave que podia ser ouvido.

XIX

Destinos unidos

A frustração e a insegurança cobriam os aventureiros com seus terríveis braços.

Desde que haviam se unido, o pesar nunca fora tão visível. Como alguém que atinge a velhice e joga cartas para matar o tempo, o grupo mergulhava cada instante mais no poço escuro e frio do enfado.

Com sua única meta anulada, o que fariam dali em diante? Partiriam? Mas, para onde? Ficariam? Mas, por quanto tempo? Embora houvesse entre os peregrinos um forte sentimento de pertencimento e propósito, construído desde Bogdana, não seria surpresa se cada um pensasse em seguir seu próprio caminho. Defender o rei já não era mais possível. A conquista da capital havia sido concretizada em apenas horas e comprovava a incomparável eficiência dos inimigos — nenhum livro de estratégias de cerco poderia conceber um relato tão impressionante. Não só a poderosa e desconhecida nação de Linus imperava soberana sobre Askalor, mas, sobretudo, estava há um passo em direção ao domínio de toda Sieghard.

— Pergunto-me se o Domo do Rei foi o último lugar dominado pelas tropas inimigas... — Roderick pensava alto, enquanto a chuva ainda caía intensamente.

— Mesmo que tenha sido, que forças poderiam deter esse poder? — Chikára tentou uma resposta. — A opressão já está consolidada. Todos os homens, nobres ou plebeus, em condição de portar uma arma foram lançados nessa guerra. Restam somente anciões e mulheres e outros inaptos para a luta. Sem falar dos que foram assolados pela moléstia. É sábio o que dizem que uma desgraça nunca viaja sozinha. Os inimigos só precisam de tempo e alguma paciência para que um novo reino seja instituído. Infelizmente, essa é a verdade.

— Maldito seja *Maretenebræ* por tê-los deixado navegar em suas águas! — Braun vociferou.

— É mais fácil aceitar que *Maretenebræ* tenha obedecido a alguma ordem superior, quem sabe, de deuses, e permitido que nossos inimigos o cruzassem. Essa é a única forma que eu vejo — Roderick ponderou.

— Bem pensado, Roderick — Chikára refletiu nas palavras do arqueiro. — Tudo me leva a crer que, não só essa improvável invasão, mas também esta vitória inimiga, foram obra dos deuses. Linus pode ter tido contato com algum deus do Caos ou...

— Tolice! — Braun interrompeu. — Desde eras antigas que os deuses não falam mais com os homens. Você mesma disse, Chikára.

— Sim, mas quem *nos* garante que Linus é um homem? — perguntou a maga, retirando olhares espantados do grupo. — Homem ou não, ele está ligado a forças muito mais poderosas do que nós, ou do que quaisquer exércitos que surjam sobre a terra. Nossas opções de sobrevivência são praticamente inexistentes.

As últimas palavras de Chikára bateram forte no inconsciente dos peregrinos. Nenhuma palavra poderia resumir o que estavam sentindo. Era bem verdade que muitos ali ainda queriam lutar, porém a razão os chamava para a luz, e dizia que, perante as forças do Caos, eles não bastavam de frágeis e pequenas formigas.

— Destino reservou um fim trágico para o nosso reino, meus amigos. Mas se ainda estamos vivos, não podemos nos conformar — Formiga tentou confortar os colegas. — Vamos partir. Para Alódia. Lá pensaremos no que fazer. Aqui não teremos chance de sobreviver como homens livres. Na taverna de meus pais conseguiremos comida, segurança e conforto suficientes para, talvez, nos mantermos de pé. A partir de agora, cada instante deverá durar vários *verões*.

— Eu preferia estar habitando a Morada dos Mortos* a ter de suportar mais uma *aurora* nesse mundo hostil — Sir Heimerich, após um longo tempo quieto, rangeu os dentes. Sua ira, apesar de compreensível, não combinava com seu caráter moderado.

— Não ceda a sua nobreza à raiva, cavaleiro — disse Victor, sem encarar o nobre. — A decepção é a imagem feia de uma realidade que você idealizou. Realidade essa em que você esperava, pela sua expectativa excessiva, encontrar os combatentes da Ordem vitoriosos. E quis Destino que não fosse assim. Não é vergonha nenhuma admitir a derrota do reino. Vergonha é sentir-se derrotado quando você não foi, ainda. De qualquer forma, aproveite para sentir o caos e o frenesi dentro de si. É através deles que as estrelas mais brilhantes nascem.

---

* Morada dos Mortos: local onde as almas dos homens são purificadas através de duras penitências.

— Você não entende! É a minha família! É a minha casa! — Sir Heimerich esbravejou.

— Diz isso, pois não conhece esses valores e nunca se sentiu sozinho.

— Prefiro a solidão às más companhias — disse o arcanista, seco.

— Por acaso, a palavra afeto não diz nada a você? — o nobre tentou intimidar Dídacus.

— Afeição é um conceito criado para camuflar a nossa condição fraca e débil de depender dos outros para sobreviver. Você não enxerga isso nos animais? — Victor rebateu, enfático e, ao mesmo tempo, tranquilo.

— Como ousa comparar os servidores da Ordem a bestas selvagens? — Sir Heimerich se ofendeu. — És um louco?

— Quem está se comportando como um louco aqui, ignorando o fato de que estamos apenas discutindo ideias? — perguntou o arcanista.

— Basta de discussões! — comandou Chikára. — Heimerich, contenha-se! Lamentamos muito a sua perda, mas Victor tem razão. A sua luta agora é interior. Vença-a, pois precisamos de você recomposto se formos para Alódia. Aliás... — a maga voltou-se ao grupo — Decidimos se vamos mesmo para lá?

— Que outra opção temos? — perguntou Roderick.

— Indo para lá caminharemos para um fim trágico e rápido — Braun explicou. — Alódia é a cidade mais próxima daqui. Se a cidade ainda não caiu, será a próxima conquista de Linus.

— Eu não vou — disse Petrus.

— O fim chegará, Petrus, mais cedo ou mais tarde — disse Victor. — Ou prefere ficar de braços cruzados esperando a Dama da Morte?

O camponês estremeceu, aflito com as palavras do arcanista.

— O que houve com aquele homem destemido de antes, caro amigo? — perguntou Formiga.

— Herói — Roderick interferiu, olhando profundamente nos olhos do pastor. — Vamos fazer este juramento: enquanto houver uma fagulha de esperança, lutaremos por nossas vidas. Está de acordo?

Petrus titubeou, mas, por fim, afirmou timidamente com a cabeça.

— Ótimo! — disse Chikára. — É bom porque preciso fazer algumas pesquisas na Biblioteca Real.

— Se ela ainda estiver de pé — Petrus estava pessimista.

— Não creio que as forças inimigas tenham se apossado de Alódia, ainda, Petrus — a maga rebateu. — Fique tranquilo. Depois da batalha no Velho Condado e agora aqui no cerco ao Domo, elas vão precisar repousar um pouco. Inclusive, se conseguirmos avisar os alodianos do perigo iminente, talvez consigamos evitar muitas mortes mandando as famílias para as regiões mais remotas.

— E como moveríamos um número tão grande de pessoas em tão pouco tempo? — retrucou Braun.

— A ocasião faz o ladrão — Formiga riu. — Nós, alodianos, somos muito bons em nos adaptar a novas mudanças. Já passamos por várias crises, e sempre conseguimos nos reerguer.

— Mas essa não é qualquer crise, senhor Formiga. Largar o lar e a casa, assim, para caminhar sem rumo, sem saber se vai ou não sobreviver? Teríamos muito trabalho para convencer as pessoas a saírem de Alódia — o pastor analisou.

— Falou tudo — Braun apoiou. — Seria perda de tempo. Seria melhor que alistássemos todos com capacidade de guerrear.

— Não sejam tão frios — Roderick irritou-se. — Quem fala muito, pouco faz! Em um momento como esse, devemos ser solidários com as pessoas de nossa própria nação. Ao menos, podemos tentar. Não é mesmo?

— Quem dera se todos os homens tivessem a sua compaixão, arqueiro — Dídacus não conseguiu esconder seu ceticismo diante da fala de Roderick. — No entanto, lhe digo: não aja pensando no que os homens deveriam ser, mas sim no que eles são — concluiu, de forma educada, deixando um suspense no ar. — Vamos! Caminhemos logo, antes que anoiteça! Se não temos nada a ganhar, também nada temos a perder. Para Alódia!

O arcanista pôs-se em marcha, seguido pelos demais. Até mesmo Sir Heimerich havia se convencido a seguir viagem, embora movido mais pela ação dos companheiros, do que por vontade própria. A visão de sua terra natal destruída o havia mudado, mas não totalmente.

E não para sempre.

XX

Mais entre o céu e a terra

Vejam lá embaixo! Acampamentos inimigos! — gritou Roderick.

— Vamos voltar, deve haver outro caminho — disse Petrus temeroso, como se estivesse vendo algo já presente em sua memória.

Roderick se referia a um agrupamento de tendas situadas ao norte do Domo do Rei, que, naquela altura da estrada, já tinha ficado para trás. A chuva ainda caía vertiginosamente e pouco se via à frente quando o arqueiro alertou o grupo, levando a crer que seus olhos eram mais que argutos. Porém, um ou outro estandarte do Caos podia facilmente ser visto por todos. O acampamento parecia desabitado, embora fosse precipitado apresentar qualquer conclusão definitiva.

— Estão vazias — disse Victor.

— Como sabe disso, queixo-de-quiabo? — perguntou Braun, em voz baixa.

— Não sinto nenhuma presença de vida ali.

Estando aos pés da elevação que conduzia à capital do reino, o grupo observava com cautela as barracas de um ponto mais alto. O temor de que fossem descobertos era grande, mas desprezível frente à vontade de descobrir que segredos os inimigos guardavam. A sensação de horror por saber que a Ordem em Sieghard tinha poucas *auroras* de vida pesava na consciência de cada um.

— Victor, como pode saber que não há presença de vida ali? — indagou Chikára, cética.

— Não há corações batendo. A energia vital não flui nesse lugar. Está espiritualmente morto.

A afirmação de Victor, a princípio, soou mais como um desejo do que propriamente como uma verdade. Não seria estranho, naquele momento, supor que ele quisesse fazer os companheiros seguirem para Alódia sem mais temor do que já sentiam. No entanto, a conversa que haviam tido com ele no Bosque dos Lordes ecoava na mente dos heróis. Qualquer um que estivesse convivendo com aquele estranho homem veria nele um conhecedor da natureza, de seus espíritos e, sobretudo, de seus desígnios. Enfim, não seria difícil para alguém capaz de absorver a essência dos seres vivos falar a respeito da existência, ou não, de formas de vida.

— O que essas tendas estão fazendo aqui, então? – questionou Chikára, impaciente.

— Penso que foram construídas e abandonadas logo depois – respondeu Roderick. — Com um cerco vitorioso tão rápido, considero que nossos inimigos devem voltar para desmontá-las, ou fazer algum outro proveito delas.

— E ninguém ficou para vigiá-las? – Petrus se dirigiu a Roderick.

— Vigiar contra quem, herói?

— Parece-me um tanto pretensioso – insistiu Petrus.

— Ou um tanto decidido – rebateu o arqueiro. — A Ordem foi derrotada. Milhares de vidas, em questão de *auroras*. O que o inimigo tem a temer? Sete aventureiros cansados e com fome?

— Bah! Se encontrarmos algo, cortarei em pedaços. Tomara que você esteja errado, Dídacus, para que eu decepe algumas cabeças – disse Braun, tomando a iniciativa em prosseguir a investida, sem pensar nas consequências.

Apesar de concordarem que não era tão seguro continuar por ali, visto que foram recentemente atacados, a visão dos acampamentos inimigos deu um novo vigor ao grupo – ou, pelo menos, uma nova curiosidade. Há pouco haviam decidido rumar de forma imediata para Alódia, porém eles não poderiam simplesmente subir a Estrada Real em direção à cidade natal de Formiga sem antes observar de perto os segredos trazidos por seus algozes.

Mesmo com o guerreiro à frente, alguns ainda hesitaram em querer acompanhá-lo. Roderick insistia com Petrus para que o seguisse. O arqueiro escoltava-o como se o conhecesse há vários *verões*; sentia que era necessário defendê-lo, e que somente ele seria capaz de prover essa defesa de forma plena. Calado, Sir Heimerich ainda jazia mergulhado em um oceano de insegurança e frustração quando Formiga pôs a mão em seu ombro e o abraçou como a um filho.

— Mantenha sua fé, cavaleiro, e logo isso terá passado; e terá sua Anna de volta – o ferreiro o reconfortou com ternura.

Depois de uma troca de olhares, os dois partiram.

Assim como Victor havia anunciado, as tendas não possuíam nada que pudesse saltar aos olhos: as pipas de água estavam vazias, as caixas com suprimentos guardavam apenas restos, e as armas e armaduras encontradas já não eram mais úteis. Não só isso, o lugar tinha um cheiro forte de algum animal e rastros de sangue se espalhavam por toda a relva. Por cima de todo este cenário reinava ainda uma bandeira do Caos, que, úmida pela chuva, tremulava com dificuldade a cada rajada de vento. Devido ao aspecto morto do local, parecia consenso entre o grupo que os soldados inimigos não precisavam retornar.

— Bah! Não há nada nesta pocilga! — resmungava Braun, chutando os caixotes de madeira vazios.

— Vamos nos separar — ordenou Chikára. — E vermos se há algo interessante por aqui.

Parecendo entender a maga, Rurik pôs-se a farejar, afastando-se dos demais.

— Ei, aonde vai, garoto? Rurik! Volte aqui! — Em vão, Petrus chamou seu mascote e estava decidido a não seguir o animal quando Roderick pegou-o pelo braço e o forçou a fazê-lo. Chikára gritou para que não se perdessem e, em seguida, rumou para outra parte do acampamento à companhia de Formiga. Victor e Sir Heimerich, ainda inamistosos, partiram em direção oposta. Enquanto isso, Braun seguia sozinho — e parecia pouco se importar com isso.

Quando a chuva chegava ao seu fim, destacando o som mau-pressagioso do vento incessante, um grito de horror emergiu da tenda onde estavam Petrus, Roderick e Rurik. A voz ecoou por toda a esplanada, causando uma revoada de abutres carniceiros em meio às pilhas de caídos em batalha.

Após investigar uma série de tendas sem obter informações que as pudessem usar, Chikára e Formiga se depararam com um prato de comida abandonado às pressas. Nele, por sobre uma intrincada chapa de madeira trabalhada, encontrava-se uma posta de peixe e bagaços de limões.

— Se não temos nenhuma informação sobre o inimigo, pelo menos sabemos o que eles comem — refletiu a mulher.

MARETENEBRÆ ✧ 135

— Peixe. E eles acrescentam limão para retirar o mau cheiro. Veja esse prato de madeira. Um raro talento construiu essas peças. Os detalhes são muito bem elaborados — Formiga completou com uma conclusão perspicaz. — Não parecem ser incivilizados, como pensamos.

— São inteligentes e refinados. Tratá-los como animais foi um erro fatal — Chikára alertou antes de um detalhe no chão tirar seu foco de atenção. — Formiga, confira o que pode ser aquilo — ela apontou para uma bola de papel amassado em um dos cantos da tenda.

Formiga caminhou até o item e o pegou no mesmo instante em que ouviu um grito vindo do lado de fora.

— Seria...? – Chikára perguntou com o coração palpitando.

— Sim. Parece nosso amigo camponês — respondeu-lhe Formiga, aflito.

Sem pensar duas vezes, os dois deixaram a tenda enquanto pensavam, com calafrios, na possibilidade de haver inimigos escondidos. Definitivamente, Chikára refletia, tinha sido um erro procurar informações nesse local.

Com o montante em punho e pressentindo o pior, Braun corria em direção a uma das tendas, enquanto Victor e Sir Heimerich o acompanhavam a passos cautelosos. Ao afastarem o tecido de entrada da estrutura, uma cena peculiar se desvelou. Horrorizado, Petrus cobria os olhos e Roderick, enojado pelo mau-cheiro, tapava seu nariz e boca. Todos puderam contemplar, inertes, o que parecia ser algum tipo de ritual. Ao fundo da tenda, por sobre um altar, jazia um chacal morto. Marcas de sangue caíam até sua base, levando a crer que a fera havia sangrado até a morte. Ao seu redor, sete velas apagadas. O macabro sacrifício era completado com inscrições e desenhos feitos com carvão no chão.

— Um sacrifício em honra aos deuses do Caos? — questionou Victor, assimilando o que via aos rituais que ele presenciara em sua aldeia natal.

— Que tipo de deus pede um sacrifício animal para honrá-lo? Somente uma divindade fútil e cruel se contentaria com a oferta de um ser mortal, inferior — Roderick revoltava-se.

— Antes fosse um mero sacrifício em honra aos deuses do Caos — percebendo que todos estavam confusos, Chikára se apressou. — Isso que vê, arqueiro, não é um ritual qualquer. É uma prática mágica a fim de incorporar seres de outro plano de existência.

— Incorporar? Seres de outro plano de existência? Do que você está falando? — Roderick parecia não acreditar.

Deuses do Caos, criaturas de outros planos. Isso é ainda mais sério do que eu poderia supor, pensava a maga, refletindo com extrema preocupação.

— O que foi Chikára? Diga o que está havendo – o arqueiro insistia, vendo que a expressão da mulher parecia não trazer boas notícias.

— O exército que nos derrotou não o fez somente por meios humanos, mas também por meio de artifícios ritualísticos – ela disse, enfática. — A incorporação os torna mais fortes, mais aptos a lutar, mais resistentes. Agora sei por que não conseguimos vencê-los. E aqui está a prova. Como eu suspeitava, Linus e suas tropas estão sendo ajudados por forças sobre-humanas.

— Como foi possível essa aliança com os deuses do Caos? – Formiga perguntou. — Sei que os deuses atuam em nosso mundo, mas... nunca ouvi dizer que existiam rituais para isso.

— Seria mais fácil acreditar que Linus é um deus encarnado. Um avatar do mal – Braun concluiu com uma simples lógica.

— Você pode estar certo, Braun. Mas minha teoria diz que Linus tem um contato íntimo com os deuses. Só não consigo entender como ele o conseguiu – Chikára completou, se acocorando para observar as inscrições grafadas no chão.

— A Pestilência Cega também pode ter brotado a partir de um desses rituais? – Formiga continuou curioso.

— Queira Destino que não — a mulher dirigiu sua expressão diretamente para os olhos do ferreiro. — Caso contrário, será o fim de Sieghard, haja visto que sendo assim não teremos como neutralizá-la. Ninguém pode neutralizar uma magia divina, a não ser um próprio deus – concluiu, gerando um incômodo silêncio entre o grupo. Então, ainda sobre os desenhos feitos com carvão, Chikára voltou sua atenção para o chão para analisar um círculo dividido em duas partes. Cada uma delas era preenchida com o que parecia ser dois nomes em caligrafia arcaica. — Vejam! – ela apontou. — It... zal. Novamente esse nome! – ela exclamou, suspeita do significado da palavra.

— O nome que você disse que o lanceiro inimigo gritou antes que eu decepasse sua cabeça – Braun refletiu. — Afinal, por que ele está aí?

— Em um ritual de incorporação escreve-se o nome do ente terreno responsável pela aliança e do deus representante para fazer a ligação. Nesse caso temos Itzal aqui como o ente terreno... e aqui em cima... – Chikára levou a mão para o topo do desenho. — Se... th... os. Sethos. Esse é nome do ente divino.

— Sethos? Que tipo de divindade é essa? – perguntou Braun.

— É o responsável pelas doenças, pelos desastres naturais, pelas querelas e intrigas, pela morte e por tudo o quanto é caótico e destrutivo — Victor se intrometeu na conversa antes de Chikára se pronunciar. — Sethos é uma parte de Destino; é uma energia indomável que se opõe à energia ordeira de Ieovaris, tentando destruir tudo o que foi feito por ele. Sethos está em nossa volta e, também, dentro de nós.

— Não seja ingênuo — disse Chikára, demonstrando contrariedade. — Sethos é um deus, como qualquer outro. Na verdade, o maior de todos os deuses do Caos.

— Então, essa aliança pode explicar por que *Maretenebræ* deu permissão para Linus navegar por seus domínios — Braun tentou explanar.

— Mas... e Itzal? — Roderick questionou.

Chikára silenciou-se e vacilou para responder.

— Segundo a sábia de Keishu trata-se de um ser terreno — disse Victor. — Mortal, de carne e osso, que habita nesse mundo.

— Quer dizer que pode ser qualquer pessoa? — perguntou Petrus, amedrontado.

— Se é uma pessoa, e se é conhecido pelos soldados de Linus, deve estar ligado a ele — Roderick concluiu sem dificuldade.

— Pode ser o soberano de onde nossos invasores são oriundos — refletiu Formiga.

Nesse momento, Victor sentiu um vento frio passar pelos seus tornozelos. Não era o vento apenas. Havia vida, contrariando o que ele mesmo dissera ao entrar no pavilhão. Isso o fez se incomodar, como se um fardo de mil libras de metal fosse colocado sobre seus ombros. O impacto foi tamanho que Victor estremeceu, levando-o a colocar-se de joelhos, de modo a evitar o desmaio. Percebendo a situação, Braun pegou o braço de Victor e o levantou, questionando-o sobre sua repentina e inesperada queda. Os outros se voltaram para a cena, não conseguindo compreender o que se passava. Para espanto de todos, porém, a aparente fraqueza do eremita tornou-se nem um pouco extraordinária quando, uma a uma, as sete velas colocadas atrás do altar onde jazia o chacal sacrificado, foram se acendendo — com uma luz intensa, forte, parecendo serem provenientes de uma combustão espontânea.

— Temos que sair daqui! — ordenou Victor, com a voz fraca e engasgada.

Os alicerces da tenda onde estava o grupo começaram a balançar. Sinal de que a armação do teto viria abaixo dentro de instantes. À exceção de Victor, todo o grupo estava atônito e amedrontado diante de tantos sinais. Intimidados demais, não conseguiam pensar em uma explicação, muito menos em uma solução que pudesse salvá-los. Rurik, assustado, latia sem parar. Os aventureiros esperavam por algo que os fizesse acordar daquela situação excepcional. Talvez estivessem enfeitiçados com algum tipo de ilusão, ou mesmo um sonho coletivo causado pelos acontecimentos das últimas *auroras*. Foi então que Braun — o único aparentemente a controlar sua sanidade —, sem hesitar, imediatamente lançou Victor em seus ombros e gritou para todos:

— Para fora!

Com Braun à frente, o restante do grupo correu enlouquecidamente de forma desordenada para fora do pavilhão, e dali, para longe do acampamento maldito.

Já de volta à Estrada Real, eles perceberam que o vento era ainda mais intenso, como se os golpeassem a cada rápida passada. Nenhum deles olhava para trás. Apenas Victor, sobre as costas de Braun, abria os olhos e enxergava caos e horror. A presença da divindade destruidora estava viva, clamando por defender seu território — como uma ursa que protege seus filhotes. Contudo, à medida que o grupo se deslocava em disparada e desespero, o acampamento adquiria a mesma configuração vazia que tinha anteriormente.

Já a uma distância segura, Petrus olhou para trás e comentou:

— Por isso não havia guardas para vigiá-lo.

XXII

A bolsa ou a vida!

Finalmente, após quase meio dia de chuva, as forças das águas cessaram. As pesadas nuvens se dissiparam e deram lugar ao céu claro e ao clima quente típico do verão siegardo. Ouvia-se novamente os pássaros gorjeando, ora mais longe, ora mais perto. A relva brilhava como um tapete estrelado devido ao orvalho acumulado nas folhas. As pedras da Estrada Real ficaram um pouco escorregadias devido ao acúmulo de precipitação, mas nem tanto para preocupar os viajantes. As roupas, entretanto, estavam encharcadas, as botas pesadas e o corpo umedecido. Foi preciso parar por um breve instante para secar o corpo, as vestimentas e os equipamentos.

O caminho para a próspera comarca de Alódia era muito conhecido e utilizado por grande parte da população. Com o Domo do Rei às costas, qualquer viajante que quisesse buscar conforto e fortuna na cidade deveria caminhar seguindo a Estrada Real tendo a parte setentrional do Cinturão das Pedras à frente e o Pico das Tormentas ao leste. Por se tratar de uma região mais ao norte do reino, o clima era mais ameno do que em outras partes do reino. O único inconveniente do trajeto era a presença constante de pedintes e assaltantes — típicos nos arredores de uma cidade rica e bem situada. Porém, esse temor era contrabalanceado pela fama que tinha a região de ser uma das mais protegidas pelos soldados do reino. Muitas abordagens a mercadores e caravanas foram evitadas pela ação da guarda de Sieghard. Nem mesmo à noite, os fora-da-lei conseguiam ser bem-sucedidos.

— Senhora, por favor, precisamos comer! — Formiga, com a mão na barriga, suplicou à Chikára, sendo o primeiro a sugerir a ceia trazida por ela. A caminhada para o último refúgio havia deixado os aventureiros com mais fome do que previram.

Aos apelos do alodiano, a maga retirou o pouco que tinha de seus bolsos e, juntamente com o que Braun e Roderick haviam trazido do forte de fronteira, uma boa refeição fora disponibilizada. Frutas, ervas, mel, pão e queijo foram devorados em poucos instantes. Era fato que o calor em épocas como o verão askaloriano inibia a fome dos homens; todavia, a correria causada pela experiência macabra presenciada nas tendas inimigas os fez ignorar essa lei da natureza. Comeram como em uma noite de rigoroso inverno. Apenas Victor, já recuperado do súbito desmaio, se conservava calado e sem comer. Quando enfim saciaram-se, a pesarosa jornada continuou com um novo ânimo.

A luz do sol durou – e ardeu – o suficiente e, ao fim do longo dia de caminhada, o céu adquiriu uma coloração vermelho-alaranjada. A escuridão da noite, entretanto, não duraria tanto mais nessa época do ano. Em Askalor, principalmente entre as pessoas simples e anciãs, dizia-se que, em noites de lua plena, uma trilha conduzindo às terras dos deuses era aberta pela Estrada Real. De fato, quando o primeiro feixe do luar pleno nascente refletiu nos ladrilhos da estrada, o brilho proporcionado pelo fenômeno criou nos corações dos pesarosos peregrinos uma poderosa ilusão. A paisagem unia em si tanto uma obra divina, quanto humana; servindo, dessa forma, para representar a união harmoniosa entre homens e divindades.

— Que maravilha! – disse Petrus boquiaberto ao vislumbrar o reflexo luminoso que fez a estrada passar de um simples caminho secular a um extenso espelho que poderia transcender eras.

— Mesmo diante disso ainda colocam homens e deuses em lados opostos – Victor falou. — Somente pessoas ignorantes poderiam conceber essa disparidade. Homens ou deuses. Viemos de um mesmo início. Teremos um mesmo fim.

Quando as entranhas da noite caíram sobre os viajantes, alguns deles começaram a demonstrar graves sinais de cansaço e a retardar o passo, mendigando timidamente uma pausa. Embora não fosse essa a condição de Roderick, percebendo ele que Petrus encaixava-se muito bem nesse perfil, o arqueiro tentou um modo de ajudar o colega.

— Precisamos aguardar o amanhecer, não é seguro caminharmos à noite – expressou-se com receio.

— Imbecil! Então ficar parado aqui é mais seguro? – ironizou Braun.

— Concordo com Roderick – disse Petrus, acanhado. — Podemos descansar e partirmos ao amanhecer.

— Sempre evitando o esforço – meditou Chikára, em voz baixa. — Caminhar nos mantém em alerta. Não podemos ficar parados.

— Mas, senhora... – interrompeu Formiga, que também arfava de cansaço. — Não conseguiremos prosseguir. Caminhamos o dia inteiro.

Braun, visivelmente irritado, não concordava com o impasse. Para ele, não importava qual dos dois lados da questão era o mais correto. A discussão não lhe servia de nada, apenas para retardar ainda mais o passo.

— Chikára tem mais idade do que qualquer um de vocês, e ela não está reclamando como um bebê chorão. Portanto, calem-se e continuem.

— Ninguém lhe concedeu direito à liderança, Braun — Roderick tentou um último recurso. — Se temos um problema, vamos votá-lo — disse abrindo os braços, como se estivesse pedindo alguma coisa.

— É muito nobre que povos da floresta tenham o costume de votar — Sir Heimerich quebrou, finalmente, seu longo silêncio ao se surpreender com a fala do arqueiro.

— Somos selvagens, sir, não bárbaros. Vivemos com os animais, e não como eles. Somos tão civilizados quanto vocês de Askalor.

— Votar?! — Braun protestava. — Isso só causa demoras. Não é necessário votar. As decisões cabem a um líder escolhido naturalmente por suas virtudes. Se for para votar, que vote eu, o magricela e você, lordezinho. Somos os guerreiros aqui.

— Todos devem votar — Chikára repreendeu. — O voto põe todos em pé de igualdade: os mais fracos e os mais fortes. Todos nós somos iguais perante a justiça de Tula*.

— Em que eu sou igual a esse pastor? — gargalhava Braun. — Já salvei o traseiro dele algumas vezes. E ele, o que fez até agora? Tomou conta desse lobo pulguento. Pela manhã, é sempre o último a acordar... e à noite, o primeiro a se deitar. E vocês querem que eu esteja em pé de igualdade com ele porque *a Ordem* assim o quer? Faz-me rir, senhora. Essa igualdade apenas existe na sua cabeça.

— Refreie sua língua, camarada — advertiu Formiga. — Você o está ofendendo!

— Não o estou ofendendo. Sei que há pessoas dotadas de habilidades para mandar, outras para obedecer. Petrus não é do tipo que sabe tomar decisões. Se dermos a ele ou a qualquer outro incapaz essa oportunidade, todos nós tombaremos, inclusive ele mesmo.

Após a resposta confiante de Braun, Formiga e os demais que propuseram a votação souberam que seria necessária uma dose diferente de argumentos caso quisessem realmente convencê-lo. Enquanto isso, Victor e Petrus permaneciam calados. O primeiro, por ver em tudo aquilo uma grande tolice; e o último, mais por resignação do que por não se importar com o desenrolar das discussões, resumindo-se a acompanhar tudo com os olhos atentos, mas sem expressar coisa alguma.

---

* Tula, deusa da imparcialidade

— Em sua terra — Formiga arriscou um meio de contornar a situação — como as decisões são tomadas?

— Nas aldeias de toda Sevânia existe um conselho formado pelos mais valentes e corajosos guerreiros que lá habitam. A eles cabe decidir sobre situações de guerra e paz. Também são eles que comandam as milícias locais — respondeu Braun.

— Ou seja, existem votações — disse Roderick.

— É claro que sim. Mas não dividimos a mesa com camponeses, artesãos, ou seja lá o que for. Essas pessoas são importantes, mas não cabe a elas... — Braun parou subitamente, pois Rurik começara a latir e rosnar sem um motivo aparente. — Façam esse monte de carrapatos calar a boca!

Sentindo que os latidos se intensificavam, Braun desembainhou o montante e pôs-se em posição de guarda. Um vulto passou pelas suas costas, balançando algumas folhagens. Rápido o suficiente para não ser uma besta qualquer, mas tão aterrorizante quanto. Quando o guerreiro se voltou, pôde ver somente o movimento das folhas.

Preocupados com o comportamento de Rurik, Petrus e Roderick procuraram acalmá-lo. Enquanto isso, outros vultos se moveram rapidamente por entre os arbustos, e em várias direções ao mesmo tempo. Em todas essas passagens, não era possível sequer saber do que se tratava. Apenas rápidas passadas, o vento deslocando-se bruscamente, e o barulho dos arbustos se movendo em seguida.

O que quer que fosse, eram muitos.

— Não são feras — concluiu Roderick.

— Não! São bandidos — disse Braun, após constatar que havia uma seta apontada para sua testa. O dono da besta era um homem de estatura mediana e tinha o corpo coberto por um manto negro e o rosto por uma pescoceira, revelando apenas grossas sobrancelhas de coloração castanha sob uma pele de tez branca. Seus cabelos curtos seguiam também esse mesmo tom. Mesmo com a luz do luar em seu ponto mais elevado no céu, não era possível identificar a coloração de seus olhos, mas supunha-se que fossem castanhos como os cabelos.

Quando Roderick esboçou uma reação, colocando a mão sobre sua arma, outras nove figuras humanas cercaram o grupo.

— Nem pense nisso, arqueiro! Um movimento em falso e nenhum de vocês verá o sol nascer novamente — uma voz veio de trás, aproximando-se pouco a pouco.

— Estamos cercados — disse Petrus.

O grupo estava perplexo e perdido. Instantes atrás estavam discutindo, apartados, e foram emboscados em um momento de desunião. Havia um sentimento mútuo de vergonha e fracasso entre eles.

— Peguem o que quiserem e saiam logo daqui — Braun resmungou, sabendo que não havia outra escolha a não ser se entregar.

Um dos assaltantes desferiu um violento soco no rosto de Braun, fazendo-o cuspir sangue.

— Quem dá as ordens por aqui? — perguntou e virou-se para os demais. — Vocês deveriam ensinar boas maneiras a seu amigo sevanês, não acham? — o sotaque da misteriosa figura era peculiar. Braun lançou um olhar implacável de ódio contra o seu agressor. — Queríamos conversar, mas já que insistem, nos retiraremos o mais brevemente possível — o bandido, que parecia ser o líder, ria. — Armas, armaduras, vamos, entreguem tudo. Inclusive esse belo cajado — apontou para Chikára — e esta espada pendurada em suas costas, cavaleiro — aproximou-se de Sir Heimerich, referindo-se à espada de *aurumnigro*.

Os aventureiros procuraram entregar suas armas e armaduras sem resistência, sabendo que agora teriam ainda mais dificuldades para prosseguir até Alódia. A expressão no rosto de cada um era fria, exceto por Victor e Petrus. Este último, apesar do medo que o acompanhava desde que saiu do Velho Condado, parecia saber de algo que os pudesse salvar. E, de fato, por debaixo de seu manto, escondido entre as pernas, estava Rurik.

Pronto a atacar.

Entretidos com os itens que eram jogados ao chão, o bando não pôde prever a ordem que o pastor deu em um sussurro ao seu mascote. Como que guiado por mágica, o lobo-das-colinas lançou-se ferozmente contra o pescoço de um dos assaltantes — o que parecia ser o líder. Apesar de estar armado como os outros, nesse momento sua besta estava guardada às costas, e sua adaga, na cintura. O ataque fora bem-sucedido. O bandido foi ao chão e procurou se defender como podia. Ordenava a seus asseclas que tomassem uma iniciativa, enquanto tinha o seu pescoço mastigado, vertendo sangue por toda a relva. Outro membro do bando correu para ajudá-lo, tentando, em vão, afastar Rurik à base de chutes. As investidas eram inúteis, pois os movimentos do animal eram rápidos e furtivos. Os gritos de dor e desespero da vítima ecoavam cada vez mais fortes.

— Tirem essa besta daqui!

Percebendo a distração, Braun agiu rapidamente, sacou sua arma e desferiu um violento golpe de espada contra o opositor à sua frente, fazendo-o cair morto nos ladrilhos da Estrada Real. O restante do grupo aproveitou a situação para reaver seus itens.

Os bandidos que se mantinham de pé disparavam suas setas, um após o outro, e de forma desorganizada. Chikára concentrou-se, pronunciando algumas palavras arcanas e, de repente, foi-se como se toda a luz da lua no ambiente tivesse sido direcionada para uma pedra na cabeça de seu cajado, e explodido em um feixe ofuscante que atingiu os olhos do assaltante à sua frente.

— Meus olhos! Meus olhos! — gritava ele em desespero, certo de que estava cego.

Roderick desviava-se das setas com a agilidade de um gato selvagem. Um dos disparos raspou-lhe a perna, rasgando o tecido de sua calça e abrindo um pequeno corte em sua pele. Enquanto o atacante recarregava sua arma, o arqueiro, que já estava com uma flecha preparada, disparou-a mirando seu fígado. O bandido também era ágil e saltou para desviar-se do tiro fatal, recebendo, ao invés, uma flecha atravessada em sua coxa que o fez cair em agonia.

Victor observava atentamente o desenrolar dos ataques sem tirar a atenção sobre os assaltantes. Um dos inimigos, preocupado com a condição de seu líder, distraiu-se com a surpresa do evento. Vendo que oportunidade era única, o peregrino armou sua funda e lançou uma pequena pedra que guardava em seu bolso. Com o susto promovido pelo forte impacto do tiro na sua mão, o assaltante deu um urro de dor e deixou a besta cair. Em seguida, voltou-se para Victor e sacou uma admirável adaga de lâmina de prata.

Correndo, brandindo sua arma e gritando palavras ofensivas, o homem tentou, inúmeras vezes, acertar Victor. Este, por sua vez, se conservava calmo e esquivava-se dos ataques com facilidade inclinando seu corpo para os lados. Era tão hábil quanto Roderick, porém, diferentemente dele, movimentava-se sem malabarismos e ainda se aproveitava de sua sabedoria — demonstrada ao querer cansar o adversário antes de contra-atacar. Dídacus sabia que seu bastão feito de bambu não era uma arma tão mortal se comparada à do oponente. Logo, seria necessária paciência e perspicácia para vencê-lo. Após dezenas de golpes que, no máximo, rasgaram de leve as suas vestes, o peregrino concluiu que seria prudente tomar uma atitude. O bandido, ofegante, após avançar com um ataque malsucedido, se desequilibrou e virou-lhe as costas por um instante — tempo o suficiente, entretanto, para que recebesse uma paulada no pescoço e caísse inconsciente.

Logo atrás, Sir Heimerich dava cobertura a Braun e Roderick com seu escudo, protegendo-os das setas inimigas, enquanto a dupla lançava ataques contra os bandidos que restavam. Finalmente, um deles — o mesmo que instantes antes chutava Rurik —, vendo que estavam em menor número, e que o líder do bando estava liquidado, caiu em si.

— Bater em retirada! — bradou.

Os foras-da-lei, então, iniciaram uma fuga desordenada: os que podiam correr dispararam sem olhar para trás, os outros se arrastaram ou saltaram por entre os arbustos salvando-se da fúria incontida de Braun. Quando os bandidos já se encontravam aparentemente fora de alcance, Rurik, exausto demais para uma perseguição, foi prontamente acolhido por Petrus.

Sir Heimerich baixou sua guarda e foi ter com os companheiros para celebrar a pequena vitória. Todos haviam saído invictos mais uma vez, e a união do grupo conseguiu ser maior do que as imensas diferenças das quais compartilhavam. Talvez o nobre pensasse que não seria mais necessário usar o escudo. Em seus pensamentos, os inimigos já teriam ido embora, acuados como animais selvagens feridos mortalmente. Porém, essa presunção custou-lhe caro.

Custou também aos demais.

Um dos bandidos, que havia saído ileso do combate, vendo ao longe o cavaleiro dar-lhe as costas, atirou em meio à escuridão de onde estava.

— Seta! — alertou Roderick, desesperado, parecendo ter enxergado na lonjura noturna o ato malicioso do atirador.

O zunido emitido pelo projétil rasgando o ar noturno de Askalor em direção aos pulmões de Sir Heimerich foi interrompido pelo inconfundível som de carne sendo perfurada.

— Não! — gritou Roderick.

— Pela sagrada Ordem! — exclamou Braun.

Um gemido de dor foi ouvido em seguida. Um corpo caiu por cima das costas do paladino com a seta cravada em seu ombro direito. O nobre se apavorou diante do inesperado: Formiga havia saltado para bloquear o tiro fatal.

Roderick correu para tentar vingar seu colega disparando flechas uma após a outra contra o homem. Porém, em pouco tempo, seus rastros desapareceram — e seria perigoso continuar sozinho por entre as folhagens. Agora, era mais importante voltar e salvar a vida de Formiga.

O senhor de Alódia jazia nos braços de Heimerich. As roupas e os braços de ambos estavam salpicados de sangue, especialmente o uniforme branco do nobre. Em choque, Sir Heimerich temia ser o responsável direto pela morte de um dos companheiros. A vergonha que o acompanhava desde o Domo do Rei multiplicou-se por ver as consequências de sua presunção e negligência. *Eu não deveria ter baixado minha guarda tão cedo*, ele se martirizava, não sabendo quais palavras dizer que pudesse confortar a vítima.

— Não... não se preocupem com isso, camaradas... — balbuciava Formiga. — Já martelei meus dedos muitas vezes enquanto trabalhava na minha forja... isso não é nada.

— Receio que seja mais do que uma martelada, senhor Formiga. É uma seta. E está bem funda — disse Chikára. — Precisamos retirá-la.

— Eu faço isso — se aprontou Roderick. — Como ela não atravessou, terei de empurrá-la, quebrar sua ponta e, só então, removê-la, tudo bem? — ele explicou, direcionando sua pergunta a Formiga, que assentiu com a cabeça. — Isso vai doer um bocado, meu amigo. Mas aguente firme – confortou-o com um olhar de confiança. — Braun! Heimerich! Segurem os braços dele.

Petrus cobriu o rosto. O arqueiro segurou delicadamente a seta e, em um movimento rápido, empurrou-a até atravessá-la. Formiga gritava em agonia, e o sangue vertido pela ferida aberta jorrava em doses cada vez maiores. Não estava acabado ainda. Roderick, bastante contido, mesmo com os espasmos do companheiro, apalpou a ponta da seta e a quebrou. Mais um grito foi ouvido.

— Agora falta pouco, amigo — falou Roderick, puxando o corpo da seta. Após alguns instantes, todo o corpo de madeira já havia sido removido. Formiga parecia em transe, como se estivesse delirando de dor. — Se a ponta estiver suja poderá trazer uma infecção. Agora, a ferida tem que ser tratada. Por enquanto, precisamos de uma atadura, um pedaço de pano, qualquer coisa.

Imediatamente, Braun largou um dos braços de Formiga, foi até Petrus e rasgou parte das vestes do camponês.

— Isso serve?

Roderick agradeceu com um leve sorriso, achando graça ao ver a impetuosidade do kemenita em questões tão delicadas. Mesmo depois de atar habilmente o ombro de Formiga, o arqueiro parecia preocupado.

— Temos que chegar a Alódia o mais rápido possível. Somente lá encontraremos as medicinas necessárias para tratar essa dor.

— Consegue caminhar? – perguntou Braun a Formiga, não obtendo uma resposta imediata. Sem paciência, o guerreiro o jogou sobre os ombros. — Que pergunta idiota – resmungou, tomando a frente dos demais.

Os peregrinos seguiram viagem madrugada adentro. Felizmente, conforme Chikára anunciara antes do assalto, a comunidade de Alódia não estava tão distante. Porém, agora, não só a necessidade de curar o companheiro ferido quanto o receio de que os bandidos pudessem retornar, os fez apressarem o passo. Se encontrassem feras ou outros homens no meio da noite, eles estariam em completa desvantagem, tendo que abandonar Formiga para iniciar uma nova peleja. E, claro, ninguém gostaria que isso acontecesse. Um antigo provérbio das terras de Sevânia dizia que "o objetivo da guerra não era matar o inimigo, e sim feri-lo."

— O maior erro de um homem é sacrificar sua saúde a qualquer outra vantagem. O sacrifício das pessoas altruístas é alimento para a arrogância alheia – Victor murmurou, entre uma passada e outra, não obstante a silenciosa tensão da caminhada.

— O que disse, Victor? — curioso, Petrus perguntou.

— Nada, camponês. Esqueça-se disso e continue caminhando.

Atrás de Braun, Sir Heimerich permanecia perplexo, perdido em devaneios. Momentos antes, ele pensava que sua vida não valia mais a pena ser vivida. Formiga, por força, mostrou-lhe o contrário: deu sua vida para que o paladino pudesse ter uma segunda chance. Refletindo nas palavras de Victor sobre sentir o caos e frenesi dentro de si, pois daí surgiria uma estrela dançante, o cavaleiro denotava em sua expressão que, logo, logo, isso estaria para acontecer.

— Ei, nobre — sussurrou Formiga sobre o ombro do guerreiro à frente. — Não precisa me agradecer agora. Quando tudo isso acabar, me ofereça um banquete em seu castelo.

As palavras do ferreiro soaram tranquilizadoras para o cavaleiro apenas por aquele momento, pois que, em breve, Sir Heimerich deveria informar ao grupo um detalhe que passara desapercebido por todos.

A espada de *aurumnigro* não havia sido recuperada.

XXII

Às portas da agonia

A penas Formiga se lamentou com a notícia do roubo da espada. Sendo filho de um renomado ourives da comuna de Alódia — que se encontrava já não muito distante —, ele agora não teria mais a chance de entregar a arma a fim de que pudesse ser apreciada e avaliada pelo pai. Os outros concordaram entre si que a espada era um artefato maldito, e que, consequentemente, deveria ser ignorado e esquecido pelo tempo. Apesar de um pouco contrariado, Sir Heimerich acabou cedendo ao pensamento de seus companheiros e se conformou que essa era, de fato, a melhor opção.

Visivelmente cansados, o grupo caminhava com dificuldade — ainda que a passos apressados devido à urgência em se tratar Formiga. Não só ele sofria, mas Roderick tinha uma ferida aberta na perna, e Rurik, além de ter o corpo escoriado, mancava de uma pata desde o encontro com os assaltantes. Petrus acompanhava de perto, preocupado com a situação dos dois.

A lua estava quase para atingir seu ponto mais alto quando Braun — à frente de todos carregando Formiga — avistou um imenso pilar de pedra alongado. Conhecido pelos povos da região, aquele era o Obelisco de Alódia — um monumento que descansava ali há quase quinhentos *verões*, desde a unificação do reino. A obra em si fora financiada pela poderosa Liga Alodiana de Comércio e Afins — uma instituição formada por guildas familiares que regia a administração e milícia da cidade — para homenagear o primeiro rei de Sieghard, Drausus I, e seus esforços para unir a nação. Obviamente, pouco antes da ocasião da construção, as guildas foram extremamente beneficiadas por um inédito decreto real que padronizava pesos, medidas e moedas. Como Alódia já existia muito antes da unificação e se encontrava no centro da união de várias e importantes rotas comerciais, a quantidade e diversidade de mercadorias em circulação precisava de alguma forma ser controlada por um poder central, visto que a existência de muitos chefes de distritos atrapalhava não só a economia, quanto a política da cidade. Com o decreto, os chefes corruptos caíram, dando a oportunidade para o crescimento de guildas organizadas e com autonomia formal reconhecida pela capital de Askalor, o Domo.

— Estamos próximos de Alódia — Chikára advertiu ao reparar o monumento nascendo por detrás de um declive. Não só isso, mas, algumas milhas adiante, já se podia notar luzes de lampiões vindas dos muros e das construções do povoado. Uma gota de esperança e alívio correu sobre a face da maga. — Estão todos bem? — perguntou, recebendo em troca apenas murmúrios e expressões de desânimo. Formiga, entretanto, não se pronunciara. — Formiga, ei! — ela se aproximou de Braun, colocando as costas de sua mão sobre a testa do pequeno homem. — Pela Ordem! Ele está ardendo em febre!

Imediatamente, Roderick foi ao encontro de Chikára para também checar o estado do companheiro.

— O sangue dele foi contaminado — disse. — O que faremos?

— Correr sem demora para sua cidade natal que está logo à frente — sugeriu Sir Heimerich. — Lá ele terá os cuidados de que precisa. Vamos!

Apressados, os peregrinos prosseguiram em sua marcha, passando ao lado do Obelisco de Alódia. De longe, ele se assemelhava à ponta de um prego fincado na paisagem; todavia, apenas de perto podia-se verdadeiramente contemplar o pilar alongado que chegava a atingir cem pés de altura, decorado em suas quatros faces com inscrições e figuras em alto relevo que representavam cenas da história da unificação do reino: batalhas, revoltas, a construção do Domo e, finalmente, a coroação do primeiro rei. Iluminados pela luz do luar, a depender do ângulo que se observava, os relevos pareciam se mover e as figuras mudavam de expressão — ora melancólicas, ora esperançosas —, incutindo ao obelisco uma atmosfera mágica, como se ele fosse vivo, e assombrosa. Para todos os efeitos, o monumento se assemelhava a um titã de pedra que observava incansável as fronteiras das terras de Sieghard. Era o guardião perfeito.

Nem bem a intrépida estrutura fora deixada para trás e dois torreões, acompanhados por uma extensa muralha, surgiram para a esperança do grupo. Entre eles, uma imensa porta de madeira — também decorada com seus relevos — delimitava a comuna de Alódia dos perigos externos. Denominada apenas de Portão Sul, topar com ela fechada poderia ser um problema, principalmente pela hora avançada da madrugada.

— Alto! Quem vem lá? — não demorou para que uma voz forte fosse ouvida por detrás de uma seteira.

— Vida longa à Marcus e à plenitude da Ordem! — disse Chikára.

— Vida longa! — respondeu o guarda.

— Eu sou Chikára, de Keishu. Viemos do Velho Condado, onde nossas terras foram invadidas. Estamos à procura de repouso.

— Receio que não podemos permitir a entrada de estrangeiros na cidade — disse a sentinela, formalmente.

Sir Heimerich aproximou-se de Chikára.

— Peço licença, minha senhora — interpelou ele, antes de virar-se para a muralha para uma tentativa mais formal. — Meu nome é Sir Heimerich, filho de Sir Heinrich, barão de Askalor — gritou. — Abram esses portões agora, em nome do rei.

— Não estou vendo o rei aqui, sir — respondeu-lhe a sentinela. — E já que é um nobre askaloriano, deveria saber que nem mesmo o rei pode cruzar esses portões após o crepúsculo sem nosso consentimento. Nossa poderosa comuna goza de direitos adquiridos há centenas de *verões*.

Sir Heimerich estava ciente que, desde a unificação, Alódia era uma cidade que tinha uma autonomia quase total do governo central. No entanto, o reino de Sieghard estava em guerra e ele não podia acreditar que a Liga de Comércio e Afins continuaria com uma política tão rigorosa em relação ao controle e auxílio de migrantes.

— Quem os concedeu tais direitos, soldado? — ele insistiu, resolvendo testar a sentinela.

— O tempo e a tradição, sir. Os melhores juízes para todas as coisas — rebateu ela, convicta.

— Traidores! Traidores! — Braun esbravejava, visivelmente irritado com o desenlace da conversa. — Nós lutamos para defender esse reino. Nós lutamos e caminhamos várias *auroras* por vocês! Deixem-nos passar, do contrário, eu mesmo derrubarei essa maldita porta!

— Você não derrubará nada, guerreiro — a voz de Victor foi ouvida vinda de trás. — Nem os guardas abrirão os portões se não tocarmos nas leis deles — explicou, dogmático. Depois, como se estivesse controlando a respiração, ele fechou os olhos, suspirou e abriu-os lentamente antes de erguer sua voz para a sentinela. — Se não nos deixarem entrar, um de seus irmãos ficará sem cuidados médicos. Podendo até mesmo morrer!

— A quem se refere, forasteiro?

— Temos um alodiano ferido por seta durante um assalto na Estrada Real — Victor apontou para Braun, que, por sua vez, sem pestanejar colocou Formiga no chão.

Imediatamente, ouviu-se sussurros dentro do torreão, como se alguma discussão estivesse sendo travada entre várias pessoas. "Pela Sagrada Ordem! É o filho dos Bhéli!", uma voz exclamou. "Não se precipite", sugeriu outra voz. "Como confiaremos neles? Eles podem tê-lo ferido, e o usado para tentar invadir nossa cidade. Podem ser eles os assaltantes."

— Um assaltante ordinário não saberia que seu apelido é Formiga, e que ele é um importante armeiro em Alódia — Victor complementou, intuindo o teor da conversa entre as sentinelas. — Sua família, os Bhéli, são donos da Taverna do Bolso Feliz, onde se servem os melhores bifes de toda Askalor. É lá também, se vocês permitirem, que pretendemos levá-lo para que seja tratado, e onde passaremos a noite após tão penosa viagem.

Dito isso, os guardas se calaram e um breve momento de desesperador silêncio se abateu sobre os peregrinos. Logo, novos sussurros acalorados surgiram dentro do torreão.

— Nem mesmo as intervenções de Victor serão o bastante para eles? — murmurou Petrus para si, ansioso por uma resposta. Ainda que ela fosse negativa, pondo a vida de Formiga e a segurança dos demais em risco, ela não seria mais assombrosa do que aquela interrogação. Seria uma atitude negligente deixar um conterrâneo padecer ao relento.

Braun caminhava de um lado para o outro — resumindo em ato toda a aflição do grupo — quando um clique foi ouvido, bem como o ruído de engrenagens trabalhando.

O Portão Sul estava sendo erguido.

— Yuval, reúna os homens! — alguém do outro lado dos muros gritou em meio ao ranger das correntes, no que, de imediato, o som de botas pesadas pisando nos degraus ecoaram pelos torreões.

Não demorou para que duas dezenas de homens já em formação surgissem ao portão, portando longas alabardas e ostentando novas e brilhantes cotas de malha. Seus elmos perfeitamente polidos eram ovais e ricos em detalhes e pedras preciosas — digno do labor de um artesão veterano — e seus uniformes impecáveis eram bordados com o inconfundível desenho da balança de comerciante — o brasão da cidade. A visão dos soldados alodianos era um espetáculo à parte — como era de se esperar de um exército abastado.

Tão logo o último homem se uniu às fileiras, um oficial uniu-se a eles. Distinguia-se, especificamente, por uma longa capa branca também bordada com o brasão de Alódia. Ele avançou com a viseira de seu elmo abaixada e aproximou-se do grupo de peregrinos de forma imponente.

— Há algum cavaleiro entre vocês? — perguntou firme.

O nobre deu um passo à frente.

— Meu nome é Sir Heimerich, filho de Sir Heinrich, barão de Askalor — ele respondeu-o quase no mesmo tom.

— Heimerich? É você? Eu quase não o enxerguei nesse escuro! — O encarregado se surpreendeu e retirou seu elmo. — Pela Ordem! — exclamou, incrédulo. Seu rosto era de um homem maduro, mas de expressão jovem. Ele exibia cabelos castanhos e ondulados na altura do pescoço. Seus olhos eram grandes e curiosos, e sob uma sobrancelha fechada, pareciam mais temer do que impor medo.

— Fearghal! — Sir Heimerich o reconheceu, deixando seus companheiros intrigados.

— Saúda-me com o abraço dos homens valentes desse reino — pediu o comandante.

— Certamente, meu senhor — o nobre obedeceu, abraçando o amigo. — Que a glória de Sieghard possa, n'alguma *aurora*, brilhar mais uma vez por entre aqueles que se encontram nas sombras. Vejo, com certa alegria, que a comuna está sob seu comando. Mas... por que está aqui? A Liga Alodiana não...

— Sh! A Liga Alodiana está se cagando... — disse em voz baixa como se estivesse escondendo uma informação. — Ela não tem nada a ver com isso. Aliás, quem tomou a iniciativa de ir para a guerra foi o Duque de Alódia. Foi ele quem se uniu em armas para defender o reino e levou os alodianos para Bogdana. Eu fui encarregado por Sua Majestade em pessoa para ser o comandante e proteger a cidade. Quem sabe, talvez até iniciar uma resistência, caso seja necessário — disse, ainda segurando Sir Heimerich pelos braços. — Vejo que perdeu um pouco de vigor em sua viagem. Suponho que tenha vindo do front — Fearghal notou a mudança no semblante do cavaleiro, cerrando os olhos. — Diga-me, que novas me trazem?

— Queria oferecer notícias mais felizes. Porém, esses tempos não são os mais favoráveis desde muitas Eras — Sir Heimerich fez uma breve pausa, abalado pelo peso das palavras que iria proferir. — A investida e a resistência do inimigo foram inimagináveis. Durante as muitas *auroras* de batalha que se seguiram, nossas forças foram dizimadas sem muita dificuldade, apesar de todo o entusiasmo e união trazida por nosso amado rei Marcus II. As armas contra as quais lutávamos eram poderosas demais, e sim, me refiro também à magia, assombrando até os guerreiros mais resolutos e destemidos. Muitos corações nobres pereceram. Nosso moral foi ao chão. Cada um à sua maneira, tentamos regressar a Askalor para proteger o rei. Em vão. O Domo também está sob ocupação inimiga, e presumo que estejam se aproximando daqui, com força total. Com o reino ocupado, desde Bogdana até Askalor, não tivemos notícias do rei. Rogo aos deuses todas as *auroras* para que ainda esteja vivo, embora seja difícil acreditar nisso. Quanto ao paradeiro de Sir Nikoláos, que era um dos líderes-generais de nosso exército na ocasião, também a mim permanece um mistério. Não recebi notícias de ninguém, nobre ou plebeu, desde que fugi do Velho Condado.

Fearghal balançou a cabeça em negação, preocupado com o destino do reino.

— E esses daí atrás de você. Quem são? – perguntou o comandante, curioso.

— Eles estavam comigo quando Nikoláos soou o toque de retirada – ele olhou para os companheiros. — Por força, nos juntamos, passando por vários perigos e presenciando a tudo o que lhe falei, desde as Colinas de Bogdana até chegar aos seus portões. Esperamos receber abrigo, já que é a primeira cidade na qual entraremos desde o início dos conflitos. Contudo, sabemos que o inimigo não está longe e que temos de remover essa população o mais rápido possível.

— Mais uma última pergunta, Heimerich. E Anna, seu pai? – indagou Fearghal.

O nobre abaixou os olhos com pesar.

— Realmente esses são tempos sombrios, meu bom amigo. Creio que, agora, somente Destino conhece o paradeiro do rei e de seu braço direito. Entretanto, há duas *auroras*, um de meus guardas avistou um peregrino solitário errando pelas redondezas. Estava visivelmente cansado e com as roupas rasgadas. Poderia ser apenas um mendigo ou uma vítima da peste que nos acomete, se sua descrição não fosse idêntica ao que conheço de Sir Nikoláos.

— Nikoláos? – espantou-se Sir Heimerich.

— Sim. Não poderia ser outro. Um homem alto, com tez severa, vestido com as insígnias dos Cavaleiros da Ordem. Apesar de carecer de ajuda, preferiu seguir adiante, e pelos relatos da sentinela, a uma velocidade acima da média. Se tudo isso for verdade, ele realmente estava carregando um propósito maior. Maior mesmo do que o seu próprio bem-estar. Somente se sabe que estava vivo, e que rumava para o norte, na direção de Tranquilitah. Ordenei uma busca para resgatá-lo, mas os soldados não conseguiram encontrá-lo até este momento.

— Queira os deuses da Ordem que ele esteja bem e que seja encontrado com vida. E a propósito de salvar vidas, temos um alodiano ferido entre nós – Sir Heimerich apontou para trás. — Foi o único recurso que encontramos para que seus homens abrissem a porta.

— Não estranhe, Heimerich. O clima de guerra não nos deixa alternativa. Além disso, a confiança em estrangeiros não faz parte dos costumes por aqui. É uma cidade de comerciantes, lembre-se – repentinamente Fearghal passou a falar em outra língua*, para que somente o cavaleiro o compreendesse. — Aliás, não confiam nem mesmo em mim. Tratam-me como um desconhecido, como alguém que não os protegeria até o fim, apenas porque não fui criado entre eles. Como saber que eles são capazes de seguir minha liderança?

— Dando a eles o que eles querem – sugeriu Sir Heimerich. — Ordene-os que levem meu colega daqui e veja o quanto eles são prestativos.

E, voltando a falar na língua comum, Fearghal comandou dois guardas que encaminhassem Formiga para o quartel local para receber os tratamentos necessários, sendo imediatamente atendido com a presteza de um súdito para com seu rei. Depois, com um sinal, convidou todo o grupo a entrar.

— Obrigado por nos ajudar – Roderick se dirigiu a Victor. — Sem sua intervenção, ainda estaríamos do lado de fora.

— Não me agradeça. Eu também precisava passar por esses portões.

---

* Dialeto askaloriano antigo, desconhecido pelos alodianos.

XXIII

Um dilema entre iguais

Enquanto Formiga era carregado pelos soldados às pressas para a casa da guarda ao som de exclamações como "É o filho dos Bhéli" e "É o melhor ferreiro da cidade", Braun, Chikára, Roderick, Petrus e Victor o acompanhavam inebriados com o cuidado e carinho que todos tinham pelo colega. No Portão Sul, entretanto, Sir Heimerich e Fearghal decidiram ficar para trás e estender a conversa que deveria ficar apenas entre os dois militares.

— Diga-me a verdade, Heimerich. Nós temos alguma chance de resistência? — indagou o comandante.

— Quantos homens capazes de lutar você tem aqui? — questionou Sir Heimerich, com receio.

— Creio que vinte centúrias de homens são capazes de empunhar uma espada. É claro, daí a dizer que podem lutar é uma distância muito grande — respondeu Fearghal.

— Dois mil homens? Que os deuses tenham piedade de nós. Esse número não é o bastante. Todos eles, ignorantes ou não no manejo das armas serão dizimados antes que possam desembainhar suas espadas.

Fearghal não pareceu se abalar. Pelo contrário, aguardou ansioso para que Sir Heimerich prosseguisse. O cavaleiro, por sua vez, parou por um instante e suspirou antes de continuar.

— Não há como nem porque resistir, Fearghal. Desista da luta.

— Eu não imaginava que iria dizer isso — o comandante se decepcionou com o cavaleiro. — Não posso fazê-lo, caro amigo. Tenho uma reputação a zelar por aqui. Fui escolhido pelas mãos sagradas do rei para salvar essas pessoas, ainda que contra a vontade delas. Elas são receosas e não me têm em grande estima, como eu já lhe disse. E se eu entregar a comuna, como ficarei conhecido pelas gerações seguintes? Fearghal, o covarde? O fraco? O traidor? Meu nome e o de minha família ficarão manchados por toda a história de Sieghard. Nós nos conhecemos desde criança, Heimerich. Pensei que iria me ajudar.

— Você ainda pode salvá-las — o nobre insistiu. — Evacue toda a cidade o mais rápido possível e leve essas pessoas para um lugar seguro. Talvez Tranquilitah.

— Não há como fazer isso, Heimerich.

— O que quer dizer? – Sir Heimerich levantou uma sobrancelha, suspeito.

— Uma misteriosa praga chegou até nós depois da última lua plena. Muitos alodianos foram infectados. E penso ser maioria da população. Os que não podem caminhar estão em casa, e são cuidados pelos próprios familiares. Os homens sãos não abandonariam seus entes, mesmo nesse momento.

Maldição, a Pestilência Cega já está aqui, pensou, colérico, o cavaleiro.

— Essa mesma praga inutilizou as tropas de Salácia e muitos de nossos soldados em Bogdana – explicou. — Em breve não haverá uma região do reino que esteja livre desse mal. As saídas estão se tornando cada vez mais estreitas. Nessas condições não vejo outra solução senão entregar a cidade.

— Não! Isso nunca! – Fearghal exaltou-se.

— Mas Fearghal, é absurdo! Não condene seus soldados a um suicídio generalizado.

— Morrerão lutando pela Ordem, por nosso rei e pela cidade que tanto amam. Não há nada de vergonhoso nessa atitude.

— Ouça-me bem – Sir Heimerich pôs a mão sobre o ombro de Fearghal e apertou-o. — Nem você, nem eu, nem nenhum ser que caminhe sobre duas pernas em todo Sieghard conhece as verdadeiras intenções do general do exército inimigo, Linus. Ele tem números maiores e melhores recursos; e já conquistou a capital. Não lute, não agora. Primeiro, entenda o inimigo. A hora de lutar virá.

— Não o estou reconhecendo, amigo Heimerich – Fearghal retirou a mão pesada de seu ombro. — É capaz de corromper sua honra diante de uma força superior?

— Há outros modos de defender nossa honra, muito além do que é feito num campo de batalha – retorquiu Sir Heimerich. — Se optar por lutar, sabe que a batalha será desigual e que Alódia terá um fim impossível de descrever. A honra está fora desse seu jogo. Apenas a loucura triunfará.

— Está me chamando de louco? – perguntou Fearghal com uma voz baixa e cortante.

— Não, meu amigo. Estou cumprindo com o meu dever. Como nobre, devo alertá-lo para que cumpra com o seu. Salve essa gente. Levaremos os saudáveis para fora daqui e deixaremos os doentes sob responsabilidade de Linus, porém vivos.

— Pela primeira vez eu assumo um posto de comando – Fearghal levantou a voz, chamando a atenção de alguns guardas. — Há muito tempo que almejava por isso. Eu nasci e fui treinado para isso. Está em meu sangue. Marcus II pôs toda a fé que tinha em mim para liderar e vencer. É isso o que sinto: uma esplêndida resistência. E agora você me diz para não lutar?

— Você está confuso. O rei confiou em você como guardião dessa cidade, e não como seu carrasco – Sir Heimerich tentava controlar sua paciência.

— Basta! Lutaremos até o fim! – disse Fearghal ainda em tom incisivo.

— Não seja obtuso, Fearghal. Linus executará essas pessoas, mas você assinará a sentença de morte delas. Quarenta mil homens não foram capazes de defender Sieghard. Como consegue enxergar alguma luz com sua pequena tropa?

— Mandaremos uma mensagem para os inimigos. E a mensagem será essa: não haverá vitória sem luta – Fearghal era irretorquível.

— Então pretende morrer lutando? Levando essa cidade à ruína desnecessária? – Sir Heimerich desesperou-se.

— É o que tem de ser feito – o comandante interrompeu-se, pôs o rosto do cavaleiro por entre as mãos e disse, olhando bem no fundo de seus olhos. Seu semblante enraivecido adquiriu uma forma alucinada. — Conceba um mundo sem a Ordem, Heimerich. Conceba tudo o que Sieghard é, e foi, desde Drausus I até Marcus II, destruído. Quis Destino que esse sonho não durasse muitas gerações, pois permitiu que esses bárbaros profanassem nossas terras. No entanto, somente um homem estúpido se submeteria a eles. A mim não interessa Destino. Eu, Fearghal de Askalor, derramarei até minha última gota de sangue por esse lugar.

— Se é assim, não conte com minha ajuda, nem com a de meus companheiros. Você não foi atingido pela Pestilência, mas está cego! Está louco!

— Prefiro a loucura sábia à sanidade tola – Fearghal removeu suas mãos do amigo, frustrado. Sua cabeça pulsava pelo tom acalorado da discussão e ele tentou se acalmar e manter a compostura. No entanto, à medida que seu coração desacelerava, uma novo e último recurso oratório nasceu. — O que diria o velho Heinrich se soubesse que seu filho fugiu da luta?

Por um instante, Sir Heimerich sentiu seu sangue ferver tão quente quanto as desertas planícies de Azaléos. Pôs a mão na espada, pensando em sua família e,

158 ❖ L. P. FAUSTINI

particularmente, em seu pai. *Seu desgraçado*, pensou ele, *não use sua insanidade como arma para blasfemar contra mim ou contra o sagrado nome de meu pai*. No entanto, não houve sequência no ataque. O cavaleiro se reteve, acalmando-se, por meio de uma força que era sua, embora estivesse abalada desde algum tempo.

De fato, ele sabia que o dilema moral ali envolvido não merecia ser rechaçado com violência.

— Fearghal, dou-lhe um último aviso: entregue a cidade — disse, virando-lhe as costas.

Desiludido, Sir Heimerich deixou o comandante e apressou o passo em direção ao quartel, caminhando sozinho ao longo das alamedas vazias por entre as sombras projetadas pelas tochas.

XXIV

Mais mistérios surgem

A casa da guarda alodiana ficava próxima à praça de entrada de Alódia. Era facilmente identificada pelas duas enormes flâmulas com o brasão da cidade que adornavam a fachada de uma construção de quatro pavimentos, feita com pesados blocos de pedra e madeira. Duas sentinelas guardavam o local quando Sir Heimerich se aproximou. O lobo Rurik estava sentado entre eles, como um cão de guerra bem treinado, e sugeria que o grupo ainda estava ali.

— Por aqui, sir — disse um deles, abrindo as portas do quartel.

Após atravessar alguns corredores, orientado pelo som das vozes de seus companheiros, o cavaleiro entrou em um cômodo com cinco camas baixas. Em uma delas, Formiga estava deitado exibindo curativos e faixas no ombro ferido. Seu avental de couro havia sido retirado, revelando que, por debaixo dele, escondia-se uma série de cicatrizes e marcas de queimaduras em seu peito e abdômen. Os demais conversavam entre si e entre uma dupla de soldados que administravam o estabelecimento. Petrus, à exceção de todos, olhava para as camas vazias mendigando o conforto que elas poderiam lhe proporcionar.

— Pensamos que estivesse acompanhado — disse Chikára a Sir Heimerich.

O nobre olhou para Chikára expressando preocupação por Fearghal, no entanto, sem querer dar maiores explicações.

— Os vitimados pela moléstia não são trazidos para cá? – perguntou a um dos soldados, fugindo da pergunta da maga.

— Não, sir. O comandante Fearghal acredita que podemos contaminar as tropas se fizermos isso. Não podemos perder homens.

Fearghal ilude esses homens. Cinquenta ou cem homens a menos não farão diferença alguma, pensou o paladino. No entanto, o nobre não permaneceu por muito tempo em suas meditações, pois logo elas foram cortadas pelo som das botas de um outro soldado que entrou no cômodo por uma porta ao fundo.

— Permita-me oferecer um pouco de nossas provisões, forasteiros. Não é muito, afinal estamos em tempos de conflito, mas, de qualquer forma, será melhor do que passarem a noite toda sem comer ou beber – o soldado refletia uma estranha receptividade, não comum em Alódia. Certamente, estava obedecendo a ordens de Fearghal.

— Com todo o respeito, meu amigo. Eles não trocarão o melhor bife de Askalor por rações de reserva – uma voz esganada falou, tossindo.

— Formiga! – exclamou Roderick, emocionado.

— Estamos na casa da guarda de Alódia, não é verdade? Sinto-me feliz por estar em minha amada terra. O que foi que eu perdi? – perguntou Formiga.

— Nada demais, apenas a teimosia dos alodianos em nos deixar entrar na sua cidade – relatou Chikára. — Graças à Victor e ao seu corpo moribundo, não fomos taxados de ladrões ou qualquer coisa assim.

— Eu devia ter prevenido vocês – disse Formiga, rindo. — As pessoas aqui não são muito amistosas. Ainda mais em épocas assim. Eles pensam que qualquer estrangeiro quer tirar o seu dinheiro, ou o trabalho. Mas não os julguem. Se vocês tivessem nascido e sido criados dentro dessas ricas muralhas, talvez também agissem assim.

— Mas você não é como eles – interferiu Petrus, após um longo bocejo. — Você, senhor Formiga, é um homem simpático e gosta de ajudar os outros.

— No lazer, o que temos a perder? O ócio não é como negócio! – respondeu Formiga, às gargalhadas. — Chega de conversa – disse abruptamente, se levantando. — Vamos à taverna.

— Está seguro disso, Formiga? – advertiu Sir Heimerich. — Você foi ferido gravemente e ainda está com febre. Deveria descansar mais.

— Não se preocupe, meu senhor. O velho Formiga não é tão sopa assim.

Muitos ficaram sem entender a expressão, suspeitando que deveria ser uma espécie de provérbio popular típico de Alódia.

— Bom, já que vamos sair na madrugada, é melhor que se cubra para que não lhe ocorra uma recaída – recomendou Chikára, apontando para o peito nu do colega.

Formiga tateou seu corpo, só agora sentindo a falta da vestimenta e das correntes que seguravam suas ferramentas.

— Nós o guardamos, filho dos Bhéli — disse um dos soldados. — Precisava ser retirado para que os curativos fossem feitos. Está aqui — o soldado abriu as portas do armário, e entregou-lhe as peças.

Formiga se levantou da cama e, após vestir o avental, colocou as mãos nos bolsos para ajeitá-los, quase como um ato instintivo. Foi quando ele percebeu que em seu bolso direito havia algo estranho. Uma coisa nova. Ou pelo menos, algo de que não se lembrava.

— O que é isso? — perguntou-se, revelando um pedaço de papel amassado.

— Não seria esse o papel que encontramos naquela tenda com cheiro de peixe? — relembrou Chikára. — Você o encontrou jogado no chão, antes de ouvir os gritos de Petrus.

Formiga ergueu sua cabeça, como se o ajudasse a pensar.

—Ah! Tem razão, senhora. Já havia me esquecido — respondeu ele, desembrulhando o papel. — Lembro-me de tê-lo colocado no bolso antes de corrermos para ajudá-lo. Bem... — ele se interrompeu ao reparar, surpreso, a folha borrada com pingos de sangue e suor. Havia palavras nela, escritas de forma bastante apressada. — Parece-me um poema. Vejamos o que temos aqui.

O segredo da realidade
está nas chamas da eternidade
Os desígnios de Destino
revelados *pelo **fogo** divino*
*Nem sempre o **fogo** incendeia*
ou inicia uma reação em cadeia
*A mesma **chama** que pode destruir*
revela *por onde Exilium vai seguir*
E se seguir por um rumo diferente
será o fim de todo ser vivente.

Após pronunciar estas palavras, todos que estavam ali presentes calaram-se por alguns instantes.

— É afortunada a pessoa que carrega em si essa facilidade com as palavras — Victor foi o primeiro a se manifestar.

Vendo que o resto do grupo demonstrava um semblante muito sério, Braun deu uma gargalhada.

— Vocês só podem estar de gozação. Nada disso faz sentido. São palavras de um bêbado.

— É um poema de temática cataclísmica — explicou Chikára. — Não se encontram mais por essas terras aedos ou menestréis que tratem disso. É um estilo mais antigo do que parece.

— O estilo pode ser antigo, senhora — Formiga complementou — mas nem o papel nem a tinta o são. Fora escrito momentos antes de chegarmos ao Domo. Veja também estas marcas de sangue.

Formiga estendeu a mão, entregando a folha para Chikára e, como já havia suposto, havia evidências no texto revelando que a mensagem não era meramente descritiva.

— Existe uma assinatura aqui na borda inferior: Ume. Pelo que estou vendo, o autor desse poema é um velho conhecido meu, um mago da Abadia de Keishu. As letras corridas e irregulares indicam que ele fez esse poema às pressas, provavelmente temendo que fosse morrer ou ser torturado. Ume era professor e possuía uma caligrafia impecável. Somente Destino sabe os males que lhe fizeram naquela tenda. Pelo que parece, ele queria dar um aviso sem que as forças inimigas percebessem. Esse não é um mero poema, senhores.... — Ela fez suspense. — É um código.

— O que estaria fazendo um mago da abadia no Domo do Rei? — Sir Heimerich perguntou.

— Certamente foi capturado pelos inimigos. Seu conhecimento era valioso demais, inclusive para eles — respondeu a maga.

— Se isso é um código, ele poderia conter um meio para salvar o nosso povo — Roderick refletiu.

O cavaleiro apoiou o queixo sobre a mão.

— Pode ser que o código mostre o ponto fraco das forças inimigas. Assim poderemos ter uma chance de derrotá-los.

— Não creio — disse Chikára. — Ume era um professor de vasto conhecimento erudito, não um estrategista militar. Se há uma mensagem neste código, basta começar pelas duas últimas frases do poema e verão que ela não trata apenas da salvação de Sieghard, mas de algo muito além. Trata do mundo onde vivemos: Exilium. É como está indicado aqui — a maga pôs o dedo no papel. — "Será o fim de todo ser vivente".

— Quanta besteira — resmungou Braun. — Fim de todo ser vivente? Bah! É mais fácil acreditar no dragão de barba negra! Será que vocês não enxergam? Fomos derrotados no Velho Condado. Nossas terras foram invadidas. Todos nós ficamos muito zangados com tudo isso, e quem escreveu este poema não é exceção. Apenas manifestou-se com um palavreado idiota.

Apesar de bronco, o guerreiro estava sendo o mais sensato naquele momento. Já era suficientemente trágico saber que o reino estava perdido, talvez para sempre, e que suas vidas corriam um grande risco. Conceber a ideia de um fim do mundo beirava a fantasia e supor o apagar de tudo o quanto existia seria fruto das divagações de uma mente perturbada.

Embora esse fosse um pensamento aliviador, os aventureiros sentiram um frio na barriga causado pelo medo, pelo assombro e pela incredulidade.

— Bom, é melhor não concluir nada antes de descobrirmos esse código. Nada de exaltações! – sugeriu Formiga.

— Tem razão, Formiga – concluiu Chikára. — Vamos tentar juntos compreender esse problema racionalmente. Deixe-me ver – a maga pôs o papel em cima de uma mesa de madeira próxima. — Pronto! Assim poderemos analisá-lo ao mesmo tempo.

Tal qual frente a um plano de batalha, todos se aproximaram da mesa para estudar a folha de papel – com exceção de Braun, que se conservava cético e preferiu tratar de "questões mais imediatas" ao perguntar a um dos guardas onde era a fossa. Para o guerreiro kemenita, aquele papel continha apenas as últimas palavras de uma mente sem esperança, escritas por qualquer siegardo sob custódia dos inimigos.

— Não sei se notaram – Roderick tomou a palavra —, mas as palavras "fogo, chama, revelados e revela" estão grafadas com uma tonalidade mais forte.

— A chama do fogo revela... – elucubrou Sir Heimerich.

— ... o segredo da realidade – completou Roderick.

— Chama e fogo são os únicos termos que se repetem – disse Chikára, pensativa. — O autor fez questão de frisá-los. Podem ser as palavras-chaves – concluiu em seguida.

— Como vocês não veem? Não está mais que claro? – perguntou o paladino, crendo já ter a resposta. — O ponto fraco do inimigo é o fogo, a chama ou algo que queime.

— Não se precipite, Heimerich – Victor ponderou. — Você está filtrando apenas as informações que dizem respeito à sua vontade.

— Se fosse fogo, o Domo do Rei não teria sido incendiado – Formiga refletiu com uma informação que fez o cavaleiro se calar.

— Nem sempre o fogo incendeia... nem sempre o fogo incendeia... revelados pelo fogo divino. Os segredos da realidade! – Petrus gritou. — Não era isso o que o senhor Formiga leu para nós?!

— Sim, Petrus – Roderick respondeu. — Mas o que isso tem a ver?

— A treta será descoberta através de fogo. Esperem um pouco... — Petrus se dirigiu a um dos guardas que escoltavam o grupo. — Bom soldado, o senhor permite o lobo que está no relento entrar?

— Contanto que se responsabilizem por ele – a sentinela respondeu de má-vontade.

— Não se preocupe, senhor. Não será por muito tempo.

XXV

O símbolo escondido

Os cincos peregrinos aguardaram incomodados e curiosos com a possível trama de Petrus. De modo instintivo, eles se entreolharam, perguntando-se qual seria a relação do lobo com a situação – e como qualquer resposta não fazia sentido.

O guarda abriu a porta com um estrondo. Rurik entrou sem ser convidado, abanando o rabo e olhando para os soldados com estranheza.

— Rurik! Bom garoto, venha cá – o pastor o chamou e foi prontamente atendido. Após lhe fazer um carinho, afagando o seu pelo, Petrus pegou o papel de cima da mesa e o colocou no focinho da mascote. Não demorou para que Rurik começasse a espirrar.

— O que há com ele? – Roderick perguntou.

— Ele está espirrando porque sentiu o cheiro de algo muito forte. O faro desses animais é extremamente sensível – explanou o camponês.

— Como um cheiro podre? Amargo? – perguntou Formiga.

— Como algo azedo, senhor. Ácido, se posso dizer – respondeu, espantando a todos com uma intuição até então pouco manifestada. — Chikára disse que a tenda onde vocês encontraram o papel tinha cheiro de peixe. Por caso vocês também encontraram limão?

— S...s... sim – Formiga respondeu, admirado. — Lembro-me até de ter comentado o gosto refinado dos inimigos com Chikára.

Satisfeito com a última informação, sem mais palavras, Petrus dirigiu-se a uma das várias tochas que queimavam próxima à parede e a retirou, retornando para a mesa. *Nem sempre o fogo incendeia*, refletiu. *Nem sempre o fogo incendeia*. Então, com cuidado, ele aproximou a chama por debaixo da folha.

— Não tem jeito mais fácil de esconder uma mensagem usando um palito embebido em suco de limão — ele explicou de forma didática. — Para revelar o texto basta aquecer o papel com fogo.

Os outros pareciam não acreditar no encaixe de quebra-cabeças proposto pelo pastor. Mesmo Braun, que já se encontrava ali após voltar dos seus afazeres na fossa, aguardava curioso o desfecho do mistério.

— Como você pode saber disso, camponês? — inquiriu Chikára, um pouco desgostosa e suspeita. Ela não estava exatamente descontente, mas a surpresa advinda com a atuação de Petrus muito a incomodava. Não era a primeira vez que isso acontecia. Desde que Rurik fora agregado ao grupo, devido à habilidade de seu tutor de apaziguar animais, a maga demonstrava claramente sua perturbação para com os sucessos de um homem desprovido de conhecimento intelectual.

— Parece até que você nunca foi criança — respondeu Petrus de forma ingênua, ignorando a expressão fria da maga.

A princípio, a exposição do papel ao calor da tocha não demonstrou resultado, o que reforçou o ceticismo de Braun. Foi preciso alguns instantes para que os traços do que parecia ser uma gravura começassem a se formar nas costas do poema.

— Continue, continue — ordenou Formiga, ansioso, vendo que estava dando resultado.

— Por Destino, o imutável! — Sir Heimerich se exaltou. — Você estava certo, Petrus! Estava certo!

Da mesma forma que o cavaleiro, Formiga e Roderick comemoraram. Para eles, era incrível imaginar algo visível onde até então havia somente rastros de sangue e gotas de suor. Para Petrus, todavia, incrível era o sentimento que o inundava sabendo que estava auxiliando os amigos, tornando-se uma peça importante para a comitiva.

À medida que o calor do fogo queimava o sumo ácido na folha, os olhos dos aventureiros ficavam mais atentos; da mesma forma, multiplicavam-se as hipóteses e conjecturas sobre o significado da forma que surgia. Quando, aparentemente, não havia mais nada a ser revelado, Petrus parou e pôs o papel sobre a mesa.

— Aí está — disse ele.

Roderick pôs a mão sobre a boca em sinal de espanto.

— Que os dragões me chamusquem, mas, estas linhas só fazem sentido para um bêbado! — Braun zombou, sem dar tanta importância.

De fato, o que estava ali desenhado não passava nenhuma mensagem óbvia para os peregrinos. À primeira vista, podia-se identificar um círculo e um prisma central — este, parecia estar dependurado por uma linha que se fixava em um pequeno círculo localizado no topo do círculo principal. Duas linhas curvas de barriga para baixo cruzavam o círculo principal da esquerda para a direita; e na curva mais embaixo, em cada ponta, linhas retas seguiam com destino ao pequeno círculo.

— Fabuloso, Petrus. Não entendo bulhufas do que apareceu neste papel, mas foi uma ideia genial. Nenhum de nós conseguiria pensar em algo assim — louvou Formiga.

— Faço das palavras do ferreiro as minhas, camponês. Que os deuses o abençoem por sua argúcia — complementou Sir Heimerich.

— Bah, devo confessar que ele sabe fazer mais coisas do que criar ovelhas — Braun arriscou um tímido elogio.

Petrus se acanhou e encolheu os ombros, como se não estivesse acostumado a afagos. Percebendo a situação, Roderick se aproximou do camponês e apoiou o braço sobre o ombro do colega.

— Quem diria que nosso amigo Petrus se tornaria tão grande entre nós, não é mesmo? — ele deu uma piscadela para o grupo sem que o pastor notasse. — Gostaria de propor um brinde logo quando chegarmos à Taverna do Bolso Feliz. Viva Petrus! Vamos, senhores! — ele instigou.

— Viva! — gritaram Sir Heimerich, Formiga, Braun e Roderick em uníssono, divertindo-se pelo momento de descontração proporcionado pelo arqueiro.

Victor não se expressou, no entanto, não pôde deixar de demonstrar uma simpatia pelo companheiro de viagem. Sorriu-lhe um sorriso de confiança, reconhecendo os méritos daquele trabalho.

— Vocês ficaram loucos? Estão iludidos por esse "borra-botas-domador-de-lobos"? – interrompeu Chikára em voz alta. — De que adianta sabermos da existência dessa gravura sem o seu significado? Parem com toda essa suntuosidade inútil. Mais cedo ou mais tarde, qualquer um de nós descobriria isso. Vulgarizando dessa forma o conceito de herói, a quem vocês pretendem imitar? Francamente, isso me enoja.

Por um instante, o ambiente adquiriu um ar de inimizade. Novamente, Chikára reagia com menosprezo e desdém pela perícia de Petrus, ficando cada vez mais evidente um sentimento pessoal negativo da maga para com ele.

— Não acha que está sendo rude demais, senhora? – perguntou Formiga, cauteloso.

— Pense como quiser. Agora me deem isso – Chikára apanhou de forma ríspida o papel em cima da mesa. — Vou descobrir o que esse símbolo significa. Considerem-se livres para procederem como desejarem. Não entendo como podem comemorar alguma coisa em um momento como esse.

— Espere, Chikára. Isso diz respeito a todos nós – interveio Sir Heimerich.

— É verdade, senhora. Não seria justo conosco. Todos aqui precisam saber do que se trata – considerou Roderick.

— Não se preocupem. Quando *eu* descobrir o que é isso, e vou descobrir, *eu* lhes informarei. Agora podem ir. Tanto eu quanto vocês temos muito que fazer.

— Ora, o que temos a fazer? – perguntou Braun.

— Ora, comemorar, não é o que mais sabem fazer? – respondeu Chikára, mais seca que a planície de Azaléos.

Sem opções, Formiga ergueu os ombros, olhando para os companheiros como se nada pudesse fazer para alterar a situação. Chikára conseguiu, através de seu comportamento tendencioso, acabar com o ânimo dos outros que a acompanhavam em resolver o mistério da figura. De repente, vieram à tona todos os eventos que os afligiram – desde a discussão de Victor com o cavaleiro, as desventuras com Sir Maya, a queda do Domo do Rei, a visita às barracas inimigas, até o ataque dos bandidos na estrada real, resultando em um fim nada feliz para Formiga.

Então, eles se lembraram de que estavam cansados, com fome e sede.

Precisando curar-se das ansiedades passadas em todas aquelas *auroras*, Victor, Braun, Formiga, Roderick, Sir Heimerich e Petrus, deixaram a Casa de Guarda rumo à Taverna do Bolso Feliz, deixando a maga no quartel com suas abstrações sem se despedirem. Pela primeira vez, o grupo estava voluntariamente dividido. Não seria nenhum consolo saber que deveriam unir-se novamente.

Não pelo simples desejo de fazê-lo, mas para defenderem-se dos inimigos que, mais cedo ou mais tarde, estariam às portas da cidade.

XXVI

Por trás da prosperidade

A bem-afortunada comuna de Alódia localizava-se entre os pés de duas cadeias de montanhas. De um lado, a periferia se estendia até as encostas das agudas montanhas egitsianas que formavam o Cinturão das Pedras do Norte. Do outro, ela se findava nas suaves montanhas alodianas. Por ser porta de acesso às cidades do Norte, a exemplo de Tranquilitah e Keishu, a cidade tornou-se paulatinamente a guardiã dos caminhos setentrionais. O refrão de uma canção bem difundida por todas as tavernas do reino resumia fielmente essa peculiaridade.

> *Se ao norte você quer chegar,*
> *Os bolsos você deve esvaziar.*
> *É melhor em Alódia repousar,*
> *E não as agudas montanhas atravessar.*

De fato, para que os viajantes chegassem às terras frias de Vahan, cruzar o Portão Norte de Alódia era, definitivamente, a decisão mais sensata a se tomar — pois, do contrário, teriam que atravessar as montanhas. A entrada era responsável, em grande parte, por receber comerciantes de *aurumnigro* e pedras preciosas vindas de Keishu.

Além do Portão Norte e do Portão Sul, a cidade contava com outro acesso: o Portão Oeste, que encerrava a Estrada Real Sevanesa e recebia quase todo o volume do comércio de pescados da província ocidental.

No interior da muralha, Alódia era cortada de Norte a Sul pela Estrada Real. Ao longo dela, destacavam-se as alamedas, edifícios e jardins, que formavam um conjunto urbanístico singular. As casas das famílias ricas podiam chegar a trinta pés de altura e eram feitas de pedra ou tijolos – e, em sua maioria, traziam decorações em mármore. Entretanto, à medida que se afastava da rua principal em direção às áreas suburbanas – um antro de meretrizes e mendigos –, a madeira e a alvenaria começavam a dominar as construções e os itens decorativos desapareciam até que as casas aparentassem estar inacabadas ou parcialmente destruídas.

Bem ao centro da cidade localizava-se a Praça do Comércio, de onde se partiam as vias de acesso para quase todos os distritos. Ela era rodeada por canteiros de árvores e monumentos – tais como as estátuas dos três primeiros reis e dos quatro primeiros conselheiro-mores locais. Também ali se localizava a sede da Liga Alodiana de Comércio e Afins, a Biblioteca Real e o Templo da Ordem – este último tido como elemento responsável pela riqueza e prosperidade que abundava em cada estabelecimento comercial; e o segundo, responsável por abrigar o maior compêndio do conhecimento político e literário de todo o reino, além de mapas, cartas, crônicas, contos históricos e obras raras que datavam de tempos anteriores à unificação.

Dos três edifícios principais, o Templo da Ordem era o que mais saltava aos olhos. Ele possuía uma fachada com um pé direito de quarenta pés, suportada por grossas colunas de mármore e ornamentada, em seu cume, com o símbolo dourado da Ordem. Um portão duplo de madeira conduzia o fiel a um interior de paredes cobertas por mosaicos feitos a partir de *aurumnigro* e ouro, e várias estátuas de deuses da Ordem repousavam nas laterais e sobre o altar-mor. À frente do templo, de forma modesta e anexa à sede da Liga Alodiana, repousava a Casa de Câmbio, uma pequena construção de grande importância para a cidade. Estabelecimentos de câmbio de moedas existiam a quase cada esquina, porém, por esta ser a mais antiga, os alodianos ainda a chamavam assim.

Fora da Estrada Real, as ruas e becos subjacentes eram estreitos e, nos subúrbios, eles quase sempre exalavam um mau-cheiro devido à falta de cuidado com a higiene pública. Mesmo assim, para se chegar às tavernas mais frequentadas, era necessário atravessar esses locais permeados por ratos, baratas e outros insetos. "É uma forma de afugentar os que fingem ter algo por debaixo das calças", diriam os assíduos farristas alodianos. Não era por mera coincidência, portanto, que ali, entre ratos e aqueles que se lhes assemelhavam, encontrava-se Formiga, acompanhado por outros cinco andarilhos.

— Argh, que nojo! — resmungou Roderick ao pisar em um ninho de ratazanas em meio a restos de comida. — Isso aqui é muito diferente de Adaluf. Como vocês conseguem viver neste odor repugnante?

— Resista, Roderick. Para provar dos prazeres da terra, deve antes enfrentar a sua escória! Contente-se, já estamos chegando — Formiga riu.

Neste ponto em que se encontravam, as ruas eram iluminadas apenas pela luz da lua, e não mais por lanternas em postes — a exemplo dos distritos mais abastados. Em certa oportunidade, o mestre da Liga Alodiana até tentou instalar um sistema de iluminação à base de azeite nos distritos mais pobres da cidade, porém seu esforço fora em vão, já que as lâmpadas logo eram roubadas, e seu óleo saqueado a fim de servir como ingrediente nas simples refeições do populacho. A escuridão também servia ao propósito dos trombadinhas e bandidos e, não por acaso, os passantes deveriam ter uma dose extra de atenção ao se andar pelas vielas.

— Não se pode beber em paz? — Perguntou uma voz embriagada, vinda dos degraus de uma sacada. — O fim está próximo! Onde está meu gato? A profecia está se cumprindo!

Os pelos de Petrus imediatamente se eriçaram e Rurik rosnou. Uma silhueta se levantou e veio cambaleante na direção do grupo. Era de um homem que vestia apenas uma capa suja enrolada em seu corpo. Em uma mão, segurava uma garrafa; na outra, um saco de estopa. Ele repetia sem cessar frases sem sentido, mas, de quando em quando, algo inteligível surgia. O grupo desacelerou os passos, ressabiado, e Roderick aproximou-se de Petrus para protegê-lo.

— Alguém aí viu meu gato? Ele estava aqui há pouco tempo, mas sumiu... deve ter sido levado pela forte ventania! O vento sopra! Hic! Sopra e nada fica em seu lugar! Hic! O mundo não vai durar mais essa noite! Hic...

— Bom homem... – disse Formiga, tratando de amenizar a situação. — Infelizmente não vimos seu gato. Mas, fique tranquilo, porque amanhã o mundo vai continuar da mesma forma e o seu gato vai voltar para você.

O maltrapilho, então, aproximou-se, ficando frente a frente com Formiga. Um feixe de luz da lua atingiu sua face, revelando uma barba grisalha e malcuidada, repleta de arames e moscas, e um bigode amarelado sobre uma boca de dentes podres — que pareciam estar caindo. Ele fedia cem vezes mais do que a sujeira espalhada pela rua. Seu hálito alcoólico de *auroras* e *auroras* encontrava-se em um estado de azedume, lembrando um pouco o cheiro de vinagre. Se a situação já era por demais incômoda, agora ela era tenebrosa.

— Não viram meu gato? Oh, que pena — o mendigo pôs-se a chorar por alguns instantes. Compadecido, Formiga quis colocar a mão em seu ombro, contudo inesperadamente, homem retomou sua fala. — Hic! Amanhã irá chover! Uma chuva que não será de água, mas de sangue! Não haverá mais luz! E por quarenta e quatro séculos somente escuridão reinará. Hic! Por isso eu preciso do meu gato! Ele tem medo do escuro... Hic! — Riu de forma infantil, deixando os peregrinos espantados com a loucura que o dominava.

— Co...Co...como você pode saber disso? – Insistiu Petrus, amedrontado.

— Bah! Mas que fanfarronice idiota! — Prendendo a respiração, Braun pegou o mendigo pelos ombros e virou-o de costas. Depois apontou para a frente. — Eu vi o seu gato! Está com os guardas, vai lá!

— Oh, você viu? Oh, obrigado, senhor! Obrigado, hic, senhor! Você é um bom homem! Hic! Existem muito poucos bons homens, hic, nesse mundo! Hic! — Falou e partiu falando sozinho enquanto amaldiçoava a humanidade.

— Agora, vamos logo embora daqui — Braun, enfurecido, ordenou aos companheiros.

Sempre com Formiga à frente, a comitiva dobrou algumas esquinas num serpentear confuso. Exceto para o filho dos Bhéli, tudo lhes era novo e impactante: as casas empilhadas, as ruas cinza e poeirentas, e o ambiente abandonado. Por trás da prosperidade da cidade, existia um mundo escondido e deveras longe das famosas impressões populares sobre a capital do comércio. Mesmo assim, apesar do aspecto decrépito do distrito, os aventureiros puderam observar mais à frente uma edificação em pedra, semelhante a um pequeno templo, que não coadunava com o todo à sua volta.

— Essa é a Casa de Cura — informou Formiga. — Há muitos *verões*, na época dos meus avós, aqui funcionava um antigo templo da Ordem. Muitos desabrigados, órfãos e viúvas eram acolhidos, alimentados e bem cuidados em seu interior. Mas a população de Alódia cresceu muito nesses últimos tempos; junto com o número desses pobres desafortunados. Para abrigá-los foi necessário utilizar partes primordiais do templo, como os altares e os santuários. Nas atuais *auroras*, ele perdeu suas funções religiosas, conservando somente suas funções de amparo e abrigo.

Após a explicação do ferreiro alodiano, ouviu-se um grito estridente vindo da Casa de Cura. Por entre as luzes atrás das grandes janelas, podia-se ver a silhueta de uma mulher correndo desesperadamente pelos corredores internos. O som de passadas rápidas unia-se ao de objetos quebrando e a comandos masculinos de advertência. De repente, a porta principal se abriu e uma mulher vestida com um longo camisolão branco irrompeu a soturna alameda.

— As vozes! As vozes não silenciam! Os tambores dos deuses não param de retumbar em meus ouvidos! — ela gritava de dor e desespero, enquanto puxava os cabelos despenteados com as mãos.

Rurik começou a latir sem parar e a movimentação acordou a vizinhança. Atrás da mulher, dois guardas da Casa de Cura correram em sua perseguição, conseguindo agarrá-la antes que ela pudesse atravessar a rua.

— Soltem-me! — Dizia ela, em meio a um choramingo. — Meu lugar não é aqui! Eu não quero morrer aqui! As vozes! As vozes não silenciam! Os tambores dos deuses não param de retumbar em meus ouvidos!

Os peregrinos observaram consternados à cena que se desenrolava perante seus olhos a menos de duas braças de distância.

— Desculpem-nos, senhores — falou um dos guardas, surpreso, ao reparar que incomodava um cavaleiro da Ordem diante dele. — Desde que o marido e o filho desta senhora foram convocados para lutar no Sul, ela tem tido estas reações. Toda noite ela tem visões sobre a vinda de um homem, um líder de natureza maligna, que irá nos atormentar; e fica repetindo disparates sobre uma profecia. Pobre criatura! — ele lamentou a situação. — Vítima das ironias de Destino. Perdeu sua família, sua consciência e, agora, sua sanidade.

— Obrigado pela consideração, digníssimo — Sir Heimerich agradeceu a explicação. — É realmente uma lástima o que aconteceu com ela. A população pressente os maus agouros da guerra.

— E ficam inventando essas baboseiras — completou Braun.

— Baboseira ou não, essa história me assusta — Petrus estremeceu e acariciou Rurik para se sentir mais confortável.

— As pessoas que não têm medo de viver, por conseguinte, também não têm medo de morrer — disse Victor, erguendo sua cabeça para a estreita faixa do céu que aparecia entre os telhados das casas. — O contrário acontece aqui. Elas têm tanto medo da vida que não conseguem ver nada à frente exceto a morte.

Sem mais contratempos, a comitiva continuou a trilhar os becos até avistar uma construção de três andares com uma porta dupla de madeira que conduzia a um luminoso interior. Ao longe, não se podia dizer que tipo de estabelecimento era aquele, porém a música e as gargalhadas vindas de lá, além de barulhos de copos brindando e vidro caindo ao chão, davam uma boa ideia do que podia-se encontrar dentro de suas paredes.

Era como um refúgio de alegria em meio a um cenário de visível melancolia.

— O lar é para o homem o seu castelo — Formiga não conseguiu deixar de expressar o seu contentamento. — Sintam-se em casa, rapazes. Bem-vindos à famigerada

Taverna do Bolso Feliz! — disse, antes de ser arrebatado por um aroma intenso de carne temperada. — Ah, isso parece guisado de lebre! E é o da minha mamãe! A melhor cozinheira em Sieghard.

Extasiados pela visão de uma construção intacta e que exalava diversão, os peregrinos apressaram os passos para sair de uma vez dos tormentos da noite.

— O Bolso Feliz está no poder de nossa família há várias gerações — contou Formiga, orgulhoso e, ao mesmo tempo, ansioso. — Foi a primeira taverna e hospedaria de Alódia, ainda no tempo de quando as imigrações não eram tão frequentes.

— Devem ganhar um bom dinheiro por aqui — imaginou Petrus.

— O suficiente para enchermos o estômago — respondeu Formiga com humildade.

— Para encher essa barriga é necessário mais dinheiro do que o rei jamais teria em toda a sua vida — completou Braun, às gargalhadas.

Formiga respondeu com um sorriso discreto. Depois, pensou melhor, e acompanhou as gargalhadas do guerreiro kemenita. Logo, todos — à exceção de Victor — estavam rindo e dando pequenos tapas nas costas de Formiga. O momento de descontração prenunciava os almejos de cada um que chegara ali com vida após duras *auroras* de batalha. A hora era de, finalmente, deixar as aflições para trás e se juntarem às algazarras que os esperavam. No alpendre da taverna, por sobre a porta, uma placa convidativa de madeira apresentava o desenho quase infantil de um saquinho de moedas sorrindo com os dizeres "O Bolso Feliz — dos Bhéli". Com um comando simples, Petrus comandou Rurik a ficar de guarda do lado de fora, enquanto Formiga, com alegria, abria a entrada para um mundo onde a tristeza não existia.

XXVII

Na Taverna do Bolso Feliz

A boa e velha Taverna do Bolso Feliz.

O ponto de partida para a maioria das grandes aventuras e peregrinações. O lugar onde viajantes comuns ou futuros heróis se reuniam para adquirir informações, ouvir boatos sobre tesouros, conseguir contratos, ou apenas beber uma cerveja e se divertir.

O clima do Bolso Feliz não era tão diferente das demais tavernas do reino. A grande maioria dos frequentadores eram homens entre vinte e quarenta *verões* que, depois de umas boas doses, começavam a dar com a língua nos dentes. Eles vinham de diferentes distritos da cidade, como se podia observar pelo porte e vestimentas, desde o franzino trabalhador rural até o parrudo e rico comerciante.

O primeiro pavimento, onde ficava o salão, não era muito limpo, contudo não se mostrava desconfortável. Os clientes, aliás, não pareciam se preocupar. A música era alegre e enérgica e dava o tom das comemorações. Por entre as mesas redondas de madeira perambulava uma atendente jovem de pele lustrosa e cabelos dourados, e uma outra, mais madura, de tronco largo e braços grossos. Ao ver que Formiga entrara no recinto, a moça levou uma das mãos à boca, incrédula. Sua reação fora interrompida por um homem que, visivelmente embriagado, esbarrou nela fazendo a bandeja de copos que segurava cair — para a alegria de uns e desespero dos que encharcaram suas roupas com cerveja.

— Brogan! – gritou ela, com um sorriso contagiante sem se importar com o desastre sob seus pés. — Não pode ser! É você!

— Brogan? – questionou Braun. — Que nome infeliz!

A jovem atendente correu ao encontro de Formiga para abraçá-lo. Demonstrando uma incrível força, agarrou sua cintura e o ergueu no ar, girando-o ao redor de si mesma. Após soltá-lo, e vendo que o ferreiro estava mais vermelho do que um tomate maduro, ela pôs sua mão no rosto dele.

— Prima Aalis! Que bom vê-la!

— Primo Brogan! Que saudades! Pensávamos que nunca mais voltaríamos a vê-lo. O que andou aprontando? Você já jantou? Quem são esses homens?

De súbito, ouviu-se murmúrios por todo o ambiente. "É o ferreiro! O ferreiro Bhéli está de volta!". A conversação chegou logo aos ouvidos da outra atendente que estava no balcão. Sem demora, ela levantou seu vestido e caminhou às pressas até a entrada, desviando-se com destreza dos fregueses mais animados.

— O bom filho torna à casa – disse, parando e colocando a mão na cintura.

— Mamãe! – Formiga sorriu.

— Venha cá me dar um abraço e um beijo, meu filho.

A velha senhora o agarrou ainda com mais força do que a moça. Seu olhar continha um quê de repressão, mas, ao mesmo tempo, de satisfação.

— Pelo amor de Destino – ela viu os curativos no ombro do filho. — O que aconteceu com você? Como foi se ferir desse jeito? – escandalizou-se. — Eu bem que disse para você se cuidar, mas você não me dá ouvidos. Não me dá ouvidos, ouviu? Eu avisei, avisei, avisei... e nada!

— É bom ver a senhora também — falou Formiga com ironia.

Os olhos da velha senhora Bhéli passearam curiosos pelas faces dos novos companheiros de seu filho. Nenhum deles parecia familiar, nem mesmo habitante das redondezas da comuna — alguns até possuíam um semblante de inimizade. Por um momento ela ficou receosa, mas a visão do símbolo da Ordem na armadura de Sir Heimerich a confortou rapidamente. Percebendo que a anfitriã o reparava, o cavaleiro fez uma gentil reverência, própria dos homens da nobreza.

— Ah sim, havia quase me esquecido – no calor do momento, o ferreiro tinha se distraído e ignorou a presença de seus colegas de viagem. — Mãe, este é Sir Heimerich, filho do barão de Askalor – apontou para o cavaleiro, que novamente a saudou. — O grandalhão aqui é o Braun – estendeu a mão para o guerreiro, que, por sua vez, bateu em seu peito com o punho fechado.

Roderick, vendo que chegaria a sua vez de ser apresentado, imediatamente pegou a mão da senhora Bhéli e a beijou, cantando com uma voz tão suave quanto uma brisa numa tarde de verão.

— Se queres que eu me apresente, não farei nenhum carnaval. Roderick é o meu nome. Outro não existe igual — terminou com o ensejo fazendo a senhora Bhéli se divertir.

— Este com o báculo é Petrus, um pastor do velho condado — Formiga continuou.

— Belos olhos — disse ela, se referindo às grandes e peculiares íris azuladas do camponês.

— O...o...obrigado, minha senhora. Aprecio sua gentileza — agradeceu Petrus, acanhando-se.

— E aquele ali no canto solitário chama-se Victor — Formiga disse, apontando para uma esquina da taverna. — Ele não é muito falante e tem hábitos estranhos. Mas, aparentemente, é um bom homem.

— Dídacus. O nome é Victor Dídacus — respondeu o arcanista com voz fantasmagórica.

— É... é um prazer... — A senhora Bhéli sentiu calafrios e sorriu um sorriso amarelado. Depois do susto, entretanto, ela se recompôs. — É um prazer conhecê-los.

— Companheiros! — exclamou Formiga, de braços abertos. — Vocês salvaram minha vida duas vezes. Primeiro ao me tirarem daquela maldita guerra, depois me trazendo de volta à minha cidade que tanto amo! Mesmo ameaçados como estamos, vamos celebrar essa vitória! Comam e bebam à vontade! É por conta da casa. Aalis irá servi-los como merecem. Como heróis!

Não satisfeito, agora ele se virava para a freguesia.

— Amigos alodianos! Silêncio, por favor! — No mesmo instante a melodia dos bardos cessou. — Vocês me conhecem! Sou eu, Formiga, filho dos Bhéli, quem vos fala! Eu retornei! E são esses os responsáveis pelo meu retorno — apontou para os outros cinco, antes de prosseguir. — Esta é uma noite gloriosa! Cantemos a beleza da vida e os prazeres desse mundo perdido em discórdia! Peço-lhes três vivas: um para meus amigos, outro para Alódia e outro para o nosso rei.

— Viva! Viva! Viva! — Gritaram todos em euforia, antes dos alaúdes, harpas e cítaras voltarem a dar o tom do festim, fazendo muitos se lembrarem de tempos gloriosos e outros almejarem por *auroras* melhores. Os músicos, acompanhados por mulheres voluptuosas, encantavam a todos com suas vozes, tanto os homens embriagados quanto os ladinos contadores de histórias. As letras, ora poéticas, ora despretensiosas, inspiravam a freguesia com lições de moral e histórias de amor.

— Senhor Formiga, onde vamos dormir? — Perguntou Petrus com um bocejo.

— Com saudades de uma cama, pequeno pastor? — Formiga não conseguiu esconder o deboche. — Não se preocupe. Aalis providenciará tudo para vocês quando precisarem. Se bem que muitos aqui não pretendem dormir tão cedo, não é mesmo, Roderick? — ele alfinetou o arqueiro, que olhava hipnotizado para os músicos e as dançarinas.

— Estou apenas gozando da sua maravilhosa hospitalidade, senhor – respondeu ele.

— E quanto a você, Victor — o ferreiro voltou-se para o arcanista. — Creio que não dormirá esta noite. No entanto, me pergunto, conseguirá resistir à tentação desse convidativo ambiente?

— Quando não puder resistir às tentações, fuja delas — Dídacus respondeu. — Não me interesso por festins e suas fatais consequências, tanto para a mente quanto para o corpo. Pretendo ocupar essas horas da noite fazendo uma saudável caminhada pelas ruas da comuna.

— Se é assim, companheiros, vocês quatro estão livres — disse Formiga para o restante do grupo. — Prima, peço a gentileza que os leve para uma mesa confortável e espaçosa, digna dos campeões de Sieghard.

— Com todo o prazer, Brogan. Venham por aqui — sugeriu a moça.

— Um instante — Petrus interrompeu Aalis e aproximou-se do seu ouvido. — Será que você não poderia me mostrar onde fica a cama, por favor? – perguntou, baixinho. As feições de cansaço do pastor e seus olhos vermelhos denunciavam a urgência da situação.

Ao perceber que o pastor não queria ser importunado, a jovem fez sinal para que ele aguardasse.

— Vai lá! Coloque esse bebê na cama — Braun entendeu o teor da conversa travada entre sussurros e não perdeu a oportunidade de caçoar. — Mas, depois, nos traga três canecas de sua melhor cerveja. Quero ver do que vocês são capazes, magricela e sir lordezinho — ele provocou, apoiando seus braços nos ombros de Roderick e Sir Heimerich.

— Vinho, por favor — ponderou o paladino.

— E eu hidromel — completou o arqueiro.

— Bah! Bando de amadores! — Resmungou o guerreiro.

XXVIII

Um bolso não tão feliz

Enquanto Roderick, Sir Heimerich e Braun debruçavam-se sobre suas canecas, Formiga permaneceu ao lado de sua mãe. Desde que saíra de casa para trabalhar nas armoarias reais, a família não havia recebido mais notícias dele. Alguns alodianos até mesmo o haviam dado como morto. Sua mãe, ainda que aparentasse ser uma mulher forte, não conseguia conter as lágrimas por voltar a vê-lo. Era mais do que necessário ter uma conversa a sós.

— Ai, Brogan, como eu pude deixá-lo partir? Foi tão grande a nossa angústia desde a *aurora* em que você deixou a ferraria para abastecer o exército do nosso rei. Ainda me lembro do momento em que você tomou a carroça de seu pai e partiu para o sul — ela recordou, amargurada.

— Eram ordens do rei, mãe. Não podia simplesmente recusá-las. Além disso, recebi adiantado — Formiga rebateu com boa vontade.

— O rei não reconhece os seus direitos de cidadão alodiano? Nossa cidade não poderia ficar sem armas. Nossa família não poderia ficar sem você. Meu único varão.

— Mãe, não se tratava de direitos, mas de deveres. Eu tinha o dever de honrar o rei e seu exército com minha ajuda. Fomos em uma caravana. A comuna não se sentiu lesada — Formiga reforçou seu discurso, vendo que sua mãe ainda se prendia ao passado. — Que tal mudarmos o assunto?

A senhora Bhéli enxugou os choramingos com um lenço de pano que carregava no bolso.

— E as guloseimas que enviei? Estavam gostosas? Lembra quando você era criança, que vivia perto do forno onde eu cozinhava para saborear as minhas sobremesas? Parecia uma formiguinha.

— Sim, mãe, sim. Não é à toa que quase ninguém sabe o meu verdadeiro nome — ele enfatizou, impaciente com o óbvio.

Subitamente, como se uma mesa tivesse sido arrastada, a barriga de Formiga roncou mais alto do que a música.

— Filho, você deve estar faminto. Sabe-se Destino o que você andou comendo desde a maldita *aurora* em que teve de sair daqui — a senhora Bhéli voltou a se preocupar.

— Pensei mais em sobreviver do que em comer alguma coisa.

— Mas... eu fui tão cuidadosa com suas marmitas. O que foi que você aprontou? — ela perguntou, tentando esconder o desespero.

— Você foi ótima, mãe, não se preocupe — Formiga frisou com delicadeza. — Depois que parti com a caravana, passamos brevemente pelo Domo do Rei. As condições de viagem não eram das piores, mas sentia falta de casa a cada passo. Quando seguimos para Bogdana, tínhamos convicção que venceríamos. Porém, contrariando as expectativas, a campanha não nos foi favorável. Os inimigos nos surpreenderam. Não sei como conseguiram uma investida tão bem-sucedida. Para ser sincero, não sei nada sobre eles. Ninguém sabe. Nem de onde vieram, nem que costumes têm. São fortes, corajosos, destemidos, e suas armas superam em muito as técnicas usadas para a fabricação das nossas. Eu observava isso *aurora* após *aurora*. Nunca senti o cheiro da morte de tão perto. Homens de todas as idades e procedências do reino sendo exterminados em um tempo muito mais breve do que eu jamais poderia imaginar. Um específico destacamento das forças invasoras tinha poderes mágicos terrivelmente mais poderosos do que os trazidos pelos magos de Keishu. Um deles, em especial, fazia surgir no ar imensas esferas flamejantes, as quais eram atiradas, sem piedade, contra nosso abalado exército. Inclusive, quase fui atingido por um desses mísseis. No fim, só conseguia ouvir lamentos, fumaça, sangue, suor.

A senhora Bhéli acompanhava atentamente seu filho, perplexa, enquanto ele desabafava.

— Era sombrio, minha mãe, sombrio demais — Formiga cerrou as sobrancelhas. — No momento crítico da derrota, minha única saída foi abandonar a caravana, a tenda onde estava alojado e tudo o que continha nelas. Fui me esconder na relva das colinas, apenas com esse avental e algumas ferramentas. Destino, ao menos, concedeu-me um pouco de sua misericórdia, pois Sua vontade quis que outras pessoas pensassem em se refugiar ali, da mesma forma. Devo minha vida a eles, mãe. Na companhia deles voltei para casa apenas com meu ombro ferido. Quem sabe o que teria acontecido se eu não os tivesse encontrado?

— Brogan, meu filho, meu coração está em festa porque você voltou são e salvo ao seu lar. Nunca hei de esquecer-me do auxílio de seus amigos — sua mãe abriu um sorriso de esperança, embora lamentoso.

— Sua gratidão é importante, mas quero que saiba que não estamos a salvo. Não estou a salvo. Nenhum de nós está — ele alertou.

— O que quer dizer? — a senhora já demonstrava nervosismo.

— Sinceramente, não sei por quanto tempo teremos paz. Duas *auroras*, três, no máximo... — Formiga calculou em tom precavido. — O Domo do Rei caiu, pude vê-lo com meus próprios olhos, e ninguém sabe dizer se o rei Marcus II ainda está vivo. A essa hora, nossos inimigos devem estar descendo a Estrada Real, marchando contra nós, já que somos o caminho natural para chegarem aos confins do reino e consolidarem sua ocupação. Devemos preparar nossas defesas para um ataque iminente, é claro. Mas fatalmente seremos derrotados. O povo sofrerá. Pela dor, pela conquista, pela escravidão, talvez.

— Que os deuses da Ordem se apiedem de nós. Se não temos chances de vencer, o que faremos?

— Temos que fugir. Para as montanhas, talvez.

— E como faremos com seu pai?

— O que tem papai? — Formiga franziu a testa. Sua mãe vacilou. — Mãe, o que tem o papai? — E ele percebeu a mãe enchendo seus olhos de lágrimas.

— Eu não sei, Brogan! — Ela gritou, enfim, demonstrando uma gama de sentimentos, desde ira, frustração, a nervosismo e ansiedade. — Desde que você partiu para aquela maldita guerra, seu pai tem estado de cama sem conseguir se mexer. Sua irmã tem cuidado dele desde então, enquanto Aalis e eu tentamos tocar os negócios.

— Ele ainda está aqui ou vocês o levaram para a Casa de Cura? — perguntou, espantado, lembrando-se da mulher que ouvia vozes.

— Ele está aqui. Em nosso aposento — ela respondeu, enxugando o rosto.

— Eu preciso vê-lo — disse Formiga, já se dirigindo para atrás do balcão, onde uma abertura arqueada levava à cozinha e aos aposentos da família Bhéli.

— Eu vou com você!

— Vá trabalhar, mãe! Eu falarei com ele — o ferreiro respondeu apressado. — Apenas me diga antes de eu ir lá... os olhos dele... como estão?

— Como eu nunca vi antes.

A noite seguia alta. Junto à exultação dos convivas, os acordes dos instrumentos e o canto dos músicos alcançavam seu auge. Os fregueses bebiam, contavam histórias e davam gargalhadas que poderiam ecoar por toda uma eternidade...

Se não fossem as grossas paredes a abafarem o som.

Um feixe de luz atravessou a fenda da porta de madeira de um quarto escuro cheirando a terra. A maçaneta girou com suavidade, demonstrando que o seu mecanismo recebia a atenção adequada dos moradores. Carregando uma lanterna, entrou no aposento um homem vestido com roupas simples e um avental de couro. O objeto que trazia iluminava uma face pálida e dava-lhe um brilho singular aos olhos. Aos poucos, a luminosidade atingiu uma cama onde descansava um senhor idoso, coberto até a cintura por um lençol branco. Seu peito e pescoço à mostra estavam cravejados de manchas arroxeadas. Sua face, marcada pela idade, carregava graves feições de cansaço e esforço. Segurando as mãos enrugadas do velho, sentava-se ao lado dele uma moça de corpo largo, tez lívida, lábios roxos e olhos redondos.

— Quem está aí? — Perguntou ela, colocando a mão por sobre os olhos, claramente incomodada com o clarão da lanterna.

Antes, porém, que o intruso pudesse responder, sua visão se acostumou e ela pôde reparar a silhueta de um homem de formato peculiar. Sua barriga, a careca e as fartas sobrancelhas grisalhas acabaram por o denunciar.

— Brogan?! Pela Imaculada Ordem! — Ela se levantou, imediatamente, e foi ao encontro de Formiga apenas para se ajoelhar perante ele e abraçar suas pernas em tom de desespero e súplica. — Meu gentil irmão. Meu gentil irmão.

— Acalme-se, Callista. A guerra não me compete mais — amenizou o ferreiro.

— Senti tanto a sua falta! Pensei que nunca mais voltaria para ver nosso amado pai novamente — disse ela em prantos.

— Venha, Callista, levante-se. Como ele está? — Perguntou Formiga, conduzindo sua irmã novamente à cadeira.

— Não sei dizer ao certo, Brogan — respondeu ela, tentando controlas as lágrimas que teimavam em cair de seus olhos castanhos. — Não enxerga, não anda. Espera a morte há um bom tempo, mas eis que ela não vem buscá-lo. Qual castigo pode ser maior?

Formiga se aproximou da cama e curvou-se sobre o corpo de seu pai. Com a lanterna na mão, ele procurou no rosto do desfigurado homem um semblante que lembrasse a velha figura paterna. Beijou-lhe a testa e pôs a mão sobre seu peito de modo a sentir o palpitar fraco, porém constante, do coração. Formiga havia visto aterrorizado a Pestilência Cega atingir os soldados no acampamento de campanha, porém ele não imaginaria que ela pudesse atingir a sua alma. Sem se conter, ele se juntou ao pranto de Callista. E, agora. eram três os que estavam sofrendo naquele aposento.

— Meu pai... – ele se lamentou, ciente de que aquela doença, segundo Ázero, não tinha cura, pois se tratava de uma feitiçaria atroz, possivelmente lançada pelos carrascos do Caos; e que o único meio de a anular seria eliminando aquele que lançara o feitiço. Até então, Formiga olhava para os acometidos pela peste com pena, sabendo que nada podia fazer; no entanto, agora que o problema havia se tornado pessoal, ele prometeu a si mesmo que encontraria o responsável por aquele mal. Inconscientemente, ele fechou o punho, sendo puxado de volta à realidade pelo toque suave de Callista em seu ombro.

— Não há muito o que possamos fazer, minha doce irmã. Ele está nas mãos de Destino. Apenas cuide dele como você tem feito nessas *auroras* sombrias. Agora, se me permitir, vou conversar com meu velho um pouco a sós – pediu, de forma educada.

Assim que Callista saiu do quarto, Formiga se virou para o pai e, ajoelhado ao lado da cama, pegou sua mão.

— As coisas não parecem estar muito boas, mas devemos ter coragem – ele procurava as palavras mais suaves possíveis, tentando evitar qualquer desconforto. — Eu estou aqui, vivo. Sobrevivi à guerra, meu pai. Isso é prova de que nem tudo está perdido. Sim, é claro, eu estive em maus lençóis, e não foram uma nem duas vezes. Faltava-nos comida, às vezes. E, no fim das contas, de nada adiantou minha experiência com o machado. Os inimigos eram muito fortes, não tivemos como vencer e fugimos – falou como se soubesse o que o pai queria ouvir. — É verdade, parecia que a terra estava se abrindo em um grande abismo. Mas... só parecia. Eu pude encontrar pessoas como eu. Sinceramente, eles não são exatamente como eu — Formiga riu-se. — Um é nobre, o outro um guerreiro voraz, outro costumava ser pastor de ovelhas no Velho Condado. Conheci até mesmo um sujeito que vive sem comer e sem dormir. Veja só! A vida sempre nos ensina algo, pai. Aprendi a valorizar a amizade, o respeito e a conviver com a diferença nessas poucas *auroras*, desde que saí da batalha. O que será de nós? Vamos viver. Eu tenho grandes amigos, assim como o senhor. Temos de nos apegar a essas pessoas – ele estancou, com um nó na garganta, lutando para que sua voz saísse o mais natural possível. — Não, pai, não posso deixá-lo sair agora. O senhor precisa descansar para recuperar as suas forças. Logo, logo, estará andando por essas ruas apinhadas de gente, e fazendo o que mais gosta com todas as joias e moedas... O senhor ficará bom, pai, eu juro...

Antes de completar sua última frase, o ferreiro interrompeu-se bruscamente temendo desabar. Não querendo arriscar mais falatório, deu apenas um beijo na testa de seu pai, e apertou com força sua mão. Enfim, levantou-se, pegou a lanterna, e saiu a passos largos em direção à porta.

Sua mente estava povoada de pensamentos contraditórios, que iam desde a felicidade por escapar da morte e reencontrar a família, até a frustração de ver o pai acometido pelo mal que tanto temia. Por um momento, ele chegou até a cogitar a tragédia na qual estava inserido: será que Destino não o favorecia? Será que o havia deixado viver apenas para que seu horror e sofrimento fossem redobrados, ao ver tais desgraças se alastrando em seu próprio lar? Inúmeras perguntas martelavam com a força de um ferreiro sem respostas. Ele queria se entristecer, porém ao lembrar-se de Sir Heimerich, que havia perdido não só sua casa, como sua amada Anna, percebeu que a única solução era lutar: para salvar a si, os amigos, e a família que tanto amava.

Ao sair do quarto, o filho dos Bhéli ouviu novamente os alegres sons que o convidavam a esquecer-se da solidez dos fatos. "É necessário estar sempre bêbado — do vinho, da poesia ou da virtude", ele recitou uma típica expressão local várias vezes falada em *verões* alegres com seus pais no Bolso Feliz. Ele poderia até mesmo encontrar dois destes itens ali, no aposento às suas costas — o último, talvez, não no momento. No entanto, inspirado pelo célebre dizer, e decidido a livrar-se dos problemas por força, Formiga, então, passou pela abertura arqueada que dava no salão e seguiu direto ao alçapão que conduzia à famigerada adega subterrânea dos Bhéli.

— Aqui ninguém teme a morte — falou para si mesmo ao abrir a portinhola do assoalho.

XXIX

A batalha de rimas

argantas juvenis! Afinem em sopranos / Ó, querido e imortal Sieghard de tantos anos / Como se mantém ainda unido, forte e sério? — cantou o bardo próximo da mesa onde estavam Sir Heimerich, Braun e Roderick.

— Não é preciso mais pensar nesse falido império! / Que mesquinha canção! Política vã! / Uma letra infeliz! De uma mente não sã! — respondeu um segundo bardo, cantando de forma divertida no mesmo tom enquanto pousava suas mãos sobre o ombro do arqueiro.

Tal movimento por parte dos músicos não era conhecido pelo trio, porém era muito bem conhecido na comuna como uma de suas atrações mais famosas. A batalha de rimas que estava prestes a se iniciar era o ponto máximo da noite no Bolso Feliz e atraía até mesmo os grandes figurões de Alódia.

— O que disse, seu demente? / És, porventura, um maníaco doente? — o primeiro trovador reagiu. Roderick deu uma gargalhada, adorando a embate.

— Como posso ser demente, se reino já não há? / Vou-me fazer de rei para que venham me aclamar! — disse a segunda figura, rebatendo o primeiro.

Apesar do ambiente de diversão, Sir Heimerich sentiu-se contrariado e fez um gesto, como se fosse levantar, caso o assunto continuasse nos termos apresentados.

O menestrel percebeu a situação — ofender o rei na presença de um nobre — e baixou o cavaleiro com delicadeza, colocando-o de volta à sua cadeira.

— Como é agradável que agora estejais / entre nós nestas horas sem qualquer tristeza... — ele fixou o olhar no nobre. — Já viveste também, estou certo, muitas horas más. / Nesses dias de infortúnio e de tanta incerteza / muitos que agora estão bem vivos, com alegria, / devem a outros nobres certamente a sua vida — disse, com um sorriso, reparando que a expressão de Sir Heimerich melhorava. — Quando há tempos salvaram nossa gente em fantasia, / muitos mortos se foram para a eternidade. / Tu, porém, venceste a tanta enfermidade. / A muito dura prova expôs-se com vigor / e eis que podemos chamá-lo salvador! — concluiu, enfático.

Todos bateram palmas, porém a disputa ainda não havia vencedor. Roderick se levantou e decidiu entrar na brincadeira.

— Saúdem esse homem experiente e puro / que mais útil será ainda no futuro! Repitam todos! — arriscou, e foi prontamente atendido por um coro de todos que estavam na taverna.

Sir Heimerich encarou Roderick com um olhar torto, ainda insatisfeito com a primeira zombaria promovido por um dos bardos.

— Eu não sou salvador de ninguém, nem o é meus irmãos cavaleiros. Ao invés, agradeçam aos deuses da Ordem — ele resmungou ao público, sem perceber que virara peça central no embate.

De repente, atento às palavras do paladino, um rapaz de cabelos loiros e curtos surgiu por detrás do arqueiro.

— Sentes tanto prazer! És homem tão importante / ante os febris aplausos dessa multidão — ele cantou em tom melódico. — Feliz quem pelos feitos tanta gratidão / recebe, em julgamento espontâneo e vibrante. / O pai revela o filho, e o faz com emoção. Todos perguntam. Vibram... o grande e o pequenino. / A dançarina cessa, estanca o violino. / Se tu passas, formam-se alas, todos se descobrem / e jogam tantas toucas a voar nos ares. / Só falta que os joelhos com respeito se dobrem / como em frente à Ordem em seus altares — ele finalizou a canção antes de uma explosão de aplausos e gritos de euforia dos fregueses, denotando que a batalha de rimas estava encerrada.

Sir Heimerich sorriu, finalmente, ante o fim épico do embate.

— Meu pai foi um herói, procuro apenas imitá-lo — ele explicou ao campeão da noite. — Mas ambos apenas cumpríamos o nosso dever. De qualquer forma, agradeço a homenagem. Agora, se me der licença, apreciarei minha bebida com meus companheiros.

A noite continuou quente e animada, no entanto, dando sinais de que a festa estava para acabar. Alguns convivas já se encontravam inertes no chão e muitas canecas se espalhavam de forma desordenada por todas as mesas. Sir Heimerich, Roderick e Braun se mantinham acordados e ainda agitados devido ao efeito da embriaguez. O guerreiro se sentia forte e destemido como um leão, e no intuito de gastar essa energia de alguma, levantou-se de ímpeto, assustando seus colegas com seu visível desequilíbrio.

— Sinto falta do... hic...mestre almôndega — e saiu, sem destino, perguntando a todos onde se encontrava Formiga com uma cômica fala arrastada. Quando ele chegou no balcão, irritado com os debhoches, agarrou um dos convivas pelas costas e o lançou para longe, sentando-se no lugar dele. "Meu nome é Braun", ele tratou de explicar. "E vou contar para...hic... vocês sobre como sobrevivi ao meu *Exílio**".

Roderick riu.

— Hic...o kemenita é mais sociável bêbado do que sóbrio! — comentou para Sir Heimerich. — Embora continue um bicão!

— Pobre homem, eu não queria estar na pele dele — analisou o cavaleiro. — Ele ainda nem se levantou deste chão imundo.

— Meu querido... – o arqueiro, de repente, pareceu ser tomado por um sentimento como se as inúmeras histórias contadas naquele local, e as anedotas narradas pelos menestréis, não lhe bastassem. — Quem vai sair deste...hic... chão agora será eu! – sua voz se arrastava no 's'. — Eu irei às alturas! Vou me unir a... hic...esses cantores maravilhosos e revelar-lhes a essência da vida! — terminou com um pulo em direção à roda de trovadores que dançavam em volta das mesas e pisoteavam compassadamente o assoalho, deixando Sir Heimerich sozinho com seu safra alodiana de 450 aU†.

---

* Prova de formação de guerreiros, típico da cultura sevanesa.

† Um entre os dez melhores vinhos de Sieghard e o melhor da província askaloriana.

XXVI

A Alegoria na Taverna

Distraído e meditativo, Sir Heimerich pensava em Anna, em seu pai e sua família quando se aproximou dele um homem pálido de meia-idade, vestido até o pé com roupas finas de cores sóbrias e um chapéu alto. Ele olhava para um lado e para o outro, com um semblante desconfiado, como se duvidasse de todas as pessoas. Seus dedos eram absurdamente compridos e emagrecidos e pareciam carregar por debaixo da manga comprida um objeto de valor.

— Sir Heimerich — falou o homem com uma voz de contentamento sinistro, colocando sua mão na mesa e mostrando imediatamente um anel de *aurumnigro* em seu dedo anelar.

Sir Heimerich se assustou e engasgou-se com o vinho. O nobre, então, logo percebeu que estava diante de uma figura distinta e incomum. Certamente um homem que não frequentava tavernas, e que, talvez, estivesse ali apenas pela famosa batalha de rimas.

— Deseja alguma coisa, gentil homem? — perguntou, tentando fingir estar sóbrio e tratando adequadamente o estranho de acordo com o título que lhe aparentava caber.

— Se está preocupado em ocultar sua ébria aparência, esqueça — disse o homem, denotando perspicácia. — Amanhã, quando eu realmente precisar da sua ajuda, estará mais acordado do que os feirantes na Feira de Verão.

— Estou confuso. Ajudar em que? – por um momento, o cavaleiro achou que havia bebido demais.

— Vou ser franco e direto, pois não sou homem de duas palavras – o sujeito chegou por trás de Sir Heimerich, pôs a mão sobre o ombro do cavaleiro, envolvendo-o, e aproximou a boca no seu ouvido. — Soube que esta cidade dentro de algumas *auroras* estará condenada. Como sei que o dinheiro pode comprar qualquer coisa, inclusive segurança, quero contratá-lo como minha sentinela particular. Você irá me tirar daqui e me levará para bem longe, são e salvo. É claro, também será muito bem recompensado por isso, muito mais do que você sonhou em ganhar se houvesse vencido aquelas batalhas derradeiras.

O cavaleiro sentiu-se intimidado, o que raramente acontecia.

— Como pode saber de tudo isso? Não faz nem uma *aurora* que estou nessa cidade.

— Sir Heimerich, varão de tantas andanças – o estranho finalmente se sentou. — Você não é nenhum rapazote imberbe para perceber que o mundo gira ao redor de valores. E quando digo valores, estou me referindo a valores monetários – disse, revelando o saco de moedas oculto em suas vestes. — Eu apenas troco o que tenho por aquilo que desejo, como é costume no cotidiano de qualquer cambista. E quando todas essas pessoas preguiçosas e vagabundas estiverem enterradas, eu, por meus próprios méritos, estarei vivendo feliz e satisfeito, em algum lugar dessa vasta terra chamada Exilium.

O paladino, lentamente, deu um gole em sua taça.

— O que o leva a crer que posso ser comprado? – perguntou, sem demonstrar ansiedade.

— Você é um homem, isso me basta – ele respondeu com arrogância. — Todos os homens, sejam eles nobres ou plebeus, têm o seu preço. O simples fato de estar eu aqui, sabendo de muitas coisas sobre você e sobre o futuro dessa comuna já o prova! É um sinal das informações que pude comprar. Quanto a você, não é estúpido em recusar minha oferta. Além do mais, essa é a regra que observo quando estou a examinar as pessoas.

Em um movimento instintivo, Sir Heimerich cruzou os braços, aparentando não estar convencido pelo discurso do sujeito à sua frente.

— Vou lhe dar um exemplo – o homem insistiu. — Está vendo aquela dama de olhos verdes, de cabelos amarelados e cacheados? – ele apontou para uma jovem sentada em uma mesa rodeada por uma dezena de homens. — Repare bem em seus decotes generosos e em seu jeito lascivo de se pronunciar. Ela vendeu a própria dignidade em nome de algumas moedas de prata. Vendeu o sagrado direito de ter um marido e fundar uma família pelo dinheiro. Apenas pelo dinheiro.

— Certamente o faz por muita necessidade – ponderou Sir Heimerich. — Deve ser uma pobre miserável.

— Faz-me rir, cavaleiro! – o sujeito exclamou, eufórico. — Você realmente acredita no que está me dizendo? Todas as pessoas, se desejarem, podem ter um trabalho digno. Se ela necessita de alguma coisa, é para afagar algo que está entre suas desejadas pernas; e, por dez moedas, qualquer um é capaz de ter os carinhos dela.

— Enganam-se vocês, pecadores, se acham que apenas o dinheiro basta – de repente, uma voz vinda por detrás do cambista surgiu. Era de um homem, também distinto, porém bem mais velho. Seus cabelos, assim como sua barba, eram longos e brancos, sem sinal de desleixo; e suas roupas, embora não significassem riqueza, demonstravam poder e magnificência. O emblema da Ordem bordada em seu peito sob um manto azul de várias tonalidades denunciava o cargo da nova figura presente: um sacerdote. — Há muito mais elementos nesse jogo além do dinheiro – ele se aproximou, encarando o mercador como se soubesse intimamente o seu feitio. — Elementos estes que devem ser contemplados. Suas moedas, e eu sei que não são poucas, são somente o meio. Eu sou o fim. Mas, para você, estrangeiro... – ele fitou Sir Heimerich com um ar orgulhoso e sentou-se à mesa. — Basta-lhe saber que sou o curador desta cidade.

— Um sacerdote – palpitou o paladino.

— Mais do que isso, nobre homem. Sou o responsável-mor pelos cultos à Sagrada Ordem nessa comuna e nas aldeias vizinhas – respondeu, e, tal qual o cambista, mostrou um anel de pedra jaspe listrada que portava em seu dedo indicador.

— Um momento – o cambista estava inconformado com a interrupção do curador. — Como pode o senhor afirmar ser "o fim" se o acúmulo de riquezas é o fim da busca de todo homem comum? Minhas moedas não são "o meio" de nada!

— O que quero dizer, meu caro e gentil homem, é algo bem simples: qualquer um que queira possuir aquela moça não sabe que o faz com o meu consentimento – informou ele, com muita segurança em seu discurso.

— Ela é sua escrava? – perguntou Sir Heimerich, ressabiado.

— Não lhe abaixe a dignidade, nobre cavaleiro. Ela é uma das muitas e fiéis servidoras do templo.

O paladino tomou um novo gole de vinho – dessa vez, maior que o anterior.

— Não estou entendendo. Um templo da Ordem usando suas servas como prostitutas?! Isso é, no mínimo, asqueroso! – ele se alterou.

— Não me surpreende que você não entenda – o curador procurou ajustar os fatos. — Nosso templo e nossa Santa Ordem precisam de fundos para sua manutenção, para promulgar os festivais anuais de colheita e plantio. Não seria possível uma religião sem tudo isso. Com o dinheiro vindo desses lucros, levamos conforto e segurança para muitas pessoas, todas as *auroras*. Ricas ou pobres, nobres ou plebeias, elas precisam de algo mais do que dinheiro, ao contrário do que parece pensar o cambista ao seu lado. Imagine o que seria de suas vidas se não fosse a manutenção permanente dos costumes e das tradições, guardada com unhas e dentes por nós, legítimos representantes dos deuses? Sem tudo isso o caos governaria absolutamente. Onde você acha que tais pessoas clamarão por piedade após saírem desse antro de perdição?

— Ora, mas... quanta hipocrisia! – Sir Heimerich levantou a voz. — Onde estão os ensinamentos tão apregoados por vocês? E quanto às virtudes?

— Bem-vindo ao mundo da política, Sir Heimerich – o cambista deu um leve tapa nas costas do cavaleiro, a fim de colocá-lo dentro da realidade discutida.

— Imagine a quantidade de estupros e outras violações se não fossem essas humildes servidoras a aplacar o coração dos homens? – o curador, indiferente, continuou. — Imagine o risco que correriam os jovens infantes, solitários e cheios de desejos, podendo facilmente entregar-se à devassidão carnal com outro homem, como é o caso de alguns jovens aqui mesmo nesse salão? Isso seria terrível! São virtudes que procuramos manter. Não se trata de hipocrisia, mas de pragmatismo. Homens e mulheres, todos eles, são dados às paixões e ao desfrute dos prazeres. Por que não usarmos esses pecados inatos para algo maior, para proteger aqueles que realmente querem dar a vida em favor da Ordem?

— Como as donzelas indefesas e os pequenos nobres, futuros barões e duques do reino? – indagou o cambista.

— Exatamente – respondeu o curador. — Sem eles, o próprio reino de Sieghard estaria perdido.

— Se os fiéis soubessem disso, todos os sacerdotes seriam enforcados com suas próprias tripas – contestou Sir Heimerich, com o rosto rubificado pela ira.

— E desde quando eles *querem* saber disso? Diga-me! O que eles ganhariam? – o curador falava de forma incisiva. — É mais confortável mantê-los em sua ignorância, dando-lhes o que pedem: segurança, paz interior, espírito de unidade e de identidade, algo pelo que lutarem e defenderem. Não foi isso o que você e seus pares foram fazer no Velho Condado? Lutar em nome de uma Ordem, de uma ideia advinda dos princípios religiosos que nós vivemos para promover?

Sir Heimerich fechou os olhos, envergonhado diante do que se proclamava ser as normas de civilidade. O último comentário, em especial, o havia ferido moralmente. Sem se preocupar em proteger seu título ou o de seus ancestrais, e sem se importar com a posição do homem que lhe falava, o nobre se levantou, agarrou o sacerdote pela gola do manto e o colocou face-a-face.

— Você é um porco! Não sabe absolutamente nada do que se passou ou deixou de passar naquelas colinas desafortunadas. Por suas roupas suntuosas e seu caráter mesquinho, nem sequer esteve em algum campo de batalha. Você fala como um ignorante, nunca precisou se proteger ou proteger alguém que necessitasse de ajuda, já que nunca colocou sua vida em risco. Você é um burocrata, um administrador, um gerente. Não sabe nem sobre os homens, nem sobre os deuses — o cavaleiro deu-lhe uma cusparada na face, largando-o bruscamente.

O curador não se abateu. Pelo contrário, com uma frieza irritante, limpou o rosto usando sua estola e olhou de forma inexpressiva e tranquila para o cavaleiro.

— É assim que você honra o título que carrega? Sabe que poderia perder a cabeça em menos de duas *auroras* por essa atitude, se eu o desejasse. Porém, o tempo, se encarregará de julgá-lo e puni-lo. Não vou sujar minhas mãos santas por um celerado — ele o ameaçou, censurando-o.

— Em menos de duas *auroras*, ilustre "curador"... — Sir Heimerich carregou o tom de deboche. — Muitas cabeças em Alódia terão rolado, inclusive a minha, a sua e a deste cambista presunçoso — respondeu e se sentou novamente.

O sacerdote franziu a testa, confuso e surpreso ao mesmo tempo.

— Julga-se tão poderoso, mas não passa de um mal-informado. Se tivesse os meus meios saberia — disse o cambista, com um sorriso sarcástico. — A Ordem foi derrotada no Velho Condado, o Domo do Rei foi tomado pelos inimigos e, agora, nossos algozes se encaminham para cá enquanto conversamos. Não há como salvar a cidade, mas, com meus recursos, contratarei uma sentinela para me acompanhar e fugir daqui são e salvo.

— Deuses de meus pais! — o sacerdote exclamou, atônito, apalpando os próprios bolsos preocupado, como se procurasse por algo que não possuía.

— Suponho que você não tenha o apoio de ninguém... ou recursos... não é mesmo? – o cambista continuou ao reparar o estranho movimento do curador. — Não tema, pois que sua situação é fácil de resolver. Comece por vender aquela prostituta. Essa e quantas houver. Se elas pertencem ao templo, e é você quem o administra, é claro que elas lhe pertencem em última instância. Venda-as, pois elas não te servirão mais por aqui assim que tudo estiver em ruínas. Com a fortuna que receber, pague por sua segurança; e quando se estabelecer em outro lugar, abra outro negócio semelhante. Contudo, não perca tempo. Se quiser sobreviver, precisa começar agora.

O curador ia se levantar apressado, mas, antes disso, Sir Heimerich — que tinha acabado de dar um longo e último gole em sua taça — segurou-o firme na cadeira com as duas mãos em seu ombro.

— É justo e natural querer salvar a própria vida. Eu faria isso. Qualquer um faria. Mas dessa forma covarde, esquecendo-se das pessoas que lhes são dependentes ou que têm vocês em alta-estima, é absurdo e egoísta. Tais atitudes são desprezíveis. Você, curador do Templo — ele apontou o dedo em riste, contendo uma fúria latente em seu peito —, é um hipócrita, falastrão e estúpido. Diz, com tanta ênfase, querer preocupar-se com o conforto e a segurança de seus fiéis, mas está preparado a abandoná-los ao primeiro sinal de perigo. Que guia inútil! Trata as pessoas simples como cordeiros débeis, certamente para tirar delas o seu sustento de profissional da religião. Porém, se for preciso protegê-las, como diz ser elas insuficientes para tal, você as abandona à própria sorte.

— E quanto a você, cambista, não passa de um pervertido por sua própria arrogância. O que o faz pensar que foram unicamente o seu talento e dedicação que o tornaram rico? Onde estão seus auxiliares e ajudantes, que trabalharam horas a fio para que você pudesse passar seus instantes de folga a contar moedas e mais moedas em seu cofre de podridão? Quantos outros vieram mendigar-lhe prazos maiores para as suas dívidas, e você os recebeu com juros ainda maiores? Usurário cretino. Sua riqueza veio à custa da espoliação e da destruição de outras vidas, isso sim. E, agora, no fim de tudo, você simplesmente vira as costas, abandonando a cidade que tanto o fez próspero.

— Para além de todas as coisas, são homens sem inteligência. O que será de seu poder, curador, se não tiver em quem mandar? O que será de seu dinheiro, mercador, se não tiver com o que gastar?"

— Eu sobreviverei. Nem que para isso tenha de me converter às forças do Caos — retrucou-lhe o sacerdote. — Quando a tormenta passar, hei de me arrepender. E com o coração e a consciência em paz, voltarei aos braços da Ordem.

— Você me ensinou o bastante sobre religião, curador — disse Sir Heimerich, enfim liberando o senhor de suas fortes mãos. — Agora, desapareça da minha frente. Corra para suas prostitutas! Para seu santuário de meretrizes e prostíbulo de deuses! Procure lá o conforto que diz tanto oferecer.

Dito isso, o curador se levantou, nervoso, derrubando a cadeira sobre a qual sentava-se, e deixou a mesa sem se despedir.

— Agora, já que não temos mais dúvidas a respeito do essencial, creio que podemos acertar alguns detalhes a respeito de nossa negociação — o cambista retomou a conversa original, insensível ao monólogo de desolação do cavaleiro.

— Eu não fiz negociação alguma — respondeu-lhe o nobre, ainda irritado.

— É claro que não fez, Sir Heimerich. Não o fez ainda. Seria muito pouco inteligente não aceitar a minha proposta. Além do mais, você é um nobre! Estou certo de que Destino não lhe reservou como fim morrer acuado nessa pocilga.

— Você não sabe nada sobre Destino. Eu posso dizer não, em nome do meu sagrado dever de dar a vida pelos fracos e indefesos.

— Nesse caso, se não aceitar meu acordo, outro o aceitará. Não é o único nobre nessa comuna. É claro que sua pronta aceitação me pouparia tempo e uma boa soma de ouro. Mas não faltarão homens valentes e fortes para esse trabalho. Veja ali, aquele varão – ele apontou para Braun. — Não perdeu uma só disputa de queda-de-braço em mais de dez! Talvez o fato de pertencer à plebe, e não a uma aristocracia ignorante, lhe sensibilize mais a bolsa.

— Basta! Faça como quiser. Eu não tenho mais nada a fazer por aqui – um pouco desnorteado, Sir Heimerich encerrou a conversa e virou as costas para o cambista, decidido a ter uma boa noite de sono. A passos lentos, ele, então, seguiu para a escada que levava aos quartos no segundo andar.

— Tolo! – Gritou o mercador atrás dele. — Você não pode resistir a Destino. Outros como eu virão a seu encontro e farão a mesma proposta. Você cederá à razão mais cedo ou mais tarde. Felizmente, nesta *aurora*, estarei a milhas de distância.

O nobre, transtornado, entretanto, já não escutava mais. Porém, enquanto subia os degraus, ele pôde observar o curador levando à força pelo braço a prostituta para fora da taverna, depois de se irritar com a ínfima quantidade de doações que recebera dos fregueses ao requisitá-los em nome do Templo. Em seus pensamentos, Sir Heimerich nunca imaginaria que a imensamente próspera Alódia havia chegado a um nível tão baixo – a julgar pelos dois homens que o importunaram. *Em poucas auroras estes que aqui estão, ele refletiu, bem como os filhos daqueles que sobreviverem, contarão a história da decadência de uma cidade que se corrompeu e de um curador bondoso que resgatou uma prostituta condenada. Verão no ataque inimigo um castigo dos deuses por terem vivido momentos alegres numa e noutra taverna, ou por não terem feito ofertas fartas aos homens de mantos garbosos. Os que aqui estiverem infelizmente sofrerão ainda mais. Como se não bastasse a perda de suas vidas e a de seus entes queridos, perderão sua própria identidade. Morrerão roídos pela culpa! E legarão às gerações futuras que o sacerdote que acaba de sair era um santo.*

XXX

E, assim, se fecham as cortinas

No final da noite, apenas os encrenqueiros e os mais festivos se encontravam na taverna. Com a redução do número de fregueses, senhora Bhéli e Aalis começavam a recolher as canecas, os pratos e limpar as mesas. No segundo andar do Bolso Feliz, Roderick, às risadas na companhia de um homem e uma mulher, cantarolava versos joviais e trocava gestos de carinho quando Sir Heimerich chegou ao mezanino para encontrar o leito confortável que o esperava.

— Cav... hic... valeiro! – o arqueiro interrompeu a passagem do nobre. — Quanto... quanto... quanto júbilo em vê-lo! Quero que conheça meus... mais novos amigos. Esse se chama...

Sir Heimerich não lhe deu atenção e o empurrou de lado para continuar seu trajeto até o quarto.

— Amigos... a qualquer coisa se dá o nome de amigos – balbuciou, decepcionado, antes de abrir e fechar com força a porta do cômodo.

— Ah, fracote – Roderick zombou, ainda às gargalhadas. — Eu sempre soube... Vai para a cama, homenzinho, vai... Enquanto isso... – disse, puxando seus novos amigos para outro quarto. — Nós... faremos... dessa noite... nossa deusa maior! Vamos!

No andar de baixo, Braun, terminava sua décima terceira caneca – uma para cada adversário derrotado na queda-de-braço – quando foi abordado por um estranho homem magro de dedos longos.

— Quero lhe fazer uma proposta, grande guerreiro. Será que podemos conversar? – perguntou ele, denotando uma certa arrogância.

O guerreiro olhou torto para o homem, de cima a baixo, e sorriu em seguida.

— Mais um adversário! – ele comemorou, levantando a caneca e unindo sua risada a dos que estavam à sua volta.

— Não exatamente – o sujeito explicou. — Mas posso oferecer muito mais do que já conseguiu ganhar nessa taverna ou em quantas outras existirem – mostrou-lhe um saco de moedas por debaixo da manga. — Apenas preciso de seus serviços.

De repente, Braun cerrou a face e adotou uma expressão ríspida.

— A quem tenho de matar?

Fez-se silêncio. O contratante vacilou, tentando achar as palavras frente ao olhar penetrante do guerreiro. Entretanto, para a surpresa de todos, Braun explodiu em uma gargalhada. Os que estavam com ele reagiram da mesma forma, e um deles, inclusive, no calor da emoção, derramou cerveja inadvertidamente no rosto do estranho homem e por todas as suas vestes.

— Maldição! – resmungou o contratante, limpando-se.

— Afinal de contas... hic... quem é você, homenzinho? – Perguntou o guerreiro, curioso e segurando-se para não rir. Porém, a visão de Formiga vindo por detrás do balcão, após um longo tempo sem dar as caras, chamou-lhe muito mais a atenção. — Mestre...hic...almôndega! – gritou, e saiu em busca do companheiro. Desatento pela embriaguez, sem querer, ele acabou por derrubar o contratante que, com a queda, deixou seu saco de moedas cair, espalhando seu conteúdo no piso de madeira.

Pego de surpresa enquanto procurava pelos seus convidados, Formiga recebeu, de forma desengonçada, um abraço suado e fétido de Braun.

— Onde, em nome de todas as garrafas de cerveja de trigo de Sieghard, esteve todo esse tempo?

— Estava na adega, amigo guerreiro – respondeu o ferreiro, em tom triste. — Bebendo para esquecer as mazelas dessa vida. Porém, cansei-me do vinho, por melhor que estivesse, e da solidão, por mais zelosa que fosse. Vim para comer e beber com vocês, meus companheiros, mas não encontro os outros. Onde estão?

Tal qual grandes amigos, Braun e Formiga se sentaram em uma mesa longe dos homens que disputavam queda-de-braço. Por lá, apenas o contratante ficou, de joelhos e se arrastando pelo chão, tentando reaver suas moedas.

— Ei, vejam! Esse homem tem dinheiro! – avisou um dos encrenqueiros com os olhos brilhando de cobiça.

— É claro que tenho, não está me reconhecendo? Sou o mercador de tecidos da Praça Principal – o contratante tentou fingir tranquilidade, porém sem retirar seu tom arrogante característico.

— Ora, ora, ricos mercadores nunca frequentariam uma taverna – replicou outro homem. — Eles as detestam! E você está fedendo a cerveja, seu porco imundo. Na certa, bebeu tanto a ponto de estar se confundindo com outra pessoa.

— Sim! É um bêbado contumaz! Roubou o rico mercador, seu dinheiro e suas roupas, para sustentar o vício! – disse outro encrenqueiro, zombando e rindo às gargalhadas. — Vamos jogá-lo na rua que é o seu lugar!

— Não! Por piedade! Vocês têm que acreditar em mim! – suplicava o contratante, aos lamentos, tentando desvencilhar-se.

— Chega de mentiras! Daqui a pouco você dirá que o Dragão de Barba Negra veio lhe pedir um trago! Para fora, seu golpista! – comandou o primeiro homem, de olho nas moedas no chão.

Os gritos do mercador foram ouvidos por toda a redondeza. Quatro homens grandes o apanharam pelos braços e pernas, cruzaram a porta e o lançaram para fora.

— O que é aquilo? – perguntou Formiga a Braun, percebendo a confusão.

— Hic!... Bah... nada! Com certeza um bêbado falastrão! Como tantos que estão por aqui! – gargalhou e ambos brindaram.

Do lado de fora, o contratante foi despido e saqueado. Cuspiram nele e zombaram de sua insistência em querer se passar por um grande comerciante. Um dos homens chegou a chutá-lo. Foi largado, inconsciente, em um lugar conhecido em Alódia como Beco dos Ladrões.

Braun e Formiga esvaziaram suas canecas até a exaustão e ambos terminaram a noite debruçados sobre a mesa, com os rostos achatados na superfície de madeira, e o braço do guerreiro por sobre os ombros do ferreiro. Quando a taverna já estava vazia, em certo momento — como resultado da combinação de vinho, cerveja e uma dúzia de bistecas de javali que havia comido —, Formiga vomitou, ali mesmo na mesa, e não tendo forças para se levantar com um braço tão grande em cima dele, permaneceu em meio ao vômito.

Braun, ouvindo o gorgolejar do companheiro, tentou o chamar, porém o filho da taverneira estava mais desacordado do que um magistrado em época de recesso político.

MARETENEBRÆ ❖ 199

Em um último ato de doação, o guerreiro colocou Formiga por sobre suas costas a fim de levá-lo para a cama; todavia, ao pé da escada do mezanino, ele tropeçou no corpo de um de seus ex-adversários de queda-de-braço que adormecia inconsciente no assoalho.

A dupla desabou, e juntos, os amigos de bebedeira finalmente descansaram. Ébrios, fedidos e machucados. Depois, no raro silêncio após a explosão de alegria que dominara o Bolso Feliz naquela madrugada, um homem e uma mulher desceram os degraus do mezanino, olhando para todos os lados. Eles cochicharam algo entre si, beberam uma meia caneca de cerveja esquecida no balcão e saíram sorrindo do estabelecimento.

Levando em conta todos os acontecimentos incomuns que ocorreram, a passagem do casal era apenas mais um deles; porém esse tornava-se um pouco mais especial, já que eles carregavam os pertences de Roderick.

Inclusive seu arco e flecha.

XXXI

Reflexões ignoradas

s primeiros raios de sol tocaram as janelas dos quartos do Bolso Feliz e anunciaram mais uma *aurora* em Alódia. Os galos, ao longe, já cantavam desde a madrugada, mas somente agora as ruas começavam a ser tomadas por mercadores caminhando com suas caravanas até as praças do distrito comercial — bem como ambulantes e pedintes.

Na cozinha dos Bhéli, Aalis, Callista e senhora Bhéli lavavam os copos, potes, ânforas e vasilhas deixadas pelos farristas na noite anterior. Dali, era possível ouvir os roncos de Petrus e os passos dos hóspedes se movimentando no andar acima. Não demorou muito, Sir Heimerich, Braun e Roderick, guiados por Formiga — desses quatro, apenas o cavaleiro mostrava-se recomposto — apareceram no ambiente e sentaram-se à mesa para o desjejum.

— À *aurora* com a Ordem — cumprimentou o cavaleiro a todos, de forma educada.

Apenas após se acomodarem foi que eles perceberam a presença de Victor, em um canto da parede, com o semblante inabalável de sempre, sem olheiras e sem sinal de cansaço.

— Por onde andou ontem, Victor? — Roderick foi o primeiro a quebrar o gelo.

— Pela noite — Victor respondeu, seco.

— Não seja tão sucinto com suas palavras, digníssimo. Sente-se conosco. Vamos, diga-nos o que pensa sobre essa cidade — Sir Heimerich o convidou.

Victor, lentamente, aproximou-se da mesa e se acomodou.

— Um lugar de homens ávidos, seja por riqueza, por festas, ou por uma fatia de pão — disse.

— Meninos, me dêem espaço para eu colocar a torta — ordenou senhora Bhéli.

Os peregrinos, em silêncio e atônitos, viram uma gama de quitutes lhe serem servidos: tortas doces e salgadas, bolos feitos com frutas diversas e amendoim torrado. O cheiro de pão, feito à base do famoso trigo alodiano, abriria o apetite de qualquer homem, ainda que ele não estivesse com fome. Por um tempo, apenas o ruído de mordidas e mastigadas foi ouvido. Os aventureiros se olhavam, curiosos, não se lembrando do que havia passado na noite anterior e examinavam se deveriam mesmo perguntar sobre o festim, pois temiam que a pergunta retornasse ao indagador. Estava claro que preferiram o conforto da dúvida à vergonha da certeza.

— Seus doces continuam ótimos, mamãe — Formiga elogiou, devorando algumas rosquinhas doces feitas com tâmaras, ao mesmo tempo em que fitava o pão fresco embebido em mel posicionado à sua frente.

— Estou fazendo de tudo para te agradar, Brogan. Preparei as suas guloseimas preferidas. Desde que você era pequenino, seus gostos e hábitos são os mesmos.

— Desde que era pequenino? Então você era ainda menor? — Braun zombou, rindo. — Cuidado para não se engasgar com essas delícias — advertiu ele, pegando também uma das rosquinhas adocicadas com mel. — Se você as desembuchar, magoará sua mãe.

Sem cerimônias, Formiga mal terminara de comer o pão e encheu o prato com damascos de cores vivas e aparência saudável.

— Você vai comer todos esses damascos, Formiga? — Sir Heimerich perguntou, irônico.

— Ora, ora, eles não estão na mesa? — Formiga respondeu da forma mais natural possível, como se não tivesse entendido o sarcasmo. O ímpeto do ferreiro era superior à sua própria razão e, constatar esse fato — como um homem poderia comer tanto de forma tão espontânea —, virou motivo de risadas. Victor repuxou seu lábio apenas, entretanto, não se sabia seu isso indicava prazer ou desgosto. — Afinal, o que você queria que eu fizesse com eles? — ele perguntou, de boca cheia.

O clima alegre do desjejum serviu para quebrar o gelo e aproximar ainda mais o grupo de peregrinos. Satisfeito, Sir Heimerich se deliciou com um gole do leite de uma das cabras criadas pela senhora Bhéli e, em seu canto — enquanto todos se divertiam —, ele reviveu as muitas memórias das batalhas e das andanças até Alódia. Até que o estouro de um graveto na lareira situada nos fundos da cozinha chamou sua atenção e lembrou-lhe do misterioso homem que encontraram na vila às margens do rio Nakato. Aquele encontro, por algum motivo, estava preso na sua garganta e, no hiato de um assunto e outro, ele achou o momento certo para desabafar.

— Senhores – ele chamou. — Vendo essa lareira adiante tive algumas lembranças. Pode parecer estranho, mas me veio à mente a figura do bom Ázero.

— Aquele ser monstruoso que encontramos na aldeia de pescadores? – Roderick levantou uma sobrancelha.

— Ele mesmo – respondeu Sir Heimerich. — Mas não se refira a ele nesse tom. Apesar da aparência, seu coração era mais nobre do que o de muitos nobres.

— O que tem ele? – indagou Formiga, de boca cheia e suspeito, conseguindo desviar o olhar dos pães para encarar o cavaleiro. — Só sei que o sujeito me dava calafrios.

— Lembra-se de que quando acendemos a fogueira? – continuou Sir Heimerich. — Ázero se retirou, discretamente, para dentro do casebre, justificando que sua função o impedia de estar com a gente, somente reaparecendo quando o fogo se extinguiu.

— Fale de uma vez, sir lordezinho. Pare com esses rodeios – instigou Braun, enjoado com o suspense.

— Muito bem... – o nobre juntou as mãos em uma posição meditativa e tomou uma grande dose de fôlego. A informação que viria em seguida certamente seria aterradora, embora não se soubesse o porquê de tudo aquilo. — Ázero... é um azaleno.

Braun mordia uma maçã nesse instante e engoliu o pedaço inteiro sem mastigar, lançando após isso uma grande gargalhada.

— Sir lordezinho, os azalenos são uma lenda. Pensei que apenas Petrus acreditasse neles. Mas, agora você? Eles não existem. Ninguém nunca os viu. O que o leva a crer que Ázero é um deles? Você me faz rir.

Os demais se conservaram atentos e pensativos. Victor pôs uma das mãos sob o queixo, e começou a roçar sua barba miúda.

— Segundo as histórias que sabemos sobre azalenos, eles são denunciados pelo fogo. A lógica é simples, Braun – o paladino não se intimidou. — Qualquer homem desejaria se afagar próximo a uma fogueira em meio a uma noite fria e cheia de insetos.

— E desde quando aquela criatura pode ser chamada de homem? – respondeu o guerreiro. — Não diga bobagens.

— Está vendo como se contradiz? Você acabou de me dizer que ele não é um homem, assim como um azaleno não o é. Se sabe, então, tão bem o que ele é, explique a todos de onde ele veio e por que aquela aparência incomum – Sir Heimerich instigou o guerreiro.

— É fácil... ele... — Braun coçou a cabeça, percebendo que caíra na própria armadilha.

— Você não sabe, Braun – o nobre apontou o dedo. — E digo mais, nenhum de vocês saberia dizer. Mas eu sei: ele é um azaleno! Ele é a prova viva de que a história sobre esse povo é muito mais do que uma simples lenda. Não é de se estranhar o seu conhecimento sobre nossos invasores e sobre o Pico das Tormentas. Pode até ser que ele não chegue a conhecer a morte de forma natural, o que significa que tenha muitos *verões* de vida e um senso comum acurado e experiência o suficiente para explicar muito acerca dos mistérios desse mundo.

— Tratá-lo como um ser ordinário seria um erro fatal, isso é certo – interrompeu Victor. — Porém é muito cedo para que você o classifique como um azaleno – ele falou em tom de repreensão. — Você não tem provas, apenas evidências, somente uma delas, aliás. Você o chama de azaleno porque assim o quer. Está enxergando somente o que deseja enxergar, mas ainda existem milhares de outras explicações para a origem daquele ser.

De repente, o som de pesados passos descendo os degraus do mezanino tirou a atenção dos convivas à mesa. Logo, Petrus apareceu na porta da cozinha, com o cabelo desgrenhado e rosto amassado tal qual um pergaminho antigo. Visto que o pastor era o que havia dormido mais ali, todos se viraram para ele procurando uma causa para um semblante tão enfadonho.

— Até a *aurora* com a Ordem, herói! – Roderick o saudou. — Passou bem a noite?

— À *aurora* com a Ordem para todos... – saudou Petrus com a voz preguiçosa, sentando-se à mesa de forma desengonçada. — Ouvi muita algazarra vinda daqui. Acordei várias vezes durante a noite, apesar de todo o conforto que me deram – reclamou.

— Ora, você está em uma taverna, e não em um celeiro, moleirão! – Braun lembrou-lhe, recendo em troca um longo bocejo.

— O que Heimerich disse pode estar correto – Roderick continuou a conversa anterior. — Ázero me pareceu diferente, mas, ao mesmo tempo, sugeria ser um homem verdadeiro e honrado. Alguém altruísta o bastante para cuidar de pessoas doentes não seria capaz de mentir sobre o que nos contou.

— A não ser que seja para esconder a sua verdadeira identidade – Sir Heimerich analisou.

— Do que estão falando? – Petrus quis entrar na conversa.

— O sir sabichão aqui está dizendo que Ázero é um azaleno... os temíveis assassinos de criancinhas – Braun o integrou à discussão. Sir Heimerich balançou a cabeça, incrédulo com o ceticismo do guerreiro.

— O que me diz, Victor? – Roderick perguntou.

— Cuidar dos outros não é condição suficiente para fazer de alguém uma pessoa altruísta. A generosidade, ao contrário, é condição necessária e suficiente para tal – ele comentou, dogmaticamente. — Não temos certeza se as atitudes de Ázero, o seu zelo e dedicação àquelas pessoas doentes, estão imbuídas de generosidade.

— Como assim? – questionou Petrus. — Mas é claro que ajudar significa ser generoso. Ao lado de Petrus, Victor fitou-o com veemência. Seus olhos verdes como a relva molhada penetraram as águas calmas que eram o olhar do Pastor.

— O universo não se resume ao seu coração, homem do Velho Condado – disse, e, depois, virou-se para todos com uma perspicácia que lhe era comum. — Aqueles doentes podem ser pessoas das quais Ázero dependa, direta ou indiretamente. Pessoas das quais ele sentirá falta e sofrerá se morrerem. Pode ser também que ele esteja lá obrigado, como um servo, recebendo ordens de um mestre ainda mais poderoso. Nesse caso, os cuidados seriam uma forma de evitar castigos ou mesmo a morte. Uma terceira possibilidade: pode ser ainda que, espontaneamente, ele tenha querido ajudar aqueles homens para estar em paz consigo mesmo e com sua consciência. De fato, sentir-se útil é uma forma de vaidade para algumas pessoas. Como eu já lhes disse, inúmeras são as explicações sobre Ázero. Afirmar com base em uma hipótese a identidade daquela figura é ser descuid...

— Bla... bla... bla! – interrompeu Braun. — Você me irrita com esse seu falatório de poucas soluções. Diga-nos o que pensa de verdade, falastrão.

O ato desrespeitoso de Braun para com Victor enregelou a espinha dos outros. Todos sabiam que Dídacus era um homem que podia ser perigoso devido aos mistérios que ele carregava consigo. O guerreiro, por um instante, foi fulminado com olhares de repreensão.

— O que eu iria dizer, kemenita, é que há algo de intrigante no semblante de Ázero – Victor ignorou a indelicadeza do colega. — É um ser solitário, zelador, que age aparentemente sem ajudantes. É cedo também afirmar que esteja do nosso lado. Embora tenha nos ajudado bastante, não estaria ele querendo que algo se concretizasse no futuro? Usando-nos para seu propósito? Não estaria pensando em si mais uma vez?

— Ázero não pode ser um azaleno! – disse Petrus, injuriado. — Eu vi um azaleno! Eles não têm forma definida. São feitos de luz!

— Mas a lenda diz que podem se disfarçar, passando-se por homens – Sir Heimerich completou.

— Lendas, lendas – Braun se irritou mais uma vez. — Lendas podem dizer qualquer coisa, pois nascem do medo e da aversão ao desconhecido. Vocês parecem criancinhas assustadas ao acreditarem nisso. Quando vão entender que Ázero não pode ser um azaleno simplesmente porque ninguém pode ser um azaleno? Azalenos não existem! – Concluiu com uma lógica que lhe era bastante comum.

— Não seja tão cético, Braun – Formiga intercedeu, enquanto limpava sua boca com uma toalha de tecido. — Você esteve em campo de batalha, viu o que o inimigo nos fez com aqueles chamados "Thurayyas". Você viu o que aconteceu nas barracas inimigas. Viu como uma força invisível derrubou Victor. Acha mesmo que tudo isso é coincidência? Normalidade? Fenômenos comuns?

— Tome cuidado com o que diz – alertou Sir Heimerich. — Pois em breve poderá estar lutando com forças cuja origem desconhece. E sucumbirá acreditando, até seu último suspiro de vida, que tem alguma chance.

— Bah... tolices – resmungou o guerreiro.

— Você também parece enxergar somente o que deseja, não é mesmo, kemenita? – questionou Victor, logo antes de Callista surgir à porta da cozinha, esbaforida.

— Há uma mulher acompanhada de um guarda na porta da taverna – informou a irmã de Formiga. — Ela pediu permissão para entrar. Disse que se chama Chikára e tem um assunto urgente. Alguém de vocês a conhece?

Os peregrinos se entreolharam.

— Deixe-a entrar, querida irmã – disse Formiga. — Ela é uma de nós.

XXXII

A outra face da moeda

—Que bom tê-la conosco novamente — de pé e abrindo os braços em sinal de boas-vindas, Formiga acolheu Chikára assim que Callista a deixou na entrada da cozinha.

— Tenho informações urgentes para passar a vocês — a maga disse apressada, sem saudar os presentes. Rapidamente, dirigiu-se à mesa com vários pergaminhos e mapas, além de uma série de anotações.

— Boas novas? — perguntou Sir Heimerich.

— Não, pelo contrário. Tirem essas coisas daqui. Rápido! — comandou ela, inquieta, se referindo aos pratos, copos e demais vasilhas. — Preciso de espaço para explicar o que está acontecendo.

— O que pode ser pior do que a situação em que já vivemos? — indagou Petrus.

Chikára respirou fundo, gerando espanto em alguns.

— Estive na biblioteca real procurando manuscritos antigos — disse ela. — Li muitos pergaminhos, tomos de muitos *verões* atrás, cadernos e mapas. A minha sorte foi tê-los encontrado de modo organizado — a senhora selecionou e puxou um dos pergaminhos enrolados que trazia. — Vocês acreditam em profecias?

Imediatamente, os peregrinos que cruzaram as ruas de Alódia na noite anterior lembraram do bêbado e da mulher da Casa de Cura, e um sentimento de temor tomou conta deles. Ter ouvido a última pergunta de Chikára parecia os ter lançado na fronteira de um vale sombrio e desconhecido.

— Se está perguntando se eu acredito em alguém que possa prever o futuro e que, além disso, a minha sorte está escrita em algum lugar e não há nada que eu possa fazer para alterá-la, minha resposta é *não* — Braun rebateu. — Eu, Braun de Kêmen, faço minha própria sorte — ele batia no peito com o punho fechado enquanto falava.

— Então você não acredita em Destino ou mesmo nos deuses da Ordem? — perguntou Petrus, assustado.

— É claro que acredito. Os deuses da Ordem são seres semelhantes a nós, porém mais poderosos. Devemos honrá-los e venerá-los, o que não significa que eles mandem no meu caminho. Destino é o construtor de Exilium e de tudo o que está incluído aqui, inclusive os deuses. Porém, o ferreiro que molda a lâmina não pode prever quais pescoços ela decepará. Essa também é a nossa condição. Qualquer patife que pense o contrário é um covarde, um homem que está perdendo boa parte de sua vida.

— Sua metáfora é interessante, guerreiro — Chikára o elogiou. — Vejo que suas reflexões o fazem mais do que apenas músculos e bruteza. Todavia, pensaria duas vezes antes de pronunciá-la novamente se soubesse o que encontrei durante minhas buscas. Estou me referindo a algo grandioso, legendário. Algo que nem você, nem nenhum dos que estão aqui, seriam capazes de entender apenas vivendo uma vida.

— O que encontrou, senhora, tem a ver com o símbolo que descobrimos escondido naquele pedaço de papel? — indagou Roderick.

— Indiretamente, talvez — respondeu a maga. — Mas infelizmente não consegui descobrir nada sobre este signo. Em nenhum lugar à mostra na biblioteca vi algo semelhante àquelas inscrições. No entanto, uma coisa me chamou a atenção. Entre cartas, despachos e demais documentos políticos datados dos primeiros *verões* após a unificação do reino, um papiro jazia esquecido atrás da compilação dos decretos de Drausus I, já em fiapos e escrito em uma forma arcaica de caligrafia do reino. Com um pouco de força consegui compreender o que estava escrito. Tratava-se de um texto profético, bastante incomum. Estranho que estivesse ali, junto a papéis triviais.

— Você o trouxe? — quis saber Victor, surpreendendo a todos pelo seu interesse.

— Não. Em um momento como esse está mais seguro na biblioteca do que comigo. Fiz os zeladores jurarem que defenderiam aquele papiro com unhas e dentes. Que morreriam, se fosse preciso. Trata-se de uma prova incontestável de que as estruturas que conhecemos estão para mudar a qualquer momento. Contudo, fiz uma minuciosa cópia durante toda a madrugada. Tive de consultar muitos dicionários e pergaminhos de tradução, mas meus conhecimentos me foram favoráveis. Ouçam com atenção o

208 ✦ L. P. FAUSTINI

que diz aqui, depois tirem suas próprias conclusões; e vejam se eu não tenho razão sobre essa temporada impressionante — ela concluiu, abrindo o pergaminho sobre a mesa antes de recitar o texto.

"Eis que vem o benfeitor, aquele que traz a lâmpada da liberdade sob seus pés. Vem qual tempestade em um mar bravio. Suas armadas são de madeira e aço, e deslizam pelas águas negras rumo às encostas escarpadas. Eis que vem o desejado das nações de Bogdana. Vem qual líder terrível aplacar o coração daqueles que lutariam pelas terras de Salácia. Seus cavalos têm cascos de prata, que os torna velozes e ágeis, destemidos e implacáveis, para pisotear a relva vermelha do sangue dos que, com bravas palavras em seus últimos atos, ainda conseguiam lembrar-se do verdadeiro caminho. Ele vem para permitir a redenção das tribos de Sevânia e dos filhos órfãos de Vahan, Sumayya e Askalor. Do cinturão das pedras reverbera o brado daquele que é soberano diante dos homens. Eis que vem o intercessor, com gigantescas torres de guerra. Canhões disparam. Catapultas disparam. Os sábios com labaredas nas mãos disparam. Um após o outro, os lutadores caem. Porém, muitos serão poupados. Inocentes não serão liquidados. Sua misericórdia não conhece limites. A esses será entregue o brilho celeste no olhar. Servirão sem intenção a um propósito maior. Antes disso sofrerão os divinos males. Eis que vem o enviado dos deuses, para fazer cumprir o que quis Destino, desde o início da última Era. As águas serão unidas. Por fim, nessa aurora, Destino cobrirá igualmente com sua sombra a Terra dos Plácidos e a Terra dos Francos".

— Pelo coração dos deuses! — exclamou Sir Heimerich.

— O restante do documento está corrompido — explicou Chikára. — Muitas passagens foram desmanchadas ou adulteradas, de acordo com os interesses de quem o traduziu. Até aqui parece ser autêntico. O que me dizem? — indagou, orgulhosa.

A resposta não veio de imediato. O silêncio veio junto com expressões de espanto, confusão e fascínio. Ainda que tivessem coragem para comentar algo, os peregrinos não sabiam como fazê-lo.

— Bah... Talvez isso faça algum sentido — Braun arriscou. — Mas cavalos, espadas, torres de guerra e canhões podem se referir a qualquer batalha. Por que achar que esse texto fala sobre o que vimos nas últimas *auroras*?

— "Eis que vem o benfeitor... o enviado dos deuses... o intercessor..." — Sir Heimerich ficou sussurrando.

— Benfeitor? — Roderick se espantou. — Sem dúvida o autor desse prenúncio era alguém infiltrado das forças inimigas lá no início da unificação — concluiu, demonstrando contrariedade.

— Foi o que pensei — consentiu Chikára. — O modo como o texto elogia Linus, tratando-o de benfeitor e soberano... tudo leva a crer que se trata de um emissário do Caos.

— Esperem um pouco... não são citados nomes, são? – Sir Heimerich questionou. — Essas palavras podem se referir a uma invasão feita em qualquer outro período da história. Dessa maneira tenho que concordar com Braun.

— E como explicar "sábios com labaredas nas mãos"? Se você, sir, ouviu falar de algo semelhante que não se refira àqueles chamados Thurayyas, os mesmos que mataram milhares de siegardos, entrego o meu cajado como indulto – Chikára rebateu.

O paladino ficou sem resposta. Um calafrio rompeu por sua espinha ao se lembrar dos corpos sem vida de muitos de seus soldados, mutilados devido aos incontáveis disparos de esferas incandescentes e raios, lançados, um após o outro, em meio ao exército desordenado.

— Se...se...nhora, me desculpe – Petrus mostrava que estava intimidado e inseguro pela maneira como Chikára o tratara na noite anterior. Mesmo assim, ele arriscou uma dose de coragem. — E o que dizer a respeito de "brilho celeste no olhar"? E "divinos males"? Parece ser uma menção para aquela doença inexplicável... como se chama mesmo?

— Pestilência Cega — completou Formiga. — Apesar de não ter visto nada celeste naqueles olhos sem vida.

— Nem eu — disse Chikára. — No entanto, outros indícios apontam que o texto se refere a essa guerra em específico. Vejam: "aplacar os corações daqueles que lutariam pelas terras de Salácia". O que dizer dos sálatas na batalha do Velho Condado?

— Eles não lutaram — Sir Heimerich respondeu, visto que conheceu a situação de maneira íntima. — Lembro-me bem das reações intempestivas de Sir Nikoláos por isso. Ele só não sabia que quase toda a força guerreira estava acometida desse mal.

— Ou "dos divinos males", cavaleiro — a maga complementou, apontando para a frase. — Agora tudo parece fazer sentido e encaixar-se nas demais passagens do texto.

Sir Heimerich calou-se, quase que convencido. Acima de tudo, havia ainda uma pergunta chave a ser feita.

— Não é dito em nenhum momento o nome "Caos" — Formiga lançou a interrogação da qual todos aguardavam.

— Mas é óbvio que não — Chikára sorriu, como se esperasse por esse momento.

— Então, como ter tanta certeza sobre a origem de seu autor? – o nobre não se conteve e voltou a falar, temendo o caminho que a conversa tomava.

— É simples, meu caro cavaleiro — ela adotou um tom professoral. — A primeira frase da profecia diz claramente: "aquele que traz a lâmpada da liberdade sob seus pés". Podemos substituir aqui "liberdade" por "caos" e ainda manteremos o sentido original do texto. Nos idiomas antigos, "liberdade" e "caos" tinham a mesma origem etimológica, ambas opostas à sua contraparte "ordem". Seu significado, portanto, era semelhante. Porém, com a hegemonia da Ordem, os dois termos adquiriram sentidos diferentes. Nós ainda usamos a palavra "Caos" — que é muito mais pejorativa — para nos referirmos a tudo que vai contra a Ordem. Nunca demos aos partidários dessa causa uma existência em si, independente. Não é? Foi uma forma inteligente de demonizá-los, de mantê-los à distância, ensinando aos nossos filhos, de geração em geração, que os portadores da bandeira do Caos eram homens ruins. Esses, obviamente, sendo bons ou ruins, não interessa, não chamariam a si mesmos "caóticos". Nenhuma nação chamaria a si mesma com um nome insultuoso. Eles se intitulam "livres" e sua bandeira é a da "liberdade".

— Está dizendo, senhora, que os nossos invasores podem ser bons? — Roderick franziu a testa.

— Meu trabalho é analisar, não julgar. Deixo isso para os políticos — respondeu-lhe a maga. — Apenas quero dizer que estamos ouvindo aqui o relato da parte que foi derrotada. Ora, acostumamo-nos a sempre ouvir a voz dos vencedores, já que são sempre eles que escrevem a história. E a escrevem à sua maneira, de acordo com seus interesses, seus anseios e seus pontos de vista. No caso, fomos sempre convencidos a acreditar em nós mesmos. Naquilo que somente nossos pais achavam ser o mais correto, mas não a verdade completa, abarcando todos os pontos de vista.

— Bons?! — Sir Heimerich esbanjou um ceticismo irônico. — Bons?! Seria intolerável chegar a pensar que eles podem ser bons! Seria negar tudo o que eles já fizeram em Sieghard! Não consigo imaginar uma nação guiada pelo Caos. Isso é impensável. Não pode haver sociedade sem os princípios da Ordem. No máximo turbas desordenadas e sedentas por sangue. Eles não são bons. Nunca foram. Jamais serão. Como vou negar esse julgamento? Vivo em um mundo real que foi atacado e destruído, não em um escritório cercado por livros, onde talvez essa lógica seja possível.

— Você é um homem sensato, cavaleiro — Victor interpelou a conversa. — A lógica é ótima para se argumentar, mas péssima para se viver nela, dizem os sábios. Porém, já passou por sua cabeça que os conhecimentos oriundos dos estudos de Chikára podem ser úteis? É mais fácil derrotar o inimigo a partir da capacidade de compreendê-lo, de analisá-lo, de interpretá-lo. E isso nem sempre o julgamento prévio é capaz de fazer. Ao contrário, essa fúria tempestuosa para expulsá-los a qualquer custo pode conduzi-lo ao fracasso. Assim, sabendo um pouco mais sobre a origem e a história de nossos adversários, teremos uma força a mais lutando do nosso lado. É justo que você os queira longe daqui. Mas tenha as armas certas para tal — concluiu, demonstrando, pela primeira vez, interesse pelo assunto tratado. De súbito, ele se levantou e caminhou até a única janela do recinto como se, ao fazer isso, ele pudesse obter algum sentido para a conversa. Com a mão em seu queixo pontudo, ele observou a paisagem e os transeuntes na rua em suas práticas cotidianas.

— O que acham, por exemplo, que existia bem antes da unificação? Antes mesmo de existir uma nação Ordeira? — perguntou, ainda de costas. Depois, se virou. — Nada? — ele retomou o caminho de volta à mesa. — Pode ser que nós não conhecêssemos na íntegra as forças do Caos porque *Maretenebræ* tenha nos separado em algum ponto da história, fazendo as pessoas esquecerem que houve uma civilização que não a da Ordem. Eles representam essa civilização, que cresceu e se desenvolveu longe de nós. Vivem à sua maneira. Uma maneira, sem dúvida, legítima. Não os julgue por suas convicções, mas sim por suas ações. Se vivêssemos em um tempo de paz, me arriscaria a aprender com eles um pouco sobre a vida e o universo. Mas não é esse o caso. Em uma guerra há outros valores em jogo. Eles pisaram em nossas terras sem o devido consentimento. Você não deixaria de atacar o homem que fere seu pai, ainda que ele fosse seu irmão, deixaria?

Por um momento, Sir Heimerich parou para meditar, não sobre a última pergunta feita por Dídacus, mas na natureza dos inimigos. Desde que nascera, nunca havia passado pela sua mente que pudesse existir em Exilium algo diferente da Ordem. Para ele, o símbolo do Caos estampado nas bandeiras que tremulavam no Domo do Rei servia apenas para representar um castigo pelos crimes cometidos por ele e por seus pares — um castigo terrível e invencível como o Grande Mar. Sentia-se como os seres que viviam no oceano e que, devido às baixas marés, descobriam repentinamente que existia um mundo inteiro fora d'água. Sem resposta para aquilo tudo, o cavaleiro sentiu medo. Medo de que suas perguntas fossem rebatidas com ainda mais vigor, o que poderia fazer suas convicções ruírem. Preferiu o silêncio e a segurança. Custava-lhe muito ter que renunciar a um grão de areia que fosse em meio ao deserto de suas crenças. De qualquer forma, a estrutura de seu palácio, se não havia sido posta abaixo, estava abalada.

Exceto Chikára — que lidava melhor com situações como essa, inclusive com interesse particular —, os outros também sentiram um pesar no peito. Tudo o que sabiam — ou, que pelo menos, acreditavam saber — era que a Ordem sempre existira. Se estavam sendo atacados agora, tratava-se de uma maldição lançada por *Maretenebræ*. Porém, com a mera possibilidade de haver outros homens, outros povos, até mesmo, quem sabe, outros governos que tinham por meta o Caos e a liberdade, tudo aquilo passava a não fazer tanto sentido. Ainda mais porque, em campo de batalha, as duas nações falavam a mesma língua, ainda que com sotaque diverso. Provavelmente teriam a mesma origem? O que fazer, então, com todas as lendas, histórias, ensinamentos passados de geração em geração? Os peregrinos estavam descobrindo um pouco mais sobre seus inimigos. Não se tratava simplesmente de uma maldição, e isso modificava totalmente o tom das coisas. Também estavam aprendendo um pouco mais sobre si próprios e sobre suas raízes.

— Eu te disse, sir lordezinho, *Maretenebræ* não precisa de lacaios. Ele já é poderoso por si só — Braun tomou a palavra, relembrando o paladino de um assunto que já fora motivo de divergência entre eles.

— Se não foi uma maldição de *Maretenebræ*, então por que estamos sendo atacados? – Petrus perguntou, inseguro, mas demonstrando estar atento à conversa.

— Porque nossos inimigos são humanos, assim como nós – respondeu Victor. — É da natureza, seja animal ou humana, devorar-se. No entanto, os primeiros o fazem por alimento ou território; os últimos, para expiar a culpa de alguns, ou para realizar os caprichos de outros.

— Ora – Roderick se exaltou. — Se são tão humanos quanto nós, são tão frágeis quanto nós!

— E poderemos enfrentá-los de igual para igual – complementou Sir Heimerich. — Assim, eles não representam mais a miséria de estarmos fadados à derrota.

Até então abatidos, as conclusões que se seguiam pareciam dar novos ânimos aos aventureiros. Caía por terra o que parecia ser um prenúncio da vitória incontestável de Linus e seus exércitos. De qualquer maneira, Formiga não se mostrava totalmente seguro diante do que se passava.

— Se essa profecia é mesmo verdadeira, poderíamos estar diante de uma espécie de messias maligno?

— Messias maligno?! – Petrus se assustou, arregalando os olhos. — Mas para salvar quem? E de quê?

— Hum... são questões argutas, rapazes – analisou Chikára. — Vejamos: se ele é um messias, pode estar representando uma divindade, um espírito superior, ou mesmo as vontades de um outro ser encarnado. Porém, Petrus e Formiga, não se esqueçam de que se trata de um messias apenas para nossos inimigos. Para nós, não passa de um general. Forte, é claro. Destemido, absolutamente. Porém, apenas e tão somente um general.

Impaciente com tantas divagações, Sir Heimerich bateu violentamente seu punho contra a mesa, chamando a atenção não só dos peregrinos, como a de Aalis, Callista e senhora Bhéli.

— Messias ou não, profético ou não... o que nos interessa apenas é que seu exército não é indestrutível. Essas profecias e previsões não me impedem de resistir, de lutar, de defender o que ainda nos resta de Sieghard. Não vamos nos esquecer de tudo que nossos pais e mestres construíram nesses quase quinhentos *verões* de unificação. Não podemos deixar que isto seja destruído em apenas algumas *auroras*. Chuvas virão, tempestades virão, cataclismos virão, tentando erradicar de nossa terra tudo o que temos de valioso. Que venham canhões e pedras, cavalos e armas. Que venham os Thurayyas e todo o seu poder. Existe um bem em nossa mente e coração que jamais será vencido enquanto estivermos vivos... e disso, eles nunca vão esquecer: a Ordem! – bradou. — A Ordem de Sieghard que corre em nossas veias!

Braun se levantou de ímpeto, lançando a cadeira que se sentava para trás.

— Pela primeira vez, lordezinho, você disse alguma coisa inteligente! Viva a Ordem e nosso rei Marcus Segundo!

— Viva! – todos exclamaram em coro, à exceção de Victor, que preferiu esboçar um sorriso em seus finos lábios.

O momento de exultação foi breve no que três batidas firmes e secas foram ouvidas na porta da frente, seguida de uma voz forte e formal.

— Abram em nome do povo e da milícia de Alódia!

XXXIII

Convocado

No salão do Bolso Feliz, a atenciosa senhora Bhéli abriu a porta principal e trouxe consigo um soldado da milícia local até a cozinha, onde os peregrinos aguardavam curiosos pelo significado de tal visita.

— O exército e o povo lhe são gratos, senhora – o militar agradeceu a anfitriã, depois virou-se para o grupo. — Sir Heimerich, filho do Barão de Askalor.

O cavaleiro se apresentou, levantando-se.

— O senhor é um lorde – o militar falou. — E, como lorde, Sir Fearghal o convoca de forma inadiável para uma reunião extraordinária no conselho dos nobres.

— Perfeitamente, soldado – Sir Heimerich respondeu com um semblante de preocupação. — Antes, porém, posso saber o motivo de tamanho alarde?

— Há rumores de que tropas lideradas por Linus avançam contra nós. Alguns de nossos homens dizem ter visto e dialogado com um mensageiro de seu exército. Disseram que estarão aqui antes da próxima alvorada.

— Deuses! – Petrus estremeceu.

Ainda que premeditado, ele sabia, o cavaleiro fitou os companheiros com gravidade. Roderick e Braun se levantaram também, demonstrando que acompanhariam o paladino.

— Sir, somente os nobres podem participar do conselho – o soldado foi categórico ao perceber as intenções da dupla que se ergueu.

— Não se preocupem, meus amigos – amenizou Sir Heimerich. — Se queremos resistir a tudo isso, como acabamos de dizer, precisaremos cumprir com nossos deveres. Minha missão, nesse momento, é honrar meu nome e minha posição. Meu irmão de armas, Fearghal, está à minha espera. E vocês, sejam enérgicos e firmes o quanto for necessário, espalhem a notícia e esvaziem essa cidade o mais rápido possível — comandou. Depois aproximou-se de Petrus, colocando a mão em seu ombro. — Por mais humilde que sejam, todos são importantes dentro dessa cidade dos homens. A cada um de nós, Destino concedeu talentos. A uns, como eu, deu mais. A outros, menos. No entanto, por ter recebido mais talentos, por meu nome e posição, são maiores as minhas responsabilidades e o meu cuidado em defender vocês. É essa a razão da minha existência. A de vocês, se não é tomar parte comigo, é trabalhar, resistir, e obter informações que nos ajudem. A cidade dos deuses, se não é una é tripla: há os que lutam, os que leem e escrevem, e os que trabalham — concluiu e saiu, de maneira apressada, junto ao soldado. — Nos veremos antes do crepúsculo. Voltarei para buscar minha panóplia — avisou, sem se virar.

Aos que ficaram, restou a dúvida de como proceder com uma urgência que até então não existia, ou da qual eles negaram-se a acreditar que chegaria.

— Regressarei à biblioteca — Chikára foi a primeira a tomar iniciativa. — De lá partirei para outros lugares em busca de documentos. Preciso de acesso a todos os arquivos, inclusive dos templos e da própria sede do governo de Alódia. Formiga, você, que é um nativo daqui, levará Braun e Roderick aos quatro cantos dessas populações. Avisem a todos o que está para acontecer. E que acontecerá amanhã pela manhã. Convençam-lhes a abandonarem tudo e se recolherem aqui na taverna, pois fugiremos durante a madrugada. Victor e Petrus, busquem provisões, o máximo que conseguirem. Teremos um longo caminho pela frente. Norte ou leste, não sei exatamente para onde. Um refúgio em Tranquilitah, ou mesmo em minha amada Keishu, não está descartado. Mas não importa, estejam aqui antes do crepúsculo, a fim de nos reunirmos e discutirmos o que foi conseguido. Não é preciso lembrá-los de que suas vidas, e a de milhares de homens e mulheres, dependem disso.

XXXIV

O homem manco

*Porta Sul de Alódia, primeira
hora dessa mesma manhã.*

O sol ainda não tinha despontado por detrás do Planalto Real quando uma pessoa solitária em trajes escuros se aproximou dos limites meridionais de Alódia, A figura poderia ser mais um dos tantos homens que buscavam refúgio na comuna, exceto se ele não mancasse e portasse em suas mãos um cajado de madeira retorcido.

— Veja! – alertou o soldado mais velho entre as ameias da muralha alodiana, assustando seu companheiro, que, na ocasião, estava de costas e distraído.

— Pela Ordem! O que foi dessa vez? – indagou o mais jovem.

— Olha aquele fanfarrão ali vindo – apontou.

— Não vejo nada demais. Parece um homem a pé. Estaria sozinho?

— Repare no cajado que ele usa para se apoiar – o soldado apertou os olhos para ver melhor. — Deve ser um velho.

— Ele está todo coberto. Como pode saber? – ponderou o mais jovem. — Arrisco a dizer que seja um mago de Keishu. Embora, estranho... ele parece mancar.

— Pode ser um mendigo, um bêbado sujo, um eremita. Tanto faz. Não me surpreendem mais visitas desse tipo.

— Não acha que deve abordá-lo? – questionou o segundo soldado.

— Não me sugira o que eu já iria fazer – o outro pareceu zangado. Depois, pigarreou, limpando a garganta. — Alto, forasteiro! Identifique-se! – gritou.

A figura estancou na posição onde estava. Por um momento, apenas a brisa de verão vinda do mar foi ouvida. Subitamente, uma estranha voz reverberou nos tímpanos dos soldados. O som era impossível de descrever, apenas os pesadelos mais aterrorizantes poderiam conceber tal ruído. Era profundo como um poço esquecido pelo tempo e parecia rasgar o ar como se fosse uma navalha bem afiada.

— Meu Mestre Linus, que está acampado há poucas milhas daqui, pede humildemente para que deem passagem a seu exército, rumo às terras do Norte – disse ela.

Se não fosse pelo falar agudo e sinistro, certamente as sentinelas teriam ido às gargalhadas com uma requisição tão absurda quanto aquela.

— Por Destino! O que é esse velho? – o veterano se assustou.

— Só os deuses sabem – respondeu o soldado mais novo, sentindo os pelos se arrepiarem. — Por que não pede uma prova do que está dizendo?

— Já te disse para não sugerir o que eu já iria fazer – ele falou irritado. Novamente, ele pigarreou e limpou a garganta. — Escute! Temos ordens explícitas de vigiar esse portão custe o que custar. O que você está dizendo é crucial. Não me preocuparia tanto se não estivéssemos em tempos de guerra. Portanto, dê-me uma prova de sua boa-fé.

— Entreguem a cidade e suas centenas de homens doentes serão curadas em poucas *auroras* – repetiu a voz metálica e terrivelmente calma. Os ouvidos dos guardas doíam de aflição a cada palavra que escutavam.

— Você ouviu isso? Ouviu isso? – o jovem se desesperou. — Ele sabe sobre a peste! Sabe que já chegou aqui! O que faremos? O que faremos?

— Acalme-se, imbecil! Deixe-me pensar! – reclamou o outro, tentando manter a paciência. Porém, não havia muito o que pensar a não ser retirar o máximo de informações do estranho. — Onde está seu líder? – ele gritou de novo.

— A caminho! – o homem respondeu rispidamente. — Até o início da próxima *aurora* estará às portas desta cidade. Mas se a entregarem, nenhuma alma será ceifada. Levem essa mensagem ao seu líder. Não se esqueçam de nenhuma palavra que eu disse. Não se esqueçam de que não sou eu, mas sim meu próprio mestre Linus quem fala. Resistir nesse momento é o caminho mais curto para a condenação de seu povo. Vocês têm uma *aurora* para tomarem a decisão correta.

— Como confiaremos em você? – a sentinela mais jovem arriscou.

— Que opção vocês têm, siegardos? – questionou, e virou as costas, voltando a caminhar, manco, pela Estrada Real.

XXXV

Alvorada incerta

Taverna do Bolso Feliz, crepúsculo.

Após um dia inteiro com Sir Fearghal e alguns líderes militares locais na Assembleia de Notáveis, Sir Heimerich retornava ao Bolso Feliz. Seu semblante pesado, como se a sorte da cidade parecesse estar nos seus ombros, foi rapidamente amenizado pelo arfar alegre de Rurik e seu rebolado divertido, ainda no alpendre. Depois de uma breve carícia na mascote, o nobre abriu a porta e esfregou os olhos de espanto logo que viu o que havia dentro da taverna.

O salão — que, na noite anterior, estava repleto de bêbados e fregueses cheios de energia — havia dado lugar a famílias desesperadas. Cerca de sessenta alodianos encontravam-se no local, entre mulheres e crianças, vindas dos distritos mais humildes da cidade. Em meio a roupas e sandálias espalhados pelo chão, mães amamentavam seus filhos menores, enquanto os maiores — e mais travessos — corriam de um lado para o outro em busca de distração ou aproveitavam para comer arroz em tigelas. Os homens mais fortes carregavam consigo o pouco que possuíam em grandes sacos de couro. Eles cochichavam rumores, palavras de dor, angústia, impaciência e ansiedade. Os velhos, que não eram muitos, contavam histórias para os mais atenciosos. Apesar da atmosfera tensa e confusa, Senhora Bhéli e suas moças serviam água e frutos sem deixar de sorrir.

— Sir Heimerich! Ei! Paladino! Estamos aqui em cima! — gritava Chikára no mezanino para o cavaleiro absorto e distraído.

Após afastar educadamente alguns homens que cruzaram seu caminho, o nobre subiu as escadas sem desviar os olhos da turba que encontrara. Ele sabia que aquelas pessoas estavam submersas no mesmo mar de incertezas que circundava sua alma ilhada, por isso compadecia-se da situação. Todavia, a ingenuidade das crianças fazia-o acreditar que o mundo ainda podia ser plenamente vivenciado. *Quem dera se nos tornássemos pequeninos como elas, pensou, e olhar o mundo pelos seus olhos.*

— Vejo que fizeram uma ótima obra — elogiou Sir Heimerich ao se aproximar do grupo.

— Rodamos toda a cidade em busca de pessoas aptas a fugir — Roderick tomou o comando do discurso.

— Quantos temos aqui? — indagou o nobre.

— Umas seis famílias.

Sir Heimerich franziu a testa.

— Não são muitos...

— Foi o máximo que conseguimos, Heimerich, A Pestilência Cega está em praticamente todos os lares — Roderick explicou. — As famílias não desejam abandonar os doentes, mesmo entre aqueles que não viram uma armadilha no ataque iminente de Linus.

— Como Fearghal previra. Bem... que a Ordem proteja os que não puderam vir. Destino cuidará deles, de uma forma ou de outra — concluiu Sir Heimerich. — Agora, se me derem licença, preciso me preparar — disse, passando pelos companheiros para se dirigir ao seu quarto.

— Para que a pressa, lordezinho?! — Braun pôs-se à frente, barrando a passagem. — Enquanto você estava em uma sala fresca e confortável, discutindo lorotas com seus amigos nobres, fizemos o impossível para cumprir com suas ordens. Tiramos leite de pedra e sangue de beterraba. Desde a manhã não temos notícias suas, retorna somente neste momento e não nos diz nada? Faça agora também a sua parte! Diga-nos o que aconteceu.

— A política é a continuação da guerra por outros meios, Braun. Está comigo há *auroras* e ainda não aprendeu isso? — o nobre o rechaçou. — Vim buscar minha armadura. Teremos uma longa noite de vigília sobre os adarves dos muros alodianos, afinal, nem só de batalhas e estratégias vive um espírito combativo.

— E...? — o guerreiro não se deu por satisfeito com a resposta do cavaleiro. O kemenita sabia que uma vigília noturna era apenas uma das faces daquilo que realmente estava por vir.

Sir Heimerich abaixou a cabeça, e ao levantá-la, pôs a mão sobre o ombro de Braun.

— Não houve trégua, Braun... e Fearghal tem o apoio dos nobres — informou com pesar e uma leve relutância. — E já que as coisas caminham para esse rumo, você e seu montante vigiarão comigo noite adentro. Eu comandarei uma resistência e preciso de um mestre de campo.

Enquanto os outros esboçaram espanto com a adversa notícia da guerra, Braun pareceu não acreditar com o convite que lhe havia apenas sido feito. Ao contrário dos demais, os olhos do guerreiro cintilaram e ele sorriu.

— Apronte-se imediatamente – comandou Sir Heimerich.

— Também gostaria de ir. Se me deixassem, eu... – Roderick se manifestou.

— Não – o cavaleiro foi ríspido. — Vocês guiarão os homens para fora daqui nesta madrugada. Até lá, protejam a taverna, os suprimentos, as pipas de água. Se a taverna cair, protejam as pessoas, a começar pelas mais indefesas, como crianças e velhos. Se o inimigo tomar a comuna, partam! Partam o mais rapidamente possível! Lutem por suas vidas e pelas vidas das pessoas mais simples. Não há maior dádiva dos deuses do que uma vida pacata e feliz, junto daqueles a quem se ama.

Atento às palavras do cavaleiro, Petrus arregalava os olhos, estupefato. O discurso de Sir Heimerich foi breve, porém poderoso o bastante para que o pastor sentisse a verdadeira energia de um paladino. Por um momento, inclusive, ele até almejou ter a imponência do nobre, não para se gabar, mas para comandar homens com a certeza de que os guiaria para um caminho de retidão.

— Salve Sir Heimerich, guardião de Sieghard! – ele reverenciou o cavaleiro, com os peitos estufados, quase que em postura militar.

A saudação foi acompanhada por Chikára, Formiga e Roderick. Sir Heimerich agradeceu-os com um aceno de cabeça, antes de abrir a porta e deixá-los.

— Já pode soltar o ar, pastorzinho... – Braun achou graça e deu-lhe uma ombrada, fazendo-o desequilibrar e tirar risos dos que estavam em volta.

Dentro do quarto, o nobre vestia sua panóplia como se fosse um ritual. Visões de inúmeros combates povoaram seus pensamentos, porém, ele sabia que esse não era mais um combate qualquer. Dessa vez, ele não estava em missão para silenciar rebeldes, ou para proteger uma estrada, como tantas vezes o fez. Reflexivo, ele vestiu sua calça e seu grosso casaco acolchoado, apertando os laços de couro nos braços e cintura. Pegou suas grevas e encaixou-as nas canelas. Depois, colocou por sobre cabeça uma touca de proteção, cobriu seu peito com a cota de malha e a afivelou devidamente para lhe dar mais conforto. Deu uma longa respirada antes de vestir as manoplas; ainda restando-lhe a couraça e os espaldares.

Ainda no corredor do mezanino, a porta se abriu e o cavaleiro reapareceu.

— Digníssimo – ele se dirigiu a Formiga. — Poderia me fazer a gentileza? – perguntou, entregando ao ferreiro a placa de sua couraça.

Em silêncio e tal qual os melhores armeiros do reino, Formiga terminou de equipar o paladino com uma destreza insuperável. Ao final, colocou-lhe uma nova camada de cota de malha e vestiu-lhe por sobre o conjunto a túnica dos Cavaleiros da Ordem, recebendo em troca uma piscadela de Sir Heimerich. O nobre, então, fez o sinal de sua ordem com o polegar, pegou sua espada, escudo e capacete e deu um tapinha nas costas de Braun, sugerindo que o acompanhasse.

Sem trocar palavras, o guerreiro e o cavaleiro se afastaram juntos, como nunca havia sido visto. Mesmo diante de tamanhas diferenças, seja de origem ou cultura, ambos tinham uma mesma meta e um mesmo fim. Seus passos firmes ecoaram pelo mezanino até o andar de baixo e levantaram olhares curiosos de alguns alodianos alojados ali. Para alguns, a presença de Sir Heimerich lhes trouxe alívio pelo símbolo de proteção que ele representava, para outros, o temor de uma guerra vindoura.

Do lado de fora, um leve chuvisco caía sobre as pedras das ruas vazias. Com os cidadãos receosos, nem mesmo os mais assíduos mendigos fizeram questão de se exporem naquela noite. Em cada residência, famílias ansiosas, preocupadas e ressentidas com informações das mais intoleráveis aguardavam pelo futuro desfecho, enquanto, desesperançosos, cuidavam de seus entes queridos vítimas da moléstia. O pai de Formiga, na taverna dos Bhéli, não era exceção. Ao seu lado, uma fiel Callista velava por sua segurança, por mais incerta que fosse. Em breve, o firmamento se escureceria por completo, dando lugar a um céu sem muitas estrelas.

De certo, ninguém o contemplaria.

XXXVI

Pela Ordem e pela glória de Sieghard

Porta Sul de Alódia,
sexta vigília pós-crepúsculo.

Obscurecida por densas nuvens no céu, a lua plena pairava sobre Alódia lançando sua parca luminosidade por entre as brechas que encontrava sobre as muralhas da comuna. Coiotes uivavam na noite quente e úmida, enquanto os pingos de chuva acertavam os capacetes cinza-azulados das centenas de soldados que vigiavam o imponente Portão Sul. Ao longe e perdido na imensidão do horizonte, o Pico das Tormentas, com seu cume eternamente envolto em névoa, abraçava os milicianos em tom de proteção.

Todos os que estavam ali, seja de origem nobre ou plebeia, já tinham sido informados das admoestações do estranho peregrino que aparecera pela manhã. Ou seja, sabiam que, até o próximo raiar do sol, se nada fosse mudado na cúpula militar, o derramamento de sangue seria inevitável. Ainda que esperassem uma investida apenas na próxima *aurora*, cada homem que fazia a vigília neste momento, armado de uma espada ou lança, parecia pressentir a aproximação do ataque inimigo a passos lentos, como um predador em busca da presa.

E, com efeito, para o horror dos alodianos, algo pareceu perturbar as poças d'água que se formavam no solo. Uma leve vibração atingiu o peito dos soldados até que eles começaram a ouvir um som seco e pesado de pancadas. As batidas se intensificaram, acordando os mais preguiçosos que insistiam em conseguir uma posição confortável para uma soneca. Em breve, todos já estavam alertas para presenciar aterrorizados o som de dezenas de tambores. Muitos. Centenas. Milhares. Martelando os ouvidos compassadamente.

De pouco em pouco, enfim, onde a visão dos mais argutos arqueiros podia chegar, milhares de pontos luminosos surgiram. Eles deslizavam como um tapete em chamas e fervor pelos ladrilhos brilhantes da Estrada Real. As tochas, lampiões e lanternas que o exército portava os conferia um ar ainda mais invencível. O tilintar das peças de metal batendo-se umas contra as outras também se unia à orquestra dos tambores e da chuva.

O inimigo e toda a sua apavorante glória havia chegado mais cedo do que prometera.

— Chamem o comandante! — os soldados se agitaram, procurando urgentemente ordens de Sir Fearghal.

O clima de tensão aumentava a cada instante passado em que não se ouvia notícias de Fearghal. De uma milícia aparentemente estável, o medo dos inimigos os foi transformando em uma horda insegura e descontrolada. Alguns, inclusive, mijaram em suas calças; e muitos já sentiam o suor frio escorrendo por dentro de suas roupas.

Sobre o adarve da muralha, próximos ao torreão, Braun e Sir Heimerich analisavam o exército inimigo se organizando às portas da cidade em fileiras de diversos tamanhos. À primeira vista, o que mais lhes chamou a atenção fora sua cavalaria, que contava com algo nunca antes presenciado na história do reino: cavalos com armadura. Essa imponente força, se situava aos flancos do front, composto por uma infantaria bastante variada, com homens que trajavam quase ou nenhuma armadura até peças completas de couro ou aço, e empunhavam espadas, maças e até lanças. A cada grupo de cinquenta militares, um alferes segurava a flâmula com o brasão das forças do Caos. Uma fila comprida de arqueiros se posicionava por último e, para fechar o sombrio cortejo, um pouco mais afastado, chegavam à cena os robustos trabucos de contrapeso e as altas torres de assédio.

— Não trouxeram tudo — observou Braun.

— Ainda assim... — Sir Heimerich se preocupou.

Ainda que estivessem em número reduzido em comparação ao efetivo na batalha do Velho Condado, a proporção batia assustadores oito caóticos para um ordeiro que guardava a muralha. A impressão que os inimigos forjaram no exército alodiano deixou os soldados do reino apavorados.

Era como se a respiração da morte lhes soprasse a face com um ar gélido e sufocante.

Chocados com a visão que lhes tirava a atenção, a dupla quase não percebeu a movimentação logo abaixo deles por dentro da muralha. Como um lince nas trevas, o comandante Fearghal se aproximou do portão montado em seu cavalo branco, de cascos largos e longas crinas. Ele trajava uma armadura completa, de coloração branco-acinzentada, e segurava em seu colo um elmo cravejado de esmeraldas.

Com um semblante como se carregasse toda Alódia em seus ombros, ele ordenou para que se abrisse o portão, e, uma vez fora dos limites da comuna, aguardou com paciência que os inimigos tomassem a mesma atitude enviando também o seu líder. Não demorou muito para que uma figura escura, apoiada em seu cajado, surgisse entre os homens da infantaria.

— Pela Ordem! É um dos Thurayyas! — Sir Heimerich a reconheceu de imediato, aflito com a vida de seu amigo que não tinha conhecimento da fama daquela figura.

Ciente do risco, Braun tentou avisar Sir Fearghal do perigo que ele corria fazendo movimentos com os braços, porém não havia muito o que fazer, apenas esperar que a criatura fosse honrável o suficiente para não o matar de vez.

No campo de batalha, no encontrar dos dois líderes, o rufar dos tambores cessou. Sir Fearghal desmontou e aproximou-se do estranho, julgando ele ser um homem comum.

— Nobre cavaleiro — falou o ser vestido em negro. Sua voz perturbadora arranhou os ouvidos do comandante, porém ele não perdeu a compostura —, está informado sobre suas condições e a de sua cidade?

— Posso dizer que sim — respondeu Sir Fearghal.

— Creio que tenha escolhido entregar a cidade a meu mestre Linus.

— Nem que você e sua corja de assassinos estivessem com a lâmina sobre nossos pescoços, haveria eu de entregá-la — ele se impôs.

— Seja sensato, mortal. Você já consultou seus conselheiros? Sua gente? Não seja tão presunçoso para tomar decisões precipitadas que destruirão, não somente você, mas todos os seus. Eu lhes disse que curaremos todos os seus enfermos.

— Pegue sua sensatez e a engula, rábula! Não moveremos um passo sequer em nome de um rei estrangeiro. Faremos vocês lembrarem até o final de suas vidas quem estão tentando dominar, que seja aqui neste campo de batalha ou em seus futuros tormentos — concluiu o comandante, virando as costas e voltando para sua montaria.

— Que assim seja — o Thurayya falou atrás dele.

MARETENEBRÆ ❖ 225

Com um movimento brusco da rédea, Fearghal tornou seu cavalo em direção ao Portão Sul de Alódia, enquanto o couro dos tambores voltava a vibrar com mais fervor, prenunciando o golpe inicial.

Do alto da murada, Sir Heimerich e Braun ouviram apenas murmúrios do diálogo travado. Entretanto, não foi difícil passar despercebida a reação intempestiva de Fearghal sob a ameaça inimiga. Sentinelas entreolhavam-se com espanto, indagando-se se sairiam vivas daquele destino funesto.

— Heimerich, meu mais nobre amigo de longos *verões*!

O paladino ouviu seu nome sendo chamado pelo comandante assim que ele entrou nas dependências da comuna. Sem perder tempo, ele desceu pela estreita escada do torreão e foi ter com seu colega.

— Meu comandante – Sir Heimerich se apresentou.

— Desde que éramos crianças nossos caminhos sempre se cruzaram. Quis Destino o colocar ao meu lado mais uma vez. Sei que é um veterano de confiança e que saberá lidar com todas as adversidades – Sir Fearghal o elogiou. — Estará sozinho na defesa desta muralha. Proteja-a com todas as suas forças — ordenou.

— Mas, sir – o cavaleiro estranhou —, nossos planos...

— Eu mudei os planos, Heimerich. Decidi comandar o front para quando eles ultrapassarem o portão. Você viu o exército inimigo. Não temos homens para combatê-los em campo aberto. E você sabe bem que há uma grande chance de eles não ficarem do lado de fora por muito tempo – Sir Fearghal o encarou com um semblante grave. Aquele era o olhar de um homem que avisava ao seu amigo que sua hora havia chegado e depositava toda sua esperança nele. Sir Heimerich acenou com a cabeça, demonstrando que havia entendido. — Agora, vá! E que a Ordem o guie!

Assim que o paladino retornou para seu centro de comando, Sir Fearghal, disposto a realizar a estratégia discutida com os demais nobres durante todo o dia na cúpula militar, virou para seus súditos.

— Homens, às armas! Arqueiros, em posição! Preparem as balistas!

Mais por instinto do que por dever, os soldados começaram a se movimentar sem saber muito o que fazer. Isso porque muitos deles nunca tinham estado em um campo de batalha. Porém, quis Destino, em mais uma de suas várias artimanhas, que a batalha fosse até eles. Embora animado com a energia de cem guerreiros, Sir Fearghal de Askalor tivera a prudência de não se deixar ludibriar pelo seu fervor excessivo e olhar em sua volta para assim constatar que, de sua confiança, eram poucos os que dela compartilhavam. Seus homens precisavam de um novo vigor, ele percebeu, de uma música que os fizesse dançar novamente o baile em favor da honra e da virtude.

Um elixir revigorante para suas pobres almas cansadas pelo medo de serem pisoteados para sempre.

Uma meta. Um sentido. Um fim.

E foi assim, que, de cima de seu cavalo, ao som dos tambores inimigos, com o braço direito erguido em tom de conquista, o grão-comandante das forças de Alódia voltou-se para todos.

— Ouçam todos e ouçam bem – bradou.

O movimento das tropas aquietou-se à espera de palavras aliviadoras.

— Nobres e povo de Alódia – continuou —, se estais fadados a morrer nas mãos pouco liberais de Destino, nem essa magnífica cidade, nem o grande Sieghard têm necessidade de mais mortes. Porém, se ainda fordes, em vossos braços fortes, servidores do que um dia foi um sonho da Ordem, sangrai! Sangrai junto comigo! Sangrai por vossas mulheres, por vossos pais, por vossos entes castigados inocentemente.

"Nesta noite, que poderia ser apenas mais uma de um agradável verão, um exército marcha contra nós. Talvez a maior e mais perigosa armada já enfrentada por um país em todas as Eras. Quando soar a trombeta, vós vereis cavalos e armas à vossa frente, homens sanguinários e selvagens à vossa direita e à vossa esquerda. Estais perdidos? Nunca, meus guerreiros, nunca! Se fordes poucos, maior ainda será vossa parte na glória de morrerdes chamuscados pelo calor da batalha. Maior será o vosso legado para os filhos desse reino, e para os filhos de vossos filhos.

"Homens, irmãos em armas, vós resistireis. E, dentro de poucos instantes, retardareis o que quer que venha ao vosso encontro. Quando não aguentardes mais e vierdes a cair, protegei esse portão. Quando for o portão a cair, dedicai-vos a proteger o povo. Lutai pelo fado que vos é imposto. Aceitai-o! Tende a nobreza e a honra de encarar a face de Destino impassivelmente. Por mais vis que tenhais vós sido até agora, esse sacrifício vos elevará às alturas. Vosso nome será lembrado, de hoje até os confins dos tempos. Jovens e velhos, homens e mulheres, nobres e plebeus, contarão aos vizinhos tudo o que for passado nessa noite final.

"Correi, lutai, vivei e morrei! Que um dia esse vosso clamor pela Ordem, e o sangue que vertei comigo, inspire a vitória de uma geração que ainda virá. Para que viverdes sob a égide da destruição? Para terdes vossos filhos enforcados e vossas filhas violadas? Não! Nunca! Que venham esses usurpadores! Tiranos! Assassinos! Que vosso sangue também purifique essa terra corrompida por sua presença infame. Que esses espíritos imundos deixem aqui o pior de si, pois vós não tombareis em vão. Que essa horda desenfreada trema frente a um povo, uma cidade, uma causa – que jamais se entregará.

"Vingai a morte de vossos incontáveis irmãos. Fazei o milagre da honra destruir os que aparentemente têm mais força do que vós. Vingai, da mesma forma, a ausência de vosso amado rei Marcus II, que a essa hora, estando entre os mortais ou os deuses, ora para que sejamos bravos. Uni-vos ao ditoso número dos filhos amados da Ordem, como nos tempos de outrora, daqueles que fizeram de suas breves vidas algo extraordinário! Que não tenhais uma morte covarde, ao lado de outros homens covardes! Esses serão lançados às cinzas de onde vieram. Assim, pois, rogai aos deuses para que vossa última visão antes de partirdes desse mundo seja a de um irmão em armas, ceifando vidas inimigas.

"Mostrai a esses bastardos que não temeis o fim. Ao contrário, vosso desejo derradeiro, como varões de valor à beira da morte, é o de encontrá-lo trajados com vossas mais dignas roupas: couraças de coragem, cotas de malha de bravura, armaduras e panóplias de vigor. Espadas de entusiasmo, lanças de potência, manguais de ousadia e valor. Todos eles levados à exaustão, cansados de aniquilar o maior número possível dos monstros que vos profanaram.

"Não, irmãos! Não temais o inevitável! Apenas temei deixar um legado ordinário e comum para as gerações que virão. Fazei valer a memória de vossos antepassados, que com suor, lágrimas e sangue, entregaram suas vidas em oblação para construir esse país.

"Muitos de vós sangrastes no Velho Condado! Muitos de vós sangrastes nas terras do Rei! Mas todos vós vivestes intensamente! Agora, eu vos pergunto:

"Quereis viver para sempre? Então cumpri uma última ordem: Se eu avançar, segui-me! Se eu cair, vingai-me! Se eu recuar, matai-me! Pela Ordem e pela glória de Sieghard!"

Sir Fearghal foi ovacionado e a força de suas palavras mostrou-se mais afiada do que as lâminas trazidas pelo exército de Linus. Os homens se agitaram e se locomoveram com ânimo e decisão, tomando as suas posições, sabendo exatamente o que fazer e por que fazer — mesmo enquanto os tambores, no lado de fora, continuavam sua trovoada, insensíveis aos gritos de exultação vindos de dentro.

Por volta da oitava vigília, ainda com o exército em formação, os primeiros disparos de pedras soaram. Subitamente, o som inconfundível de blocos de pedra sendo esfarelados começou. Um, dois, três. Imediatamente. Sem descanso. Poeira e cascalho eram levantados em convulsão, enquanto, por dentro dos muros, uma corrida desenfreada em busca das melhores vigas de suporte se iniciara. O desespero estava por toda parte. Dentro de suas casas, os alodianos apenas podiam esperar, ou orar uma última prece aos deuses.

— Armar balistas, homens! – ordenou Sir Heimerich. — Não os deixem respirar!

Os enormes monstros de madeira e corda rangeram selvagemente e atiraram imensas pedras em direção ao centro das linhas inimigas, eliminando e derrubando vários soldados do Caos em fileiras variadas.

— Comam isso, bastardos! – comemorou Braun.

Apesar do alcance das balistas não ser dos melhores, seus disparos obtiveram algum sucesso. Isso dava aos homens a esperança de que não era impossível vencer. Os fatos, notoriamente, eram outros. Com poucas máquinas, o poder de fogo de Alódia era bem inferior, se comparado ao número soberbo de trabucos postados do lado de fora, disparando pedras sem cessar.

O que os inimigos não imaginavam era que os muros de Alódia foram projetados pelos mais talentosos engenheiros, e construídos pelos mestres de obra mais bem pagos de que se tinha notícia – e, enquanto eles não iam ao chão, a madrugada se arrastava.

Vendo que o ataque à muralha pecaria pela lentidão, o Thurayya ordenou um segundo ataque. Soaram-se algumas trombetas e um grito de guerra foi entonado pela infantaria em grande exultação.

— Waldfraiss! – era a mesma expressão usada no ataque à costa siegarda.

Imediatamente, uma parte dos soldados inimigos avançou em direção ao Portão Sul, com um pequeno grupo, em particular, carregando um assombroso aríete de portentosa cabeça.

— Fearghal! Prepare seus homens! – Sir Heimerich gritou, tratando logo de avisar seu amigo que o inimigo se aproximava do portão. O comandante de Alódia aquiesceu com a cabeça. — Arqueiros! Retesem seus arcos! Atirem à vontade! Homens, aos portões! Impeçam aquele aríete! – comandou, e uma grande quantidade de soldados rumou para o adarve sobre a entrada, armada com pedras, óleo quente e tochas acesas.

Paralelo a isso, e aproximando-se a passos largos, dezenas de inimigos empurravam as torres de assédio em direção às partes da muralha que estavam fora do alvo dos trabucos.

— Heimerich, os bastardos estão chegando! – Braun exclamou.

— Se queria lutar, esta é a sua chance – respondeu o paladino com uma gota de suor deslizando pela sua testa. — Fique ao meu lado, Braun, e não arrede o pé!

— Se é isso o que realmente deseja, lordezinho, então não pense com a cabeça, mas com a espada! – concluiu e partiu junto com Sir Heimerich para ajudar seus irmãos de armas.

Como Sir Fearghal suspeitava, a situação estava tomando rumos descontrolados de forma muito rápida. O aríete se lançava com estrondos assustadores contra o Portão Sul, destarte os esforços dos alodianos. A força inimiga fora recebida com paus, pedras, flechas, fogo, e óleo fervente, que fazia os homens urrarem de dor e jogarem-se no chão e contra as paredes; no entanto, seu efetivo era muito maior e os feridos eram substituídos quase que de forma instantânea por novos e vigorosos infantes. Enquanto as investidas ao portão não cessavam, de outra parte, as torres de assédio despejavam soldados pelas passarelas. Lá, Sir Heimerich e Braun, como em uma dança ao som do tilintar de armas batendo-se uma contra as outras, golpeavam os inimigos incansavelmente. O primeiro, com mais destreza e elegância; o segundo, com mais força e brutalidade; porém ambos com a mesma precisão letal.

Os caóticos caíam um a um perante a fortaleza que a dupla formara, embora se soubesse que a união dos dois combatentes não era o suficiente para lidar com o enxame que inundava os adarves.

— Creio que não os seguraremos por muito tempo! — Sir Heimerich analisou logo após estocar um caótico na garganta.

— Estão por toda a parte, esses malditos! — respondeu Braun, chutando um soldado para fora do muro.

De repente, contrariando as expectativas, um enorme bloco de pedra disparado por um dos trabucos atingiu a murada próxima aos peregrinos. O impacto monstruoso lançou a dupla aos ares — assim como os inimigos que também estavam na linha de fogo. O ataque conseguiu abrir uma brecha na estrutura — que, a essa hora, já estava visivelmente castigada — e, para a infelicidade das tropas ordeiras, proporcionou a primeira oportunidade para as forças de Linus entrarem na cidade.

E, como se isso não bastasse, uma forte luz azul brilhou em frente ao Portão Sul. Seguiu-se, então, outro estrondo. Porém, não um estrondo de pedras ruindo, mas de madeira se lascando. Irritado com a lentidão do protagonismo de seus liderados em derrubar a porta, o Thurraya havia lançado seu poder destruidor sobre ela e a feito em pedaços.

Pisoteando os corpos dos alodianos e seus conterrâneos feridos mortalmente pela evocação do estranho ser, os soldados de Linus entraram em massa aos gritos de vitória iminente. À frente deles, porém, o comandante Fearghal junto a seus homens mais fiéis, destinados a conter os inimigos, formaram uma proteção de escudos. Mais do que uma simples formação militar, esta disposição defensiva era uma filosofia. Ela mostrava aos adversários a noção de ordem e proteção mútua ensinada a qualquer nobre de Askalor. Era também a única chance de retardar o inexorável avanço inimigo pela cidade adentro, empurrando-os para a área onde eram lançadas as pedras e o óleo quente.

— Empurrem! Não os deixem avançar! — repetia sem cessar o comandante de Alódia.

A estratégia estava dando certo.

Como folhas em época de outono, as forças de Linus começaram a se amontoar diante da barreira liderada por Sir Fearghal e sofreram com as investidas vindas do alto pelas mãos dos poucos soldados ordeiros que não foram vítimas das flechas inimigas. No entanto, pondo fim ao equilíbrio de forças, um novo disparo mágico atingiu a toda velocidade o centro da formação de escudos e rebentou a fileira como se ela fosse um castelo de cartas.

Os homens caíram, muitos deles atordoados e alguns desfalecidos. Sir Fearghal, com o ouvido zunindo, ainda se levantava com o apoio de sua espada quando o Thurayya entrou na cidade de forma imperiosa junto a dezenas de soldados inimigos. Era preciso imediatamente parar aquela figura.

— Estou aqui! – gritou, tentando chamar atenção. — É a mim que você quer, não é? Venha, maldito!

Para seu espanto, Sir Fearghal viu o Thurayya passar-lhe ao largo, como se não se importasse com sua presença. Ele caminhava a passos lentos e mancos, solitário, enquanto, à sua volta, os alodianos se sacrificavam em combate com os caóticos, lutando por uma recompensa que não teria lugar nesse mundo. Naquele momento, era como se o tempo tivesse parado. Para o comandante de Alódia, o desprezo do inimigo seria o golpe mais doloroso que ele poderia ter sentido. Tal qual um leão que supera qualquer obstáculo em busca de sua presa, Sir Fearghal avançou, abrindo espaço entre os soldados com golpes de espada e giros de corpo, até alcançar o inabalável Thurayya.

— Aonde vai, cão?! – ele bufava de cansaço quando chegou às costas do inimigo. A figura negra finalmente se virou. — Enfrente-me!

— Não é necessário que derramemos mais sangue – respondeu seu adversário. — Abaixe as armas, não há nada aqui para você. Volte e cuide de seus feridos. Se meu povo continuar a chaciná-los, de forma vulgar, não será melhor do que o seu. A sua guerra já está perdida, bem o sabe.

O sangue de Sir Fearghal ferveu com a tranquilidade e arrogância do oponente.

— Você não sabe nada da minha guerra, criatura! Matá-lo ou morrer tentando, não importando o resultado, é assim que minha guerra será concluída — ele disse, desferindo um golpe com sua espada longa. A lâmina cortou o ar, sem sequer passar perto de seu alvo.

Os golpes sucederam-se infrutíferos, sempre mais e mais desorganizados devido ao grande esforço utilizado para acertá-lo. O Thurayya apenas esquivava-se com uma agilidade não condizente com sua aparência encurvada e envelhecida. Depois de tantas tentativas frustradas, a luta de Sir Fearghal, então, já não era mais contra algo físico, mas contra seu orgulho. Queria-o acertar de qualquer forma, e, também, que seu adversário o atacasse. Impossibilitado das duas coisas, suando e sem energia, o comandante rendeu-se ao desespero.

— O que está esperando? — perguntou, em meio a uma gargalhada de insanidade. — Se eu não posso te atingir, você não pode me negar o direito de morrer!

— Em verdade te digo, nobre. Já está morto — respondeu o Thurayya, tornando de volta ao seu caminho, enquanto uma lança atravessava o peito do comandante pelas costas, empunhada por um soldado inimigo.

Sir Fearghal tombou de joelhos e largou sua espada — e sentiu a vergonha de ser derrotado por um oponente que sequer o havia enfrentado.

A algumas braças dali, Sir Heimerich e Braun recobravam a consciência depois de terem sido atirados ao ar do alto da muralha. Por capricho de Destino, seus corpos haviam atingido o telhado de uma edificação logo abaixo e rolado até cair sobre carroças carregadas de feno. Apesar de estarem ainda aturdidos depois do impacto, a cena que viram logo ao abrirem os olhos os fizeram imediatamente voltar para o mundo real.

— Fearghal! Não! — gritou o cavaleiro, levantando-se em um ímpeto e correndo em direção à batalha na tentativa de salvar seu amigo. Embora veloz, e desviando-se dos milicianos de forma eficiente, Sir Heimerich não conseguiu impedir que o corpo de Sir Fearghal fosse trespassado por várias outras lanças. A passos menos enérgicos, Braun, seguia o paladino logo atrás, horrorizado com os acontecimentos que se sucediam.

O comandante caiu de bruços para, em instantes, ser segurado no colo por Sir Heimerich. O sangue jorrava de sua boca. Com um olhar terno entre amigos, ele colocou a mão no rosto do cavaleiro e se reconfortou.

— Vida longa à Marcus e à plenitude da Ordem — balbuciou, antes de fechar seus olhos e partir para as planícies dos deuses.

Sir Heimerich abraçou o corpo de Sir Fearghal, como um irmão. Em um mundo perdido em contínua discórdia, não poderia haver cena mais comum. Depois, não conseguindo conter o punhal que rasgava seu peito, deixou que caísse uma lágrima em um choro contido a duras penas.

— Fearghal... não — ele tentava encontrar, mas não tinha mais palavras.

— Heimerich, nós temos de sair daqui — Braun tocou seus ombros, alertando-o que aquela não era hora de se lamentar.

— Não sem antes nos despedirmos como mandam as leis — disse o paladino.

Braun concordou e pôs o corpo do comandante sobre os ombros. Juntos, em meio aos brados de vitória dos caóticos, a dupla se afastou até um beco próximo. O guerreiro depositou Sir Fearghal no chão e retirou dele as lanças. Em sua terra natal, Sevânia, era costume repousar a espada do morto sobre sua testa, para que a energia da lâmina de aço desse forças ao espírito do falecido e ele pudesse enfrentar os perigos trazidos por seres malignos do outro plano e, assim, entrar na terra dos deuses. Como um típico sevanês, e vendo que o momento era propício, Braun segurou a espada de Sir Fearghal e deixou-a sobre seu peito, com a ponta tocando sua testa.

Sir Heimerich compreendia todo o significado do ritual. Ele sabia muito bem que qualquer cadáver deixado ao relento, sem um sepultamento devido, se tornaria um espírito errante e malfazejo. Quando Braun completou sua oblação, ele retirou a capa do comandante e a estendeu sobre o corpo do amigo. Depois, cantou suavemente uma última prece, desejando a Fearghal — agora transformado em peregrino errante — que chegasse são e salvo nas regiões divinais.

> *"Lenta e calma sobre a terra desce a noite e foge a luz.*
> *Que os deuses nos cubram de bênçãos e nos protejam do mal que nos seduz.*
> *Quero agora despedir-me: vá em paz, fiel servidor da Ordem"*

Um breve momento de silêncio se instaurou entre os dois.

— Nem tudo está perdido — Braun colocou a mão no ombro de Sir Heimerich, quebrando a monotonia. — Temos algumas pessoas para salvar. Não é mesmo?

O paladino olhou para o guerreiro em sinal de afirmação.

Em seguida, dispararam pelo corredor entre as sombras das casas sem olhar para trás.

XXXVII

Pela vida e pelas famílias siegardas

Dentro da taverna do Bolso Feliz, as famílias, aflitas, não sabiam como reagir diante do cenário que se desenrolava. A cidade estava caindo e, em breve, encontraria sua ruína. Do lado de fora, porém, Rurik latia, tentando avisar a todos de que algo se aproximava. Seu rosnar inquieto e inconstante tornava-se mais e mais um pedido de socorro do que um alerta.

Até que suas unhas começaram a arranhar a porta em desespero.

Preocupado com seu companheiro e percebendo sua urgência, Petrus correu para a porta a fim de prestar-lhe a devida assistência.

— O que houve, meu rapaz? — perguntou, abrindo a porta. Para seu espanto, Rurik pulou no colo do pastor de uma só vez. Sua reação, apesar de rápida, não foi o suficiente para fugir de uma rajada de luz azul que explodiu no primeiro degrau do alpendre.

O tiro levantou lascas de madeira, poeira, pedras, e atirou Petrus e Rurik para trás, derrubando mesas e cadeiras, até que eles atingiram o balcão. O impacto foi tão forte que partiu o báculo que o pastor segurava.

Os refugiados se descontrolaram e Formiga, que neste momento ouvia sua mãe sussurrar-lhe algumas palavras de sabedoria, arregalou os olhos em espanto diante da confusão. Ele precisava dar uma ordem para aquilo tudo.

— Todos para os aposentos no fundo! Protejam-se lá! — gritou insistentemente às famílias, enquanto elas em meio a gritos, prantos de crianças e lamúrias dos mais velhos, buscaram se esconder o mais rápido que podiam.

Então, do meio da espessa fumaça que se formou na entrada da taverna, uma figura humanoide surgiu. Ela portava um cajado e caminhava com dificuldades. Nem por isso aparentava cansaço ou fraqueza.

Roderick estava no mezanino quando sentiu sua espinha gelar ao perceber que aquele ser que entrara se tratava de um Thurayya. Rapidamente, ele correu aos seus aposentos em busca do seu arco, para só então constatar, intrigado, que não havia sinal do equipamento. Alguém o havia levado e, para sua vaga lembrança, ele possivelmente havia estado com os ladrões na noite anterior. *Estúpido! Estúpido!* Amaldiçoou a si mesmo. *Tenho que fazer alguma coisa!*

No andar de baixo, Petrus encontrava-se desacordado, com Rurik inerte ao seu lado. Enquanto isso, a fantasmagórica figura caminhava triunfante em direção a eles. Apesar de sua intromissão aterrorizante ter espantado a todos que se recolhiam no salão, fazendo-a pensar que não encontraria resistência alguma, seu triunfo demoraria a chegar ao seu ápice no que uma pedra lisa e veloz, projetada com precisão e força, chocou-se contra sua face. O que, então, parecia ser apenas um tiro solitário, logo se multiplicou. Duas, três, quatro pedras... uma após a outra, fizeram o monstro se afastar de seu destino, cambaleante. Enraivecido por ter sido obstruído, o Thurayya virou-se para o local de origem do ataque. Era Victor, que do segundo andar, o acertava de forma consistente com sua funda.

Mais uma vez, um projétil incandescente azul escapou dos dedos longos e curvados do inimigo e atingiu uma parte da estrutura do mezanino que desabou no ato. O arcanista, porém, saltou para a passarela contígua ainda intacta sem sofrer dano. Imediatamente, uma misteriosa cortina de fumaça envolveu o Thurayya e turvou sua visão. Perspicaz como era, e percebendo que aquele embuste só poderia ter sido criado por uma magia com o intuito de atrasá-lo e deixá-lo vulnerável — magia esta que utilizava a mesma fumaça originada das explosões —, com uma intuição ímpar, o ser atirou contra Chikára escondida em um dos cantos do salão. Surpreendida, a maga recebeu o impacto direto no peito, batendo as costas contra a parede atrás dela, e, com um grito de dor, desabou sem forças.

— Por Destino! — Victor exclamou, frente à tragédia.

Com a névoa se dissipando, a criatura retomou de forma triunfal seu caminho em direção ao balcão da taverna, como se nada o pudesse realmente o atingir. Naquele momento, ninguém sabia se se tratava de uma simples arrogância ou de um motivo maior. Foi preciso abrir apenas um olho para que Petrus, que acabara de recobrar a consciência, ficasse de pé diante do perigo que se aproximava dele a passos lentos.

— Petrus! Tome cuidado! — gritou Victor, enquanto o pastor se encolhia de medo com Rurik ainda em seu colo e, devagar, dava passos para trás.

O Thurayya continuaria incansável se não fosse por um dardo que fincou em suas costas e o irritou profundamente. Não imaginava ele que, momentos antes, no segundo andar, Roderick havia rodeado todos os quartos do Bolso Feliz em busca de uma solução para o seu descuido, encontrando em um dos armários uma besta de repetição — deixada, talvez, por um bêbado aventureiro que não conseguira retornar à taverna. A arma em si não estava incluída nas perícias do arqueiro, porém ela bastava no momento. Sem pestanejar, Roderick armou o dardo e o disparou contra a criatura, acertando-a no ombro.

— *Rash'al kal!* — ela rosnou, e virou-se à procura de seu algoz.

Com o sucesso da investida, Roderick tratou logo de preparar um novo disparo, porém sua inabilidade com a arma junto à emergência da situação, o fez ficar nervoso e inseguro e tomou-lhe um tempo que ele não tinha. Dessa vez, o Thurayya tornou as cantoneiras de sustentação do mezanino o seu próximo alvo. Sob efeito de um ataque fulminante, uma a uma, as vigas se despedaçaram frente a um poder que parecia não ter fim. Com o piso de madeira do segundo andar desabando, o campeão de Adaluf não viu alternativa senão correr para se salvar. Entre saltos e cambalhotas, tal qual um artista circense, Roderick parecia que iria chegar ao primeiro piso são e salvo, no entanto, de forma involuntária, a besta que carregava consigo disparou um dardo contra seu próprio pé. O tiro apenas raspou seu tornozelo, mas foi o suficiente para que o fizesse tropeçar e cair rolando, de grande altura, sobre os restos de mesas e cadeiras que ainda se encontravam no salão.

Imbatível, o carrasco dos peregrinos finalmente chegou ao balcão e à entrada dos aposentos privados — para o desespero dos Bhéli e dos refugiados que se amontoavam amedrontados no próximo cômodo. *Somos como formigas para ele. É como se não se importasse conosco,* Victor analisava, enquanto, paralisado e sem opções, via tudo com os olhos arregalados. *Está tentando alcançar algo, ou alguém, nos aposentos da família. O que será que está tramando?*

De repente, por detrás do balcão, uma figura furiosa surgiu e lançou contra a cabeça da criatura uma garrafa de rum, que se partiu e derramou a bebida sobre suas vestes. O ataque desferido por Formiga — que se escondera durante toda a batalha esperando o momento oportuno para agir — foi eficaz, porém, para o poderoso Thurayya, completamente ineficiente. Não demorou para que o ferreiro fosse agarrado pelo pescoço e lançado, miseravelmente, contra as prateleiras repletas de garrafas das bebidas mais famosas do reino.

— Petrus! A tocha! A tocha! — gritou Formiga em meio a uma dor lancinante, resultado dos cacos de vidro que haviam penetrado e cortado sua pele.

Acuado na parede ao lado da entrada dos aposentos, e debaixo de uma das lanternas que iluminavam a taverna naquela noite, Petrus imediatamente percebeu o plano de Formiga. Largando Rurik quase que de forma instantânea, o pastor recolheu a tocha que queimava sobre sua cabeça e atirou-a com eficácia em direção à criatura. O Thurayya ergueu a mão para se defender, porém seu corpo já estava embebido em álcool.

O fogo se espalhou de uma só vez.

A horrenda figura flamejante se debateu sem emitir um grito de dor. Ela tentava de qualquer forma se desvencilhar das labaredas que tomaram suas vestes dos pés à cabeça. Apesar de visivelmente incomodado, o inimigo não era consumido pelas chamas. Sua carne era como rocha, insensível ao calor. E o que parecia ser uma vitória iminente dos peregrinos sobre o ser mais poderoso das forças de Linus, agora, não passava de uma vaga lembrança. Não só isso, mas, para piorar a situação, pequenos focos de incêndio começaram a surgir no assoalho de madeira.

— Victor! — chamou uma voz fraca.

Retirado de suas elucubrações, o arcanista virou-se, e, para sua surpresa, deparou-se com Chikára, ainda no chão, recobrando a consciência. Sem perder tempo, ele foi em seu auxílio.

— O fogo não vai lhe fazer mal algum — disse a maga, apoiando-se no braço de Victor. — Mas... há um motivo para que este ser esteja tão preocupado com suas vestes.

— E qual seria? — perguntou Dídacus.

Enquanto a maga jazia deitada, privilegiada pela posição dos seus olhos, ela percebera que havia uma marcação, um símbolo, na região lateral do pé direito do Thurayya que brilhava como a luz oscilante e fraca de uma estrela sob um céu limpo. Se não fossem os tecidos e as sandálias da criatura que se consumiam pelo fogo, tais desenhos nunca seriam revelados. Portanto, pensava Chikára, algo de valor inigualável queria e precisava muito ser escondido.

— Esconder seu ponto fraco — ela respondeu. — Está vendo ali no pé? — ela apontou e Victor aquiesceu com a cabeça, intrigado. — Acerte-o com toda a sua força!

A essa altura, todo o balcão já estava incendiado. Em breve, se Formiga não conseguisse se levantar e as chamas não fossem contidas, ele se tornaria alvo certo.

Petrus continuava acuado na parede, sem saber o que fazer, e Rurik estava desaparecido desde que ele o largara. Roderick, sobre mesas e cadeiras destruídas, e por debaixo de algumas vigas, não parecia responder à atual situação. Nos aposentos privados, os refugiados, que já estavam em pânico com a presença do Thurayya, gritavam desesperados diante do fogo que se alastrava.

Então, Victor se afastou de Chikára e, armado com seu bastão de madeira, correu em disparada na direção do inimigo.

Parecia sinal de loucura.

Já estava mais do que provado que o monstro era invulnerável. Foi assim com as pedras lançadas por sua funda, a magia de Chikára, as setas de Roderick e, até mesmo, o rum inflamável de Formiga e a tocha de Petrus, que nada mais fizeram do que apenas retardá-lo. Como um simples bastão seria capaz de fazer o que todos os outros juntos tentaram e não conseguiram? Porventura o mais indiferente dos peregrinos perdera sua consciência, deixando-se abater pelo medo e pela fúria?

No entanto, a firmeza dos passos do arcanista estava solidificada por uma dose extra de confiança. Não temendo as chamas ou os possíveis golpes de seu oponente, correu até ele, segurando o bastão com as duas mãos. Sob o olhar fascinado de Chikára e Petrus, em um movimento que mesclou perícia, agilidade e alguma força, ele desferiu um golpe certeiro sobre a região marcada pelo curioso desenho. No instante em que a ponta da arma atingiu seu pé, o Thurayya urrou de forma ensurdecedora. Pela primeira vez, desde que chegara à cidade, finalmente havia sido ferido. Estava desesperado. Sua boca perdida em meio às chamas pronunciava blasfêmias de dor, ecoando pelos quatro cantos da taverna parcialmente destruída. Em seguida, caiu de joelhos, agitando-se com as mãos, enquanto seu peito abria-se, como que rasgado por um cutelo de açougueiro. De seu interior uma espessa fuligem fluiu para o ambiente. O espetáculo foi encerrado por uma forte e brilhante forma luminosa, que saiu de seu peito aberto, e que tomou contornos mais vivos e humanos — semelhante ao próprio ser que estava morrendo — à medida que seu corpo derretia. Junto com os últimos espasmos da criatura, a forma gasosa atingiu a altura do teto da taverna e repentinamente desapareceu.

No assoalho, o corpo do inimigo indestrutível já não passava de um monte de tecidos carbonizados. O fogo que consumia suas vestes havia se apagado, deixando atrás de si um cheiro podre e insuportável.

O Thurayya havia sido eliminado.

O sentimento de terror deixado pela cena só não era maior pela constatação de que, se um ser tão poderoso, mortífero e repleto de habilidades estava sob controle de Linus, o quão imbatível seria a força daquele que liderava as tropas invasoras de Além-Mar.

rrompendo a porta do Bolso Feliz às pressas, Braun e Sir Heimerich surgiram por entre altas labaredas. O cenário era desolador. Havia fogueiras e fumaça por toda a parte. O calor causticante mesclava-se ao odor desconfortável de cinzas. Embora com a visão turvada pela atmosfera abrasadora, ambos notaram que o mezanino não existia mais. Tudo, absolutamente tudo, estava em ruínas. A sensação de que haviam chegado tarde demais novamente sufocava seus peitos.

— Pela Sagrada Ordem! O que aconteceu aqui? – perguntou o paladino, desolado.

— Roderick? Chikára? – gritou Braun, já tossindo.

— Heimerich! Braun! – chamou uma voz feminina.

Sir Heimerich encarou o guerreiro e, juntos, correram para ajudar a maga. No trajeto, entretanto, acabaram se deparando com o corpo de Roderick.

— Deuses! Roderick! – lamentou o nobre.

— Está inconsciente – a voz fantasmagórica de Victor ressoou, enquanto ele se aproximava. — Mas não por muito tempo. A senhora Morte nos asfixiará se não nos retiramos o mais rápido daqui.

— Deixe o magricela comigo, vá socorrer Chikára – Braun piscou para o paladino. Resoluto, ele caminhou até Roderick, agachou-se e, como se estivesse carregando um saco de alfafa, lançou o corpo do arqueiro às costas.

— Senhora, você está bem? Onde estão os refugiados da cidade? – perguntou Sir Heimerich ao se deparar com Chikára, arqueada de dor e tossindo. Temia também ele que todos já estivessem mortos.

— Eu vou ficar bem, cavaleiro. Os refugiados estão nos aposentos dos Bhéli, protegidos. Ao menos por enquanto – respondeu-lhe Chikára. — Formiga, todavia, está atrás do balcão e temo que o pior já tenha acontecido.

Com o suor escorrendo de sua testa, pelo calor e pelo nervosismo, Sir Heimerich observou a fogueira que consumia o local onde antes se localizava o balcão. O nobre sabia que estava em débito para com seu companheiro, quando, *auroras* antes, o ferreiro o salvou de uma seta certeira. *Deuses da Ordem, concedam-me a oportunidade de retribuí-lo.* Orou, percebendo que a situação não o levava a ter esperanças.

— Socorro! – de repente, uma voz rouca e abafada ecoou próxima à porta dos fundos.

Sir Heimerich arregalou os olhos frente ao inusitado. Não havia tempo para pensar.

— Victor, tenho de pagar uma dívida. Fique com Chikára e a auxilie – comandou, ríspido, antes de disparar em direção à bancada.

Portando apenas seu escudo a fim de se proteger das chamas atrozes e, apesar do calor que a armadura lhe transmitia, o nobre avançou destemido e saltou com extrema habilidade por sobre os escombros do balcão. Do outro lado, Formiga encontrava-se por debaixo de vigas, prateleiras e garrafas. Seu rosto estava coberto pela fuligem e ele mal conseguia manter o olho aberto. Rompendo as labaredas, tal qual um cavalo de batalha que derrubava as fileiras de soldados da infantaria, o nobre conseguiu aproximar-se do colega e, imediatamente, colocou-se no trabalho de remover os escombros sobre seu corpo.

— Vamos, meu amigo, segure minha mão — o nobre ordenou, assim que sua tarefa foi cumprida. Em silêncio, Formiga estendeu seu braço, e com um impulso, Sir Heimerich o ergueu. O ferreiro tossiu e fraquejou frente ao esforço; felizmente. seu salvador estava saudável o suficiente para carregá-lo.

Não demorou muito, Sir Heimerich e Formiga se juntaram a Braun, Chikára, Victor e Roderick no centro do salão. Exceto por Roderick, todos estavam em um estado razoável para prosseguir — apesar de Formiga apresentar um caco de vidro fincado em sua perna, o que lhe fazia mancar, e a maga ainda sentir uma forte dor nas costas e barriga.

— A taverna vai desabar — constatou Sir Heimerich. — Precisamos resgatar as famílias e sairmos daqui. Agora, como faremos isso? — Perguntou, percebendo que as chamas tomavam a entrada principal. Não havia como alcançar a rua, a menos que houvesse uma saída de emergência ou de serviço.

— Sair para onde? Para uma rua infestada de soldados inimigos com algumas dezenas de refugiados alodianos atrás da gente? — perguntou Braun. — Está ficando louco?

— Louco? — o sangue do cavaleiro ferveu. — O que você sugere, então? Ou saímos daqui agora e nos entregamos, ou eu e você nos encontraremos na planície dos deuses ainda nesta *aurora*!

— Eu... — Formiga tossiu. — Tenho uma terceira opção — disse, chamando as atenções para si. — Lá embaixo...na adega — ele apontou para a alça do alçapão. — Há uma passagem secreta. Um dos tonéis é falso. Ele abre para um túnel que chega a um emaranhado de cavernas subterrâneas por debaixo da cidade. Esse caminho nos levará para longe.

Braun, Sir Heimerich, Chikára e Victor, em uma ação mútua, se entreolharam com um sorriso de canto de boca.

— Muito me satisfaz saber que nosso amigo consegue usar o tonel para algo que não seja só para se embriagar! — concluiu Braun, gargalhando e deixando de lado a rixa com o nobre. — Bom, o que estamos esperando?

Venham conosco se quiserem viver! — com um aceno de mão, Braun gritou para os refugiados logo que invadiu os aposentos dos Bhéli com Roderick sobre seus ombros.

Sem opção a não ser enfrentar o calor e as chamas, as famílias alodianas foram, uma a uma, saindo de sua segurança em direção ao salão. Elas foram conduzidas pelo guerreiro até a entrada do porão. Ali, Sir Heimerich e Victor orientavam as famílias para que descessem as escadas com calma até a adega. No entanto, com o fogo se alastrando, os gritos de desespero daquelas pessoas se multiplicaram, fazendo a pressa tomar conta das famílias e a fila perder sua ordenação.

— Meu filho! Meu filho! — gritava, sem cessar, a senhora Bhéli em meio à confusão.

— Estou aqui, minha mãe! – disse-lhe Formiga, pondo o rosto da velha por entre seus dedos sujos de cinzas.

— Está tudo perdido! Tudo!

— Nem tudo, mãe – o ferreiro tentava conter a emoção.

— Brogan! Graças aos deuses! Ainda está vivo! – Formiga recebeu o abraço de sua irmã Callista e sua prima, Aalis.

Os afagos, porém, não duraram muito tempo. Em instantes, empurrados pela multidão, o ferreiro e sua família estavam a um passo da entrada para o porão.

— Andem agora. Rápido! – comandou o ferreiro para seus familiares. — Não temos muito tempo. Nos veremos de novo quando tudo isso acabar – concluiu quando Victor voltou para buscar os remanescentes. As moças partiram, no entanto, sua mãe resistia à fuga. Seu motivo, de fato, era uma verdade nem sempre tão óbvia.

— Eu não vou, meu filho!

— O que está dizendo, minha mãe? – Formiga fez uma expressão de quem não estava entendendo. — Ainda resta uma esperança! Temos de partir!

— Ainda há para vocês, jovens. Mas meu lugar é aqui, ao lado de seu pai! Se for preciso morrer ao lado dele, morrerei.

— Não! Eu poderei levá-lo! Eu haverei de levá-lo! – Formiga começou a engasgar e a lacrimejar.

— Isso apenas atrasaria vocês! Há uma longa e difícil jornada por aqueles túneis, você sabe! – a mãe o pegou pelas mãos e o beijou. — Vá! Essa é taverna de nossa família! Sempre foi! É meu dever ficar aqui! Preservar o legado de nossos ancestrais!

É meu dever também zelar por meu marido, o homem que me deu o maior de todos os meus bens: você.

Sem ter tempo para adeus, Formiga, ao mesmo tempo em que era empurrado pelas pessoas que vinham atrás em desespero, foi puxado por Victor pelo pé.

— Ela tem razão! Vamos!

— Mãe! – gritou ele, enquanto era levado sem sua vontade pelos avanços incontidos da multidão aglomerada em direção à escada. Sua mão calejada, estendida para o alto, ainda quis segurar a mão de sua mãe uma última vez, porém em vão. — Eu voltarei para buscá-los! – gritou mais uma vez. — Eu voltarei para buscá-los — repetiu para si mesmo. Quando terminou a frase, já havia saído do campo de visão de sua mãe.

A adega do Bolso Feliz, a pérola de ouro da família Bhéli, continha os melhores vinhos de Alódia, armazenados ali por *verões e verões* — inclusive de vinícolas famosas que já não existiam mais devido a fatores políticos e ambientais. Graças às habilidades de negociação da senhora Bhéli, mas principalmente pela sua simpatia e capacidade de organização, as pipas sempre estavam cheias e ofereciam muito mais do que o mais rico freguês podia pagar. No entanto, um dos maiores segredos do Bolso Feliz não estava no traquejo da matriarca, nem nos tonéis de carvalho que guardavam o precioso líquido inebriante, mas em um tonel específico... e vazio.

Furando o amontoado de pessoas à frente, Formiga caminhou rapidamente até a parede do fundo e, com as mãos trêmulas pelo nervosismo, ativou um pequeno mecanismo. Ouviu-se, então, um leve estalo. O casco de um dos tonéis se abriu como uma porta, revelando em seu interior um longo e úmido corredor, cujos limites eram impossíveis de se conhecer. Os poucos feixes de luz que nele penetravam representavam um passo insignificante diante de uma escuridão interminável e imprevisível.

Nesse momento, atrás e por cima de todos, o estrondo de tábuas caindo foi ouvido. Era o assoalho da taverna que estava desabando sobre o porão. O coro de espanto e desesperança tomou conta do ambiente.

— Depressa! – gritou Braun, entrando na pipa de vinho sem se dar conta de que a altura do túnel mal comportava a si mesmo e o arqueiro que mantinha sobre os ombros.

— Espere, Braun — alertou Sir Heimerich, interrompendo o guerreiro. — A passagem é baixa e estreita para alguém do seu tamanho, deixe que eu vá na frente, do contrário corremos o risco de que você nos bloqueie. Fique, e guie os mais de trás — explicou, retirando duas tochas da parede. — Formiga, segure essa tocha — exclamou, e lançou um dos objetos para o ferreiro.

— Bah! – o guerreiro grunhiu, concordando com relutância.

Os demais peregrinos, juntamente com os refugiados da cidade, seguiram pela obscura entrada. De repente, um latido familiar veio à tona.

— Rurik! – exclamou Petrus.

O lobo latiu um latido de ansiedade. Assustado e confuso, ele tentava encontrar uma forma de transpor as chamas.

— Vamos, Rurik, você consegue! – o pastor o encorajou.

Incentivado pela voz de seu mestre, o animal conseguiu descobrir um caminho em meio ao caos que tomava o local e disparou ao encontro de Petrus, parando a corrida desenfreada apenas quando encostou em suas pernas.

— Bom garoto! Onde esteve esse tempo todo? – perguntou, enquanto abraçava com carinho sua mascote.

— Esse camaradinha vai até a Bakar por você, Petrus – brincou Formiga, logo atrás.

Os outros aventureiros também ficaram surpresos com a reaparição do lobo perdido. Embora estivessem felizes com o retorno de Rurik, esse não era o lugar nem a melhor ocasião para comemorações. O túnel, que seguia infinitamente por corredores de rocha, era demasiado estreito. Somente poucas braças eram iluminadas pela tocha de Sir Heimerich à frente. Além do mais, tinha-se a impressão de que o ar faltava.

A dura jornada pela escuridão era intranquila, não só devido ao impacto sentido pelas pedras lançadas pelos trabucos inimigos, como também ao tremor gerado no túnel, muitos pés abaixo, que fazia com que um pó fino caísse do teto. Aterrorizados, todos ansiavam para que o trecho fosse logo ultrapassado. Os tropeços e esbarrões apressados eram frequentes. Crianças choravam, implorando aos pais para que os tirassem dali.

— Quanto mais temos que andar? – desesperava-se Braun, o mais desconfortável entre todos.

— Falta pouco! – respondeu-lhe Formiga.

Então, para o infortúnio dos corajosos viajantes, o que tanto temiam aconteceu.

Antes que pudessem dar mais vinte passos, uma pancada violenta e curta, seguida de um forte tremor, fizeram o túnel entrar em colapso. O ataque – nunca se saberia – poderia ter sido inofensivo e não ter resultado em vítimas. Mas isso apenas olhando sob a ótica de quem estava na superfície, pois que abaixo dela, dezenas de refugiados lutavam pela sobrevivência. Não suportando tamanho impacto, o teto desmoronou criando uma barreira às costas de Braun e impedindo a passagem dos que ficaram para trás. Com o deslocamento de ar provocado pelo desabamento, as tochas de Formiga e Sir Heimerich se apagaram.

— Não! – Formiga se lamentou.

Contudo, seu lamento só não foi maior, pois, neste instante, ele não sabia que Callista e Aalis não tinham conseguido acompanhá-lo.

Finalmente, todos sentiram o abraço gélido das trevas.

PARTE III

Solstício de Verão

Sobre como uma derrota inimaginável
transformaria simples combatentes
e pessoas comuns em exploradores
em busca da verdade

XXXVIII

Em busca de uma luz

scuro.

Por quanto tempo esteve escuro aqui? Quanto tempo desde que as águas eternas iniciaram seu trabalho sobre as rochas antigas? Quanto tempo desde que a escultura desta enorme e vazia catedral das trevas começou? Quantos verões despertaram o mundo acima para a vida? Quantos invernos o mergulharam na quietude glacial? Quantos bilhões de criaturas viveram e morreram aqui em busca de salvação? Como podemos medir as vidas incontáveis passadas na tenebrosidade? Victor refletia.

Na superfície, uma cidade tombava. Para muitos, sua queda traria mudanças necessárias, mas não para todos. Não para aqueles aventureiros, oriundos das partes mais remotas do que um dia foi o reino de Sieghard. Para eles, agora, a escuridão não tinha fim.

Escuro.

Por muito tempo, mesmo os mais bravos guerreiros, como o robusto Braun, não ousaram aventurar-se sequer alguns passos naquela densa penumbra. Fugiam do que devia certamente ser uma antecâmara do mundo dos mortos.

Sempre escuro.

Após o colapso do túnel, a comitiva caiu em um país de maravilhas noturnas. Seus olhos viam além do momento, vislumbrando um desígnio sombrio por parte de Destino. Era como observar a morte e noite eternas. Pares incalculáveis de olhos cegos tatearam o éter negro, ao mesmo tempo em que inúmeras vozes agudas, daqueles que ficaram do outro lado, ecoaram gritos e prantos de horror.

Escuro.

Escuro e vasto...

Entre as estalagmites de um ambiente frio e úmido, um choro contido ecoava por um amplo salão rochoso subterrâneo — uma câmara que não seria descoberta sem a ajuda de Rurik. Depois de retirar o vidro de sua coxa e tratar o ferimento, Formiga, sozinho e sentado em um bloco de pedra, meditava sobre todos os pesares que haviam sido lançados sobre ele. Recostado em uma parede, Petrus acariciava sua mascote, procurando nele algum conforto. Ao lado dos dois, Roderick, que se recuperava de uma forte concussão, já tinha sido informado sobre o que acontecera e continuava se lamentando por ter deixado furtar seu arco. Sir Heimerich e Chikára, agachados, jogavam conversa fora na tentativa de amenizar o turbilhão de sentimentos que tomavam conta de suas almas. Dos peregrinos, Victor e Braun eram os únicos em pé; enquanto o primeiro observava a tênue luz da lua que provinha de uma pequena rachadura no alto da cúpula rochosa, o segundo perambulava irritado tateando blocos de pedra e paredes.

Entre os refugiados — algo em torno de vinte pessoas — o silêncio imperava. Estavam assombrados demais para ter qualquer ideia que não fosse apoiar-se na própria consciência para constatarem que ainda estavam vivos. O desânimo arrebatava a todos, sem exceção. E, impotentes, observavam somente trevas, tais como as águas escuras de *Maretenebræ*. *O pingo de esperança que possuíam* — que quando no perigo e no triunfo sustentaram uns aos outros, mantendo a noite ameaçadora à distância — havia escorrido por entre a fenda de um buraco profundo — tão fundo quanto uma cripta. Sobre suas cabeças, no entanto, repousava a saudade dos amigos, de parentes, da cidade que tanto amavam e que, talvez, não encontrariam novamente.

Para Formiga, em especial, saber que perdera Aalis e Callista na fuga da taverna — além de sua mãe e pai — dilacerou seu âmago. Se na tomada do Domo do Rei, o maior peso era lançado sobre os ombros de Sir Heimerich, agora era ele quem amargava em dor. Sua personalidade risonha e cativante transformou-se em um arquétipo de vergonha, temor, ira e frustração. Absorto em pensamentos, os lábios do senhor ferreiro iniciaram um salmo lamentoso, que era geralmente acompanhado por uma harpa. Poucos a conheciam, já que havia sido criada no início do reinado de Marcus I em homenagem a um prisioneiro injustamente condenado pela morte de seus pais. O tema, sempre triste e melancólico, atravessou duas gerações e logo se transformou em símbolo de pesar e sofrimento através da voz do alodiano:

> *Tomaram minha vida assim como a de meus irmãos.*
> *Transpassaram o meu peito, os meus pés e minhas mãos.*
> *Minha terra profanada e os campos devastados.*
> *Sou cativo, o que fiz não será lembrado.*
> *Me encontro abandonado e solitário,*
> *Vítima de desígnios cruéis.*
> *Os deuses nem sequer olharam*
> *Para um de seus fiéis.*
> *Quando ao cativeiro me levaram em multidão*
> *E os meus sacerdotes pranteram de aflição,*
> *Não havia como sentir dor maior*
> *Ao caminhar triste entre o povo de Askalor.*
> *Para onde irei, oh deuses?*
> *Se casa já não há?*
> *Terei de vagar como errante*
> *Até a dama da morte encontrar?*

Enquanto o salmo era pronunciado, alguns alodianos que o conheciam entoaram o coro de fundo sobre as tristes palavras de Formiga. Suas dores uniram-se à dor maior do homem que, em poucas *auroras*, encontrou-se sem família, amigos e moradia. O momento de solidariedade, entretanto, foi interrompido inesperadamente pelo grito furioso de Braun e o som de pedras caindo.

— O que raios há com vocês? Era melhor ter morrido lá em cima, se soubesse que ficaria aqui vendo essas faces chorosas! — reclamou o guerreiro, que havia acabado de chutar uma estalagmite, partindo-a ao meio.

Suas palavras fortes ecoaram por entre infindáveis corredores. Um breve silêncio, então, se fez.

— Não seja insensível, Braun — Chikára tentou repreendê-lo. — Você não conhece o sofrimento dessas pessoas.

— Se engana muito, madame. Eu conheço como poucos o sofrimento deles. Eu estava lá, no campo de batalha, vendo *meus* irmãos morrerem! — ele aumentou o tom.

— Minha esposa e meus filhos, queira Destino que eles estejam bem, estão muito longe para que eu possa revê-los tão cedo! — ele fez uma pausa para respirar, depois se acalmou. — O que eu não entendo é esse choramingo sem sentido, que não nos levará a nada.

Chikára franziu a testa, em uma expressão de clara discordância. O diálogo chamou a atenção dos demais. Estava claro para eles que o clima entre a maga e o guerreiro não era dos mais amigáveis.

Apoiando-se no ombro de Sir Heimerich, Chikára se levantou e caminhou até Braun com passos de firmeza e repreensão.

— Ah sim? Então me diga o que nos levará a alguma coisa, estúpido! Você, ao menos, tem família e sabe que os inimigos, talvez, nem cheguem em Sevânia. Você é um presunçoso, grosseiro, insensível! Vamos, diga-me!

— Eu não sei! Sei que temos que nos mover!

— E para onde?

O guerreiro não soube responder — já não era a primeira vez que, confrontado, tinha que engolir suas palavras. À sua volta, entretanto, vários outros ouvidos aguardavam por uma resposta satisfatória.

— A profecia... a profecia... se cumpriu... — uma voz sussurrou entre o grupo de alodianos.

A lembrança da afamada profecia, mais uma vez, veio à tona, dizendo-lhes — em seu íntimo — que Linus era realmente aquele a quem ela se referia. Aquele que comandaria uma armada de grande poder. Invencível diante de qualquer esforço da Ordem. Lutar contra ele, portanto, seria inútil.

Seria o vaticínio maior dos fracassos.

Por outro lado, de forma bem mais modesta, havia aqueles que, apesar da profecia, sabiam que a luta pela sobrevivência não se findaria tão cedo.

— Ainda estamos vivos, enquanto milhares dos nossos já tombaram. Isso é motivo suficiente para nos movermos — Victor quebrou o gelo, recebendo apenas o silêncio.

— Eu... — Petrus parecia perturbado. — Eu... só gostaria de saber por que ainda estamos aqui. Quero dizer... por quê fomos poupados. Eu só queria estar cuidando de minhas ovelhas.

— Pastor, há muito mais perspicácia em seu dedo mínimo do que em muitas mentes por aqui — rebateu, percebendo que conseguira a atenção do público. — Se tudo está escrito por Destino, e a vitória de Linus é uma manifestação de suas inexoráveis vontades, nossa sobrevivência também foi escrita por Ele. Caso contrário, já estaríamos todos mortos, como aqueles de quem guardamos somente a memória. Portanto, temos um propósito a cumprir. Por outro lado, se a profecia for uma falácia, e acharmos que o acaso governa o mundo, não temos motivos para nos escondermos como ratos durante uma tempestade. De uma forma ou de outra, escolhendo o caminho da determinação ou da coincidência, não é conveniente ficarmos aqui, pensando que chegou o nosso fim — concluiu. A lógica de seu discurso causou alguma reflexão, visto que as famílias começaram a murmurar entre si. — Responda-me, Petrus — o arcanista continuou. — Daqui a quatro dinastias, seja qual for o soberano dessas terras, como pensa em ser lembrado? O pastor que tosava ovelhas? E você, Chikára? Quando sua existência se findar, onde quer que seu nome esteja? Heimerich... — ele evocou o nobre — Tudo que é preciso para o triunfo do mal é que as pessoas de bem nada façam.

Atento às palavras de Dídacus, e vendo que a força delas revolvia não só suas convicções, como também do mais convicto peregrino, Formiga respirou fundo, enxugou as últimas lágrimas, e aproximou-se do grupo.

— Nosso amigo está certo — disse ele. — Enquanto estivermos vivos, temos uma luta a vencer.

— Formiga... — Roderick se espantou com a presença do colega que, instantes antes, lamentava a tragédia de sua família. — Não tente se enganar, ou nos enganar. Estamos em uma nau à deriva. Você não está bem, não precisa fingir uma força que você não tem. *Nós* não temos. E está tudo bem. A gente entende, não somos ingênuos.

— "Bem, bem" eu realmente não estou — rebateu o ferreiro. — Tenho de chorar a perda de meus pais, de minha irmã e minha prima. Seria desonroso não respeitar o luto por eles. Porém, permanecer na tristeza e na amargura, esquecendo que tenho vocês, meus amigos, e muitas *auroras* pela frente, é uma tremenda vaidade — disse, e depois, virou-se para Braun e Chikára. — Já lhes disse: não temos tempo para contendas fúteis, meus irmãos. Devemos prosseguir até encontrarmos uma saída desse buraco. Pelo que sei, estamos bem abaixo das montanhas de Alódia. Se seguirmos por esse caminho, iremos em direção ao rio Nakato. Existe uma saída destas passagens que desemboca em suas margens.

— Como sabe disso, senhor Formiga? — Petrus estava curioso.

— Ainda quando eu era um jovenzinho, minha mãe me colocou de castigo na adega e, na tentativa de fugir do porão, eu acabei descobrindo esse tonel secreto. Obviamente, eu não fui mais além porque tinha medo do túnel. Muito mais tarde, quando completei vinte e um *verões* e me tornei maior, meus pais me informaram que o tonel falso havia sido construído por nossos ancestrais, durante as guerras anteriores à unificação do reino. Servia como rota de fuga e proteção contra invasores que eram frequentes naqueles tempos tão remotos.

— Sábios ancestrais — maravilhou-se Chikára.

— Muito bem, fujão. E depois disso, o que faremos? — perguntou Braun.

— Vamos andando — disse Sir Heimerich, ansioso, e já arriscando seus primeiros passos na direção indicada por Formiga. — Discutiremos isso quando sairmos deste lugar. A escuridão me faz raciocinar com dificuldade. Não é o momento para pensar nisso agora, apenas se lamentar — justificou.

— Graças a Destino — Petrus soltou o ar do peito, como se o tivesse guardado desde que entrara no túnel. — Ficar aqui e observar essa escuridão... é tão desconfortável quanto observar os olhos daquele ser que encontramos há algumas *auroras* — resmungou, e começou a bater nas suas roupas para se levantar.

Chikára, entretanto, deteve-se repentinamente, parecendo ter encontrado a solução para um enigma indecifrável.

— Esperem! — chamou ela. Com o susto, Petrus voltou a sentar-se.

— Senhora, vamos — instigou Formiga. — Não há nada mais a fazer por aqui.

— Não, o que Petrus disse — ela parecia afoita. — Pela Sagrada Ordem, estávamos nos esquecendo!

— Eu? — O pastor dissimulou. — Eu não disse nada demais.

— Não seja tolo, camponês.

Sir Heimerich pôs a mão em seu rosto em uma clara expressão de desânimo. Ele, mais do que todos, urgia em querer sair dali.

— O que foi, Chikára, o que estamos nos esquecendo?

— De Ázero — ela foi objetiva. — Aquele ser, do qual Petrus se refere, nos disse que todas as nossas perguntas seriam respondidas. Lembram?

— Você não quer dizer... — Roderick estava desconfiado do rumo da conversa, lembrando vagamente das palavras daquele homem — o suficiente para saber que elas não poderiam trazer nenhum alívio.

— Quando perguntamos a Ázero sobre a origem da peste — a maga interrompeu o arqueiro —, ele nos disse que há um lugar onde todas as nossas dúvidas seriam sanadas.

— O Oráculo do Norte, no Pico das Tormentas. Pela Ordem, Chikára, espero que não esteja sugerindo que fôssemos para lá. O Pico das Tormentas é uma assinatura de morte — Roderick argumentou.

— Olhe ao seu redor, arqueiro! Olhe para o que acabou de acontecer com o reino! Que outros lugares mais nesta terra perdida podem não decretar nossa sentença de morte? Não temos mais opção! Queríamos informar o rei que enviasse uma excursão até lá. Mas, agora, não há mais reis ou soldados! Apenas nós e esses poucos sobreviventes!

Então, de súbito, a inércia se abateu sobre os peregrinos. Todos sabiam que, exceto por *Maretenebrae*, não havia um local mais amedrontador que o Pico das Tormentas.

— Senhora, veja bem, não temos a mínima ideia de quem seja Ázero. Se ele for um azaleno, ele poderia estar nos conduzindo para uma armadilha, sussurrando em nossas mentes palavras que nos guiasse para tal! – Roderick rebateu. — Precisamos de trinta homens para que, talvez, apenas um chegue ao topo e consiga voltar. Olhe para o nosso grupo! Somos em sete! Seremos presas fáceis diante dos rasantes dos lagartos alados, e os trolls nos farão de comida para seus filhos — concluiu, esperando que alguém o apoiasse. Fato que não aconteceu — tampouco alguém ousou apoiar Chikára.

— Você considera que estamos do lado de fora de uma armadilha? — a maga retornou mais enfática. — Não podemos cair em algo que já nos capturou! Quando no castigo, Formiga descobriu o túnel naquela maldita adega, e veja onde isso nos levou: para nossa salvação e a de muitas famílias. E quanto a nós? Vamos ficar de castigo para sempre ou tentar sair deste fado ao qual nos impuseram?

— Senhora, não fale mal da minha adega — Formiga quis descontrair.

— Quando se pode escolher entre viver ou morrer, é justo e natural escolher viver — alertou Victor. — Mas, nesse caso, onde só se pode escolher entre morrer no Pico das Tormentas ou morrer *lunações* mais cedo, ou mais tarde, fugindo como porcos do matadouro, creio ser mais honrosa a primeira opção.

Os peregrinos quedaram-se preparados para tomar a decisão mais importante de suas vidas. O Pico das Tormentas não era apenas uma região geográfica, tratava-se de mais que um mito milenar. Talvez o mais antigo de todo o reino, à exceção do mito fundamental de *Maretenebræ*. Seus pais, os pais de seus pais, e os pais deles até as gerações mais remotas contavam, seja em verso ou prosa, os perigos e as desventuras daquele lugar. Atrever-se a entrar em seus domínios seria como desafiar os deuses, alguns diziam. Chegar ao Topo do Mundo não era para homens mortais. As punições poderiam ser as mais severas. Desde a morte certa e rápida pelos lagartos alados e detestáveis trolls, até perderem seu corpo e espírito em meio a tempestades de neves arrebatadoras. Não somente crianças, mas todos ouviam contos de aventureiros que tiveram suas *auroras* findadas naquelas subidas. Tratava-se de algo mais do que sagrado. O Pico das Tormentas era inviolável e inatingível.

A quebra de paradigmas emergida a partir daquela discussão contrastava com o desejo que todos tinham de legarem seus nomes à posteridade. Neste momento, gritava em suas cabeças a honra de morrerem tendo feito algo por sua terra, algo que

MARETENEBRÆ ❖ 255

tornasse suas existências fugazes em memórias de infinito alcance. Era como se fosse mais fácil decidir morrer do que viver.

Ninguém ousava dizer, no entanto, a decisão já estava tomada na troca firme de olhares entre os peregrinos, iluminada pela tênue luz que emanava do teto.

— Bah! Se vocês querem saber qual a primeira pergunta que farei ao Oráculo, eu vou lhes dizer: quantos vermes do Caos a mais ainda preciso matar para que a Ordem seja restabelecida? E ela terá de ser respondida! – Braun foi o primeiro a se pronunciar e confirmar que concordava em pegar a trilha rumo ao Topo do Mundo.

— Primeiro é preciso saber se a Ordem poderá ser restabelecida, Braun – ponderou Victor.

— Um momento – interrompeu Petrus, com um olhar de descrédito. — Não decidimos se vamos para lá ainda, correto?

— Claro que está decidido, caro pastor – Formiga esclareceu e estendeu a mão para erguê-lo. — Ou você quer morrer aqui, esquecido pelo mundo?

XXXIX

Quem tem medo do escuro?

solo rochoso e úmido dos infindáveis corredores de pedra castigava os pés dos peregrinos, por vezes causando escorregões. A ansiedade por encontrar uma saída que parecia não chegar tornou as reclamações corriqueiras; tanto por parte das famílias alodianas quanto daqueles que as guiavam – especialmente, Braun. Passo após passo, o cansaço aumentava e a hora parecia durar mais. As provisões que trouxeram estavam quase no fim, e o desespero pelo encontro com o mundo exterior era uma companhia insistente. Victor, entretanto, ao contrário dos demais, mantinha-se tranquilo pois, quando sentia fome, afastava-se do grupo para absorver a essência de morcegos e ratos que habitavam as cavernas e retornava com fôlego renovado. Roderick, da mesma forma, parecia se sentir confortável na escuridão e, junto com Rurik, tornou-se um guia indispensável. Chikára ficara responsável por racionar e distribuir os alimentos às famílias.

— Por Destino! Essa caverna não tem fim?! – Petrus resmungou.

— Tenham paciência, companheiros. É um longo trajeto – disse Formiga, tentando manter a calma. A verdade, é que ele mesmo já começava a duvidar que pudessem encontrar uma saída.

De modo gradativo, com a moral da comitiva caindo, a caminhada se tornou um teste para a mente dos mais fortes. Não era sequer possível distinguir, por entre as fendas abertas das cúpulas rochosas, se a luminosidade provinha do sol ou da lua. Também não se sabia se eles estavam andando em círculos ou na direção pretendida. De todos o que estavam ali, as crianças e os idosos eram os que mais sofriam, e pausas constantes eram realizadas para que pudessem se recompor antes de iniciar um aclive ou declive.

Por vezes, achava-se que o caminho os conduziria à superfície, embora o resultado fosse sempre entrar mais fundo na escuridão. O espírito de muitos dali não estava preparado para enfrentar algo tão torturante e o nível de tensão entre as pessoas elevava-se de forma perigosa.

— Quando eu tinha a sua idade, entrei sozinho em uma caverna como essa — Braun revelou a uma das criancinhas, como forma de amenizar seu sofrimento. Ela encarou o sevanês com curiosidade. — Lá, onde eu nasci, em Kêmen, se você deseja se tornar um guerreiro precisa por um teste de coragem. Lembro-me bem das velhas masmorras que explorei, nu como um recém-nascido, para depois ganhar o meu título.

— Então, os sevaneses passam por uma iniciação? — Petrus se interessou pela declaração de Braun.

— Não queira imaginar, camponês — respondeu o guerreiro, com uma expressão lamentosa, olhando para os pequenos que seguiam atrás. — Muitas crianças não retornam do Exílio.

— Exílio? — o pastor levantou uma sobrancelha.

— Sim, quando completamos dez *verões*, nossos pais nos mandam para uma jornada para que nos preparemos para enfrentar qualquer tipo de perigo. Somos abandonados sozinhos, e ensinados a jamais retroceder ante o inimigo, ainda que isso nos leve à morte. Os que fogem do Exílio antes do tempo de maturidade... não servem nem mesmo para ser chamados de filho. Eu precisei passar por essa tormenta, para só então receber minha espada e meu título, *verões* mais tarde, dos quais nunca mais me separei.

— Você conversou com esta criança como se ela fosse um filho seu — Petrus riu.

Braun soltou um suspiro longo e triste.

— Minha esposa, Tara, mulher de grande força e valentia, me deu cinco futuros guerreiros — ele se abriu, comovido, talvez impulsionado pela lembrança de seu Exílio. — Não os vejo desde que o mais novo aprendeu a andar. O mais velho completou dez *verões* agora. Está no momento de passar pela sua maior prova. Olho para estes pequenos e penso que posso nunca mais ver os meus.

— Você está com saudades — o pastor instigou.

— Bah! Não só deles — Braun hesitou, lembrando do sorriso de sua mulher. — Mas também de um bom afago.

— Ora, ora, os brutos também amam! — a conversa chamou a atenção de Formiga.

— Não tanto quanto você ama um pudim — o guerreiro se irritou.

— E quanto a seus pais? – Sir Heimerich interrompeu no instante certo.

— Meu pai é um guerreiro respeitado dentro da comunidade. Ficou famoso no reinado de Marcus I, pois foi o primeiro homem a conseguir matar um troll com as próprias mãos. Nas atuais *auroras* ele faz parte do Conselho dos Anciãos de minha cidade.

— Pela Ordem! – Roderick se surpreendeu. — Ouvi muitos homens contarem histórias sobre ele em Adaluf. O usamos como exemplo durante as caçadas cerimoniais que fazemos na primavera.

— Não me diga que seu pai é o lendário Bahadur Mata-Trolls? – indagou Sir Heimerich.

— Ele mesmo – respondeu Braun.

— Como alguém consegue matar um troll com as próprias mãos? – Petrus ficara boquiaberto, não sabendo da famosa história. — Eu nem sabia que era possível matar um troll, nem mesmo com uma espada.

Apesar da bajulação de Petrus, Braun fechou o punho e abaixou a cabeça.

— Tenho orgulho do meu pai, pelos seus feitos, porém matar um troll não é nada diante da realidade que vivemos – disse o guerreiro. — Afinal, de que isso adianta quando nossos irmãos sevaneses caíram na Batalha do Velho Condado? Apenas os anciãos restaram. Será questão de tempo até que Kêmen caia também.

— Todos nós sentimos, Braun – Sir Heimerich se compadeceu. — Apenas continue seu passo antes que Destino nos leve primeiro.

— Pelo menos se sinta feliz por ser filho de um grande homem – Formiga o incentivou.

— Pudera eu chegar aos pés do meu pai! Nem mesmo essa cicatriz que ganhei no rosto pode ser digna de um filho de Bahadur Mata-Trolls.

— Foi feita por um troll? – perguntou Petrus, demonstrando admiração e ingenuidade.

— Não, camponês, na verdade, foi por um urso.

— Um...um...urso? – o ânimo do pastor esmoreceu e ele fez um muxoxo.

— Mas era um dos grandes! – ele se justificou. — Verme!

X L

O País das Maravilhas

Topo do Mundo com seu cume nevado, distante algumas dezenas de milhas, imperava soberano diante de uma multidão recém-saída das trevas. Não se sabia quantas *auroras* haviam estado no subterrâneo; apenas que uma bela manhã de clima agradável os sorria, pois o sol ainda não havia chegado ao alto. O cheiro de terra úmida era como um perfume para seus olfatos há tanto tempo acostumados ao odor antigo e enclausurado das cavernas.

As múltiplas cores das planícies gramadas, das águas claras e suaves do rio Nakato, e das montanhas alodianas, pintavam-lhes um quadro de alívio e conforto. A vegetação exuberante, de flores amarelas e vermelhas, e de pinheiros verdes ao fundo, permeava toda a paisagem. Vendo tamanha dádiva oferecida pelos deuses, muitos dos peregrinos caíram por terra em sinal de agradecimento. Eles estavam finalmente a salvo, e a milhas de distância de Linus e de seus asseclas. A sensação de segurança, todavia, não era plena: mais cedo ou mais tarde, as forças de Linus os encontrariam; e não era possível não lembrar das vidas já perdidas ou desaparecidas na guerra – a exemplo de Sir Fearghal, Sir Nikoláos e o rei, Marcus II. Se eles agissem buscando apenas o conforto, outros mais ainda haveriam de ter o mesmo fim. Por que seria Destino tão caprichoso em poupar umas poucas almas, condenando dezenas de milhares do mesmo povo?

Ainda tentando adaptar suas vistas à enorme claridade, Chikára levantou a cabeça cobrindo os olhos com a mão, e deparou-se, tendo os pelos arrepiados, com os contornos do local que poderia ser a sepultura de todo o grupo.

— Está lá — apontou para o Pico das Tormentas. — O Oráculo do Norte está lá — disse. Porém, com todos sedentos e com pressa para se saciarem nas águas de Nakato, ela foi ignorada.

O único que restou fora Victor, parado, de forma quase imperceptível, ao seu lado.

— Não se aborreça, mulher. Para salvar o mundo é preciso, primeiro, salvar a si mesmo — ele recitou, e a deixou.

Depois que o arcanista se retirou para juntar-se aos demais, a maga suspirou, aborrecida, e o seguiu. Atrás dela, no entanto, vigiando a todos...

Algo ou alguém havia permanecido.

Imersos até a cintura no leito do Braço Direito de Sieghard, homens e mulheres exaustos deleitaram-se em fugaz alegria. Os peregrinos foram rapidamente entorpecidos por uma sensação de felicidade — uma felicidade que era tão somente o reflexo de águas calmas na margem de um rio bravio.

Depois de matar sua sede e limpar-se, Formiga sacou uma faca doméstica de seu cinto de utilidades e pôs-se a fabricar uma lança com um galho seco que encontrara. Farto de comer frutas e pão — ainda que fosse o da senhora Bhéli —, Braun se exasperou e, antes que o ferreiro pudesse terminar seu trabalho, apanhou o item de suas mãos e lançou-se no rio para pescar. Roderick, nu e solitário, realizou seu ritual de limpeza — como da última vez que estivera às margens do mesmo rio. Petrus e Rurik brincavam juntos, enquanto Sir Heimerich e Chikára resumiam-se a lavar-se de forma mais discreta. Victor — que apesar da longa caminhada, mantinha-se firme e sem sinais de cansaço —, arriscou molhar o pé.

Quanto aos refugiados, eles não faziam ideia de quanto tempo mais poderiam ficar ali, em seu jardim de delícias. Na verdade, nem queriam saber, pois estavam exultados demais pelo frescor e sensação de imortalidade trazida junto à correnteza. Eram como pássaros que voavam para fora da gaiola que os manteve presos em sua agonia desde a batalha do Velho Condado, fazendo-os esquecer, mesmo que por um breve instante, que os exércitos de Linus saíram vitoriosos.

Em um clima de conforto, conversaram sobre o que havia acontecido desde o ataque de Linus e os rumores do fim do mundo; outros ainda acariciavam os filhos, ofertando a eles palavras de contentamento, enquanto cuidavam de suas feridas e comiam um pouco dos suprimentos que haviam sobrado – além dos peixes coletados por Braun, assados em uma fogueira improvisada.

O sentimento trazido pela música das águas, que faziam seus corações se apertarem e o tempo parar, não poderia ser expressado em palavras. A melodia criada por aquelas correntezas voou mais e mais longe do que qualquer um poderia imaginar. Poderiam ter passado quase metade de um dia ali que não perceberiam; porém, quando o sol atingiu seu ápice – e suas roupas secaram –, ficou claro que deveriam sair deste mundo de fantasia e enfrentar a realidade.

O que não estava claro entre os peregrinos, entretanto, era o que fazer com os refugiados.

— Estamos nas Terras de Sumayya – comentou um homem que estava próximo aos sete, percebendo que eles discutiam sobre o destino das famílias. — É onde habitam os gentis aldeões de Alteracke.

— De onde? – perguntou Petrus, curioso.

— Alteracke é o nome do lugar – respondeu ele, contendo o riso. — É uma antiga aldeia isolada nas montanhas. Seu nome significa "meu velho pai descansa em paz". Eu estive lá, muitos *verões* atrás. Seu povo é muito hospitaleiro e tranquilo, apesar de não ter muito contato com as outras províncias.

— É um nome que vem bem a calhar – comentou Chikára.

— Felizes são eles! – outro homem entrou na conversa. — Não sabem o que aconteceu ao reino nessas amaldiçoadas últimas *auroras*.

— Viver em isolamento, não sabendo o que se passa no mundo exterior... essa ignorância é uma regalia para poucos – Sir Heimerich consentiu, e jogou um olhar de esperança para Chikára. — Se esses afortunados dos deuses ainda têm um lar, uma família e alimento em abundância... e o mais importante, paz e descanso para suas almas, então...

— Saberia nos dizer em quanto tempo conseguimos chegar nesta tal aldeia? – perguntou a maga ao refugiado, sendo direta e acompanhando o pensamento do cavaleiro.

— Em um bom ritmo, chegaremos na boca da noite, minha senhora – respondeu o primeiro homem.

Os peregrinos se entreolharam, expressando unanimidade em acatar o rumo da conversa.

— Arrumem suas provisões, certifiquem-se que temos comida para mais uma jornada... – ordenou Chikára ao alodiano, e depois virou-se para o grupo. — Vamos deixar as famílias em Alteracke, e de lá, partiremos para o Pico das Tormentas. Alguma objeção?

Os aventureiros não responderam de imediato, talvez porque a simples menção do nome do local os deixasse inquietos. Petrus, todavia, levantou a mão, um pouco tímido.

— Será que não haveria problemas para os habitantes ao chegarmos tão tarde?

— Sossegue, meu rapaz! — Formiga riu com a inocência do pastor. — Se for o caso, dormiremos próximo ao povoado. Quando o sol nascer, nem mesmo a cara feia, amassada e rasgada do meu amigo Braun será capaz de assustar alguém! — concluiu, dando dois leves tapas no rosto do guerreiro.

Todos riram com as brincadeiras do velho Formiga, que parecia ter esquecido o seu sofrimento, pelo menos por ora. Braun, em tom leve, resumiu-se a lançar-lhe um olhar sorrateiro.

Depois de atravessarem Nakato por meio de um longo banco de areia, o grupo retomou a caminhada. Entre um gracejo e outro, Roderick cantarolava em prosa e verso os feitos de reis e heróis de Sieghard, retirados de um passado não muito distante. Os cantos tanto espantavam quanto intrigavam os ouvintes atentos. As crianças contentavam-se, pois, nas histórias cantadas, sempre os cavaleiros salvavam as cidades dos males externos, fossem eles dragões, monstros marinhos ou um exército inimigo terrível. Já os adultos, com ouvidos mais amadurecidos, tentavam tirar uma lição de tudo aquilo. Assim seguiu-se a viagem pelo entardecer, entre as montanhas alodianas com seus eternos cumes brancos à esquerda, e as planícies de vegetação rala das terras elevadas de Sumayya à direita.

Já no crepúsculo, os peregrinos avistaram uma pequena estrada que se perdia entre subidas e descidas, passando por encostas perigosas e vales de beleza inigualável.

— Estamos quase chegando — disse o alodiano que os guiava.

A ansiedade aumentava a cada passo vencido. Felizmente, o verde exuberante da vegetação e o dourado refletido na neve das montanhas os tranquilizava de alguma forma. Para a maioria dos membros daquela comitiva, uma aldeia perdida nas montanhas seria uma maneira providencial e excelente de continuarem levando suas vidas. Quanto aos sete peregrinos, porém, a certeza de um repouso contra o avanço de Linus e a boa companhia das pessoas simples dessa região, ainda não era o suficiente.

Com a entrada da noite, somente a luz da lua plena iluminava o caminho dos aventureiros. A temperatura baixou consideravelmente, e o frio característico das terras elevadas mostrou suas garras. Os que tinham agasalhos acomodavam-se como podiam. As mulheres e as crianças tiveram prioridade. Braun cobriu-se com um saco velho de estopa que fora usado para carregar as provisões. Formiga também tratou de se proteger da mesma forma. Os outros mantiveram seus trajes de costume. Porém, nunca seria demais acautelar-se contra pneumonia e outras moléstias. Os pequenos, já vencidos pelo cansaço, bocejavam e perguntavam quando chegariam em sua "nova" casa. Cansados, o grupo fez uma pausa para comer antes de continuar a jornada e, logo, o surgir de pequenos pontos luminosos foi avistado no cume de uma montanha, sinalizando que a aldeia estava próxima.

Alcançando a estrada de terra batida, a última etapa da subida tornou-se pesarosa para muitos. As crianças eram carregadas nos ombros dos homens mais fortes, enquanto o frio se enrijecia e debilitava os menos resistentes — avisando-lhes que não era uma opção passar a madrugada sem abrigo. A lua seguia alta em seu curso quando os viajantes avistaram um casebre.

Felizmente, para o alívio de todos, o primeiro de muitos que se seguiria.

XLI

Um lar sem desconfianças

Feitas de madeira de qualidade, porém sem luxo, e cobertas com telhas de barro cozido, as casas da aldeia de Alteracke tinham uma aparência simples e aconchegante. As ruelas, feitas de terra batida, eram estreitas, e poucos vãos havia entre uma residência e outra; as luzes, somente externas, provinham de lampiões e lanternas dependuradas próximas à entrada de cada moradia. Ao final da rua principal, logo após as últimas casas, existiam algumas plantações. Roderick, mesmo sem iluminação, pôde perceber videiras e tomates, assim como uma área para pastagem e um estábulo mais ao longe. E era só.

Definitivamente, a comunidade de Alteracke vivia isolada há muitas gerações, e a chegada de forasteiros deveria ser um evento raríssimo, inusitado e até mesmo assustador. Mesmo assim, Sir Heimerich tomou para si a responsabilidade e arriscou bater na porta de uma pequena casa com um jardim de flores à frente.

Ouviu-se, em seguida, o som de sussurros, depois passos. Por entre as frestas das janelas um feixe de luz surgiu e, para o anseio de todos, lentamente a porta de entrada se abriu. Uma senhora de idade, um pouco recurvada e de feições amigáveis, segurando uma lâmpada, apareceu pelo vão.

— Saudações, minha senhora — cumprimentou o nobre.

Ao encarar o estranho, a idosa se assustou e soltou um grito abafado. Com o espanto, a aldeã deixou cair a lâmpada, que por sua vez, rolou até o pé do cavaleiro. Sir

Heimerich abaixou-se para pegá-la e a entregou nas mãos da moradora, demonstrando a ela que não representava perigo.

— Quem, em nome de Ieovaris, és tu? — sua voz era rouca e cansada, e tinha um sotaque forte e incomum.

— Meu nome é Sir Heimerich, filho de Heinrich, barão de Askalor. Vim de muito longe junto com alguns companheiros. Humildemente, peço por abrigo nesse lugar — respondeu o cavaleiro, otimista.

A velha arregalou os olhos, parecendo incrédula. Logo, ela percebeu que o estranho não estava só, e, subitamente, faltou-lhe palavras.

— Eu... — Sir Heimerich ia falar, porém a porta foi fechada de forma brusca. *Isso é um mal sinal*, refletiu ele, preocupado.

"Agar!", ouviu-se o grito da anciã dentro da casa.

Atrás do paladino, os peregrinos e os refugiados também reagiam da mesma forma, aflitos pela reação não tão acalorada da moradora e suas possíveis consequências.

"Agar Sa'arogam! Vem aqui rápido!", gritou ela mais uma vez entre paredes. "Tenta acalmar-te, minha velha. O que houve?", outra voz rouca, porém mais tranquila de um senhor, respondeu de outro cômodo. "Forasteiros, forasteiros!" ela repetia sem cessar. "Eu vi forasteiros lá fora. E são muitos". Um breve silêncio se fez. "Tu não andas tendo pesadelos com cabritas outra vez?", o homem respondeu. "Agar, vai lá e vê, agora!" A anciã se irritou.

Com a confusão e a gritaria dentro da casa que podia ser ouvida a várias braças, outras luzes — em outras casas — também se acenderam. Os murmúrios se multiplicaram e, em pouco tempo, olhares amedrontados surgiram atrás de portas e janelas. Rurik, assustado, começou a latir, e, com a tensão se intensificando, Braun pôs a mão no cabo de seu montante de batalha, temendo o pior.

— Saudações, forasteiros! — a porta se abriu novamente diante de Sir Heimerich, revelando a figura de um velho de longas barbas e cabelos brancos e um olhar curioso e simpático. — Por Ieovaris! Não acredito no que meus olhos veem! Desde que contava com doze *verões* que não vejo tantos forasteiros em Alteracke. O que vós fazeis aqui?

— Que a Ordem esteja contigo, senhor — saudou o cavaleiro. — Primeiramente, quero pedir as mais sinceras desculpas por nossa intromissão a essa vigília da noite. Como viemos de muito longe, fugindo de um ataque invasor em Askalor, necessitamos de abrigo até amanhã, quando partiremos para o Pico das Tormentas.

O ancião cingiu a testa, desconfiado.

— Fugitivos? Askalor? Pico das Tormentas? O que esperais encontrar lá? — perguntou ele, rindo de confuso com tantas informações desencontradas. — Vós me pareceis pouco seguros em vossas palavras. No entanto, a insegurança não é um vício que mereça o desabrigo. Posso receber alguns de vós em minha casa. Mas outros terão de contar com a hospitalidade dos demais aldeões. Vós sereis... – de repente, uma bengala bateu forte em sua cabeça.

— Perdeste a sanidade, Agar? – reclamou a velha senhora, interrompendo o homem. — Tu não sabes de onde eles vieram, nem o que querem aqui e ainda queres alojá-los em nossa casa e na de nossos vizinhos! Eles não irão concordar com a tua proposta!

— Helgi, tem dó! Olha só para eles! – rebateu, apontando para os forasteiros. — Se fossem malfeitores, não teriam batido à porta, mas a arrombado. Se quisessem nossas cabras e vacas, já teriam pilhado nosso celeiro. Estão cansados e moribundos. O sábio Ieovaris aconselha receber de bom grado as pessoas desamparadas, nunca se esqueça disso.

A velha recuou um pouco, mas não estava totalmente convencida.

— De qualquer modo, é tarde! Tu não podes obrigar todos os outros a receberem estranhos em suas casas. Será preciso convocar uma assembleia extraordinária para deliberar esse caso. E isso só será feito na próxima alvorada, como de costume.

— Não podemos seguir o costume, mulher. Não se trata de uma situação costumeira.

Enquanto o casal de idosos discutia a polêmica decisão que definiria o futuro dos alodianos, os chefes de família mais corajosos de Alteracke resolveram se aproximar. Envoltos em seus cobertores de pena de ganso, eles se mostravam tão inseguros e receosos quantos aqueles que haviam acabado de chegar.

— O que essa gente faz aqui? – perguntou um deles.

— São forasteiros vindos do além-rio pedindo por nossa hospitalidade – respondeu Agar.

Os moradores se espantaram com a resposta e, logo, começaram a murmurar.

— Venerável Agar, mas eles são muitos! – um deles falou em voz alta.

— Por quanto tempo eles ficarão aqui? – outra voz no meio do grupo também se exaltou. — Temos provisões suficientes para alimentá-los?

As perguntas continuaram e os aldeões, apreensivos, pareciam não entrar em um consenso. Gradativamente, até mesmo os olhares mais otimistas dos refugiados perderam suas cores. Eles estavam com frio, cansados, com fome, e agora, desanimados e sem saber o plano que Destino lhes revelaria.

— Papai, quando é que nós vamos chegar em casa... papai? – Então, ouviu-se a voz de uma criança que havia acabado de acordar no colo de seu pai em prantos.

A pergunta, repetida várias vezes, numa cruel insistência, pôs fim à guerra de argumentos que se seguia em euforia, transformando-a em silêncio. O choro da criança pesava-lhes como uma chuva forte. Sem poderem se proteger, sem terem abrigo para refugiarem-se, pensar que não podiam acolher os forasteiros foi se tornando um martírio.

Não suportando o pesar que inundava a planície de seus sentimentos, um dos alterackianos se comoveu. Tendo piedade do povo que sofria, aproximou-se da criança, e pousou a mão sobre seus cabelos lisos e castanhos, acariciando-os.

— Já estás em casa, pequenino — disse com ternura. Depois, virou-se para as famílias. — Todos estão em casa. Essa aldeia também é vosso lar.

XLII

Herdeiros da virtude

Ao contrário da vila de pescadores às margens de Nakato em Bogdana, Alteracke não possuía o cheiro forte de argila proveniente dos infectados pela Pestilência Cega. Pelo contrário, a aldeia tinha um perfume de bosque e um aspecto limpo e organizado. Vinte casas retangulares de paredes grossas se espalhavam em torno de uma pequena praça onde uma estátua de figura desconhecida repousava. As moradias mais distantes do centro eram mais espaçadas entre si e, entre elas, haviam cercados com hortas, jardins e galinheiros.

Para a surpresa de todos, Agar se revelou o líder da comunidade e, através de suas instruções, as famílias alodianas foram devidamente alojadas e os peregrinos convidados a ficar em sua morada. Victor, porém, negou o convite, justificando que iria fazer um reconhecimento da área com Rurik.

O interior da casa de Agar Sa'arogam, apesar de caloroso e aconchegante, possuía apenas três cômodos: uma cozinha equipada com um forno a lenha, um balcão de pedra e uma mesa para quatro pessoas, uma sala de estar com uma lareira acesa, e o dormitório do velho casal, com diversos pergaminhos enrolados sobre uma mesa de cabeceira e um altar para orações.

Helgi deixou os forasteiros na sala de estar para que pudessem se acomodar e buscarem conforto no calor da lareira.

— Gostaríeis de um Chá-de-Sumayya? — ofereceu ela.

— O que é isso? — perguntou Petrus.

— Mas é claro — respondeu Formiga de prontidão, dando um tapa no peito do pastor. — E se tiver algo para comer, também aceitaremos com prazer!

— Formiga! — repreendeu Chikára. — Desculpe-nos o abuso, Agar.

— Ele não está abusando, minha cara — minimizou o ancião. — Essa é uma ótima maneira de exercitarmos a solidariedade que nos ensina o sábio Ieovaris. É também uma ótima maneira de contar e ouvir histórias. Eis o verdadeiro sentido da vida.

Enquanto Helgi ia até a cozinha preparar o chá, Petus encontrou um tapete de pele de urso e, lá, deitou-se e dormiu; Sir Heimerich, Roderick e Braun recostaram-se próximo à lareira; e Chikára, Formiga e Agar sentaram-se em almofadas no chão.

— Então... — iniciou Agar — vós vindes de Askalor.

— Nem todos, senhor Agar — disse Chikára, à frente do velho senhor. — Eu venho das frias terras de Keishu. Os outros que estão aqui vieram de diversas paragens do reino. De Askalor, apenas o Formiga aqui ao lado... — ela apontou e Agar franziu as sobrancelhas. — E o cavaleiro sentado ali na lareira.

— E como todos vós fostes parar em Askalor? O que por lá estáveis fazendo?

— São novas de grande pesar — Chikára suspirou. — Acredito que seu povoado ainda desconheça o que se passou nestas últimas *auroras* em Sieghard.

Agar inclinou-se, em tom de atenção, demonstrando que ela continuasse.

— Nosso reino foi atacado por armadas de lendária força, lançadas pelo Grande Mar. Perdemos o Velho Condado, na costa de Bogdana; em seguida, o Domo do Rei. Nada do que tentamos fazer adiantou para impedir tamanha desgraça. Como último recurso, arriscamos impor uma resistência na comuna de Alódia. Sem sucesso. Só nos restou bater em retirada, levando atrás de nós algumas das famílias que lá habitavam.

— Isso é terrível! — exclamou Agar. — O que o rei... rei... — o ancião hesitou. — Como é mesmo o nome dele? Nogah, não é?

Um semblante de confusão tomou conta dos que o ouviam. Chikára e Formiga se entreolharam, confusos.

— Nogah era o nome dado aos reis de Sieghard antes da dinastia em vigor — Sir Heimerich levantou-se, deixando suas armas e seu elmo no chão. — Houve cinco monarcas com esse nome, mas não sei exatamente a qual deles o senhor está se referindo. De qualquer forma... — ele sorriu — Nas atuais *auroras*, o trono pertence aos Marcus, mesmo que o paradeiro do soberano seja-nos desconhecido.

Agar surpreendeu-se duplamente. Primeiro, ao lhe ser revelado que os Nogah não eram soberanos há muitos *verões*, e o rei, fosse ele quem fosse, estava desaparecido.

Neste momento, Helgi se aproximou trazendo em uma bandeja algumas fatias de bolo de nozes e uma vasilha feitas de chifres de carneiro com um estranho tubo de madeira mergulhado no líquido fumegante. Os olhos de Formiga resplandeceram imediatamente.

— Podei vos servir — sugeriu a anciã.

— Obrigado! É muita gentileza, senhora — disse Formiga, exasperado, apanhando algumas fatias do bolo e a vasilha de chá.

— Não há o que agradecer, forasteiro. Mas ficais sabendo que a vasilha é para todos — Helgi explanou, sentando-se em uma almofada.

— Como assim para todos? Pensei que viriam mais seis dessa — Formiga se chocou.

— Vós ainda tendes que aprender muito sobre nossos costumes — Agar riu. — A vasilha de Chá-de-Sumayya é dividida entre todos os convivas, assim como fazia Ieovaris enquanto andava nessas terras. Esse gesto simboliza a igualdade numa refeição entre todos.

O ferreiro, já com a boca no canudo de madeira, refreou-se instantaneamente e, envergonhado, desculpou-se e passou o objeto a Agar — que, por sua vez, o ofereceu a Chikára, como forma de gentileza.

— Pelos deuses, isso é muito forte! — ela contorceu o rosto após beber o chá. — Jamais provei algo tão amargo em todas as minhas andanças — revelou, e entregou o recipiente ao velho.

— Essa é uma bebida muito antiga — Agar explicou. — Os primeiros descendentes de Ieovaris a inventaram.

— Percebo que vocês todos têm uma considerável devoção a Ieovaris. Desde que chegamos aqui, o santo nome de Ieovaris já foi repetido por diversas vezes. Por quê? — indagou a maga.

Helgi e Agar sorriram com a pergunta e se entreolharam, como se perguntassem "eu conto ou você?".

— Há incontáveis eras — o ancião bebeu o chá, antes de começar. —, quando os homens ainda erravam pelas planícies de nossa hoje chamada Sieghard em busca de comida, um homem vindo das terras do norte, nos ensinou a plantar e a domesticar animais. Seu nome era Ieovaris. Chamava a atenção por ter a pele muito branca e os cabelos da cor de amêndoa, além de uma barba fechada e volumosa. Porém, diferente de todos daquela época, sua força não estava nos braços, mas em suas ideias. Através dele aprendemos a construir casas, a distinguir as cinco estações do ano e os períodos de semeadura e colheita, a nos comunicar por meio da palavra escrita, fabricar objetos tanto para adornos quanto para o trabalho cotidiano. Durante esse tempo junto aos nativos, ele tomou para si várias mulheres e com elas teve inúmeros filhos e filhas.

MARETENEBRÆ ✦ 271

"Quando sua missão estava concluída, ele partiu para o seu lugar de origem, para as terras do norte, deixando os homens com seu legado. Ieovaris nunca voltou. Com a chegada das grandes inundações, os descendentes de seus filhos, guardando os seus ensinamentos, refugiaram-se nas montanhas de Sumayya, tendo que lutar pela sobrevivência em meio aos lagartos alados e aos trolls que fustigam esse lugar. Por isso, meus caros forasteiros, o chá é amargo, para recordar essa dificuldade dos primeiros tempos. As pessoas de nosso povo nada mais são do que descendentes diretos dos primeiros daqueles filhos que subiram as montanhas."

Sir Heimerich, fascinado pela história, sentou-se em uma almofada próxima a Agar. Para ele, Ieovaris era um deus, como todos os outros deuses da Ordem, uma figura espiritual, etérea e sem rosto, que representava em si todos os atributos ordeiros. Nunca imaginaria ele que um deus pudesse caminhar entre os homens e, de forma ainda mais impressionante, tivesse tido filhos.

— Então quer nos dizer, senhor, que o sangue que corre nas veias dos habitantes dessa região é divino? — perguntou, após receber o recipiente de chá de Agar.

— Não sabemos em qual medida. Mas posso dizer-te, com orgulho, meu adorável cavaleiro, que sim.

De pronto, um grande furor tomou conta dos peregrinos. Exceto por Petrus, que continuava imperturbável em seu sono, todos ficaram inquietos com a revelação. Mesmo Formiga começou a comer mais devagar. Para os mais religiosos, que se perguntavam por que Destino os teria levado àquela aldeia isolada do mundo, a resposta parecia estar maravilhosa ou terrivelmente próxima.

— Mas não é que saímos por aí voando, ou criando fogo da água — Helgi tentou minimizar, vendo que muitos olhares assustados foram trocados. — Somos tão humanos quanto vós, porque Ieovaris assim o demonstrava.

— Então, vocês devem ter algum poder. Algo mágico — disse Braun, intrigado.

— Podemos até ser dotados de algo semelhante ao que dizes, guerreiro — respondeu o velho —, mas nosso verdadeiro poder está em vivermos em paz e harmonia com nossos semelhantes. Aqui temos tudo o que é preciso para vivermos. E quando surgem cativos e estrangeiros, como vós, embora tenham sido poucos nessas últimas estações, também os acolhemos e compartilhamos nossa comida e conforto. É esse o maior de nossos santos deveres. Faz-nos sentir bem e em paz com nosso corpo e espírito. Agindo assim, somos abençoados por Ieovaris.

Enquanto ainda mastigava a fatia de bolo, Formiga estremeceu ao ouvir as últimas palavras do velho. Era inevitável relacioná-las com sua terra-natal, tão conhecida entre todas as províncias do reino por seu caráter hostil e mesquinho contra forasteiros, mesmo os que estivessem precisando de ajuda. Sua conclusão, embora cruel, parecia mais que óbvia: se Ieovaris ensinara que o auxílio aos estrangeiros necessitados era um dever fundamental e seus pares não o faziam; então, desobedecendo a esse acordo, não seria a invasão de Linus um justo e providencial castigo permitido por Destino contra uma cidade pervertida e egoísta? Sendo as famílias que escaparam, bem como ele próprio, resultados do mesmo desejo de Destino de poupar pessoas amistosas e acolhedoras?

Formiga pensou em sua mãe e seu pai, e Aalis e Callista. Seria difícil acreditar que eles haviam morrido por não terem sabido acolher hóspedes, já que era justamente esse o seu ofício. Será que haviam cometido pecados suficientes em sua ausência, para receberem da mesma pena que a cidade inteira?

— É possível que alguns dos filhos de Ieovaris não tenham subido as montanhas de Sumayya? – Chikára entrecortou os devaneios do ferreiro.

— Sim, minha cara – respondeu Agar. — Na verdade, após o dilúvio, quando as águas baixaram, muitos desceram e acabaram por se juntar aos nativos das planícies.

— Um momento... – a maga parou para refletir em sua próxima pergunta, pois formulava uma hipótese que não parecia ser clara a todos. Assim que ela chegara em Alteracke, havia notado que uma peculiaridade, muito comum nas últimas *auroras* em todos os cantos de Sieghard, não incomodava a comunidade. — Por acaso, algum habitante desta aldeia apareceu com as pupilas esbranquiçadas e debilitado, coberto de manchas arroxeadas por todo o corpo?

— Uma doença? – O ancião levantou uma sobrancelha.

— Seria mais sensato dizer que é um tipo de feitiçaria.

— Eu não poderia responder-te com satisfação, senhora, pois todos os que habitam essa aldeia afortunada, sendo detentores do sangue divinal de Ieovaris, estão imunes a feitiçarias e encantamentos de qualquer espécie.

— Eu sabia! – exclamou Braun, assustando os demais. — Essa conversa de fraternidade e caridade não passa mesmo de um truque para esconder o real segredo – zombou, completamente alheio ao peso que acabara de cair sobre a cabeça dos demais. Ainda rindo, ele dava cotoveladas em Roderick ao seu lado para que ele o apoiasse. No entanto, não só o arqueiro quanto o restante do grupo o encarava com estranhas expressões. — O que foi? O que estão olhando?

— Não acha que existe um motivo exato e preciso para não termos sido levados pela peste? – perguntou Roderick, recebendo em resposta caras e bocas confusas do guerreiro. — Braun, use um pouco mais sua inteligência, meu amigo. Se os habitantes daqui estão imunes à doença porque descendem de um deus, por que razão você acha que nós também não fomos vitimados por ela?

O guerreiro parou para pensar e, logo, deixou seu queixo cair. Não era preciso dizer mais nada: ele havia entendido a obviedade da lógica.

— Não se precipite, Roderick — Chikára repreendeu o arqueiro. — Ainda é cedo para tal constatação. Não sabemos se a Pestilência Cega chegou até essa aldeia. Porém, se ela, de fato, chegou...bem, só o fato de podermos pensar sobre isso...

— É maravilhoso! — concluiu Helgi.

— É mais do que maravilhoso! — Formiga se levantou, exaltado, com o recipiente de chá na mão. — Como prova disso, fomos poucos os que sobreviveram ao ataque fulminante de Linus e suas colossais forças! Conseguimos lutar e caminhar por entre as regiões do reino sem sofrermos perdas, ou sem sermos atingidos pela doença, enquanto ela já dizimava as mais remotas regiões. Por que só nós? — Formiga começou a falar em voz alta, enquanto bebia doses e mais doses de chá e se contorcia com seu gosto forte. — Por que fomos nós que também saímos vivos de Alódia? E, por fim, o primeiro povoado que encontramos é justamente o lugar onde habitam seres que descendem dos deuses. Graças a eles podemos conhecer nossa verdadeira natureza! Que outros sinais além desses precisamos? Digam-me! — concluiu, com um otimismo exagerado, talvez impulsionado pelo calor do chá que esquentava seu corpo.

O casal de anciões riu da energia do ferreiro. No entanto, os outros peregrinos estavam espantados. As revelações de Agar pareciam um livro de conhecimentos arcanos, que quando era aberto e, revelava os mais fantásticos segredos, mudava radicalmente o modo como os seus leitores encaravam a realidade e a si próprios. Os aventureiros queriam que fosse verdade a dedução sabiamente proposta por Chikára, pois se fossem descendentes diretos dos deuses, como o povo alterackiano, teriam uma meta para seguirem; tudo o que haviam enfrentado e, sobretudo, o que tinham perdido, faria sentido, encaixando-se perfeitamente em um plano superior. No entanto, também temiam por aquele mesmo veredicto. O que seriam capazes de fazer se tivessem os mesmos poderes de Ieovaris? Será que estariam preparados o suficiente para lidarem com sua nova natureza e todas as responsabilidades que dela derivavam?

Enquanto todas essas questões tomavam conta das mentes de Roderick, Braun e Sir Heimerich, Chikára tinha suas mãos sobre a testa e uma expressão que se diferenciava dos demais. As rugas acima da sobrancelha diziam que estava preocupada com algo além, talvez muito mais importante.

— Chikára? A senhora está bem? — perguntou o nobre, o primeiro a observá-la. — Pode algo perturbá-la mais do o que acabara de ouvir?

— E Linus? — ela indagou sem olhar para o cavaleiro. — Será que sabia disso antes de nos atacar?

XLIII

O despertar de Chikára

A pesar das temperaturas elevadas e da alta umidade do verão askaloriano, a noite fria das montanhas de Sumayya seguia seu curso habitual. Em Alteracke, tudo parecia tranquilo e os únicos ruídos percebidos eram aqueles provenientes dos estalos dos gravetos nas lareiras das residências. Os refugiados já haviam se instalado devidamente — de acordo com a capacidade de cada proprietário — e adormecido.

Na casa de Agar e Helgi Sa'arogam, pelo contrário, apenas a anciã havia se retirado para se deitar, deixando com seus visitantes alguns lençóis feitos de linho, cobertores de material macio e confortável, e padiolas que serviriam de cama; enquanto Agar continuou acordado em companhia dos peregrinos. A tempo, ele se revelou ser o cronista do vilarejo, o que explicava a escrivaninha e a quantidade incomum de rolos de pergaminhos em seu dormitório. Tratava-se de um homem extremamente apaixonado por histórias, tanto as reais quanto as fictícias. Os mitos o fascinavam. As lendas e contos sobre reis e rainhas, guerreiros e nobres, monstros e deuses do passado e do presente eram os seus temas favoritos. Ao mesmo tempo em que serviam para entreter e divertir um grupo de amigos, como era o caso, o ato de contar histórias e rememorar feitos perdidos pelas areias do tempo era também uma forma de explicar o mundo e seu início, os homens e seus anseios, o relacionamento que estabeleciam com a divindade, dentre outros.

Ouvir tudo aquilo encheu os olhos dos companheiros de espanto e emoção, sendo que eles também procuravam fazer jus ao talento de seu habilidoso anfitrião, contando e recontando todos os acontecimentos de que tinham notícia. Ali, puderam expor com detalhes o desenrolar da batalha no Velho Condado, a fuga para as Colinas de Bogdana, o encontro com o misterioso Ázero, a passagem pelo Bosque dos Lordes, a chegada trágica no Domo do Rei, de como foram vítimas de salteadores no caminho para Alódia, e de como foi difícil entrarem pelos portões daquela rica comuna. Contaram de sua noite pródiga na Taverna do Bolso Feliz, dos manjares e licores que eram servidos, dos menestréis e bardos com suas músicas, danças e a batalha de rimas. E a cada palavra, Agar os atiçava ainda mais, para que não cessassem a conversa, mesmo sabendo que se tratava de algo torturante, em especial para Sir Heimerich e Formiga. O velho era muito curioso e interessado. Não seria estranho se quisesse apanhar seus papiros e sua tinta para registrar as façanhas e as amarguras daqueles aventureiros. Contudo, a força do sono lentamente pesou sobre os ombros dos convivas. Haviam caminhado durante uma *aurora* inteira, e sob péssimas condições. Estavam exaustos, em corpo e espírito. Logo, Agar despediu-se e se juntou à Helgi, deixando os forasteiros à vontade.

Na sala aquecida pela lareira, Sir Heimerich, Braun e Formiga se acomodaram próximos. Na parede adjacente, onde Petrus adormecera, deitou-se Roderick, que teve o cuidado de cobrir o colega com uma manta. Chikára ficou mais afastada, próxima à entrada da cozinha. Os homens rapidamente caíram no sono, mas a maga, apesar do relativo aconchego, tinha seu espírito perturbado. Por muito tempo, ela ficou deitada de costas, olhando para o teto; por vezes, desviava o olhar para a janela, esperando encontrar Victor e Rurik, que ainda não tinham retornado. Só os deuses poderiam medir as consequências caso Dídacus quisesse utilizar sua habilidade nos animais de Alteracke. *Sandice*, pensou. Victor Dídacus era uma figura sinistra, mas não imbecil. Era sábio e prudente o bastante para entender que se encontrava em uma situação desvantajosa, dependendo da boa vontade de estranhos. Não os provocaria, nem os prejudicaria. E ainda que precisasse se saciar, faria de tudo de forma a não chamar a atenção. Mas... e Rurik? Sua presença não assustaria os animais? E quanto aos outros fugitivos? Estariam acomodados e sendo bem tratados pelos outros aldeões?

Em verdade, o que de fato atormentava o coração da maga estava ligado ao que dissera Agar sobre Ieovaris — um deus e, ao mesmo tempo, ancestral dos alterackianos. Como portadora de uma centelha divinal, a restrita comunidade estava imune à praga lançada pelas forças do Caos. Tampouco ela e seus companheiros haviam sido apanhados pela Pestilência. Não era possível uma coincidência tão incrível. Desde que fora expulsa de sua querida Keishu, ela nunca esteve tão agitada, temerosa e intrigada. Por um momento, sentiu falta dos companheiros que havia deixado, sem sua vontade, na Abadia. Sonhava em ser como os melhores magos daquele lugar, mas sua vida havia tomado uma trilha desconhecida e escura. Tão escura quanto a sala na qual estava deitada.

Apesar de cansada e exausta, o sono não vinha. Desistindo de apenas esperar por ele, e sabendo que a *aurora* seguinte seria difícil se não conseguisse adormecer, a maga se descobriu e pôs a mão sobre a nuca, invejando o repouso sereno dos demais. Depois, vestiu-se e preparou-se para sair.

— Chikára, aonde vai? – sussurrou Sir Heimerich ao perceber um rangido.

— Preciso caminhar – ela respondeu, ríspida, fechando a porta com cuidado para não fazer muito ruído.

Uma névoa quase mística percorria as ruas da aldeia, obscurecendo o céu e a lua. Chikára caminhou por entre as casas, silenciosas e tão pouco iluminadas quanto quando chegaram ao local. Logo, ela atingiu os últimos conjuntos de habitações, e hesitou um pouco em seguir adiante na relva, além dos limites de Alteracke. Ventava uma leve brisa de solidão, no entanto, ela prosseguiu, perdida nos labirintos de seus devaneios. Quando parou, olhou ao redor e espantou-se com a distância que havia percorrido. Parecia estar a milhas do seu ponto de partida, pois já não avistava a vila. Mas, o que lhe chamou mais a atenção foi presença de uma árvore solitária em meio a um terreno de relva baixa. Não parecia ser um pinheiro – tão comum na região – ou outra espécie conhecida. O tronco era um pouco mais largo que o entrelace de seus braços e altura não maior do que vinte pés. A copa era ampla e com poucas folhas, mas sabia-se que não estava seca.

Admirada com a aparição inusitada, Chikára caminhou na direção da árvore e se sentou sob ela, recostando-se em seu tronco para observar a imensidão das montanhas e vales de Sumayya. De repente, sentiu seus pelos arrepiarem com a terrível e estranha visão do Pico das Tormentas – que até então ela não o havia notado. Completamente sozinha, os pensamentos que povoavam o espírito da mulher fizeram-se presentes de forma ainda mais incisiva.

— Descendentes de Ieovaris... – murmurou para si, após um longo suspiro, como se desejasse comparar a condição dos habitantes do povoado com a sua própria. — Em um lugar tão inóspito e rústico... – ela fez uma nova pausa, e continuou a monologar palavras soltas e sem muito sentido. — A moléstia... Eles não contraem a moléstia... Não contraímos a moléstia... Linus... Linus não sabia disso... É obra sua... Uma obra...

— Que não é má! – uma voz do mesmo timbre da maga completou o seu pensamento.

Chikára pulou de susto. Talvez estivesse inebriada pelo sono, pois não sabia se tinha ouvido a própria voz, ou a de outra pessoa, ou de algo que estava em sua cabeça. Uma sensação súbita de pânico e horror atravessou seu corpo, alertando-a que era preciso sair dali. Era preciso voltar e repousar. Porém, suas pernas não se moviam, era como se elas estivessem presas ao chão. Como enfrentar o Pico das Tormentas sem o devido descanso? A maga quis gritar, mas sua boca não se abria mais. Ainda mais assustada, com o coração acelerado, ela percebeu que só conseguia mover os olhos, enquanto permanecia pateticamente imobilizada e aterrorizada.

Apesar disso, a situação estava longe de melhorar, pelo contrário, a leve brisa que há pouco soprava, transformou-se gradativamente em uma forte ventania. Folhas foram levantadas por violentos redemoinhos. Com seus cabelos esvoaçando, Chikára sentia que poderia ser carregada a qualquer momento, embora estivesse enraizada tal qual a árvore às suas costas. Então, no meio daquele pandemônio, uma silhueta se moveu. *Uma fera? Um homem?* A maga tentava achar uma explicação racional sobre a forma que havia apenas visto — uma forma pequena, de contornos humanos, porém que andava como um animal. À medida que se aproximava dela, Chikára pôde perceber que se tratava de uma criança, que engatinhava feito um bebê. *O que poderia fazer uma criança nesse lugar? De onde ela vinha? Como havia parado ali? Será real ou fruto do meu espírito inseguro e aberto às mais corriqueiras tentações?* Ela travava um embate com sua própria consciência.

A criança chorava com gritos ensurdecedores e insuportáveis, talvez estivesse precisando de ajuda. No entanto, Chikára jazia impotente para sequer se salvar. A árvore, a voz, o vento, a criança... nada tinha lógica e tudo se ampliava. De repente, a maga se encontrou diante de seu próprio rosto, e seus sentidos se perderam com o caos e a agonia. Quase desfalecida e incapaz de tomar qualquer atitude, ela simplesmente deixou que o choro da criança penetrasse em seus ouvidos até que se tornasse familiar. *Um amigo de Keishu?*

Com a respiração ofegante, Chikára abriu os olhos na velocidade de um relâmpago. Ela ainda estava deitada na sala da casa dos Sa'arogam, descoberta e com sua manta por debaixo de seu corpo. A janela estava entreaberta e uma leve brisa soprava. Em um dos cantos do aposento, Formiga chorava um choro contido, embora expressivo, como um filhote que chama pela mãe. Do outro lado, Petrus continuava roncando, emitindo sons terríveis com sopros irregulares. *A criança e a tempestade,* Chikára riu. Em silêncio, ela se levantou, foi até a janela e a fechou, depois, carinhosamente, aproximou-se de Formiga.

— Está tudo bem, Formiga? Precisa de alguma coisa?

— Sim... está sim, senhora... — disse ele, enxugando as lágrimas. — Não se preocupe... são apenas saudades de casa.

— Apenas tente dormir. Se precisar de algo, me chame.

O ferreiro assentiu com a cabeça e virou-se de bruços. Chikára voltou para o seu leito, não sem antes caminhar até a porta e verificar, para seu alívio, que ela se encontrava trancada.

XLIV

Partilha

Na manhã seguinte, à terceira hora, os populares de Alteracke aglomeraram-se em torno da estátua na praça. O cheiro de terra úmida perfumava o local e os primeiros gorjeios de pássaros compunham uma melodia suave aos ouvidos. Várias crianças refugiadas brincavam e cantavam cantigas de roda, enquanto os adultos, preocupados, discutiam em voz baixa sobre suas condições. Uma brisa fria e constante, vinda do Norte, balançava as tímidas gramíneas — que brilhavam esplendorosas sob a luz do sol no orvalho de suas folhas. Alguns aldeões passavam em torno da figura de pedra e beijavam seus pés; outros, apenas olhavam-na em tom de veneração.

Os sete peregrinos estavam à espera de Agar junto com os chefes das famílias alterackianas que comporiam a assembleia para definir o destino dos alodianos. Como líder comunitário e reclamante da reunião, a presença de Agar era indispensável e aguardada de forma especial, já que seria o primeiro a falar.

Instantes mais cedo, os aventureiros haviam despertado renovados na casa do venerável senhor — resultado de um sono como há muito não faziam. Petrus, o último acordar, comparou a estadia com o conforto recebido quando ainda estava no Bolso Feliz. Helgi preparara um desjejum convidativo: pão de centeio, frutas, queijo de cabra e leite. Também havia torradas, mel e geleias de diversos sabores: morango, framboesa e amora montanhesa. "Nada mal para uma última refeição antes de morrer", Formiga, com a boca melada, salientou de modo sutil a difícil *aurora* que estaria por vir, lembrando a todos que o Topo do Mundo os esperava.

Antes de saírem para a praça, Roderick pôde reparar, pendurado na parede, um antigo arco recurvo. Decorado com pedras coloridas e runas, ele era delicado e sutil, e logo o arqueiro se apaixonou pelos traços e a beleza da arma. Agar se aproximou, reparando o interesse de Roderick. "É um arco de nogueira, feito pelo tataravô do avô do meu avô, um dos primeiros colonizadores de Alteracke." ele riu. "E, agora, ele é seu. Ele protegerá seu espírito onde existir apenas trevas". O campeão de Adaluf aceitou de pronto, não escondendo a surpresa e a excitação por estar novamente equipado. O ancião lembrou-se também de oferecer-lhe uma aljava com trinta flechas, que estava guardada há tempos em uma velha arca. Roderick agradeceu com um abraço e um largo sorriso antes de deixar a casa.

— Eu saúdo a comunidade com a paz do sábio Ieovaris! — disse Agar, chegando à praça.

— Que sua sabedoria esteja no meio de nós! — responderam os restantes.

— Irmãos de Alteracke e filhos de Ieovaris — o venerável escalou uma pequena bancada ao lado da estátua para ser melhor ouvido —, como é do conhecimento de vós, ontem à noite, nossa comunidade recebeu a visita inesperada de vários homens e mulheres desabrigados. Também havia crianças entre eles. Dizem vir de Alódia, uma cidade distante muitas e muitas léguas daqui. Cidade esta que nem mesmo eu consegui viver tantos *verões* para chegar a conhecê-la. Cidade esta que foi recentemente destruída por forças bárbaras vindas do Grande Mar — Agar fez uma pequena pausa, desenrolou um pergaminho que trazia em seu manto, e começou a ler o seu conteúdo. — Como o mais idoso dentre vós, e respeitando o costume de nossos pais e dos pais de nossos pais, por meio deste documento, eu concedo a liberdade para se alocarem aqui, tentando reconstruir suas vidas. É sabido que um dos ensinamentos do sapientíssimo Ieovaris é acolher os desamparados e, principalmente, os humildes. Porém, deverão eles lavrar conosco em nossas hortas, cuidando da semeadura e da colheita. Deverão, igualmente, cuidar dos animais e dos celeiros. Lhes será permitido construírem habitações para si e para suas famílias. Não haverá nenhum tipo de distinção entre nós e eles, a não ser a de terem nascido em outras terras. Em todos os casos, e para todos os fins legais, serão tratados como alterackianos legítimos, cumprindo deveres e exercendo direitos. Que vivam plenamente segundo a Verdade de Ieovaris.

A multidão permaneceu em silêncio.

— Diante do que expus aqui, há alguma objeção para que isto não se cumpra? – Agar pigarreou, indagando em seguida.

Iniciaram-se alguns burburinhos, no entanto, visto a expressão dos alterackianos, a decisão parecia estar já acertada. Os refugiados que estavam à volta também não deixaram de conter a emoção do momento, e alguns começaram a chorar.

— Os chefes de família que concordam com esta moção que levantem as mãos! – ordenou Agar. Vários homens, uns mais idosos, outros mais moços, levantaram as mãos. — Os chefes de família que discordam desta moção que levantem as mãos! – ordenou mais uma vez. Desta vez, não houve manifestação da plateia. — Os chefes de família que se abstém de votar levantem as mãos! – assim como antes, ninguém se manifestou. — Declaro aprovada por unanimidade esta moção. Considero-a decretada e que ela seja cumprida para a felicidade de todos! – concluiu, ouvindo uma imediata salva de palmas.

Naquela pequena praça daquela tímida aldeia afastada do mundo, não havia espaço para tamanho júbilo que se seguiu. Todos os alodianos, bem como os sete peregrinos, foram abraçados pelos moradores em sinal de boas-vindas. Muitos refugiados se ajoelharam, não suportando o peso da alegria que tomou conta de suas pernas. Após os momentos de dor e aflição na fuga de sua cidade-natal, finalmente eles podiam ter um pouco de esperança.

— Não sabemos como agradecê-lo, sábio Agar! – disse o cavaleiro ao líder da comunidade, junto aos seus companheiros.

— Agradeço teu elogio, nobre! Mas não me chames de sábio, apenas Ieovaris assim o é – Agar apontou para a estátua.

— Que assim seja – interveio Chikára. — Então, eis o famoso Ieovaris em forma humana.

— De fato! – respondeu Agar. — É ele a nossa inspiração, e sua sabedoria o nosso guia para resolvermos nossos problemas. Por isso todas as decisões são tomadas aqui, em sua presença.

Todas as atenções se voltaram para estátua que representava um homem de estatura média vestindo um manto amarrado em sua cintura pelo nó de uma corda simples. Seus pés calçavam uma sandália rústica. Seu rosto apresentava uma barba volumosa e longa e sua expressão se assemelhava à de Agar, com pequenos olhos vivazes e nariz fino. Na mão esquerda portava uma tocha e na direita, um cajado.

— Esta tocha representa a Verdade de Ieovaris que queima com as chamas da eternidade – o velho tratou de explicar. — Uma tocha com o fogo divino que nunca se apaga e nunca se apagará enquanto estiver nos nossos corações.

Subitamente, Petrus arregalou os olhos, espantado. No silêncio de sua mente, as palavras de Agar não pareciam meramente jogadas ao vento. *Chamas da eternidade... o fogo divino... o segredo da realidade,* ele entrou em êxtase, como se confabulasse com seu inconsciente. Porém, quando ele pensou na reação de Chikára em Alódia, de repente, tudo desapareceu.

— Mais uma vez, Agar – Sir Heimerich tomou a palavra, fazendo com que Petrus voltasse à realidade. — Agradeço o que fizeram por nós e por essa gente, mas temos de partir. Temos uma montanha instransponível pela frente.

O venerável senhor olhou firme nos olhos do cavaleiro e pousou a mão em seu ombro, como um amigo de longa data faria ao se despedir.

— Espero realmente que vós consigais encontrar o Oráculo do Norte do qual tanto me haveis falado. Oraremos por vós. "Se quiserdes transformar o mundo, transformai-vos", dizem os antigos. Pautem vossa jornada neste secular provérbio. Que Ieovaris vos ilumine com sua luz! Mandarei um animal para carregar vossas provisões.

— Seria muito amável – respondeu Sir Heimerich.

— Helgi! – gritou para sua companheira em meio à multidão. — Traz a Pacata e dá a eles o que precisarem para facilitar a sua jornada.

Os peregrinos se entreolharam com uma expressão de estranheza, sugerindo que compartilhavam do mesmo pensamento: *Pacata?!*

Não demorou muito, Helgi estava de volta com uma mula e dois cestos grandes amarrados em uma cangalha sobre o animal.

— Coloquei algumas roupas de frio para vós aqui – informou a senhora Sa'arogam. — Ireis precisar. Os alimentos podem durar até sete *auroras* de viagem se racionardes bem – alertou ela, no que, imediatamente, todos olharam para Formiga, que por sua vez, fingiu-se de desentendido. — Ah, e o mais importante... — Helgi continuou. — Não alimenteis os trolls!

— O que ela quis dizer com isso? – perguntou Petrus aos outros em voz baixa, sem querer que ela soubesse que não havia compreendido a advertência.

— Que não devemos dar você para eles comerem, verme – respondeu Braun, em voz alta.

X L V

Aos ignorantes, o silêncio

Sem se despedir e não afeito a cordialidades, Victor adiantou-se no caminho para o Pico das Tormentas levando Pacata e Rurik consigo. Ainda na praça, Formiga, em um gesto de causar inveja a qualquer moribundo, aproveitou para pedir a Helgi mais alguns de seus deliciosos pães e bolos para compor as provisões. Sir Heimerich aconselhou os novos moradores a fim de que agissem em harmonia e fossem gratos por tudo o que receberam e ainda receberiam do povoado de Alteracke. Por fim, pouco antes do último adeus, Roderick cantou para a multidão uma suave melodia sobre novas de grande alegria.

Eram poucos os que conheciam a trilha para o Topo do Mundo. Segundo Agar, mesmo os alterackianos não ousavam chegar próximo da sua base. Mesmo assim, não faltavam papiros de outras épocas na mesa do ancião contendo informações relevantes para direcionar viajantes ousados – ou loucos – em busca de aventuras. De acordo com os escritos, havia um caminho aberto entre a paisagem feito por trolls que chegava ao cume da montanha, e este se chamava, de acordo com pelo menos dois autores, Estrada Velha. Apesar da variação dos nomes para o tal trajeto, todos os autores eram unânimes em dizer que ele era a única opção rápida e viável para se transpor o Pico das Tormentas.

À medida que o grupo se aproximava de seu destino, seus integrantes sentiam como se uma gigantesca muralha de pedra estivesse a ponto de desabar sobre seus corpos — e que as dificuldades passadas na fuga do Bolso Feliz não poderiam se equiparar com o que viria. A sombra da montanha os encobria de forma tenebrosa, não sendo possível ver o sol que caminhava calmamente por detrás do relevo, e os atingia com o frio habitual da região.

"Para alcançardes a Estrada Velha", Sir Heimerich relembrou Agar lendo um dos papiros, *"Tendes que caminhar pela Região do Silêncio. Assim que encontrardes um ser andando sobre duas pernas em seu caminho — e eu vos garanto, não será um homem — sabereis que a estrada está próxima"*. O cavaleiro riu do texto, porém, agora, estava orando para que este ser, seja lá o que fosse, estivesse bem longe de sua passagem.

Pelos cálculos, os peregrinos previram que apenas na segunda metade do dia eles alcançariam os pés da montanha e que, para identificar a região mencionada por Agar, teriam que caminhar em silêncio, caso contrário ela poderia passar despercebida e custar um tempo de viagem que eles não tinham. A comitiva continuou sem trocar muitas palavras por entre pinheiros, bosques e riachos, até entrarem em uma local onde, estranhamente, nenhum som era ouvido. Nem o cantar das aves, nem o andar de pequenos castores, o latido de Rurik, mesmo os cursos d'água não faziam um ruído sequer. O silêncio era tal que chegava a ser incômodo, apesar de igualmente mágico.

— Agora podemos falar? — perguntou Petrus, no entanto, ele quase não conseguia ouvir sua própria voz. De forma instintiva, ele limpou os ouvidos. — He...He... Heimerich? — gritou, com o coração acelerado, desesperado com a situação.

Próximo ao pastor, Sir Heimerich percebeu a singular peculiaridade e chamou a atenção de todos com um gesto para que se aproximassem.

— Ao que tudo indica, também fomos afetados pela atmosfera do local — o cavaleiro aumentou o tom para que pudesse ser ouvido. — Já que nos tiraram a audição, a partir de agora, sugiro olhos atentos e pés precavidos — ordenou. — A Estrada Velha deve estar próxima.

Exceto por Victor, todos os outros estavam atônitos com a situação — e imersos também no mesmo silêncio que os envolvia. Dídacus estava preocupado, pois sentia que uma estranha presença se movimentava ao longo do caminho, invisível aos olhos de pessoas comuns. Presença essa que parecia os acompanhar desde que saíram do túnel e que ficava mais intensa. Seria um espião? De que lado ele estaria? De qualquer forma, se quisesse atacar o grupo, já o teria feito. Porém, não havia atacado por que não podia ou por que não era de seu interesse fazê-lo?

A sensação pesada de abandono e solidão estava quase levando o grupo à loucura quando, ao longe, uma pequena variação na vegetação chamou a atenção de Roderick. Astuto e com uma visão invejável, o arqueiro fez sinal para que o seguissem até chegarem em uma trilha de arbustos solados, como se tivessem resistido a um grande peso por cima. Era lógico, e ao mesmo tempo amedrontador, pensar que trolls haviam recentemente passado por ali. Não só isso os fez estremecer, mas também a visão do sopé do Pico das Tormentas surgiu mais à frente por entre uma clareira aberta no caminho. Seus corpos paralisaram de medo por alguns instantes. Entreolharam-se com a impressão de que pelo menos um dos que estavam ali não desceria. No entanto, não havia outra escolha. Eles já haviam renunciado a uma vida calma e pacata em Alteracke em nome de seus ideais.

— A Estrada Velha – disse Sir Heimerich, e, nesse instante, ele percebeu que haviam saído da Região do Silêncio.

— Pelos deuses, eu já estava ficando aflita. Era como se todo o ar que eu respiro estivesse guardado em meu peito – resmungou Chikára, aliviando-se. Sem querer, ela falou alto, pôs a mão na boca e riu de si mesma.

— Pelo visto, não vamos enfrentar *apenas* perigos físicos daqui em diante – observou Formiga, recebendo olhares preocupantes da maga e do cavaleiro.

— Tem um outro caminho além desse? – Petrus notou que a estrada se dividia e um braço dela tomava uma direção mais ao leste. — Para onde será que vai?

— Para os descampados de Sumayya – Victor respondeu com sua característica voz perturbadora. — Uma planície desolada que tem em seus confins o Cinturão das Pedras. Para um explorador que deseja transpor as montanhas e chegar às desconhecidas Terras de Além-Escarpas, os descampados de Sumayya parecem ser o trajeto mais fácil. Ironicamente, porém, a planície é um campo de caça perfeito para os lagartos alados que habitam o Pico das Tormentas. É um caminho sem volta, de rastros de sangue e ranger de dentes, servindo apenas para manter vivo no coração dos homens a certeza de o quanto são insignificantes. Digo eu que, enquanto existirem os lagartos alados, as Terras de Além-Escarpas sempre serão um mistério para nós, siegardos.

A revelação de Victor sobre a região, mesmo não sendo uma surpresa para alguns, acabou por servir de um alerta para lembrá-los dos perigos do reino e deixá-los ainda mais apavorados.

— Bem, se alguém quiser voltar, o momento de decidir é esse – sugeriu Chikára com palavras firmes, percebendo a perturbação.

— Não creio que haja alguém capaz de desistir em um momento como esses, senhora — Sir Heimerich desafiou a maga, com o intuito de instigar os peregrinos.

— Fiquem, então, cientes que não quero saber de ninguém desistindo no meio da subida. Todos podem ser colocados em perigo — rebateu ela, contrariada.

— Tenho a impressão de que esse recado é para mim — balbuciou Petrus para Roderick. — Ela me odeia.

— Não seja bobo, herói. O que ela está dizendo é uma verdade, mas não necessariamente para você — amenizou o arqueiro, sussurrando.

— De qualquer forma, Roderick, queria que tudo isso terminasse logo.

— A julgar pela sua nova postura, vejo que está mais do que preparado para enfrentar o Topo do Mundo — Roderick piscou para o camponês. — A propósito, onde está seu báculo?

— Acho que ele teve o mesmo fim dos móveis do Bolso Feliz — Petrus fez um muxoxo. — Sinto falta dele.

— Há males que vêm para o bem, amigo. Você está muito melhor sem ele. Parece mais forte, com mais vigor, além de mais decidido...e está até falando com mais segurança — o arqueiro o elogiou.

Como ninguém mais se pronunciou após o aviso da maga, o cortejo tomou a Estrada Velha. Victor, à frente, puxava Pacata, seguido por Chikára. Braun e Formiga vinham logo atrás e, por último, Roderick, Petrus e o incansável — e leal — Rurik. Sir Heimerich, no entanto, ficara para trás. Antes de prosseguir, o paladino voltou-se para a direção de Askalor e ajoelhou-se em súplica, recitando preces conhecidas. Ele estava orando aos deuses, rogando-lhes, não pela sua vida ou a de seus companheiros, mas para que os planos de Destino se cumprissem e pudessem eles todos ter, no caso de um desastre, uma morte honrosa. Subitamente, passou-lhe pela cabeça a imagem de Sir Fearghal e um fio congelante atravessou sua espinha ao tentar adivinhar o que os invasores teriam feito com o corpo do seu amigo quando o encontraram.

— Victor — Chikára chamou o arcanista, revelando uma certa ansiedade.

— Sim? — ele foi sucinto.

— Deveria ter estado conosco e com Agar ontem à noite. Recebemos diversas informações do velho senhor. Uma delas pode nos levar a saber por que não fomos atingidos pela Pestilência. Gostaria que a revelássemos a você?

— Porque temos sangue divino — ele rebateu, de forma indiferente, pegando os outros de surpresa.

— Sangue divino? — Petrus levantou uma sobrancelha.

— Como sempre, quando notícias assim chegam aos nossos ouvidos, você está roncando feito um urso – relatou Formiga. — Na noite da *aurora* passada, Agar nos revelou um pouco mais sobre sua origem e a de seu povo. Quis o irônico Destino que nós também fôssemos envolvidos por essas revelações. Ao que tudo indica, somos descendentes de Ieovaris.

— Mas isso é o máximo! – Petrus ficou embasbacado, apesar de não ter recebido mais explicações sobre suas implicações.

— Espere aí, queixo-de-quiabo, como sabia disso? – Braun perguntou ao arcanista.

Victor soltou o ar após um longo suspiro de desprezo.

— A nossa sobrevivência até aqui já não lhe é misteriosa o suficiente para questioná-la? – ele encarou o guerreiro, obtendo de resposta apenas o silêncio e uma expressão confusa. — Não se preocupe, Braun, o conhecimento sempre há de imperar sobre a ignorância – concluiu, virando-se para a estrada e dando o assunto como encerrado. — Para a tristeza eterna dos homens – sussurrou para si.

XLVI

Visita de um velho amigo

— O que houve Braun? — indagou Chikára, vendo que o guerreiro se contivera e olhava fixamente o chão. — Braun... — ela repetiu, intrigada.

Com o dedo sobre os lábios, o kemenita pediu para que abaixassem o tom de voz e se aproximassem dele.

— Ou isso são pegadas de trolls ou então temos gigantes por aqui.

— Pela Ordem! — Roderick abafou um grito. — É abissal!

— Vejam — o guerreiro colocou as mãos sobre uma marca feita na terra. — É maior do que o comprimento de meus dois palmos juntos. Já haviam visto algo assim antes?

Sir Heimerich encarou Braun, preocupado, e pousou a mão sobre o cabo de sua espada.

— Nem bem começamos a subida e já temos com o que nos preocupar — disse o nobre. — Preparem-se, todos.

Sem pestanejar, Roderick retirou seu arco e o beijou.

— Espero que você seja tão eficiente quanto é belo — sussurrou com carinho para sua nova arma.

Não sabendo com o que estavam lidando, as tensões aumentaram gradativamente. Victor, de repente, sentiu um estranho frio na nuca. A presença imaterial que o incomodava desde o túnel havia, finalmente, chegado ao encontro da comitiva.

Rurik ergueu as orelhas e começou a latir de forma feroz. Por detrás de altas pedras à beira da estrada, ouviu-se um ruído de galhos se quebrando e folhas sendo arrastadas.

— Há alguma coisa aqui! — Petrus repetiu em desespero.

— Claro que há, verme — Braun rebateu, sem paciência. — Não acabou de ver as pegadas? É um troll!

— Não é um troll... — Victor informou.

— Então é um lagarto alado? — Roderick indagou.

— Tampouco... — respondeu o arcanista. — Desde quando fugimos de Alódia, sinto uma presença espiritual nos acompanhando. Agora ela está mais forte, mais presente, mais... palpável.

— Que tipo de presença? — quis saber Chikára. — Maligna? Benfeitora?

Antes que Dídacus pudesse esclarecer, atentos que estavam na conversa, os peregrinos não puderam perceber que Braun havia partido para enfrentar o que quer que estivesse ali. Quando sentiram sua falta, o guerreiro já estava dando a volta nas pedras com seu montante empunhado.

— Braun! — Sir Heimerich o chamou. — Espere!

— Vocês conversam demais! — o kemenita bufou.

— Roderick, Chikára, venham comigo — ordenou com pressa o paladino, temendo o pior pelo companheiro que desejava, por razões não tão aparentes, provar algum valor ao enfrentar, sozinho, o desconhecido. O trio partiu imediatamente, deixando Victor — e Rurik — a cargo de proteger Formiga, Petrus e Pacata.

Enquanto isso, atrás das pedras, Braun avançou com fúria, não imaginando que iria se deparar com uma estranha névoa escura que lhe embaçou a visão. As nuvens giravam em movimentos aleatórios e irregulares; deixando o guerreiro duvidoso sobre se deveria continuar.

— Maldito! Covarde! Saia e lute! — ele comandava com altos brados, tentando intimidar a forma misteriosa, até que um gigante negro surgiu de dentro dela e a fumaça se esvaiu de uma vez. Os olhos do guerreiro se abriram em uma expressão de incredulidade frente ao portentoso ser que poderia esmagá-lo com apenas uma mão. — Você! Não pode ser!

Quando a figura perplexa e imóvel de Braun surgiu diante do trio que viera em seu auxílio, como se ele estivesse sob o efeito de algum encantamento, Roderick e Chikára não perderam tempo e adiantaram-se em suas posições de ataque.

Victor, de longe, observava com curiosidade o resultado do encontro. *Nenhuma intervenção servirá contra essa criatura*, afirmou, mesmo sem visualizar a situação.

— Braun? – Sir Heimerich, cauteloso, chamou o guerreiro. — O que está havendo? O que você viu?

— Guardem suas armas – respondeu Braun, ainda de costas. — Mesmo que o quisessem atacar, isso seria inútil.

— Como ass... – o nobre ia retorquir.

— Saudações, homens – finalmente o trio viu o que estava na frente do guerreiro. O gigante, como de costume, ergueu sua mão direita e cumprimentou-os com sua voz retumbante.

Era Ázero.

Para a sorte de Braun, Ázero era – supostamente – inofensivo. Uma criatura daquele tamanho e com aquela força poderia abatê-lo facilmente. De fato, só os deuses saberiam como ele havia chegado até ali, em um lugar inóspito e desabitado, justamente quando os peregrinos rumavam para o cume do Pico das Tormentas. Desde seu último encontro na aldeia fustigada pela moléstia, muitas questões foram levantadas sobre quem seria este ser. Agora, mais do que nunca, estas questões haviam se potencializado, aumentando o abismo que os separava da verdadeira origem de Ázero.

— Saudações, homens – disse ele, erguendo a mão direita novamente, com a presença inesperada de Victor, Formiga e Petrus, que vieram conferir o que ocorrera.

— Ázero, o que, em nome dos deuses, está fazendo aqui? – perguntou Chikára.

— Mulher, disse-lhes que nos veríamos em breve.

— Mas por que logo aqui? – indagou ela.

— Eu devo algumas informações sobre sua jornada. Sem elas seu caminho será ainda mais difícil, e, na pior das hipóteses, em vão.

— Espere um pouco, grandalhão – Braun interrompeu. — Antes disso você deve nos contar quem de fato você é.

— Sou apenas um humilde servo – Ázero respondeu.

— Servo de quem? – Roderick perguntou.

— Somos todos servos de algo ou alguém. Se não o somos de homens, ou deuses, somos servos do desígnio.

— Quantos enigmas, Ázero – Formiga riu. — Como chegou até este lugar?

— Tenho meus próprios meios, pequeno homem.

— Falando dessa forma, você não está ajudando sua credibilidade – o ferreiro tentou convencê-lo a se explicar, usando uma expressão muito utilizada em seu comércio.

— É verdade que você é um azaleno? – Petrus perguntou, abafando todas as outras perguntas feitas e as que supostamente viriam.

Ázero cruzou os braços e pôs-se a rir.

— Simples colega, sinto lhe informar que os azalenos não existem...

— Eu não disse, lordezinho? – Braun zombou do cavaleiro, interrompendo o gigante.

— Não do jeito que contam as lendas, entretanto – o ser fez um suspense e o guerreiro engoliu em seco. — A fantasia é interessante, admito. Mas, não. A realidade é bem mais sóbria: sem assassinos, ou sequestradores de crianças, ou sádicos envenenando rios para obter qualquer vantagem que seja. Também o plural e o coletivo não podem ser aplicados.

— O que quer dizer? – Chikára pôs a mão em seu queixo.

— Que tudo o que já ouviram falar sobre eles, fato ou não, advém apenas de um ser, um habitante daquelas terras áridas.

— Como sabe disso tudo, Ázero? – Petrus estava espantado.

A figura negra fitou as faces atenciosas de seus questionadores, ávidos por respostas que, neste momento, estavam longe de serem compreendidas — e, talvez, nunca poderiam ser.

— As planícies de Azaléos... – ele continuou. — Este lugar do qual todos desejam escapar, onde homens são deixados para morrer, também é o local que me providencia a paz e o isolamento que preciso. É o mais próximo daquilo que posso chamar de lar.

As palavras de Ázero deram início a uma exaltada discussão entre a comitiva. Uns não achavam possível o que o gigante dizia, logo, não seria uma boa ideia confiar nele. Já outros, tendo como hipótese a natureza semidivina da criatura, não deixavam de depositar nele alguma confiança. Do mar de vozes, cada vez mais agitado, inclusive pelos latidos assustados de Rurik, os sons guturais característicos de Braun se sobressaíram. "...Isso é um disparate! Ninguém pode sobreviver naquele lugar!" ele protestava, tentando por força de palavra fazer seus colegas admitirem que o gigante estava errado, que os azalenos nunca existiram. "...Imagino que ele não tenha chegado

292 ✦ L. P. FAUSTINI

aqui a cavalo. Nenhum cavalo suportaria seu peso", Formiga buscava, por si só, uma explicação. "E se ele for feito de luz?", o camponês resgatava suas lembranças.

— Homens, vocês estão perdendo tempo com essas discussões vãs sobre mim — Ázero obstruiu o falatório em alto tom. — Não é a minha credibilidade que está sendo testada, mas a fé de vocês. Quem sou não é importante. Estou aqui para ajudá-los, e o mais importante agora é levá-los até o Oráculo. Querem saber sobre ele? O que vão encontrar lá?

Os ânimos se acalmaram rapidamente com o perturbador estrondo vocal. Contrariada, Chikára cruzou os braços, embora aberta a saber o que o místico ser tinha a dizer.

— Muito bem, Ázero, sou toda ouvidos – disse ela. — Faça o seu melhor.

o caminho até o Oráculo vocês passarão por vários testes – disse o gigante. — E adianto-me a dizer que, acima de todos eles, a sanidade de cada um será posta à prova. O primeiro desafio será sobreviver às criaturas que perambulam a cada curva dessa velha trilha.

— Se refere aos trolls e aos lagartos alados, suponho – deduziu Sir Heimerich.

— Efetivamente – Ázero confirmou. — Se alcançarem sucesso, o próximo teste será sobreviver a armadilhas mortais. Estas, por estarem ocultas, podem ser ainda mais perigosas do que os monstros.

— Que tipo de armadilhas? Elas poderão ser desarmadas? – perguntou Formiga, curioso.

— Se for perspicaz o bastante, conseguirá enxergá-las a tempo de não ser atingido – explicou a figura negra. — O último teste comprovará se são dignos ou não de contemplarem o Oráculo: uma charada será feita a vocês, e apenas aquele que desvendá-la responderá por todos na câmera do templo sagrado.

— Isso não é justo! – esbravejou Chikára. — A inteligência não é um dom dado na mesma proporção a cada um – ela se virou para Braun e Petrus, como se eles pudessem se tornar culpados pelo fracasso da missão. Ela, mais do que todos, desejava ardentemente que nenhum dos outros se oferecesse para solucionar o famigerado enigma. Ou então, se houvesse um voluntário, que esse não fosse capaz de responder. Do contrário, sua legitimidade como mulher intelectual ficaria abalada.

— Se acertarmos? O que acontecerá? – perguntou Sir Heimerich.

— A porta da câmera do templo se abrirá e o Oráculo irá receber aquele que adivinhou corretamente a charada. Esta pessoa terá direito a fazer uma pergunta. Qualquer indagação poderá ser esclarecida, pois ao Oráculo do Norte nada escapa. Depois, então, o Oráculo lhe entregará um objeto. Se usado sabiamente, será de grande valia em sua jornada, que está apenas por começar.

— E se errarmos? — Roderick perguntou.

— Se errarem, a porta não se abrirá e terão que voltar, contando somente com as próprias habilidades para seguirem em frente, se assim quiserem.

— Espere, espere... — Formiga sentiu que algo estava errado. — Apenas uma pergunta? Existem tantas que podemos fazer... eu mesmo já pensei em inúmeras. Quem lançou a Pestilência Cega? Como matamos quem a lançou? De onde vieram nossos inimigos? O rei está morto ou não? Podemos salvar nossas famílias? Por que os inimigos nos atacaram?

— Ou a profecia é real? O que é aquela figura estranha no papel encontrado no acampamento inimigo? Seria o fogo o ponto fraco de nossos inimigos? – Sir Heimerich continuou as indagações.

— Ou quem é Linus? Quem é Itzal? – Roderick complementou.

— Não seria melhor fazer perguntas menos específicas? – Petrus interpelou. — E se tentarmos algo mais abrangente tipo "Como salvamos o nosso reino"? "Como matamos nossos inimigos?" "Como reconstituiremos a Ordem?"

— Tolo, por que você, sábio, não pergunta logo qual é o sentido da vida? – Chikára estava visivelmente irritada.

— Tolo? – Roderick se ofendeu, olhando para o injustiçado pastor. — Muito bem, senhora! O que sua grandiosíssima inteligência sugere, então? Vamos, diga!

— Não use esse tom comigo, selvagem!

— Ah, sim, me esqueci. Não sou letrado o suficiente para me comunicar com você.

— Silêncio! — pediu Sir Heimerich. — Pela Ordem! Há algo mais importante do que conflitos pessoais, não acham?

— Deixe-me explicar o que está acontecendo, sir lordezinho – Braun tomou a palavra. — O magricela ficou ofendido porque a senhora tem inveja do namoradinho dele.

— Até você, Braun? – chocou-se o nobre.

Enfurecido, Roderick caminhou até o guerreiro e lhe desferiu um tapa no rosto.

— Já estou cheio desse seu palavreado, gozador! – gritou. — Respeite-me!

— E quem é você para falar em respeito, prostituto? – O kemenita reagiu furioso, afastando o arqueiro com as mãos. — Acaso pensa que não sei por que roubaram seu antigo arco? Acaso pensa que não sei que entrou no quarto da taverna com um homem e uma mulher? Onde está seu saco de moedas agora?

— São costumes da minha aldeia. Desculpe-me se penso diferente de você — respondeu Roderick.

A tensão perpassou por cada olhar. De Chikára para Roderick, e deste para Braun. Sir Heimerich observava sem saber como agir com um pingo de suor descendo de suas têmporas.

— Engula suas palavras e saia da minha frente — disse Braun, pousando a mão sobre o cabo de seu montante. — Senão, não respondo por mim.

— Ele se foi — anunciou Victor.

— Quem? — Sir Heimerich assustou-se.

Olhando em volta, todos se aperceberam que a figura mais imponente dali tinha sido completamente esquecida. E, neste momento, já não se encontrava entre eles. Desaparecera do mesmo modo que surgira, deixando uma tênue fumaça escura no local.

— Ázero? Não pode ser — gritou o cavaleiro, frustrado. — Como alguém pode sumir assim?

— Já lhe passou pela cabeça que ele pode ser uma grande ilusão coletiva? Que nossos olhos nos enganam, assim como nossos ouvidos nos enganaram na Região do Silêncio? – conjecturou Chikára.

— Está dizendo bobagens, senhora — resmungou Braun.

— Ora... a ideia de ser um descendente dos deuses o seduziu a ponto de diminuir ainda mais a sua capacidade mental?

O guerreiro não respondeu, apesar de conter uma fúria explosiva em seu íntimo que, por pouco, não o fez surtar. Já os outros grafaram as palavras da maga, procurando refletir a respeito conforme caminhavam.

— Tem razão, minha senhora — Formiga concordou. — Essa criatura, essa coisa... aparece, desaparece... nada sabemos sobre sua origem... não fica conosco a ponto de descobrirmos algo além. Apenas diz palavras enigmáticas, como se quisesse nos confundir. E, ainda por cima, ele sabia que nos encontraria novamente e onde nos encontrar.

— O que acham? – Chikára perguntou a todos, tentando arrancar algo de útil no circo que acabara de acontecer. Porém, como esperado, ninguém esboçou reação; e Victor já estava bem adiante puxando a mula. — Idiotas! Vocês ainda vão nos levar a morte — completou, fora de si, e pôs-se a seguir o arcanista a fortes passadas.

Logo atrás, Braun e Roderick ainda se estranhavam, remoendo memórias da pequena contenda vivida anteriormente.

— Isso não vai ficar assim, rato! — sussurrou o kemenita no ouvido do arqueiro, dando uma cotovelada em sua costela, antes de prosseguir na caminhada.

— Estarei pronto quando quiser, porco — ameaçou o arqueiro.

O guerreiro virou-se e encarou Roderick por um breve instante.

Sem saber, o grupo já tinha entrado em uma das armadilhas comentadas por Ázero.

XLVII

As peças se movem

entardecer abraçou o Topo do Mundo, entregando aos céus, a estrela vespertina. Lá embaixo, uma paisagem de infinitudes e imensidões heterogêneas deixava o mundo dos homens cada vez menor. Bem distante, Nakato se assemelhava a um fio prateado que cortava o país de norte a sul. A vegetação escasseava cada vez mais, dando lugar a um solo árido e repleto de imensas rochas. Durante a subida, com o frio se endurecendo e a fome apertando, o grupo vestiu as mantas feitas com lã e pena de ganso e se alimentaram das frutas doadas pela senhora Sa'arogam. Nesta altura, o ar começava a faltar e os aventureiros menos preparados — como Formiga e Petrus — já não mais conseguiam acompanhar o passo. Roderick, mesmo tendo os pés mais leves do grupo, havia decidido ficar ao lado do pastor, para que pudesse ajudá-lo com palavras de incentivo. À frente, Sir Heimerich revezava com Victor a guia de Pacata, enquanto os outros, pouco afeitos entre si, apenas prosseguiam, sem sinais de cansaço, em um incômodo silêncio. E, então, como se não bastasse a divisão da comitiva causada pela discussão na parte da tarde, uma bifurcação na Estrada Velha os aguardava logo à frente.

— Era só o que nos faltava! — comentou Petrus, desanimado, ao ver as duas trilhas.

— E agora? Que caminho escolhemos? — perguntou Roderick.

Victor, como se alheio a todas as inquietações dos outros, seguiu pelo caminho da esquerda.

— Victor! Aonde vai? – gritou Formiga. — Você não sabe o caminho.

— Que diferença isso faz... ninguém sabe mesmo – respondeu Dídacus com cinismo.

— É verdade, que diferença faz? – disse Chikára, seguindo Victor, impregnada pelo ceticismo.

— Faz toda a diferença – resmungou Roderick. — Ao lado dessa aí eu não dou nem mais um passo.

— Como quiser – respondeu Chikára, ao longe.

— Seja qual for a trilha que você escolher, magricela, eu vou pela outra. Ursos não andam com ratos – disse Braun, indo atrás de Chikára.

— Ótimo! Será melhor mesmo – retrucou Roderick. — Petrus, venha comigo! – convidou, prosseguindo pelo caminho da direita.

— Ah... Está bem... — disse Petrus, seguindo Roderick junto com Rurik.

Sir Heimerich e Formiga sobraram, atônitos. Não conseguiam compreender como o grupo havia se separado em um momento tão crucial. Porém, pensando melhor, essa divisão havia sido apenas um reflexo de opiniões tão díspares. Não era a primeira vez que uma discussão os afastava. *Auroras* mais, *auroras* menos, aquela cena aconteceria. Todavia, saber disso não diminuía a dor da real situação. Braun desaparecia em uma curva que seguia por detrás de uma grande parede de rocha. Victor e Chikára já não podiam ser vistos há algum tempo. Agora não era mais possível voltar ou tentar convencê-los a se unirem novamente. A partir daquele momento, seria lucro se todos chegassem vivos ao cume.

— Que maldição! Primeiro Ázero... e agora isso! – disse o cavaleiro, franzindo a testa. — Não estou vendo essa campanha com olhos esperançosos. Isso está parecendo um pesadelo.

— Seja como for, não podemos deixar apenas Roderick e Petrus seguindo por essa trilha perigosa – disse Formiga, encarando o nobre. — Braun, Victor e Chikára formam um trio que consegue se virar bem. Eu não sou um guerreiro, Petrus muito menos, e Rurik não será páreo para os trolls.

— Não precisava ser assim – Sir Heimerich ainda se martirizava.

— É o preço a se pagar pela falta de liderança, não acha? – perguntou o alodiano.

— É verdade, senhor Formiga – disse o paladino, reflexivo. — Se sobrevivermos e tivermos que nos reunir novamente, isso terá que mudar — concluiu, e prosseguiu, puxando Pacata, pela trilha da direita.

Formiga, para trás, deixou que o nobre avançasse alguns passos.

"Se sobrevivermos", repetiu para si. Depois, olhou para Pacata e sua barriga roncou ao pensar nas guloseimas armazenadas nos cestos. "Pelo menos ficamos com a comida".

Iluminados apenas pela luz da lua – que começava a minguar – Victor, Braun e Chikára andavam a passos apressados entre paredes rochosas, e não trocavam uma palavra sequer. Os três possuíam praticamente a mesma passada, o que lhes conferia velocidade, e, ao mesmo tempo, um modo de afugentar o frio. Dídacus parou de repente e assustou os outros dois.

— O que houve, Victor? – perguntou Chikára.

— Escutem... – sussurrou.

Ouviu-se um estrondoso rugido ecoando à distância, que, logo depois, foi acompanhado por outros da mesma natureza, tal qual uma briga entre animais.

— Cavernas de trolls... – Dídacus supôs. — E, parecem muitos.

— Esses rumores... será porque eles sabem que estamos aqui? – indagou Chikára.

— Eles possuem olfatos apurados – explicou o arcanista. — Se são capazes de farejarem carne fresca a milhas de distância, é bem provável que farejaram o nosso.

— Dragões me chamusquem! – exclamou Braun. — Já somos um alvo fácil, então.

— Vou ver o que posso fazer a respeito – disse Chikára. — Tentarei bloquear o ar em nossa volta para que ele não se dissipe e chegue às narinas dos trolls. Sem nosso cheiro, não há como eles nos detectarem, apenas se eles nos virem.

Sob expressões curiosas, a maga fechou os olhos e cruzou os braços, como se cobrisse seu corpo. Seus cabelos começaram a se agitar, e um grande círculo de ar se formou em volta dos três, girando como um redemoinho. Aos poucos, ele foi se transformando em uma fina camada do que parecia ser uma bolha. Chikára esforçava-se para que a magia não falhasse, enquanto o suor pendia de seu rosto em sofrimento. Aos poucos, a película de ar cresceu e formou uma redoma sobre o trio.

— Agora, fiquemos juntos e andem bem próximos de mim. Enquanto estivermos nessa bolsa de ar, estaremos invisíveis ao olfato e audição de qualquer animal – ela complementou.

— Audição também? – Braun levantou uma sobrancelha.

— Sim, podemos nos comunicar normalmente, pois também estamos isolados acusticamente. No entanto, sugiro caminharmos por entre as pedras evitando sermos vistos. Vamos, antes que minhas forças se extingam – ordenou com pressa.

ir Heimerich, Petrus, Formiga e Roderick caminhavam por entre árvores secas de forma cautelosa, acompanhados pelo atento Rurik. O solo da região era pedregoso e maltratava a sola dos pés dos aventureiros. Para piorar o incômodo, mal se podia ver a trilha que seguiam devido a um nevoeiro baixo que se acumulava sobre ela. Instantes antes, Formiga tinha pedido permissão para puxar a mula e, enquanto ficava atrás de todos, aproveitava para comer um pouco mais. Sua avidez glutona o impulsionava a rechear os bolsos com bolinhos de aveia e outros quitutes.

Os quatro prosseguiram até chegarem em um ponto onde a névoa os envolveu por completo e as árvores sem folhas se multiplicaram. Rurik aproximou-se deles com o rabo entre as pernas. Uma vez ou outra, ouvia-se galhos se quebrando devido ao movimento de pequenos roedores em busca de suas tocas.

— Até quando vamos andar com essa névoa na nossa frente? – quis saber Petrus, bocejando.

— Esse lugar não me cheira bem... – disse o arqueiro.

— Você ainda consegue cheirar algo com esse nariz vermelho e inchado? – Formiga brincou.

— Tenho que concordar com Roderick – Sir Heimerich fez, imediatamente, o sinal dos Cavaleiros da Ordem. — Tenho a impressão de que estão nos espiando.

— Vejo algo estranho na copa daquela árvore – apontou o campeão de Adaluf, mais uma vez provando que nada escapava à sua visão. Os outros tentaram em vão se esforçar para enxergar do que falava o arqueiro. — Vou verificar o que é.

— Tenha cuidado – sugeriu Sir Heimerich.

Com passos ligeiros, característicos dos homens de sua terra-natal, Roderick se aproximou do que parecia ser um monte de gravetos organizados de forma curiosa sobre os mais altos galhos de uma árvore. Entre eles pendia um osso comprido, talvez de uma perna, talvez humana. Seu espanto só não foi maior porque, ao olhar em volta, vários crânios de diferentes animais jaziam ali embaixo. E, para o horror de todos, até mesmo de homens. O arqueiro retornou aos colegas na velocidade de um disparo, temendo pela vida deles e a sua própria.

— São crânios! Centenas deles! – ele se mostrava bastante exaltado. — Nunca em toda minha vida de caçador vi algo semelhante.

— Controle-se, Roderick. Assim colocará todos em perigo! – Sir Heimerich tentou acalmá-lo, porém, pela expressão de Petrus e Formiga, eles já haviam sido atingidos pelo toque do desespero. — Mantenham a calma, todos vocês – ele insistiu. — Ainda não sabemos quantos são. Apenas fiquem em alerta. Provavelmente estamos embaixo dos ninhos de lagartos alados. Se o inimigo vem do alto, é prudente então vigiar os céus. Olhos para cima! – ordenou. — E você, Petrus, mantenha Rurik quieto. Em pouco tempo ele poderá ser útil.

Pela primeira vez, Sir Heimerich tomara uma posição de líder, lamentando não ter feito isso antes e evitado as tragédias pelas quais o grupo passou. Como nobre, ele sabia de seu dever natural de proteger e liderar os outros, no entanto, o baque em sua consciência de ter perdido Anna no Domo do Rei o atingira de forma implacável. Talvez a presença de Braun, Chikára e Victor – um trio forte e destemido – o colocara em uma posição mais cômoda, porém, agora, ele se encontrava junto a três homens comuns; portanto, a responsabilidade em tirá-los vivos do Pico das Tormentas caía, inteiramente, por sobre ele. Era preciso, mais do que nunca, perder o medo e assumir sua verdadeira identidade. E sentir-se bem com tudo aquilo.

Dentro da bolha de ar, Braun e Victor seguiam Chikára a curta distância. As paredes de pedra estreitavam ainda mais o caminho enquanto os urros das bestas aumentavam, denotando que se aproximavam da origem dos sons.
— Chikára? Tem certeza de que é por aqui? – Braun perguntou, incomodado.
— Pode não parecer seguro, Braun, mas essa é a única trilha. Ou você está vendo outra opção? – perguntou ela, sem esperar uma resposta. — Fique tranquilo, contanto que não sejamos vistos, em pouco tempo sairemos daqui a salvo – relembrou.
— Bom, se formos vistos, deixe que o troll venha – ele frisou. — Eu não desperdiçaria a chance de lutar contra um deles! É justo como um guerreiro gostaria.
— Eu não ficaria tão animada – rebateu a maga. — Os trolls da caverna nunca atacam sozinhos. Eu sei que você deseja igualar o feito de seu pai, no entanto, ele lutou contra apenas um, e fora do ambiente natural da criatura.
— Você seria trucidado, guerreiro – comentou Victor. — E sua ossada comporia mais uma das centenas que devem estar dentro de seus covis.
— Bah – Braun engoliu em seco, levemente frustrado.
Em silêncio, o trio continuou sua cautelosa caminhada, cuidando para que não tropeçassem uns nos outros ou em algum obstáculo e saíssem da bolha de ar. Não

demorou muito para que avistassem a entrada da primeira caverna e, para o espanto de todos, aquela não era a única. Se considerassem que, em cada uma daquelas aberturas, vivia um bando de feras, então era certo supor – para aumentar a frustração do guerreiro – que havia, pelo menos, quatro grupos de trolls. E, como se não bastasse, além dos tenebrosos urros vindos da escuridão, conseguia-se ouvir o som de carne sendo rasgada e ossos se quebrando com fortes pancadas. Uma melodia da terra dos mortos.

— Dragões me chamusquem! – exclamou Braun.

— Continuem andando! – alertou Chikára. — Eu não vou conseguir segurar nossa proteção por muito mais tempo.

Felizmente, as bestas pareciam ocupadas demais no interior de suas moradas para que ousassem colocar suas cabeças do lado de fora. Com a magia da maga e uma dose pequena de furtividade, o trio conseguiu passar sem ser visto e avançar até uma área segura. No entanto, a passagem de um coelho branco das montanhas no pé de Braun lembrou-lhe de algo muitíssimo importante que havia sido ignorado.

— Braun, por que parou? Se ficar mais um passo para trás sairá da bolha! – avisou Chikára.

— Sabe que esse coelho será muito provavelmente a nossa última chance de obter comida neste lugar – ele disse.

— Não – Chikára se indignou ao compreender qual era a intenção de Braun. — Você não está sugerindo que voltemos...

— Esqueceu que não temos mantimentos? Em pouco tempo, iremos definhar de fome.

Chikára não havia esquecido, apenas havia postergado o assunto. No fundo, ela estava irritada pela sua estupidez, porém, ela não iria admiti-la – e, também, não queria dar o braço a torcer. Preferia colocar a culpa pela falta de comida e suprimentos nos outros membros do grupo. Se eles não fossem tão arrogantes, pensou ela, nada disso teria acontecido. Por um momento, a maga desejou não estar com Braun, ou Victor, ou qualquer um dos peregrinos que a haviam acompanhado até ali. Chikára olhou para trás, observando o coelho saltar na direção dos covis de trolls até desaparecer por entre as pedras, como uma criança engatinhando em um jardim de plantas venenosas.

— Está feliz agora? – perguntou ela, incitando-o. — E, agora, o que vamos fazer?

— Caçar, é claro! Não está vendo aquela maravilhosa criatura?

— Eu sei o que estou vendo! – Chikára respondeu de forma intolerante, deixando o guerreiro furioso. — Eu... – ela tentou se recompor. — Estou vendo você assinar nossa sentença de...

— Eu estou fazendo isso por você e por mim, mas você não é obrigada a vir comigo – Braun aumentou o tom de voz. — O queixudo aqui não tem necessidade de se alimentar como eu e você. Lembre-se que é preciso mais do que uma *aurora* para chegarmos ao cume dessa maldita montanha!

A maga suspirou profundamente, concluindo que ela não se arriscaria por algo que não era culpa dela.

— Pois bem! – ela disse, enfim. — Aguarde minha próxima conjuração.

A senhora, então, voltou a fechar os olhos e utilizou suas últimas forças para envolver Braun com uma nova bolha de ar.

— Vá – ordenou ela. — Você terá pouco tempo – avisou, com o guerreiro atendendo imediatamente. Depois, seu corpo vacilou e ela caiu nos braços de Victor. A bolha que os envolvia extinguiu. Sem opções, restou a ela poupar a energia que lhe faltava para que Braun voltasse são e salvo.

XLVIII

Pelo sangue dos corajosos

or entre as árvores secas, sob uma forte névoa, os três peregrinos liderados por Sir Heimerich prosseguiam com suas atenções voltadas para o alto. Roderick sabia que, no caso de um ataque aéreo, seu arco e flecha seria a arma mais requisitada. Por isso, desde já, o arqueiro mantinha seus dedos preparados e olhos atentos a qualquer coisa que ousasse se mexer. Sir Heimerich, um pouco adiante, mantinha seu escudo erguido acima da cabeça enquanto segurava o cabo de sua espada na bainha. Petrus, junto a Rurik, mantinha-se ao lado do arqueiro; enquanto Formiga vinha logo atrás, puxando Pacata com uma mão e segurando seu martelo com a outra.

A princípio inaudível, um som peculiar, tal qual um tapete que era estirado ao vento, começou, paulatinamente, a ser percebido pelos aventureiros – que se entreolharam com estranheza. Com um aceno de mão, Sir Heimerich ordenou que parassem de caminhar e, logo, ouviram um grasnado a várias braças dali. Um após o outro, os grasnados se sobrepuseram em um coro que cortava o ar em um ritmo arrepiante. O terror de seus clamores seria capaz de apavorar até o mais experiente e determinado caçador.

— Pelas barbas negras do dragão! — exclamou Formiga.

Com o seu arco retesado, Roderick fechou um dos olhos, mirando algum ponto em meio à espessa névoa. Não se podia ver muita coisa, porém, em seus pensamentos, ele visualizava as grandes caçadas na Mata dos Viventes na Festa da Primavera, quando costumavam atirar, vendados, em presas à distância — a exemplo de aves de rapina. Roderick, campeão de sua aldeia, sabia muito bem com o que estava lidando. O ataque de lagartos alados — tal qual a de aves que ele costumava caçar —, seria rápido, eficaz, sorrateiro e mortal. Se eles não saíssem das brumas, teriam poucas chances de sobreviver.

Então, surpreendendo os companheiros, Roderick atirou. A flecha passou por entre alguns galhos secos sobre suas cabeças e desapareceu na névoa. Sir Heimerich e Formiga olharam para o arqueiro sem entenderem por que ele havia feito aquilo. Subitamente, um lagarto alado de trinta pés de comprimento, caiu diante do grupo, arrebentando caules, galhos, e atirando lascas de madeira e pedras para alto. As brumas se dissiparam devido ao deslocamento do ar. Petrus e Rurik correram para não serem atingidos pelo corpo da criatura e lançaram-se com toda a força em direção à Formiga. Jazida no chão, a cabeça do lagarto alado morto trazia, encravada, a flecha que Roderick lançara.

— Bela arremetida, arqueiro! — elogiou Formiga, enquanto ajudava Petrus a se levantar. Ambos não acreditavam no que acabara de acontecer.

— Silêncio — pediu Sir Heimerich. — Ainda há outros — relembrou. No entanto, seu momento de distração custou-lhe caro. Antes que pudesse se recompor, o cavaleiro foi atingido por um violento golpe em suas costas, que o derrubou e deixou-lhe tonto. Logo, garras afiadas o prenderam, apertando-o com suas fortes unhas — que quase trespassaram sua cota de malhas. Em instantes, o nobre estava sendo levado aos ares por outro lagarto alado, de porte semelhante ao primeiro que caíra no chão.

Sem demonstrar hesitação, Roderick armou outro projétil e disparou-o contra um dos tendões escamosos do monstro. A criatura urrou de dor e largou o nobre instantaneamente. O corpo do paladino bateu no chão com grande impacto e ali permaneceu, inerte.

— Heimerich! — gritou Roderick, correndo para socorrer o companheiro, enquanto observava o agressor desaparecer entre a névoa. — Por Destino, Heimerich! — O arqueiro se desesperou ao perceber que Sir Heimerich não esboçava reação. — Continuem atentos, protejam-se! Ele irá voltar!

 coelho esgueirou-se em meio às pedras, alimentando-se das gramíneas que nasciam por debaixo delas. Protegido pela magia de Chikára, Braun a seguia de longe, cuidando para não a assustar. Porém, não havia nele a mesma agilidade e destreza de Roderick. O guerreiro, apesar de toda a sua força e tenacidade, era indiscreto e desajeitado.

Entre tropeços e deslizes, o animal percebeu que era seguido e saltitou em direção à entrada de uma das muitas cavernas. Então, parou por um instante, olhou para trás e, para desespero de seu caçador, seguiu em frente.

— Alguém só pode estar de sacanagem! — resmungou o kemenita.

Pela primeira vez, desde o fim da guerra do Velho Condado, Braun pensou duas vezes antes de agir. *"Você seria trucidado, guerreiro"*, lembrou-se das palavras de Victor. Por um momento, ele hesitou, pensando em desistir. No entanto, seu orgulho falou mais alto. *Eu sou o filho de Bahadur, ou não sou?*

A entrada da caverna conduzia a uma enorme câmara, iluminada apenas pela pouca luz que vinha de fora. O guerreiro não poderia perceber, pois estava envolto em uma proteção de ar, mas o lugar cheirava a carne podre e a vegetais estragados. Nenhum homem civilizado aguentaria ficar por muito tempo ali sem que suas vísceras se revolvessem. Seu interior era úmido e mais quente do que a temperatura externa. A câmara seguia por um longo corredor, de onde provinham sons de passos pesados e urros guturais. O guerreiro começou a suar frio — pela tensão e pelo calor.

Buscando não ser visto, Braun começou a utilizar as colunas de rochas para se esconder. De uma em uma, ele avançou mais para o coração da caverna, ouvindo cada vez mais os aterrorizadores grunhidos e ruídos macabros. Na escuridão do ambiente, um coelho branco não deveria ser difícil de identificar. E, com efeito, o pequeno roedor irrompeu diante do guerreiro sem suspeitas. A oportunidade era única, não só de capturá-lo quanto sair daquele local ameaçador. Braun lançou-se sobre o animal, agarrando-o pelas longas orelhas, sem dar chances para sua defesa.

— Peguei você, vermezinho!

Entretanto, a exultação do kemenita foi fugaz. Seu curto momento fora das sombras foi o suficiente para ser avistado por olhos não convidativos. Enquanto ele sacudia as orelhas do coelho, zombando da pequena criatura e de seus esforços, ouviu algo se arrastando em sua direção com extrema velocidade. Por cima do ombro, Braun pôde observar, vindos do fim do corredor, dois enormes monstros de coloração verde-acinzentada e aparência repugnante. A exemplo do coelho sendo caçado pelo guerreiro, agora era o guerreiro que havia virado a caça — e, se não reagisse imediatamente, teria de enfrentá-los, o que não seria uma opção sensata. Nem mesmo toda a sua força seria capaz de conter os quase dez pés de altura dos trolls. Todavia, correr também não significava estar a salvo, pois eles eram mais rápidos. De qualquer forma, escolheu a segunda opção. Engoliu em seco, com as pupilas ainda dilatadas e seu coração a ritmo acelerado, e, sem soltar o coelho, partiu em disparada de volta para a Estrada Velha.

Em desvantagem na corrida, Braun quase sofreu um duro golpe por um dos longos braços do troll que vinha logo atrás. Tamanha foi a fúria de seus membros, que uma leve brisa soprou na nuca do guerreiro. Os golpes no vazio se sucediam, por vezes atingindo as paredes rochosas da caverna que, com o impacto, lançavam ao ar torrões e pó e faziam tremer todo o ambiente. Braun sabia que a perseguição não iria parar até que ele fosse derrubado. Em uma dessas investidas, para seu azar, o que tanto era temido aconteceu: parte do teto cedeu e um bloco de pedra caiu, impedindo sua passagem. O kemenita refreou sua corrida e, em meio à nuvem de poeira que se erguera do desabamento, um novo e violento golpe veio na altura de seu peito. O guerreiro saltou, em um movimento de puro reflexo, rolando por terra e parando de barriga para cima, ofegante e completamente indefeso.

Também os trolls não perderam a oportunidade. Braun apenas teve tempo de ouvir uma das criaturas urrar e estender seus longos braços ao alto a fim de desferir um golpe mortal. Era como uma torre que estava prestes a desabar sobre sua cabeça e o esmagar. Não lhe restava nada a fazer, exceto preparar-se para encontrar com os deuses da Ordem.

— Maldito Destino! Ao menos poderia ter me dado um enterro decen...

Então, para a surpresa de Braun, seu executor recuou, incomodado, enquanto emitia sons de dor. O monstro tentava proteger os olhos com seus membros desengonçados. Quando a nuvem de pó se dissipou, um vulto de capa negra, antes oculto, posicionava-se atrás do guerreiro. Ele segurava uma funda e a estava usando para atirar as pedras.

— Levante-se, Braun! E corra o mais rápido que puder — ordenou Victor.

— Petrus! Rápido! Ajude-me a colocá-lo debaixo de Pacata — Formiga, desesperado, se referia a Sir Heimerich, que continuava desacordado.

Enquanto Formiga e Petrus arrastavam o cavaleiro, Roderick mantinha os olhos fixos nos céus — e uma flecha fixa na corda de seu arco. O ponto de interrogação entre as investidas fazia crescer a tensão em ritmos vertiginosos. Já o tempo, porém, esvaía-se mais lentamente, refém que estava da espera pelo próximo ataque.

Repentinamente, Roderick disparou um projétil contra as brumas que os encobriam, assim como fizera da primeira vez. Percebendo o movimento inesperado do arqueiro, Formiga e Petrus esperaram por mais uma queda, rogando aos deuses da Ordem que poupassem suas vidas — pois, tendo em vista o que ocorrera ao primeiro lagarto alado, de nada adiantaria cobrir suas cabeças.

Seguiu-se uma violenta queda acompanhada por sons de galhos rompendo-se e grasnados de dor de uma segunda fera alada. Diferentemente da primeira besta abatida, desta vez, Roderick não havia acertado sua cabeça, mas a articulação de sua imensa asa — o que não queria dizer que ela estivesse fora de combate. A apenas algumas braças do grupo, o predador se pôs sobre suas patas, um pouco cambaleante — porém, ainda de forma ameaçadora — e investiu contra os peregrinos.

Rurik rosnou e partiu para um ataque contra a imensa criatura de olhos alaranjados e dentes pontiagudos. O lagarto abriu sua bocarra e emitiu um bramido aterrorizador, o suficiente para que o lobo recuasse intimidado. Mesmo assim, o corajoso Rurik não abandonou o campo de batalha.

— Rurik, volte aqui! — ordenava Petrus, sem sucesso.

Próximo ao lagarto, o lobo começou a correr de um lado para o outro, tentando distraí-lo. O réptil tentava agarrá-lo e mordê-lo, mas seu diminuto adversário era mais ágil. Em uma das investidas, Rurik se esquivou, passou por baixo de suas patas e mordeu a longa cauda. Com a asa que estava saudável, o predador girou e acertou Rurik, lançando-o ao longe contra uma árvore. Ouviu-se um ganido em meio à espessa bruma. Apesar do desastre que acabara de acontecer, que deixou todos preocupados, o lagarto alado estava de costas.

— Roderick — Formiga chamou a atenção do colega, a fim de não deixar escapar aquela oportunidade.

O arqueiro correu em direção ao lagarto, subiu em suas costas e disparou uma flecha certeira em seu pescoço. O tiro atravessou-lhe a pele, fazendo jorrar um sangue de coloração escura. A fera debatia-se em vão, tentando afastar um incômodo que só existia em sua mente. Depois, em um último suspiro, inclinou sua cabeça, grasnou e deixou-se desabar com um pesado estrondo. Roderick se levantou, arfando, sobre o corpo da besta, e enxugou seu rosto sujo de sangue.

— Vitória! — exclamou Formiga, arrebatado. No entanto, sua comemoração fora breve ao perceber que Petrus, sem se importar com o sucesso da empreitada, ignorou a possibilidade de um novo ataque e fora correndo ver Rurik, envolvendo-se nas brumas.

Logo, um grunhido atrás do ferreiro chamou-lhe a atenção e ele se lembrou de Sir Heimerich debaixo de Pacata, indo imediatamente ao seu encontro.

— Heimerich, Sir... — Formiga pegou na mão do nobre.

— Pela Ordem! Minhas costas... — reclamou.

— Vá com calma, meu amigo. Os seus ferimentos são graves. Agradeça aos deuses por estar vivo... e à sua cota de malha.

— O que houve? — perguntou Sir Heimerich, tossindo. — Onde está a besta?

— Não se preocupe, sir. Ela foi abatida. Roderick a matou e nos salvou.

O cavaleiro ergueu a cabeça, espantando-se ao ver Pacata sobre ele, e observou o companheiro com o arco em punho, sempre atento, como um guardião.

— E Petrus, onde está? – perguntou.

Por detrás da cortina de névoa, uma sombra surgiu, revelando a silhueta de Petrus que se aproximava lentamente. Com a cabeça baixa, expressão triste e os olhos semicerrados, ele carregava Rurik em seu colo, com o corpo ensanguentado e entregue aos caprichos dos ventos. Suas lágrimas denunciavam o que todos não queriam acreditar: Rurik não havia resistido ao terrível golpe aplicado pelo lagarto.

Chocado, Roderick correu ao encontro de Petrus, que caiu de joelhos antes que lhe pudesse abraçar. Foi assim que a dor e o pranto de ambos não conheceram limites. Juntos, era como se cantassem em uníssono uma triste melodia. Estavam há tão pouco tempo juntos, mas o lobo fizera um importante papel ao lado dos peregrinos.

— Na verdade, ele foi o herói – disse Roderick, acariciando o corpo da mascote.

Petrus apenas soluçava. Sem o lobo, pensava em ter se tornado inútil e desprezível novamente. Na verdade, ele havia perdido muito mais do que uma das provas cabais da importância frutífera de suas habilidades.

Ele havia perdido um companheiro fiel.

Formiga deixou Sir Heimerich e foi ter com o pastor e o arqueiro.

— Mais um que se vai nessa guerra cujo motivo nem sequer sabemos – ele se abaixou e pôs a mão sobre a cabeça de Rurik. — Mais um pequeno, mais um grande coração.

— Meu pai... — era a voz do paladino, que se levantara e se aproximava com dificuldades. — O rei, Anna, Fearghal, a família Bhéli e, agora, esta valente e fiel criatura – lamentou-se. — Fico imaginando quando nossa hora chegará? Tantos já se foram e outros mais irão. A sede de sangue de Linus e seus asseclas não acabará em Alódia. Somente os deuses sabem onde e quando isso tudo terá um fim.

Ainda com o coelho na mão, Braun levantou-se apressadamente e pôs-se a correr de forma desenfreada, escorregando em algumas pedras lisas e esbarrando em rochas e outros obstáculos que estavam em seu caminho. Victor o seguiu, no mesmo ritmo, prestando atenção na ação dos trolls.

— Onde será que está Chikára justo quando mais precisamos dela? – perguntou Braun.

— Esqueça Chikára. Está fraca demais para qualquer ação – respondeu Dídacus.

Apesar dos trolls terem ficado para trás na corrida, o arcanista se preocupava, pois não poderia trazê-los ao encontro da maga. Fosse o que fosse, eles não deveriam sair da caverna. Levando isso em conta, o arcanista reduziu a velocidade, aumentando a distância entre o guerreiro, para tentar uma solução que deveria ser rápida e irreversível.

— Victor, o que está fazendo?! – indagou Braun ao reparar que perdera sua companhia.

— Fique onde está, guerreiro. Não chegue mais perto que isso – ordenou severamente, enquanto se ajoelhava, fechando os olhos e abrindo os braços. De súbito, lâminas de uma forte luz fluorescente começaram a fluir do seu corpo.

— Pela Sagrada Ordem! – exclamou Braun, ao longe, vendo o poder do arcanista em sua forma potencializada.

Os trolls se aproximaram velozmente, porém, quando estavam à quase um passo duplo de Victor, inexplicavelmente, eles perderam as forças. Nem mesmo eram capazes de andar sem dificuldade, quem diria tentar algum golpe. Suas robustas pernas enfraqueceram e ambos os monstros caíram de joelhos, exaustos. O fluxo de energia esverdeada que provinha de Victor se inverteu, ficando mais brilhante e intenso. Os trolls começaram a urrar, como se sentissem dor. Suas vidas estavam sendo sorvidas, alimentando o arcanista com suas centelhas. Afastado da cena, Braun espantava-se, pelo ineditismo e pelo terror.

O espetáculo, todavia, durou pouco, parecendo que Victor não possuía capacidade suficiente para lidar com criaturas tão grandes. Os fios esverdeados perderam seu brilho e se esvaíram, deixando os trolls imóveis, cansados e prostrados, mas ainda vivos. O arcanista abriu os olhos, e levantou-se com uma expressão de um triunfo fugaz.

— Vamos! Eles não vão ficar muito tempo dessa forma. Logo estarão de pé – revelou a Braun em tom de advertência. — Quando isso acontecer, estaremos já longe daqui.

 firmamento, repleto de estrelas, estava ofuscado pela neblina. Olhando para cima, apenas se conseguia ver o brilho da lua minguante por detrás das brumas, subindo rumo ao seu ápice. A princípio, os lagartos alados haviam concedido uma trégua. Já há algum tempo, não se ouvia mais sons de asas ou grasnados que indicassem sua presença.

Roderick preparava uma sepultura para Rurik com pedras encontradas na região. Enquanto isso, com um pano retirado do cesto que Pacata carregava, Formiga começou a enfaixar o corpo do lobo. Ao seu lado, Petrus entregou-lhe um cordão de contas que trazia no bolso — uma lembrança que carregava em memória de sua mãe — para que o colocasse preso às faixas. Interrogado sobre o que se tratava, o pastor disse apenas que era para guiar o espírito de Rurik até sua família.

— A culpa foi toda minha — lamentou-se o camponês, em voz baixa, apertando com força o seu cordão de contas antes de entregá-lo ao ferreiro. — Se ele ainda estivesse entre os seus, esse fim seria evitado.

O corpo enfaixado da mascote foi depositado no local preparado por Roderick segundo os costumes de sua tribo. Pedra após pedra, ele foi coberto. Sir Heimerich falou em breve discurso sobre a bravura e o companheirismo, que são virtudes a serem imitadas por qualquer ser — desde animais e servos até os nobres da mais alta estirpe.

A noite continuava seu curso: fria e inevitável. Dessa mesma forma, destarte todas as dificuldades, a missão dos peregrinos deveria continuar. Depois de um instante de silêncio — e um breve olhar de despedida —, já era momento de partir.

XLIX

Uma noite mais perto do céu

B raun juntou alguns gravetos e esgueirou-se, espremido, através de uma fenda estreita na rocha, chegando a uma pequena câmera onde Chikára e Victor se encontravam. O acidente na parede rochosa era baixo e não era possível conservar-se de pé. Apesar da incômoda posição em que descansavam, pelo menos eles estavam protegidos das grandes ameaças — das pequenas, porém, como cobras e aranhas, podiam contar apenas com a sorte de que elas fossem embora sem causar nada grave, a não ser uma ou outra marca na pele.

— A madeira está úmida — avisou o guerreiro. — Como faremos a fogueira? — perguntou, mas não obteve resposta imediata. — Se ao menos aquele gordo esfomeado do Formiga estivesse aqui, ele pensaria em alguma nova receita para esse coelho sem precisar de fogo.

— Não sei o que você vê nele para despertar tamanho interesse — Chikára, enfim, se manifestou. — Aquele homem possui apenas conhecimentos práticos e triviais. Esqueça-o — sugeriu com uma leve irritação. Depois, ainda emburrada, pegou seu cajado encostado na parede e entregou uma pedra a Braun. — Agora, vamos. Esfregue essa pedra em sua espada. O máximo que conseguir — ordenou, recebendo um olhar cético do guerreiro. — Não pense muito, apenas faça o que eu digo.

O kemenita obedeceu sem muito entender. A maga se ajoelhou, pousando sua mão livre com a palma voltada para cima sobre sua coxa, e fechou os olhos. A ponta de seu cajado brilhou e as fagulhas geradas pelo atrito entre o aço e a pedra se intensificaram até que, de repente, um fluxo de chama migrou da espada para os gravetos, criando uma fogueira imediatamente.

Em silêncio, Braun e Chikára se alimentaram e se saciaram. Apesar de satisfeitos, eles sabiam que, semelhante ao que sentem os mendigos e pedintes, não teriam o que comer na *aurora* seguinte. Então, exaustos e aquecidos pelo calor, decidiram dormir. Victor, no entanto, esperaria acordado até o amanhecer.

— Ei... hã... Queixo-de-quiabo — Braun sussurrou para o arcanista.

Dídacus se virou em silêncio. O guerreiro parecia desconfortável e um pouco trêmulo em suas palavras.

— Nos safamos lá atrás, né? Você agiu bem... é... — Ele gaguejava. — Não sei se entende... o que acontece é que...acho que... devo-lhe a vida.

— Então não me deve nada — respondeu Victor, friamente.

Sob as cabeças de Roderick, Sir Heimerich, Formiga e Petrus, uma grande pedra servia-lhes como teto de um abrigo após eles terem improvisado uma entrada com tecidos e alguns galhos. O quarteto se alimentava das provisões de Helgi em volta de uma fogueira preparada por Formiga. Próximos uns aos outros, como maneira de minimizar o frio, seus olhares estavam fixos nas labaredas, mas, ao mesmo tempo, distantes — pois refletiam sobre o futuro de Sieghard e as lembranças de casa, dos familiares e, mais recentemente, Rurik.

Abalado e querendo se manter o mais longe possível da realidade, Petrus foi o primeiro a se recolher.

— Que os deuses da Ordem o amparem, herói — sussurrou Roderick, cobrindo o colega com um cobertor.

Sir Heimerich ainda lamentava suas dores nas costas e costelas, e Formiga, ansioso, continuava comendo em ritmo constante.

— E pensar que um lagarto alado foi capaz de fazer isso somente com as garras — comentou Sir Heimerich. — Fico pensando se fosse um dragão, nas antigas Eras, quando eles ainda habitavam Exilium. Uma vila inteira poderia ser facilmente destruída por eles.

— Provavelmente você já teria virado sobremesa — completou Formiga.

— Devia ser uma visão assustadora — o cavaleiro pensou em voz alta. — Os cronistas de minha família sempre destacaram seu poder e habilidades excepcionais.

— Assustadora e tanto — Roderick sentou-se, após retornar do local onde deixara Petrus. — Quando era um jovenzinho, meu tio, Grosvenor, encontrou um crânio de dragão durante uma excursão às montanhas de Everard. Quando ele chegou com aquilo na aldeia, ninguém sabia onde se enfiar, de tanto medo. Todos ficaram perturbados, mas, também, fascinados. O crânio ele colocou em sua casa, exposto como um troféu. Depois, até ganhou mais respeito por parte dos irmãos. Muito tempo depois tive coragem de enxergar melhor a peça. Era grande como o meu tronco e sua mandíbula repleta de dentes afiados. pela Ordem, tão longos e pontiagudos quanto essas flechas — ele puxou uma flecha de sua aljava e entregou a Sir Heimerich, que por sua vez, sentiu calafrios ao sentir a pressão da ponta em seu dedo. — Mas sabem o que é mais intrigante? — perguntou, chamando a atenção de Formiga e do paladino. — Aquele crânio, diziam os mais sábios do meu clã, era apenas o de um dragão pequeno, que se fosse de um adulto, não teríamos carroças suficientes para carregá-lo. Durante um tempo eu sonhava com aquela criatura ainda viva, perseguindo-me. Acordava choramingando, e ia até os braços de minha mãe. Ela e minha tia viviam repreendendo tio Grosvenor por ter trazido um objeto tão feio e apavorante, que, como minha mãe mesma dizia, "só servia para assustar as crianças e deixá-las sem dormir"! — o arqueiro sorriu com a lembrança. — Mas, graças a ele, passei a ter interesse pelos lendários dragões e suas histórias. Meu tio sabia várias delas, inclusive várias do Dragão de Barba Negra. Não sei se elas são verdade. Muitos acreditam não ser possível homens e dragões coexistirem. Felizmente, para alívio de minha mãe, em certa manhã, o crânio já não se encontrava mais na casa do tio Grosvenor. Ele havia sido roubado.

— Ninguém sabe, Roderick — disse Formiga, enquanto mastigava um pão. — As pessoas preferem falar que não é possível que homens e dragões tenham coexistido porque são medrosas e supersticiosas. Acham que vão atrair maldições só em pensar em dragões ou coisas assim. Mas, uma coisa é certa: ricos comerciantes de Alódia costumam pagar caçadores de tesouros para obterem essas relíquias. Cansei de lidar com colecionadores esnobes. O artefato do seu tio foi alvo de um desses prestigiosos homens.

— Naquela época os homens deveriam ser mais fortes. Só assim para resistir a eles — refletiu Roderick.

— Não creio — o nobre discordou. — Aqueles eram tempos de desolação. Os homens eram todos primitivos e selvagens. Não havia leis ou governos. Portanto não poderiam se unir em prol de um objetivo.

— Poderiam ser selvagens, mas deram cabo das bestas — o arqueiro retrucou. — Se hoje vivemos em paz, longe do terror que eles causavam, temos de agradecer àquelas gerações lendárias.

— Não há como provar, meu caro arqueiro, de que os dragões tenham sido derrotados por homens — Formiga resolveu aumentar a polêmica. — Poderia muito bem ter sido algum trabalho dos deuses, quem sabe quais são suas vontades?

— Os homens eram valentes e destemidos — Roderick protestou com sua própria verdade. — E podiam viver mais de trezentos *verões*. Mas a ganância e a dominação de umas regiões sobre as outras fez com que se enfraquecessem.

— A dominação de umas regiões sobre outras, a construção do governo e das instituições foi necessária para a sobrevivência dos homens — Sir Heimerich iria iniciar um discurso, porém, ele foi interrompido por um grasnado de lagarto alado ao longe, que ecoou no ouvido dos três homens.

— O fato é que os dragões não estão mais aqui — Formiga admitiu após um instante de perturbador silêncio. — E o verdadeiro perigo agora são esses malditos lagartos alados...

— Tem razão, senhor Formiga — concordou o nobre. — Vamos dormir. Temos aquelas criaturas para nos preocupar. Elas podem não ser tão grandes quanto os dragões, mas já mostraram ser adversários perigosíssimos.

— Se não se importarem, eu faço a primeira vigília — pediu o ferreiro.

— Como quiser, Formiga — Sir Heimerich consentiu. — Eu farei a próxima.

Sir Heimerich e Roderick despediram-se de forma amigável, mesmo com as desavenças expostas momentos antes, desejando uma boa noite de sono. Ainda que sob condições tão adversas — como o frio, o desconforto das pedras e o constante soar dos lagartos —, da melhor forma, acomodaram-se, cada qual, em seus cantos e adormeceram pouco depois. Formiga acompanhou a despedida, porém, findada sua vigília, ao invés de acordar o paladino, puxou para si um dos cestos de comida, colocou-o entre suas pernas e banqueteou-se até que não tivesse mais forças para se manter acordado. Em pouco tempo, em meio a farelos e cascas de frutos, ele se entregou ao mundo dos sonhos.

L

Aos viciosos o castigo

A brindo os olhos ao primeiro raio de sol que entrara pela fenda, Braun, resmunguento, acordou com o peso do corpo sobre seu próprio braço. Nem mesmo o calor do feixe luminoso poderia dar algum conforto frente ao vento gélido que vinha do exterior da câmara onde estava. O guerreiro sentia muitas dores, no entanto, o que mais o incomodava era a infinidade de insetos que o circundava.

— Maldição! De onde isso vem? — reclamou, dando tapas em seu rosto na tentativa de matar alguns mosquitos. Distraído, ele não percebera a presença de Victor ao seu lado, de pé e em silêncio, com o mesmo semblante sereno e inabalável de sempre. Às vezes se tinha a impressão de que Dídacus era um grande estadista, observando os homens, seus anseios, falhas e sucessos. E ele, alheio a tudo isso, vivendo em um mundo à parte, como que cerceado por uma aura que mesclava ceticismo e desprezo. Isso o tornava imune a qualquer reação adversa. Porém, seu interior era um labirinto de muitas portas. — Pela Ordem, Victor! Será que não consegue pregar seus olhos por um instante?

— Não tenho necessidade de fazê-lo, se quer saber — respondeu o arcanista.

— Do contrário, seria uma vontade ordinária. E as vontades ordinárias, Braun de Sevânia, motivam o sofrimento no homem, quando ele faz coisas que não lhe são estritamente necessárias, se apega a desejos que nada mais são que prazeres efêmeros. No final do jogo, rei e peão voltam para a mesma caixa. Beleza, ouro, terras, joias, armas... nada disso carregaremos conosco. No túmulo, deixaremos apenas a nossa memória.

Braun franziu a testa ao perceber que suas tentativas de entender Victor poderiam ser intermináveis. Para sua felicidade, ou não, o despertar de Chikára o fez voltar ao mundo servil que sempre conhecera e lidara tão bem até agora.

— Felizmente minhas roupas são pesadas o bastante para não sentir essas pedras duras — a maga pôs as mãos nas costas, demonstrando desconforto. — Não sei como aguentou, Braun — disse um pouco antes de ouvir seu estômago roncando. — Precisamos encontrar algo para comer.

— Eu avisei para você reservar um pouco da carne de ontem — Braun a censurou, recebendo em troca uma expressão nada acolhedora. — Não se preocupe, vamos arrumar o que comer. Mas, primeiro, temos que sair desse buraco e ver o que nos espera lá fora — o guerreiro tentou remediar.

— Não me diga... ande logo, vamos — ordenou ela, impaciente.

Um a um, os três peregrinos se espremeram no estreito corredor rumo à saída daquele mundo escuro. Victor foi o primeiro a respirar o ar da manhã banhado pelos revigorantes raios de sol que, apesar de calorosos, o frio bastava para gelar as canelas de um homem que não usasse calças — a exemplo dos nobres de Askalor e seus soberbos calções. Tão logo o trio se recompôs, os peregrinos empreenderam uma busca por alimentos nas proximidades, fossem eles provindos de algum animal ou árvore frutífera. Pedras foram levantadas, galhos chocalhados e buracos inspecionados, porém, nada fora encontrado. O que lhes davam esperanças era ouvir, ao longe, o piado de aves de rapina e o grasnado de corvos. Ao mesmo tempo, também, não poderiam demorar-se pois a última coisa que não queriam achar era o rastro do cheiro asqueroso de um troll.

— Nada... — lamentou-se Braun ao retornar para a Estrada Velha.

— Seguiremos, então, para o Oráculo — disse Chikára desanimada. — E vamos torcer para que a sorte brilhe sobre nós — concluiu, tomando o caminho sem esperar pelos colegas.

—Ei, Heimerich, acorde — disse Roderick em voz baixa, colocando sua mão sobre o ombro de seu companheiro. O nobre abriu um olho, ainda confuso com a perturbação inesperada. — Não mova um dedo. Olhe bem à sua frente.

Sir Heimerich fez o que o arqueiro pediu, deparando-se com um grupo de formigas amarelas do tamanho de camundongos.

— Pela Ordem, são imensas — exclamou, boquiaberto.

— Nunca vi nada igual — Roderick comentou. — Devem ser naturais desse lugar.

— O que elas estão fazendo aqui? — perguntou o paladino, escorando-se para entender a situação. Porém, bastou uma rápida olhadela para observar que as formigas se ajuntavam em meio a cascas de frutas, sobras de pão com mel, doces à base de geleia e bolos.

— Parece que uma formiga ainda maior andou extrapolando o consumo de nossas provisões, não acha? — Roderick riu com nervosismo.

Com cautela, o cavaleiro apanhou o elmo que repousava ao seu lado, levantou-se e golpeou algumas formigas, conseguindo matar e afugentar um bom número delas. Outras, porém, mais corajosas, levantaram suas cabeças e abriram suas ameaçadoras pinças, anunciando um ataque. Enquanto suas atenções se voltavam para Sir Heimerich, Roderick subitamente tratou de chutá-las com a força necessária para serem enviadas para longe — ou explodir seus gordos abdomens recheados de um líquido verde viscoso.

— Argh! — o paladino cobriu o nariz de forma instintiva ao observar o sangue das formigas lançado aos ares com as explosões.

Nem bem a pequena colônia havia se dissipado e a paz voltado ao ambiente, e o som de alguém em agonia fora do abrigo despertou a preocupação da dupla de peregrinos. Deixando Petrus no conforto de seu leito, o arqueiro e o paladino abandonaram a proteção da pedra sobre suas cabeças e seguiram o que parecia ser ruídos de curtas e repetidas golfadas, seguidas por uma tosse seca e respiração ofegante. A névoa baixa seguia presente, atrapalhando a visão, mas não o suficiente para que, ao longe, uma forma redonda não deixasse dúvidas sobre quem estava lá.

Apoiado sobre uma pedra e pendendo a cabeça para frente, Formiga parecia não apresentar um estado muito razoável de saúde. Um cheiro azedo provinha do local onde estava e, ao chegarem próximos, Sir Heimerich e Roderick repararam que o ferreiro apresentava uma pele muito pálida e que uma massa fétida o rodeava. Os dois se entreolharam, em unânime expressão de desagrado, e observaram aquela imagem derrotada pela glutonaria. Formiga, concentrado que estava em expurgar tudo o que consumira, não reparara que estava acompanhado.

318 ❖ L. P. FAUSTINI

— Senhor Formiga? — arriscou Roderick, um pouco hesitante. O pequeno homem se assustou e, com o susto, sua mão apoiada na pedra escorregou, fazendo com que ele batesse seu queixo contra ela. — Não fique aí parado, Heimerich. Ajude-me.

Relutante, e claramente chocado, o cavaleiro ajudou a apanhar os braços do ferreiro que jazia inerte, sujo e fétido.

— Você parece uma oferenda em cima dessa pedra, Formiga — Roderick tentou descontrair.

— Só se for aos deuses da podridão! — Sir Heimerich estava alterado e não se mostrava aberto para brincadeiras.

Com muito esforço, conseguiram colocar o colega sentado e apoiado em uma rocha; contudo, o ferreiro permanecia inexpressivo. A dupla tentou reanimá-lo, percebendo que a tarefa exigiria calma e paciência. Era claro, porém, que, enquanto um deles estava preocupado com a saúde do companheiro, o outro apenas aguardava a oportunidade para censurá-lo por conta do seu solitário festim, que havia minado boa parte das provisões do grupo...

E colocado a missão em risco.

Chikára perdia-se em sua impaciência, vulgarizando o próprio linguajar. Enquanto caminhava, colocava a mão em sua barriga, que se remexia no vazio. Seu ventre parecia torturado por beliscadas de abutres, provocando dores que a atrasavam em sua caminhada. Incerta sobre por quanto tempo sua penosa condição se prolongaria, sua irritação só aumentava.

— Seja o que for que encontrar, Braun, aja com cautela. Nada aqui está isento de risco — advertiu a maga.

Em fila, os três prosseguiram por um longo corredor de pedra entre duas altas paredes de superfícies tão lisas que impossibilitavam qualquer tentativa de escalá-las. Se qualquer obstáculo os bloqueasse à frente, teriam que retornar. Ao menos de uma coisa os aventureiros podiam ter certeza: aquela era a única trilha a seguir.

Então, tal qual uma miragem, brotada por entre a parede e o chão, uma solitária árvore frutífera surgira ao longe. Pela intensa cor vermelha de seus frutos, não precisava ser nenhum herbalista para concluir que se tratava de uma macieira. Os olhos de Chikára brilharam ao ver tamanha preciosidade em meio à aridez do local, e como se suas próprias advertências fossem desnecessárias ou servissem somente para os outros, ela correu para se saciar sem perceber que a — imparcial — senhora da fome a havia cegado momentaneamente.

A maga, atônita, começou a gargalhar ao chegar perto da árvore, vendo que ela estava carregada.

— Mas isto só pode ser um capricho dos deuses! — ela se maravilhou, estendendo a mão para pegar uma maçã.

Braun e Victor, bastante contidos e bem mais atrás na trilha, presenciavam a celebração de sua colega quando, abruptamente o chão sobre ela cedeu, fazendo-a cair em direção ao desconhecido.

— Dragões me chamusquem! — Braun se espantou, ouvindo o grito da maga, e correu para socorrê-la. Da mesma forma, Victor também o fez, deixando, pela primeira vez, transparecer um semblante preocupado. — Chikára! — Chamou-a assim que chegou ao local. Uma lufada de ar quente e malcheiroso, proveniente do buraco recém-aberto, atingiu seu rosto, assustando-o. Decidido, ele inclinou seu corpo cautelosamente para observar que fim levou a senhora. — Chikára! — ele a chamou novamente, e sua voz ecoou nas paredes profundas do fosso, enquanto as folhas da macieira ainda caíam lentamente em direção à escuridão.

Bastou que os olhos de Braun se acostumassem ao breu para que ele observasse, espantado, o fundo do poço cravejado de lanças enferrujadas. *Uma maldita armadilha*, refletiu, pensando nas palavras de Ázero. Seu pelos se arrepiaram ao ver o cajado de bronze de Chikára, intacto, entre os espetos. Respirando fundo, ele temeu pelo pior. Todavia, logo se aliviou ao ver o corpo da maga deitado de bruços em um dos cantos do fosso onde não havia espetos. Isso se explicava pois que, momentos antes, quando o chão havia apenas cedido, Chikára conseguira se agarrar a um dos galhos da macieira e, com um pouco de habilidade e sorte, utilizou-o para fazer um pêndulo e lançar-se para uma região fora de perigo, tendo que lidar apenas com o impacto da queda.

Ao perceber que a maga começara a se mexer, o guerreiro a chamou de novo.

— Estou... bem — ela disse, tossindo. Ao abrir os olhos, viu, ao seu redor, ossadas humanas em meio a roupas antigas e rasgadas, armas e peças acessórias. Havia maçãs, já podres e ressecadas, fincadas nas pontas de algumas lanças, e a maga se apavorou ao pensar que, em outras épocas, essas frutas estiveram nas mãos de vários aventureiros antes de cair nesta cilada. — Por Destino! Tenho que agradecer aos deuses por estar viva.

— Fique calma — aconselhou Braun, mais tranquilo. — Vamos arrumar um jeito de tirá-la daí. Eu e o queixo-de-quiabo pensaremos em alguma coisa.

320 ✦ L. P. FAUSTINI

Lentamente, a maga se levantou e bateu as mãos em sua roupa para tirar a poeira. Já recomposta, ela caminhou para investigar a armadilha, quando viu algo que, claramente, deveria estar e continuar oculto.

— Senhores! — ela gritou, eufórica. — Tem uma abertura aqui.

— Nem pense em entrar por essa abertura — sugeriu Braun, embora sua sugestão tivesse sido ignorada. E como se não bastasse o primeiro susto, no que ele olhou para o fosso, não havia mais sinal da maga. — Raios! — reclamou, fitando Victor.

— Ei Braun, Victor — Chikára chamou, passado algum tempo. — Parece que há uma passagem subterrânea aqui. Desçam vocês dois, e vamos ver onde ela vai dar.

L I

O Graouli

Já há algum tempo acordado, Petrus, escorado em Pacata, mordia uma das poucas peras que ainda restavam do cesto de mantimentos enquanto uma feroz discussão — da qual ele pouco se importava — era travada logo à sua frente.

— Olhe para isso! — bradou Sir Heimerich para Formiga, apontando para o cesto quase vazio. — Será que não mede as consequências dos seus atos, homem glutão? Você nos danou!

O réu de tamanhas acusações encontrava-se sentado e cabisbaixo, e abraçava os joelhos em um misto de nervosismo e vergonha. Seu acusador-mor, inquieto e irritado, caminhava de um lado para o outro, parando apenas para ampliar suas críticas. Roderick, acocorado ao lado de Formiga, o encarava com veemência, embora permanecesse calado. Seu olhar de repulsa era suficiente para condenar o réu.

O ímpeto vicioso do ferreiro havia colocado em dúvida sua participação na expedição. Sir Heimerich queria a todo custo vê-lo o mais longe possível dos demais. Sua cabeça lhe dizia que Formiga era um perigo, uma ameaça, uma maçã podre. Todavia, seu coração, ao lembrá-lo que aquele mesmo senhor havia salvado a sua vida, fazia-o apegar-se à sua honra cavalheiresca para que tomasse uma decisão mais razoável. De qualquer forma, era preciso que seu discurso continuasse, para que deixasse claro ao companheiro a indignação que havia causado.

Os sermões de Sir Heimerich ainda continuavam intensos quando um grasnado alto ecoou no céu e, tal qual um relâmpago, um lagarto alado desceu às costas de Petrus e encravou suas garras na mula, levando-a consigo para os ares. Sem saber o que acabava de acontecer, o camponês saltou, apavorado, sentindo o coração pulsar em ritmo acelerado. Em meio ao silêncio subsequente que se fez, Roderick correu para ajudá-lo a se levantar.

— A... A... Acho que escapei por pouco — disse Petrus, nervoso, olhando para trás e percebendo que Pacata havia sido arrebatada e, de alguma forma, salvado sua vida.

— Escapou sim, herói, foi por um triz — Roderick bateu as vestes do colega. — Agora fique calmo, aquela criatura não deve retornar tão cedo. Porém, com a ida de Pacata, perdemos parte de nossos agasalhos. E pior, teremos agora a difícil missão de carregar os mantimentos que ficaram conosco... — analisou, encarando Sir Heimerich com preocupação.

Apesar da situação crítica, o paladino não se desesperou e viu na perda de Pacata uma oportunidade para que Formiga compensasse os danos causados ao grupo.

— E quanto a você, arauto da glutonaria... — voltou-se para o alodiano em voz firme. — Se quiser continuar conosco, terá de provar seu valor, se é que ainda tem um. Apanhe nossas coisas, junte-as todas no cesto e o carregue. Carregue-o até que cheguemos ao Oráculo. E, se eu souber que você está novamente nos traindo, será imediatamente abandonado. Espero ter sido claro.

Formiga assentiu com a cabeça, levantou-se e, sem dizer uma palavra, foi ao abrigo improvisado e começou a pôr as trouxas dentro do cesto.

— Por que foi tão duro com ele, Heimerich? — Perguntou Roderick.

— Disciplina, meu caro, é como fabricar armas. As melhores lâminas do mundo são conseguidas através de muitas marteladas, muitos castigos. Esse homem é um ferreiro, portanto sabe muito bem disso. Se quisermos seguir como um grupo unido e coeso, precisamos de disciplina — respondeu o nobre, antes de ouvir um coro de grasnados agudos e ininterrupto sobre ele.

Para o desespero doas aventureiros, parecia que um número incontável de lagartos alados sobrevoava a região, anunciando não só um ataque avassalador. O rapto de Pacata havia sido somente um prenúncio do que estaria por vir.

— Deuses! Eles são muitos! — Petrus foi o primeiro a reagir com os olhos arregalados.

— Não podemos ficar mais aqui. É muito perigoso — Roderick observou, encarando Sir Heimerich, atônito. — O que faremos?

Não foi preciso mais um grasnado para a resposta vir.

— Corram, homens! Corram para viverem — o nobre ordenou, vendo que a situação apenas se agravaria se eles vacilassem. — Corra, Formiga!

Ao ouvir o grito do nobre, Formiga se apressou em jogar no cesto as trouxas que faltavam e o colocou sobre a cabeça. Na correria, deixou cair algumas peças de roupa e frutas. Tentou voltar para pegá-las, mas o grasnado dos predadores era mais forte e assustador do que aquele emitido por sua própria barriga.

Os peregrinos dispararam avançando pela trilha, exasperados e atentos a qualquer lugar que poderia lhes fornecer proteção. À frente, Sir Heimerich, Roderick e Petrus preocupavam-se com suas próprias vidas. Atrás, Formiga, debilitado e lutando contra sua própria condição física, tinha também outro item para se preocupar: o cesto de provisões.

Os ataques rasantes se iniciaram e multiplicaram-se sobre as cabeças do trio na vanguarda. Roderick e Petrus se abaixavam e saltavam constantemente para não serem apanhados pelas atrozes garras, enquanto Sir Heimerich usava seu escudo para repeli-las. À semelhança de cervos sob ataque de feras, eles corriam pela trilha em ziguezague na esperança de confundir os vorazes lagartos alados.

Quando o grupo saiu das brumas — o que, pela situação, não era nada favorável —, a paisagem se desvelou em uma região de solo pedregoso e altas paredes rochosas. À direita dos aventureiros, um despenhadeiro com vista para as terras montanhosas de Sumayya alertou-lhes de que ainda não haviam chegado ao ponto mais alto da região, o que significava que deveriam percorrer ainda um longo caminho até o cume do Pico das Tormentas.

Na retaguarda, Formiga corria incapaz de executar qualquer subterfúgio para se desvencilhar dos répteis. Até então, ele havia tido sorte em não ser escolhido e levado por uma das bestas. No entanto, trôpego como estava, bastou uma pedra no lugar errado para que ele tropeçasse e caísse. Incrivelmente, como se objeto e homem fosse um só, o ferreiro não deixou o cesto se soltar, preferindo dar de cara no chão a que ter que usar suas mãos para se proteger da queda. Depois, em um súbito reflexo, ele se levantou com alguns sangramentos na sua boca e nariz e partiu, destemido, ao encontro dos colegas.

Mais adiante, a trilha continuava entre dois paredões de pedras. O vão era estreito e alto o bastante para impedir a passagem das feras. Ali, o trio da vanguarda se aninhou, dando graças aos deuses por conseguirem escapar. Contudo, ainda faltava a Formiga várias *braças* para chegar àquele refúgio.

Ao ver seus amigos em segurança, Formiga sentiu-se enojado de si ao pensar que corria o risco de morrer por seus próprios vícios. Agora, era fato que o alvo dos répteis seria ele. E, com efeito, bastou o primeiro rasante de um deles para que suas garras o atingissem nas costas, rasgando suas roupas, e o lançasse ao longe, juntamente com o cesto. Seu grito havia sido mais de desespero e frustração do que de dor. Resistindo bravamente, Formiga se arrastou para próximo de uma pedra a fim de dificultar a visão dos lagartos alados e aguardar uma melhor oportunidade para prosseguir.

— Formiga! Vamos! O que está esperando? — gritou Roderick, de longe.

O ferreiro parecia não dar ouvidos e ter olhos apenas para o cesto caído.

— Deixe isso, Formiga. O cesto não é mais importante que sua vida! – rogou Petrus.

— Não... eu tenho de pegá-lo – respondeu o pequeno homem, de olho nos lagartos alados que, como abutres, rodeavam o local onde ele estava.

De forma inesperada, um novo grasnado foi ouvido, e assustou a revoada de criaturas que se dissiparam imediatamente. A visão de Formiga, assim como a dos peregrinos acuados entre paredes, não era tão ampla para enxergar o que estava acontecendo. Por um momento, todos ficaram confusos, entretanto, não demorou muito, uma criatura pousou sobre a pedra atrás da qual Formiga se ocultava. Diferentemente das demais, essa possuía um aspecto ainda mais horrível e, de certa forma, ridículo. Sua cabeça era mais larga e portava grandes olhos cor de fogo. As mandíbulas mais compridas revelavam dentes tão afiados quanto as mais finas adagas de Véllamo. Sua pele era feia, mórbida e repugnante. O ferreiro encarou-a. Estava face a face com o maior de seus algozes. Seu cheiro era forte e seu hálito pútrido podia ser sentido a várias braças dali. O temor do alodiano alcançou o seu auge quando a criatura finalmente abriu sua enorme boca para atacar. Seu sangue congelou, paralisando-o de medo.

— Pela Sagrada Ordem! É um graouli! Nunca pensei que viveria para ver um – comentou Roderick, abafando um grito de espanto, lembrando-se das lendas que contavam em sua aldeia sobre o rei dos lagartos alados, uma criatura horrorosa, de encontro raríssimo, que aterrorizava os habitantes de Sumayya e Vahan Oriental. Ao contrário dos lagartos alados, que atacavam em bando, o graouli era um predador solitário.

— Fuja, Formiga! – Sir Heimerich ordenava.

O ferreiro, no entanto, ignorou os apelos do paladino, puxou uma das correntes que mantinha em volta da cintura e adotou uma postura ofensiva. Percebendo as intenções de sua presa, o graouli grasnou em tom de aniquilação. Sir Heimerich já o dava como liquidado. Todavia, o ferreiro e seu senso apuradíssimo haviam observado como essas criaturas se comportavam e percebeu que seu grau de perigo diminuía drasticamente no solo.

O monstro investiu uma, duas... quatro vezes, sem sucesso. Formiga se esquivava dos botes facilmente. Na quinta tentativa, com um movimento rápido, ele passou a corrente em volta do focinho do predador e, mostrando uma habilidade sem igual, travou-a, sem dar chance para que ele voltasse a abrir sua boca. Sem pestanejar, correu em volta da pedra, pegou o cesto e colocou nele o conteúdo derramado. Enquanto isso, o graouli se debatia, tentando livrar-se das correntes. Seu esforço foi tanto que ele tombou de forma patética. Nesse mesmo instante, os rasantes dos lagartos alados recomeçaram e o ferreiro se viu tendo que usar toda sua força para se desviar deles, que, uma vez ou outra, o atingiam de raspão.

Roderick e Petrus, boquiabertos, assistiam à cena com o coração acelerado. Sir Heimerich parecia não acreditar no que via, e o remorso pousou sobre sua mente. Eles viram, exitosos, seu companheiro pegar o cesto, colocá-lo sobre a cabeça e correr em direção a eles, tamanha era sua força de vontade. Entretando, quando Formiga estava a um passo do estreito corredor entre os paredões de rocha, ele foi atacado por trás pela mesma criatura que havia acorrentado e lançado aos pés do trio que o aguardava. Suas costas, já desprotegidas, sofreram um corte longo e profundo.

Ele estava ferido – bastante, mas vivo. E, muito mais do que vencer os lagartos... Ele havia vencido a batalha pela sua legitimidade.

LII

Onde as jornadas terminam

Utilizando as longas raízes expostas da macieira, Victor e Braun desceram, ilesos, ao fundo do fosso. Uma vez lá, passaram sem dificuldades entre as estacas metálicas e avistaram Chikára, de costas, comendo uma maçã enquanto observava o que havia por detrás da abertura que havia encontrado.

— Aposto que estes desgraçados não tiveram a mesma sorte que você, Chikára – disse Braun, pisando em alguns crânios que chamaram a sua atenção. — Malditos esfomeados – completou, rindo de si mesmo. — Se Formiga tivesse vindo conosco ele já teria encurtado suas *auroras* em um desses espetos.

— O que vê? – perguntou Victor para Chikára, sem enrolação.

— Seja quem for que tenha construído esse embuste, parece que chegou até aqui por um corredor subterrâneo, que vem desde o pé do Pico das Tormentas — ela respondeu.

— Então, esse caminho poderia nos levar ao cume? – indagou Victor.

— Mesmo que pequena essa possibilidade, acho que devemos arriscar. Teoricamente, deveríamos estar mortos e essa passagem não deveria ser utilizada por aventureiros — explanou a maga.

Braun afastou a senhora e esticou o pescoço através da abertura.

— Não vejo nada. Me dê uma luz — ele demandou.

— Não posso — comentou Chikára.

— Pela Ordem! Você não é uma maga? Será que você não consegue criar uma simples luz? — Braun se irritou.

— Se você não sabe, existem muitas escolas de magia, bruto — ela explicou, de forma ácida. — Apenas os superiores da Abadia de Keishu detêm este poder, do qual, aliás, não sinto a mínima falta. Consigo viver muito bem sem ele. Eu sou capaz apenas de manipular o mundo físico, não de criar algo. Por isso, consiga-me os componentes certos e modifico-os no que você quiser.

— E por que não aprendeu com eles? — quis saber Victor.

— Com quem? Os superiores? Aprender o quê? Eles não sabem de nada, não fazem nada. Podiam criar coisas maravilhosas, mas não o fazem. Aquelas velhas ruínas vivem enclausuradas em monastérios, pensam que assim conseguirão atingir algum conhecimento. Mentes senis e débeis. Não foi à toa que Sieghard perdeu a batalha no Velho Condado. Seria uma perda de tempo tentar aprender com eles.

— Então, estou diante de uma mente independente — propôs Victor.

Chikára fitou-o severamente, como se tentasse adivinhar seus pensamentos. Fez que comentaria, mas quis desconversar.

— Você quer luz? — ela se voltou para Braun. — Então pegue meu cajado e consiga alguns galhos da macieira, os mais grossos, de preferência, e verei o que posso fazer com eles.

Roderick se ajoelhou e abriu com prudência as vestes de Formiga. O arqueiro segurava uma garrafa de vinho forte que encontrara no cesto. Aos poucos, derramou o líquido sobre sua pele, que havia sido rasgada pela garra podre do graouli. Seus pelos das costas mesclavam-se ao sangue, suor, terra e pedaços de coisas indecifráveis provenientes das unhas do predador.

— Por enquanto isso basta — disse Roderick. — Eu não sou um herbalista, conheço poucas plantas que podem ser aplicadas para evitar a contaminação do seu sangue. Contudo, tão logo achemos alguma, devemos imediatamente usá-la — alertou, olhando para Petrus e Sir Heimerich. — Como está, Formiga? Consegue se levantar?

Ele assentiu e, em silêncio, levantou-se. Roderick pegou o cesto e tomou para si a responsabilidade de carregá-lo. Formiga gemia de dor, e caminhava com dificuldade sob os olhares atenciosos do paladino – que demonstrava não haver esquecido suas faltas.

A passagem, estreita e claustrofóbica, serpenteava infindável entre as grandes rochas já cobertas por uma rala camada de neve. Os peregrinos marcharam a duras penas por aquele caminho desconhecido, inebriados pelo sopro de ar gélido vindo de um ainda mais oculto local. Ao menos eles se sentiam seguros depois do ataque dos lagartos alados.

Porém, sentir-se seguro no Pico das Tormentas era apenas uma impressão que poderia se tornar mais do que perigosa.

Apesar de cabisbaixo e perdido em pensamentos, Formiga, de relance, não deixou de notar uma fina corda presa às encostas do paredão rochoso na altura dos pés. A estranha linha passaria despercebida aos olhos de qualquer viajante comum, mas não a um ferreiro experiente que entendesse de mecanismos. Petrus, à frente, liderava o grupo quando Formiga, como se acordasse de um pesadelo, compreendeu o que estava para acontecer.

— Pare, Petrus! – gritou em desespero. No entanto, a reação do camponês havia demorado mais que a urgência necessária para evitar que o fio fosse puxado. Prevendo o desastre, Formiga correu em direção ao companheiro, chocando-se violentamente contra ele. Logo atrás, pesadas pedras vindas das encostas caíram com grande impacto sobre a trilha. Novamente, Formiga havia salvado a vida de outro integrante da comitiva.

Petrus, no chão, sentiu-se confuso e tentava entender o que tinha acontecido, enquanto seu salvador, com a boca sobre a terra, aguentava a dor promovida pela reabertura de suas feridas.

— O que foi isso, afinal? – perguntou Roderick, intrigado, após escalar as pedras que haviam bloqueado o caminho.

Petrus se levantou e, de forma cuidadosa, ajudou Formiga a ficar de pé.

— O que parece ser? Uma armadilha, isto é óbvio – respondeu o ferreiro, extenuado. — Veja isso – ele apontou para um barbante partido. — Tudo indica que haverá outras como essa adiante.

Sir Heimerich, logo atrás do arqueiro, aproximou-se da parede, ajoelhou-se e conferiu a linha rompida. Depois, pegou sua ponta e a olhou atentamente.

— Ázero havia nos falado sobre isso. Como se já não bastasse termos que olhar para cima, agora os ataques poderão vir de qualquer lado. Deuses... – desabafou — nos ajudem.

No interior da passagem no ventre do Pico das Tormentas, Chikára avançava segurando um dos galhos da macieira em chamas. Victor e Braun a seguiam, iluminados pelo fogo. Antes de prosseguirem, o guerreiro havia selecionado as melhores maçãs para que enchessem seus bolsos e atenuassem a fome durante a expedição. Os vendedores ambulantes das docas de Muireann, diziam que a fome era a rainha dos condimentos. E, com efeito, Braun, ao morder um dos frutos, achou que nunca comeria outra igual em sua vida. *Tão doce quanto as guloseimas da senhora Bhéli*, atestou o guerreiro.

Apesar de promover uma atmosfera menos enregelante do que a superfície, o túnel era mais úmido. A água escorria pelo teto e pingava na testa dos peregrinos, causando-lhes incômodo. O ar cheirava à terra úmida e mofo, e as paredes resfriavam as mãos ao se tocar nelas. Por muito tempo, o trio seguiu por curvas em uma escuridão sem fim.

N'algumas vezes, novas aberturas surgiam nas paredes, revelando outros alçapões mortíferos, também atulhados de crânios e ossadas humanas. O guerreiro estremeceu ao pensar nas inúmeras armadilhas escondidas que teria que enfrentar, caso estivesse na superfície.

— Agradeça aos deuses, senhores, por descobrirmos este caminho — Chikára comentou, parecendo ler os pensamentos de Braun. — Caso contrário, poderíamos ser os próximos a fazer companhia para esses esqueletos. Seja lá quem fez isso, se homem ou algum ser, parece-me que ele vem constantemente aqui para fazer a manutenção desses mecanismos.

— De certa forma, sua fome foi um presente irônico dos deuses — observou Victor.

— Esse caminho deve ser usado por algum tipo de protetor do Oráculo — Braun deduziu.

— Ou por uma sentinela dele, ou pelo próprio Oráculo — concluiu a maga.

— Quem quer que esteja por trás disso — o arcanista interrompeu. — Sabe muito bem a possibilidade de termos sobrevivido a uma das armadilhas e estarmos aqui. Portanto, não o subestimemos.

Assim dito, enquanto consumia mais e mais galhos da macieira, a expedição continuou sem saber ao certo por quanto tempo haviam marchado. Aliás, a única certeza que eles tinham era a fome — que ora os acompanhava, ora não, tal qual um pêndulo em perpétuo movimento. Durante o trajeto, aproveitavam para inspecionar as câmaras que serviam de armadilhas, revistavam as ossadas e procuravam vorazmente por provisões. Exceto por frutas secas, como castanhas e nozes, tudo o mais já estava podre e consumido pela natureza.

Embora estivessem sempre indo para a frente, as mesmas curvas, a mesma formação de pedras, faziam parecer que eles estavam dando a volta na montanha e retornando ao mesmo lugar. *Seria um embuste de ilusão?* Chikára refletia, pois sabia muito bem que essa distorção da realidade seria possível, caso fosse obra de poderosos magos. Nesse caso, sua esperança em atingir o cume cairia por terra. De qualquer forma, ela já sentia o sangue gelar ao pensar nessa possibilidade.

De repente, porém, um brilho metálico inédito chamou a atenção da senhora ao longe. Imediatamente, ela pediu cautela a Victor e Braun, que ficaram atentos e tensos. À medida que se aproximava, os contornos de um homem escorado na parede se revelavam. O brilho provinha da ombreira de uma armadura que ele vestia. Por debaixo de sua mão direita repousava um elmo, e sua mão esquerda abraçava um caderno junto ao peito. Ficara óbvio para Chikára que aquele homem estava morto, mas havia morrido há pouco tempo. Sua face pálida ainda não apresentava sinais de decomposição e ele também não possuía ferimentos visíveis que pudessem identificar a causa de sua morte.

— Seria esse o Oráculo? Ou o protetor? – perguntou Braun.

A maga não respondeu de imediato, até que viu a insígnia dos Cavaleiros da Ordem em seu peito — a mesma que Sir Heimerich mostrava em sua armadura.

— Por Destino! Um alto oficial... – ela abafou o grito.

— Nikoláos... Sir Nikoláos – Braun reconheceu.

Formiga dava sinais claros de que não poderia acompanhar a marcha por muito mais tempo. Suas costas doíam e sangravam muito. Apesar disso, ele insistia em andar, mesmo que apoiando-se nas paredes.

— Heimerich – Roderick chamou o paladino à frente, vendo a situação do alodiano. — Espere. Não vê que andando nessa velocidade Formiga não pode prosseguir?

— O que quer que eu faça? – respondeu o nobre, irritado. — Não temos suprimentos suficientes, nem medicamentos.

— Pela Ordem, Heimerich, esqueça a sua ira vã, o seu orgulho. Ele já pagou pelo que fez. Salvou você, Petrus e a todos nós, será que não o vê?

Sir Heimerich se calou. Embora soubesse das condições de saúde do ferreiro, ele ainda não estava conformado com a ideia de que ele havia pagado por seus vícios. Com a mão na cintura, o paladino abaixou sua cabeça e meditou.

— Muito bem. Vamos fazer ao modo de vocês — disse, relutante.

— Vamos, Formiga, apoie-se no meu ombro — o arqueiro ofereceu.

— Não há necessidade, Roderick. Eu não sou tão sopa assim — respondeu, e, cambaleante, tomou a frente do grupo, como em um ritual de expiação celebrado pelos sacerdotes nos templos da Ordem.

Por um longo período, o quarteto caminhou por entre os paredões de pedra tomados por inúmeras armadilhas. Formiga fez o seu trabalho de modo surpreendente, desarmando com facilidade desde mecanismos feitos com linhas, pedras suspeitas a folhagens que escondiam fossos profundos e repletos de espetos mortais em seu interior.

Progressivamente, a paisagem se modificava, tornando-se cada vez mais branca e trazendo ventos cada vez mais gelados e fortes. Apesar do frio amenizar as dores nas costas do ferreiro, o chão nevado dificultava a identificação dos embustes. Os que vinham atrás arrastavam seus pés sobre a neve e temiam acionar algum novo gatilho. Com a temperatura caindo, o cesto sob responsabilidade de Roderick ficara mais leve, já que as peças pesadas de roupa foram retiradas dele.

— Parem... — disse Formiga, ofegante, estendendo a mão aberta para trás.

Os três se detiveram abruptamente, como se suas vidas dependessem de um simples movimento.

— V... v... Viu alguma coisa, senhor Formiga? — perguntou Petrus.

— Essas sombras na parede... — ele apontou para os paredões e suspirou. — Olhem bem à sua volta... elas não fazem sentido.

De fato, havia sob a superfície da parede vários pontos escuros que descaracterizavam a iluminação que incidia sobre ela.

— São furos — revelou Formiga. — E deles podem sair projéteis letais. Envenenados talvez. Ou simplesmente espetos capazes de executar de imediato uma excursão de vários homens. Estamos caminhando já há algum tempo sem percebê-los. Não deem mais um passo enquanto eu não achar o gatilho.

Obedientes, o grupo ficou imobilizado. Formiga se debruçou no chão procurando o objeto que poderia matá-los. Cansado, parecia que não conseguiria mais ficar de pé. Com as mãos, removia a neve do chão cuidadosamente. Arrastou-se, com a barriga ao solo, de uma parede à outra, até finalmente encontrar um laço de corda escondido sob a neve.

— Está aqui... agora vocês estão seguros. Podem ir — ordenou.

Aliviados, os outros tiraram o ar de seus peitos. Todavia, ao aguardarem o ferreiro, este não saiu de onde estava.

— Quer dizer, nós podemos ir, correto? — Petrus perguntou a Formiga.

O alodiano nada respondeu. Sentado sobre a neve descoberta, seu corpo aparentava estar completamente entregue ao cansaço. Preocupado, Roderick estendeu sua mão.

— Companheiro, não é hora de desistir — ele incentivou.

Formiga encarou Roderick, mas não esboçou reação. Apenas respirava mais e mais forte, como nunca o fizera antes.

— Podem ir... eu ... eu... eu não consigo mais — disse com um desabafo.

Roderick largou o cesto e se agachou, enlaçando o braço do amigo em volta dos ombros.

— Deixe de dizer bobagens. Você irá conosco.

— Não. Deixe... deixe-me aqui — ordenou. Depois, olhou para Sir Heimerich, como se pedisse clemência pela própria existência. — Eu só os atrasaria. O Oráculo... ele não deve estar longe.

— Mas... senhor Formiga... você... — Petrus foi até os dois, também unindo seus próprios rogos aos clamores do arqueiro. O pastor não considerava justo que Formiga não visse a face do Oráculo. — Você chegou até aqui. Foram tantas lutas, tantos perigos. Você nos salvou e merece continuar conosco — falou, comovido.

— O Oráculo... — balbuciou Formiga repetidas vezes. — O Oráculo do Norte... que salvará nossa nação da desgraça causada por esses estrangeiros. Eu... eu não sou... eu não sou digno de pôr meus pés em seus domínios. Não estar lá... não o contemplar, mesmo chegando até aqui... é o preço pelas faltas que cometi. Servirá para lembrar... para que eu nunca esqueça que meus vícios quase nos destruíram. É justo... é a vontade dos deuses... deve ser assim.

Sir Heimerich, que ouvia a tudo com atenção, colocou um joelho sobre a neve e repousou seu braço no ombro do ferreiro. Em seguida, encarou-o com veemência, percebendo a vergonha em seu olhar.

— Eu o louvo, digníssimo. Você é feliz, pois finalmente alcançou a sabedoria dos homens bons. Somos seres mortais neste grande Exilium. Cerceados de virtudes e vícios. As primeiras nos levam a recompensas, ao passo que pelos últimos somos punidos. Hoje você descobriu essa verdade. Está livre.

— Então vamos ter que deixá-lo? — perguntou Petrus, aflito.

— Por agora, sim, Petrus — respondeu o paladino. — Porém, não tema. Você também, Brogan Bhéli. Sua jornada não termina aqui. Nós voltaremos para buscá-lo.

— Nós podemos carregá-lo — Roderick suplicou. — Não podemos simplesmente abandoná-lo aqui.

— Precisamos continuar nossa jornada, Roderick — Sir Heimerich o repreendeu.
— Se o levarmos ficaremos vulneráveis. Formiga estará mais seguro estando aqui, em

uma zona com perigos que já foram identificados, do que avançando conosco para uma com riscos não calculados. Espero que entenda.

Roderick encarou o cavaleiro não querendo acreditar no que se passava. Depois, olhou novamente para Formiga.

— Eu vou ficar bem, arqueiro. Siga em frente. Que a Ordem os guie.

Tristes e frustrados, o trio deixou ao lado de Formiga alguns alimentos e jogaram sobre ele dois cobertores.

— Toma — disse Petrus, retirando a adaga de sua cintura. — É um presente. Não é muito, mas isso cortará sua dor pela metade — concluiu, virando-se para a Estrada Velha e partindo com a dupla restante antes que seu colega o visse chorando. Além de Pacata e Rurik, ter perdido Formiga havia sido o golpe final na alma do pastor.

L I I I

A maior das descobertas

ocê o conhece? — indagou Chikára para Braun.

— Bah, Sir Nikoláos comandou nossas tropas no Velho Condado. É o líder dos Cavaleiros da Ordem, chefe de Sir Heimerich. Eu não sei muito sobre política, mas ouvi dizer que ele também é o braço direito de nosso rei. Foi ele quem tocou a trombeta para que nos retirássemos de campo de batalha e partíssemos para a defesa do Domo do Rei.

— Curioso — refletiu Victor, com mão em seu queixo. — Um oficial de alto escalão encontrado morto em uma trilha secreta subterrânea de um local onde somente aventureiros ousam pisar.

Braun se aproximou do corpo reparando sua roupa um pouco rasgada e marcas de sangue em sua pele.

— A princípio, não vejo nenhum ferimento mortal — observou. — Me pergunto como será que morreu.

— Envenenamento, frio ou fome — Victor rebateu. — Eu arrisco a terceira opção.

— Talvez nossas respostas estejam todas ali — Chikára apontou para o caderno em sua mão esquerda.

Os três se entreolharam em concordância. A maga, com delicadeza, retirou a mão fria do cadáver sobre o item e o abriu. Suas páginas continham borras de sangue, e suor, que dificultavam a leitura.

— Hum... — ela aproximou a chama do caderno. — É um diário de campanha — concluiu, folheando o caderno. — Porém nessa luz não consigo saber o que está escrito em suas páginas.

— Imaginemos que Sir Nikoláos estivesse retornando do Oráculo... — Victor divagou.

— Então é provável que a pergunta ao Oráculo e a resposta dada por ele esteja anotada neste diário — Braun completou, exaltado.

— E vocês realmente acham que eu já não estava procurando por isso? — rebateu Chikára. No entanto, ao chegar ao final da última página escrita a situação da folha estava ainda pior. — A tinta acabou. Está muito fraca para ler.

— Oras, faça a tinta escurecer! — Braun implorava. — Ou, sei lá, faça aquela magia que usou contra um de nossos assaltantes quando você quase o cegou.

— Muito bem observado, guerreiro — disse ela. — Agora, observem.

A maga trouxe o galho em chamas para perto da ponta do cajado, onde se encontrava uma pedra translúcida. De repente, o fogo perdeu seu brilho e um feixe de luz concentrado emanou da pedra para o papel. Chikára pôs-se a ler em silêncio, deixando Braun ansioso. Depois, subitamente, ela fechou o diário e colocou a mão sobre sua boca. O feixe de luz extinguiu-se quase que de forma instantânea.

— O que foi, Chikára? Você está bem? O que foi que leu? — indagou Braun, agitado. No entanto, a maga parecia desolada, tentando assimilar o que acabara de ler. — Mas que raios, Chikára, fale comigo. O que houve?

A maga respirou fundo e tentou se recompor. Ensaiou falar algumas palavras, parecendo que não tinha forças. O guerreiro pousou a mão sobre o ombro dela, para que a acalmasse, e olhou fundo em seus olhos.

— Me fale agora, Chikára — ele tentou mais uma vez. — O que você leu?

— O rei... ele... — Chikára balbuciava. — Ele...ele...

— Sim, diga. O que tem o rei? — Braun já estava afoito.

— Ele está morto — ela finalmente disse.

ara a sorte de Petrus, Sir Heimerich e Roderick, a última armadilha entre os paredões rochosos fora desvelada por Formiga antes que o relevo desse lugar a um amplo descampado nevado. Apesar da mudança repentina da paisagem, a situação não era melhor. Ventos gélidos e fortes o suficiente para impedir o movimento de um boi açoitaram os aventureiros e, com a neve alta, a caminhada ficara extremamente difícil. Um passo em falso poderia resultar em uma queda com consequências mortais para a vítima, que poderia ser arrastada pela força da natureza e seu corpo ocultado pela neve para sempre.

— Fiquem o mais próximo que puderem um do outro. Fiquem juntos! – bradava Sir Heimerich, em meio ao vendaval. À sua frente, uma névoa turva bloqueava a visão do trajeto. Entretanto, quando o vento mudava de direção, era possível ver quase a totalidade da província de Sumayya em um despenhadeiro próximo. Ali, o paladino percebeu que o Topo do Mundo estava aos seus pés, o local onde muitos homens morreram tentando atingi-lo.

Tal qual um rinoceronte, o nobre avançava a passos firmes. Logo atrás, Petrus ameaçava cair, mas Roderick, às suas costas, sempre o segurava, incentivando-o a continuar. *Formiga morreria aqui*, o arqueiro foi acometido por um pensamento lógico envergonhando-se de sua teimosia ao tentar contrariar a decisão de Sir Heimerich em abandonar o colega. *Apenas Braun conseguiria carregá-lo*, ele relembrou o companheiro de modos rudes e perguntou-se onde ele estaria.

A árdua subida continuou até que todos acreditaram que não seriam mais capazes de seguir em frente. As pernas não mais respondiam à vontade, o frio rasgava-lhes a pele, seus dedos doíam como punhais afiados entre suas unhas e seus corpos pareciam dormentes a cada passada.

— Heimerich, para mim não dá mais! – disse Petrus em sofrimento.

— Não desistam! Não agora! – Sir Heimerich gritava, mas, no fundo, não confiava nem em si mesmo. — Não obteremos as coroas da glória sem sermos provados pelas intempéries.

De repente, a nevasca cessou e tudo se fez em silêncio.

— Mas... — Petrus arregalou seus olhos, perplexo com a súbita transformação do clima. Era como se o céu se desvelasse de uma vez. Entre o Bico de Astur e as montanhas de Everard, o sol se punha no horizonte e coloria o relevo de cores âmbar. Não só o oeste de Sieghard podia ser visto ao longe, como toda a região sul. Nunca em sua vida ele havia testemunhado tal cenário.

Roderick e Sir Heimerich estavam igualmente intrigados, maravilhados e confusos — como se tivessem aberto os olhos pela primeira vez. Novamente, algo inexplicável para suas mentes ocorria no Pico das Tormentas, a exemplo do que acontecera na Região do Silêncio — e se a explicação indicasse que uma ilusão fortíssima se abateu sobre eles, os peregrinos não queriam saber, pois já estavam anestesiados pelo conforto proporcionado. Por algum tempo, eles apenas contemplaram o que para muitos poderia ser a própria Pairidaeza *e deixaram o calor esquentar seus corpos.

— Pela Sagrada Ordem! — Sir Heimerich interrompeu o momento de maravilhamento ao se assustar com um rastro de fumaça ao sul que subia aos céus. — Seria ali o Domo do Rei?

— Não, Heimerich. Olhe bem — Roderick apontou para a paisagem. — Além daquelas montanhas fica a planície de Azaléos. Bakar deve ter despertado.

— Ele deve estar com raiva daqueles que nos invadiram — Petrus problematizou.

— Ou então com raiva daqueles que não souberam defender essas terras com um pouco mais de coragem — Sir Heimerich rebateu com sarcasmo.

Os três pararam, refletindo no significado da erupção de Bakar enquanto observavam a imensidão das terras de Sieghard, tentando identificar o que viam baseado em suas andanças. Quando Roderick olhou para o leste, para depois das últimas montanhas, uma área escura o fez estremecer.

— Heimerich — ele cutucou o paladino. — O que é aquela região?

Sir Heimerich e Petrus voltaram sua atenção para o que parecia ser uma planície desértica de solo enegrecido que se iniciava logo além do Cinturão das Pedras e se estendia até onde os olhos não podiam ver.

— São as Terras-de-Além-Escarpas — respondeu o paladino. — Nome que damos a todas as regiões intocadas pelo reino. Observando bem, agora vejo por que ninguém nunca se interessou por elas. É uma terra esquecida pelos deuses.

O arqueiro apertou a visão, como se isso o fizesse enxergar melhor

— Por Destino, é assustador — comentou ele. — Hum, que curioso. Estou vendo uma linha muito tênue cortando o deserto, como se fosse uma estrada ou trilha. Ela parece vir das montanhas de Vahan Oriental e se perde no desconhecido. Talvez esta terra seja esquecida apenas pelos nossos deuses, Heimerich. Aquele caminho nos prova que há pessoas lá.

— Seja razoável, Roderick. Em um deserto imenso como esse, não se é capaz de sobreviver por muito tempo. Além de que, você não pode comprovar que aquele caminho é uma estrada, e se o for, tampouco comprovar que fora feito por pessoas.

---

* Pairidaeza: porção paradisíaca da Morada dos Deuses onde habitam os deuses da Ordem

Você está refém de sua própria vontade, de sua fé em acreditar ou não que algo possa estar lá. Os homens prudentes não agem assim em suas reflexões – concluiu o nobre.

— Esquecida pelos deuses ou não, deve haver um motivo para que essas terras permaneçam intocadas — Petrus colocou a mão no queixo, querendo se inteirar do assunto.

— Pense um pouco, Petrus — Sir Heimerich encarou o pastor, sugerindo que ele mesmo alcançasse um mistério que estava na ponta de sua língua.

— Bem — o pastor franziu a testa — tentar alcançá-las atravessando Azaléos não seria uma boa opção. Talvez por Sumayya, mas, agora que vi o perigo dos lagartos alados, eu não diria que seria uma boa opção também — ele tirou a mão do queixo. — Talvez por mar, mas no Velho Condado dizem que os pescadores sálatas não conseguem navegar pela costa leste, como se *Maretenebræ* os impedisse de alguma forma.

— E Vahan Oriental — Sir Heimerich complementou, sabendo que Petrus nunca se aventurara tão longe — é uma terra selvagem, repleta de tribos canibais. Existe por lá uma barreira de montanhas geladas intransponíveis. Chiisai é o último ponto civilizado ao norte, mas para se chegar na cidade, há de se atravessar uma estrada repleta de perigos. Você precisa de mais motivos?

Petrus se calou. Da mesma forma, Roderick, que acompanhava a conversa, não ousou dizer mais nada. O cavaleiro se voltou para trilha, erguendo a cabeça em direção ao topo do Pico das Tormentas. Para sua surpresa, onde a trilha terminava, uma construção suportada por grandes colunas de mármore repousava.

— Companheiros, estão vendo o mesmo que eu?

"*...E eis que as auroras se sobrepõem ininterruptamente. O porvir é desconhecido, misterioso e amedrontador. Faltam-me forças para prosseguir, e só posso contar com você, leitor dessas esparsas linhas. Que você possa concluir aquilo que foi o pedido de um moribundo; antes rei de nossa heroica terra, e agora servo gentil da Morada dos Deuses*. Que Destino nos seja favorável nesses dias de conflito. Este é o meu testamento e último desejo: Vida longa ao povo de Sieghard e à plenitude da Ordem.*

Nikoláos de Askalor"

---

* Morada dos Deuses: plano etéreo onde habitam todos os deuses.

Qual um sino fúnebre, as últimas frases do diário badalavam na cabeça de Chikára, Braun e Victor. Mais do que perder uma guerra, haviam perdido o único herdeiro do trono de Sieghard — aquele que poderia, triunfante, fazer retornar a Ordem ao seu reino perdido em desilusão. Sem um rei, a esperança da expedição caía por terra e retirava todo o sentido em continuá-la. Agora, os peregrinos não tinham mais um norte e encontravam-se reféns de Destino, de um propósito muito maior espalhado no cosmos do qual eles desconheciam. O silêncio era incômodo e pesado e um grande pesas debruçou-se sobre os três.

— Sir Nikoláos não pôde alcançar o Oráculo — o arcanista se lamentou. — Resgatemos, porém, sua honra em chegar lá e vamos transformá-la em nosso guia a fim de cumprir a busca que lhe foi dada.

Escorado em uma parede, Braun fitava o chão, inquieto. Por um instante, Chikára achou que ele faria um discurso, uma última homenagem a alguém que fora tão longe pela mesma razão que eles. Porém, nada saiu dos lábios do guerreiro. Ele não era um homem de palavras, mas de ação, e o que ele podia fazer de melhor em prol da memória do comandante era seguir a sugestão de Victor: completar a missão, dada a Sir Nikoláos pelo rei. Então, de forma impetuosa, Braun virou-se para o corredor e avançou a passos largos.

— Não vai nos esperar, Braun? – perguntou a maga.

— Traga a luz! Não está vendo que é impossível ver alguma coisa nesse túnel maldito? – respondeu, irritado.

Chikára guardou o diário no bolso e, junto a Victor, apressou-se enquanto o guerreiro à frente seguia com uma expressão fria, quase tão fria quanto o clima do túnel. Logo depois, a inclinação do caminho aumentou expressivamente – a ponto de os peregrinos terem de escalar as paredes. A maga passou à frente de Braun para que o guerreiro a impulsionasse para cima. Com dificuldade, subiram apoiando-se uns nos outros e em pedras que se mostravam firmes o bastante para suportar seus pesos.

— Estão sentindo? – perguntou Chikára, demonstrando ansiedade em sua voz. — Uma corrente de ar! A saída não pode estar longe.

— E realmente não está. Olhe! – Braun respondeu, apontando para cima. — Luz!

LIV

"Olhai os lírios do campo..."

No ponto mais alto do Pico das Tormentas, brados de triunfo ecoaram através dos vales e montanhas de Sumayya. Sir Heimerich, Roderick e Petrus não eram capazes de conter tamanha exaltação. Diante deles, uma gigantesca construção de mármore branco repousava de forma magistral. Grossas colunas cilíndricas em sua fachada frontal e lateral suportavam um telhado em "V", que se estendia por dezenas de braças sobre uma câmera encerrada por paredes de blocos perfeitamente encaixados. Mãos humanas não seriam capazes de produzir tamanho fruto de arquitetura e engenharia. Aquela era verdadeiramente uma obra dos deuses e para os deuses, de idade desconhecida e inatingível.

— Pela Sagrada Ordem! — Sir Heimerich surpreendeu-se com as figuras em alto relevo que adornavam o frontão acima da entrada e aumentavam, ainda mais, a sensação de glória e sacralidade da edificação. — São reis de Sieghard! — concluiu, fazendo sinais rituais com a mão direita.

No coração do nobre, pairava a certeza de que sua natureza ainda o acompanhava e o distinguia dos homens comuns e vulgares; e a convicção de que a morte de seu pai, de sua família e amigos, e a queda de Askalor, não haviam sido em vão. Ele se sentia imortal, livre e dono do mundo — de um mundo que havia sido enviado para transformá-lo e salvá-lo.

Ao lado do paladino, o camponês do Velho Condado refletia em silêncio sobre o que aprendera com a jornada até então, desde quando saíra de sua terra natal para se dedicar a uma causa inconstante — e que, dentro de pouco tempo, havia se tornado perdida. Em seu íntimo, ele percebia que ficava mais próximo de sua própria essência quanto mais obscuro o objetivo da missão ficava. Era como se por dentro da pele de um pastor houvesse um homem sedento para conhecer os mistérios e segredos do mundo.

Para o arqueiro de Adaluf, chegar ao Topo do Mundo tinha um significado mais pessoal. Ele havia participado de uma guerra e visto o terror diante de seus olhos. No entanto, muito acima de ajudar o reino, ter ajudado não só seus companheiros, mas principalmente Petrus no maior desafio de sua vida, era o que ele mais queria. Seu sentimento era de dever cumprido.

Inebriados pela visão majestosa do templo, o trio deu os primeiros passos sobre a rampa de acesso que os levaria ao patamar principal, tentando memorizar cada detalhe do que viam. As lutas, as perdas, e as feridas de guerra foram momentaneamente ofuscadas pelo brilho hipnótico do crepúsculo que refletia nas paredes brancas da estrutura.

Já próximo das duas primeiras colunas do templo, Roderick notou que um bloco do piso da entrada se movimentava, como se algo por debaixo da terra tentasse a levantar. Sem pestanejar, o arqueiro largou o cesto de provisões e armou uma flecha antes do bloco se soltar e uma mão surgir pelo buraco. Sir Heimerich e Petrus aguardaram ansiosos atrás do colega, prontos para um ataque — ou uma fuga. De repente, uma cabeça apareceu.

— Braun?! — Roderick estava confuso.

— Roderick? Você? O que raios está fazendo aí? — retorquiu o guerreiro.

— Ora, responda-me primeiro! Afinal, não sou eu quem está posando de toupeira gigante.

"Braun, o que está havendo?" Ouviu-se a voz de Chikára de dentro do buraco. "Quem está aí?"

O guerreiro saltou para a superfície e ergueu a mão para a maga.

— Veja por você mesma — sugeriu, puxando a senhora. Logo atrás, Victor também apareceu.

— Mas, como conseguiram chegar até aqui? — questionou Roderick, ainda atônito.

— Ao que tudo indica, encontramos uma trilha secreta — respondeu Victor. — Ao cairmos em uma armadilha, percebemos a existência de um túnel, cujo final... bem... está agora debaixo de nossos pés.

— Ora, ora, pelo visto o mérito de chegar até aqui não será somente nosso — Sir Heimerich anunciou, deixando para que os recém-chegados percebessem, embasbacados, onde se encontravam. — Sejam bem-vindos, senhores, à última parada de nossa viagem.

— Por Destino, o Templo do Oráculo! – Chikára caiu em si.

— Bem diante de seus olhos – disse o nobre. — Não foi para isso que viveram até agora?

O trio não respondeu, apenas continuaram contemplando o lugar, enquanto faziam pazes com sua própria consciência ao lembrarem que se encontravam onde Sir Nikoláos não pôde estar. Para Victor, ficara óbvio que o oficial havia sido enviado pelo rei como um último recurso para salvar Sieghard. Todavia, muitas questões sobre a trilha dentro da montanha ficavam em aberto. Talvez esse fosse um conhecimento secreto que apenas os soberanos sabiam, ou talvez Ázero tivesse visitado Marcus II e o direcionado – assim como fizera com o grupo. Enquanto o arcanista pensava no mistério, Roderick tratou de atualizar a situação aos outros, enfatizando a todos que Formiga havia sido abandonado em péssimo estado de saúde.

— Mestre almôndega – Braun não conseguiu se conter e lamentou-se em um desabafo, ficando claro que já nutria um sentimento de amizade pelo colega. — Raios! Estamos perdendo tempo precioso parados aqui. Vamos, seus poltrões, ou o Oráculo será todo meu – ordenou, avançando a largas passadas em direção à imensa entrada do templo.

Apesar das divergências que os fizeram se separar, o reencontro dos peregrinos pareceu soterrar suas diferenças em um passado distante. Todos pareciam satisfeitos em ter o grupo novamente unido. Braun e Roderick dispararam na frente, seguidos por Sir Heimerich e Victor, e por últimos, Petrus e Chikára. O sol já havia se posto e, em questão de instantes, tudo ficaria escuro. No entanto, à medida que eles percorriam o longo corredor no interior do templo, tochas que jaziam penduradas nas colunas internas se acendiam magicamente.

Ao fim do corredor, os aventureiros avistaram uma porta dupla de bronze e julgaram que o Oráculo estaria por trás dela. A ansiedade deles, entretanto, tornava o percurso mais longo: suas pernas pareciam dar passadas mais curtas, e aquela porta ao fundo, se era verdade que se aproximavam, parecia inalcançável. À distância, também era possível ver que o centro da estrutura era ornamentado com uma imensa aldrava em forma de uma cabeça de dragão, de onde uma argola dourada se encaixava em suas narinas.

Quando não havia mais caminho a percorrer, o grupo estancou à frente da estrutura.

— Acho que devemos bater na porta – sugeriu Chikára.

Braun, na vanguarda, foi até a aldrava e estendeu a mão para segurar a argola; no entanto, antes que seus dedos tocassem o item, os olhos da cabeça de bronze voltaram-se para o guerreiro.

— Dragões me chamusquem! Mas que raios! — Braun parecia ter levado o maior susto de sua vida. Porém, as surpresas só estavam começando já que a figura draconiana não se resumiu a mexer apenas os olhos, mas suas orelhas, e, por fim, sua boca.

> *— Saudações, almas mortais.*
> *Que pretendeis por essas paredes sem iguais?*
> *Resististes às nevascas e aos vendavais,*
> *que da montanha se lançavam mais e mais.*
> *Tendes valor, disso estou certo.*
> *É preciso, porém, que chegueis mais perto*
> *Daquele que é do cosmos conhecedor*
> *Sereis provados por mais uma vez*
> *somente uma questão, não duas ou três*
> *pondo fim à vossa angústia e vossa dor.*

Imediatamente, o incômodo tomou conta de todos, pois nunca haviam visto semelhante fenômeno: um objeto havia sido animado e falava com eles com uma voz grave em tom sério e pausado. Não que suas mentes não fossem capazes de conceber algo assim, uma vez que quando crianças ouviam contos fantásticos de seus pais antes de dormirem. Na verdade, o ser à sua frente não era somente monstruoso e terrível, como também possuía a dignidade e a sublimidade de um deus. Mais do que crer na existência daquilo, era preciso que os peregrinos conseguissem suportá-la. Petrus, de longe o mais amedrontado, procurou se esconder atrás de Roderick. Prestando respeito, Sir Heimerich se ajoelhou e fez o sinal dos Cavaleiros da Ordem, enquanto Chikára, por ser conhecedora de diferentes efeitos mágicos — como a animação —, via aquilo tudo com espanto e admiração, sentindo-se pequena frente ao enorme poder presenciado.

— Assim como Ázero nos disse — Victor guiou um olhar de desaprovação até Chikára, lembrando-a de seu ceticismo em relação aos dizeres do gigante e de que grandes doses de descrença nem sempre se congregam em virtudes.

Chikára cruzou os braços, entendendo a indireta do arcanista. Depois, como se quisesse expiar sua culpa, aproximou-se corajosamente da porta.

— Pois bem, qual seria essa questão? — perguntou Chikára, encarando aquela face insólita e aproveitando para identificar nela algum símbolo ou marca que a identificasse — e não obtendo sucesso.

> — *Sou o início e o fim da eternidade.*
> *Divido o céu e encerro toda maldade.*
> *Exilium começou por mim*
> *E em nele estou também no fim.*
> *Descubram-me quem sou eu*
> *E o Oráculo será seu.*

Diante da tão esperada charada, da qual sua solução a salvação do reino dependia, os aventureiros se silenciaram. Estavam nervosos, cansados, ansiosos e confusos. A resposta, a princípio, parecia ser uma bastante simples. Apenas um ser era o início e o fim de tudo, que poderia acabar com toda maldade e esteve no começo e estará no fim de Exilium: Destino. Sir Heimerich foi o primeiro a se preocupar com a obviedade.

— Nobre arauto, não pode nos dar uma pista? – indagou.

> — *Certamente que sim, cavaleiro andante.*
> *Dar-te-ei duas pistas, tal qual um bardo cantante:*
> *a primeira é que, para seu desatino,*
> *a resposta não pode ser DESTINO.*
> *A segunda dou com esperança:*
> *somente quem se vestir de criança*
> *responderá em bem-aventurança.*

Novamente, houve silêncio entre o grupo.

— Não poderia ser tão fácil – Roderick suspirou, frustrado.

— Ele disse que não pode ser Destino – meditava Victor. — Poderia ser o tempo, o cosmos, a existência. O que acha, Chikára?

A maga não respondeu. Inquieta, foi até uma das colunas e escorou-se ali, sentada com a cabeça entre os joelhos, enquanto, massageando sua cabeça, tentava solucionar a questão. Ela buscava relembrar os escritos antigos que lera na biblioteca de Keishu. *Se ao menos meus mestres me tivessem permitido avançar nos conhecimentos ocultos*, refletiu, nervosa. Em seu íntimo, ninguém poderia responder àquela pergunta, a não ser ela mesma. Era inadmissível que alguém mais ignorante conseguisse resolver a charada – seria o mesmo que jogar fora todos os seus *verões* de estudos. Por isso, tinha que ser ela a responder ao guardião e só ela a ver o Oráculo. Era a mais culta, a mais letrada e, por isso, merecia. Em seu bolso, procurou o papel amassado que trazia o poema apocalíptico e o símbolo desconhecido, assim como a profecia copiada do papiro na Biblioteca Real. Leu os dois documentos repetidas vezes, tentando tirar dali algum significado.

Para Braun, o linguajar da estátua já era difícil de compreender, o que diria de uma charada. Sem se dar ao trabalho de pensar, o guerreiro tentou abrir a porta da maneira que sempre conheceu: com a força. Com rugidos de esforço, ele forçou a argola de todas as maneiras possíveis. Também correu contra a porta a fim de abri-la com o impacto de seu corpo. Nem um estalo foi ouvido. Quanto à cabeça do dragão, ela permanecia imóvel e inalterada, aguardando talvez uma nova comunicação para se mexer.

— Tem que haver outra entrada — resmungou, chutando a porta.

Sir Heimerich e Roderick discutiam juntos a resposta. Enquanto o nobre pensava em reis, rainhas, batalhas, espadas e virtudes da Ordem, o arqueiro se voltava para sua vida na aldeia, pensando em elementos da natureza, animais e plantas. Nenhuma solução os deixava satisfeitos e eles decidiram não arriscar. Se errassem, todo o esforço empreendido até ali cairia por terra. E, para aumentar ainda mais a atmosfera de nervosismo, os pensamentos de Roderick teimavam em se direcionar para Formiga, que os aguardava solitário à beira da morte.

Victor caminhava de um lado a outro, cofiando a barba rala de seu queixo. Ele procurava nas paredes algum símbolo obscuro, algo que não havia sido revelado pela cabeça de dragão, uma ordem geométrica nas colunas, uma lógica para a arquitetura da construção. Por fim, contou as tochas e quantos passos dava de um lado do templo ao outro e concluiu, que a resposta não tinha nenhuma relação com suas observações.

— Sou o início e o fim da eternidade. Divido o céu e encerro toda maldade. Exilium começou por mim e em nele estou também no fim — enquanto recitava a charada, Chikára se levantou, jogou a cabeça para trás e estalou seu pescoço. — Deuses!

Petrus estava próximo de Sir Heimerich e Roderick sem nada dizer ou opinar, mas quando ouviu Chikára repetir os versos exaustivamente, percebeu que um pequeno trecho não se encaixava com o poema. *Início e fim, céu e maldade passam ideias opostas,* ele refletiu, *mas, no terceiro trecho, Exilium está sozinho sem uma palavra de oposição. Hum, "em nele", algo está errado aqui. "Em nele estou no fim". "Nele". Essa deve ser a chave!*

— A... letra 'e' – quase que de forma natural, ele disse a resposta mais óbvia, simples e infantil que lhe veio à mente. Naquele instante, de forma ingênua, como era de sua natureza campesina, ele não poderia saber o tamanho das consequências de sua fala.

Seguiu-se um estalo metálico alto e, em seguida, a porta abriu-se lentamente.

— Quem foi que descobriu? — perguntou Chikára, virando-se para a porta, surpresa.

— Nosso amigo camponês... quem diria – Dídacus respondeu, admirado.

Os peregrinos não comemoraram de início, de tão entorpecidos que estavam pelo feito de Petrus, e a quietude imperou por um breve momento. Sir Heimerich foi o primeiro a cair em si e ir ao encontro de Petrus.

— O que faço agora, Heimerich? – o camponês indagou com os olhos arregalados, tremendo de medo.

O nobre colocou a mão sobre o seu ombro.

— Bem-aventurado é você, homem de alma simples. Apenas uma alma cândida como a sua poderia solucionar essa questão. Mil peças de *aurumnigro* não somariam o valor que sua companhia nos proporcionou – elogiou-o, sorrindo.

— É verdade – disse Roderick, abraçando-o. — Você foi o escolhido para iniciar nossa libertação. Apenas vá até lá, herói, e faça o que tem de fazer.

— Ma... ma... mas eu não sei o que perguntar – revelou Petrus a todos.

— Pense que se tivéssemos um infinito número de perguntas, outras tão importantes quanto seriam deixadas para trás – o arqueiro tentou amenizar o desespero do colega. — Portanto, uma vez à frente do Oráculo – ele apontou para o peito de Petrus. — Ouça o que o seu coração tem a dizer. Ele se mostrou ser um bom conselheiro. Não será agora que ele nos decepcionará. Nós confiamos em você.

Petrus sorriu, demonstrando que estava confortável com o apoio dos companheiros. Finalmente, agradeceu com um aceno de cabeça e aceitou seu destino. Depois, virou-se para a imensa porta de bronze e, suando frio, iniciou seus passos rumo ao Oráculo do Norte — até mesmo Victor e Braun, nessa hora, conseguiram esconder suas incômodas e típicas feições.

Chikára, por outro lado, demonstrava um profundo descontentamento. Seu semblante, a julgar pela face vermelha e olhos lacrimejantes, não era dos mais acolhedores. Ela sentia um ódio profundo por ela, pelo pastor e por todos que o apoiaram.

— Que charada idiota – ela gritou. — Que charada idiota! – repetiu, e, tomada por um sentimento que era só seu, investiu em direção à porta passando à frente de Petrus. — Só eu posso ver o Oráculo!

A corrida desenfreada da maga pegou todos de surpresa e tudo indicava que a senhora iria entrar no salão primeiro que o pastor. Entretanto, antes disso acontecer, uma forte descarga elétrica surgiu dos olhos da cabeça na porta e atingiu seu corpo. Chikára foi ao chão instantaneamente, deixando para trás um cheiro horrível de tecido queimado.

— Pela Ordem! Por que ela fez isso? – Sir Heimerich se desesperou, resumindo em si a sensação geral do grupo; especialmente Petrus, que havia paralisado com o susto.

Os olhos da figura na aldrava ainda mantinham resquícios da energia e as faíscas azuis que saltavam deles pareciam avisar ao camponês para que não desse mais um passo. Percebendo a estagnação do colega, Dídacus se adiantou, ajoelhou-se próximo de Chikára, pousando a mão sobre ela, e encarou Petrus.

— Pode ir. Para você não há perigo — disse com palavras firmes.

Com um olhar breve, porém decisivo, Petrus recobrou a confiança, fitou seus companheiros pela última vez, e entrou pela porta entreaberta antes dela se fechar atrás dele com um estrondo. Ainda do lado de fora, o arcanista notou que o diário de Sir Nikoláos havia caído do bolso da maga e jazia ao seu lado. *Que segredos foram revelados ao oficial?* Indagou, e, sem perder tempo, apanhou o item e começou a folheá-lo.

Epílogo

Do diário de campanha de Sir Nikoláos de Askalor, comandante dos Cavaleiros da Ordem e braço direito do rei de Sieghard, Marcus II

A3L1, Verão de 477 aU

O rei está morto. Que os Deuses da Ordem guardem sua alma, pois seu corpo já foi entregue à terra. Morreu em batalha, em meus braços. Antes de partir, rogou-me que fosse até o Topo do Mundo. Lá eu encontraria respostas para deter este mal. Indicou-me um caminho secreto, que se inicia nas imediações da nascente do rio Kristallos, após a distante vila de Tranquilitah. Passando por esta trilha, disse-me o rei, estarei livre dos perigos que assolam aquele lugar. Preocupa-me saber que Marcus II não deixou herdeiros. Eu não sei o que vou encontrar lá, mas espero que esta missão me traga luz sobre como manter a Ordem intacta sem a linhagem real.

(ilegível)

Estou só. O Domo foi tomado. Perdi todos os meus homens. Tenho fome, e meus suprimentos são escassos. Encontrei tempo para escrever, e meditar sobre tudo o que se passou em meio a toda essa infelicidade. A noite não é quente, pelo menos não mais do que posso suportá-la.

Na noite anterior, deixei Alódia em desespero. Nem ao menos entrei na comuna, mas sim passei ao largo de seus muros. Espero que não me tenham tomado por espião. Dói-me o peito não ter podido permanecer e anunciar o que os espera. Ainda que tivesse tempo, a tarefa que me foi confiada é absolutamente sagrada. Não posso revelá-la a quem quer que seja.

(*ilegível*)

Desde as eras mais remotas, os antigos costumam dizer que em uma guerra não existem regras ou limites. Se, em uma vida normal e cotidiana, tanto as pessoas comuns quanto os mais excelsos nobres deixam de guiar-se pelos caminhos do diálogo, da negociação racional e da diplomacia política, procurando em seguida resolver seus problemas pela sanguinária via das armas, elas não se importam com os meios empregados para vencer. O cálculo é bem simples: se o número de adversários mortos, sobretudo os que não estão no campo de batalha, é maior do que o número de aliados mortos – e não se engane, haverá uma cifra bem grande deles –, o objetivo foi alcançado. É hora de erguer as mãos em honra aos deuses. Vitória. Sobrevivência. Supremacia.

A4L1, Verão de 477 aU

O ferimento em minhas costas aumenta a cada passo. Sei que estou com as *auroras* contadas, mas tenho de continuar pelo propósito que me foi confiado. Pela Ordem e a glória de Sieghard.

Passei por Tranquilitah esta tarde a passos rápidos – ao menos tão rápidos para um homem mortalmente ferido. Feridos estão também grande parte dos habitantes. Estranha e desgraçadamente, a pestilência os atingiu. Seus olhos brancos e sua pele arroxeada não deixam dúvidas: esta moléstia se dissemina qual o pólen das plantas. O que mais me intriga, de fato, é saber que alguns dos nossos, que contraíram a doença no Velho Condado, e não puderam retornar conosco ao Domo do Rei, *auroras* depois estavam lutando contra seus próprios irmãos. Contra nós, na tomada do Planalto Real. Aparentemente curados, brandiam suas espadas em favor do Caos. Nada de manchas ou de semblantes abatidos. E em lugar das pupilas brancas, uma magnífica coloração azul brilhante, tal qual o céu numa manhã quente de verão. Como isso é possível?

Felizmente, no Ninho do Guerreiro, a taverna local, cujo proprietário é um velho e ainda saudável senhor de barba grisalha, consegui um pão grande e algumas frutas. Não havia mais tempo para levar algo melhor. Isso não importa agora. Estou apressado. A trilha não deve estar longe. A música da correnteza do rio me embala. Há muitos *verões* não parava para ouvir uma melodia tão singela. Malditos homens e suas guerras.

(*ilegível*)

Em um conflito de proporções imperiais, como o que ocorreu há algumas *auroras*, não há mentiras ou verdades, lado certo ou errado, heróis ou vilões – todos são como animais sedentos, loucos por uma mesma e deliciosa presa; ou como sacerdotes devotos, fervorosamente crentes, em busca de defender aquilo que acreditam. Diante de cada um deles, o outro – o inimigo perigosíssimo, seja o invasor ou aquele que ameaça sê-lo. Em verdade, os ataques preventivos são tão legítimos quanto todos os outros.

Iludem-se os que creem em uma "guerra justa". No máximo, pode haver "vitórias justas", "derrotas justas"; as quais podem ganhar vida de acordo com uma gama diversificada de critérios – um plano de possibilidades. Por exemplo, fontes de comida, como suprimentos e rações são importantes nesse sentido; fontes de água ainda mais relevantes, já que são menos aptas à deterioração e mais imprescindíveis ao corpo humano do que o alimento propriamente dito. Além destes elementos básicos, também estão presos à fortuna de um exército o contingente de soldados aptos ao combate, a quantidade e a qualidade das armas e armaduras disponíveis – e se elas chegarão aos assentamentos em tempo hábil, o conhecimento do terreno e dos pontos fracos do adversário. Tudo isso é fato. Todos os mestres antes de mim disseram o mesmo e não é necessário confrontá-los.

No entanto, já posso dizer que o plano das vitórias está além dos meios materiais. O segredo para quem decide lutar e, por conseguinte, para quem decide vencer, também é fruto de forças que vão além de uma espada empunhada com bravura, ou de arcos com flechas douradas disparadas pelo mais experiente campeão de Adaluf.

A5L1, Verão de 477 aU

Finalmente encontrei a trilha apontada por Sua Majestade, o rei. É um caminho de difícil acesso. Conforta-me muito o fato de ser desabitado. Durante a subida não me deparei com nenhum dos monstros que imaginaria encontrar por essas paragens. Graças aos deuses, pelo menos nem tudo está perdido.

A pena com a qual escrevo me faz doer as mãos. A tinta está acabando. Meus olhos ardem com frequência. Preciso apressar o passo, mas não consigo, faltam-me forças.

(*ilegível*)

Mitos e lendas de um fim apocalíptico sempre assombraram o imaginário dos homens, entre os quais posso citar alguns de meus comandados e, em especial, os que vieram da longínqua Tranquilitah. Em geral, cada um deles tinha ouvido falar, pelo mínimo que fosse, de tempos de grande medo e terror, os quais prenunciariam a destruição total de Sieghard por forças nunca antes vistas. Alguma coisa vinda do Grande Mar, uma espécie de monstro, um líder ou mesmo um exército inteiro.

A princípio, pensei que somente pessoas frágeis poderiam crer nessas sandices. Nada mais do que histórias inventadas pelos adultos para assustar seus filhos, incitando-os a não cometerem alguma travessura. Porém, em épocas como as de hoje, onde já estou velho e cansado de lutar, cheguei à conclusão que este espírito infantil ainda perambula por entre as jornadas de qualquer um. Camponeses, ferreiros, soldados, ladrões, guerreiros, e mesmo reis — todos podem ser passíveis de um pavor fantasmagórico.

E quando esse pavor infantil consegue ser maior e mais forte do que o homem adulto, as consequências desastrosas não conhecem limites. Sinto essa verdade em minha pele surrada, já que estamos à mercê de uma derrota impressionante, mesmo contando com todos os requisitos citados nos grandes manuais da arte bélica.

A6L1, Verão de 477 aU

Passei mais uma *aurora* neste túnel escuro, e meus olhos, infelizmente, não verão o nascer da próxima. O ferimento nas minhas costas está me matando por dentro. Ainda não encontrei as respostas que procuro. Não quero decepcionar o rei, nem morrer nessa gruta escura e fria em vão. Preciso me lembrar do diálogo que travei com o Linus, pouco antes de soarmos os toques de ataque. Talvez, somente assim tudo isso fará sentido.

(*ilegível*)

Linus: Salve, nobre de Askalor. Rogo-te para que retire sua cavalaria e tropas do campo e deixe que Destino cumpra com Sua vontade.

N: Salve a Ordem, cavaleiro de Além-Mar. Antes de tudo, Destino não o favorece. Quanto a seu pedido infame, não só ignoro como o abomino diante de toda a nação de Sieghard. Estão aqui homens que viajaram de muito longe por amor a seu país; o que me pede é uma blasfêmia contra eles. Ordeno que volte para o Grande Mar, e claro, não antes de devolver a visão a meus irmãos enfermos.

L: Amor ao seu país? Os homens não buscam proteger ou defender seus bens porque os amam, mas porque eles os pertencem. E quando citei Destino, não disse que Ele me favorecia, disse? Já quanto ao que você chamou de "irmãos", eles terão suas visões restauradas em breve, basta que você não se interponha em meu caminho.

N: Você sabe muito bem que está pedindo por sangue.

L: Não seja tolo, nobre. Não quero o seu sangue, nem o de seus subordinados, pois não me interessam. Sinceramente não sei o que faria com eles.

N: Basta! Que essa loucura acabe agora!

L: As areias contidas na ampulheta de Destino não podem deixar de cair, disso não tenho dúvidas. Mas posso retardar sua queda de alguma maneira. Mesmo assim, não vejo motivo para ceifar vidas. Não posso culpar crianças e velhos inocentes por sua arrogância.

N: Você mente! Um ser vil capaz de conjurar um estratagema tão diabólico e perverso quanto a Pestilência não pode ter virtudes.

L: Se, como você diz, sou tão vil e poderoso, já os teria matado, se assim o quisesse. Até mesmo você, não acha?

N: (*ilegível*)

L: Retire todos os seus exércitos e me dê livre acesso às terras ao nordeste da ilha.

N: Vahan Oriental?

L: Exato.

N: Por que um elevado repleto de colinas, praticamente despovoado, é tão importante para você?

L: Se o dissesse, sua temeridade ignoraria minhas súplicas e você não faria o que estou pedindo para fazer.

N: O que você pretende? Algum plano obscuro?

L: Nenhum plano obscuro. Não pretendo mais do que aquilo que já lhe disse.

N: Você só diz palavras vãs, ao vento, como areia no deserto.

L: A resposta está mais próxima do que imagina, nobre.

N: (*ilegível*)

L: Pela última vez, peço-lhe. Seja digno do título que ostenta e renda-se. Ninguém sairá ferido.

N: Meu título é mais uma prova que devo detê-lo, assim como a seus asseclas.

L: Se é seu desejo, não encontro alternativas.

N: Lute bem, cavaleiro. A Ordem o destruirá!

L: Sua ignorância luta ao meu lado, nobre.

(*ilegível*)

E eis que as *auroras* se sobrepõem ininterruptamente. O porvir é desconhecido, misterioso e amedrontador. Faltam-me forças para prosseguir, e só posso contar com você, leitor dessas esparsas linhas. Que você possa concluir aquilo que foi o pedido de um moribundo, antes rei de nossa heroica terra e agora servo gentil da Morada dos Deuses. Que Destino nos seja favorável nesses dias de conflito. Este é o meu testamento e último desejo: Vida longa ao povo de Sieghard e à plenitude da Ordem.

Nikolaos de Askalor

Apêndices

Lista dos Reis de Sieghard

CASA DOS DRAUSUS (1-185)

1. Drausus. Título: Drausus I (1-11), *o Pacificador*. Rei de Askalor, mas considerado por todas as províncias como primeiro rei de *Sieghard*("difícil vitória").
2. Drest. Título: Drausus II (11-28). Deposto por Grystan enquanto estava ausente. Porém, ao retornar, reconhece o trono do filho.
3. Drustan. Título: Drausus III (28-32). Apesar de tomar o poder do pai, é reconhecido pelo mesmo. Não deixou herdeiros.
4. Trystan. Título: Trystan I (32-37). Irmão de Drausus III. Não deixou herdeiros.
5. Grystan. Título: Grystan I (37-42). Irmão de Drausus III e Trystan I. Não deixou herdeiros.
6. Brystan. Título: Brystan I, *o Grande* (42-70). Irmão de Drausus III, Trystan I e Grystan I. Primeiro auto-proclamado rei de Sieghard.
7. Brenyn. Título: Brystan II, *o Velho* (70-95).
8. Ayros. Título: Brystan III (95-96). Assassinado por ordem de seu irmão Heol I.
9. Heol. Título: Heol I, *o Cruel* (96-111). Filho de Brystan II, *o Velho*. Não deixou herdeiros.
10. Wedyus. Título: Wedyus I (111-118). Filho de Brystan II, *o Velho*. Foi assassinado pelos antigos partidários de Heol I com seus filhos ainda crianças, por isso, foi sucedido por seu irmão Gryff I.

11. Gryff. Título: Gryff I, *o de joelhos fortes* (118-127). Filho de Brystan II, *o Velho*. Assumiu devido à pouca idade dos sobrinhos e não deixou herdeiros.
12. Brenyn. Título: Brenyn I, *o Justo* (127-131). Filho de Wedyus I. Assumiu devido a não sucessão de Gryff I. Não deixou herdeiros.
13. Olynydd. Título: Olynydd I (131-147). Filho de Wedyus I. Assumiu devido a não sucessão de Brenyn I.
14. Dylyn. Título: Olynydd II (147-150). Assassinado pelo primo Coedwig I.
15. Codwyg. Título: Codwyg I, *o Vil* (150-185). Neto de Wedyus I. Deposto por Anush I, de Vahan.

CASA DOS VAHANIANOS (185-186)

16. Anush. Título: Anush I, *o vahaniano* (185-186). Depôs Coedwig I, mas morreu não muito tempo depois.

CASA DOS DRAUSUS (186-187)

17. Codwyg. Título: Codwyg I (186-188). Reassumiu o trono, mas Sieghard se encontrava sob domínio de maioria vahaniana.
18. Mabwyg. Título: Codwyg II, *defensor de ferro* (186-187), morto pelos vahanianos.

CASA DOS VAHANIANOS (187-213)

19. Arax. Título: Anush II, *o Grande* (187-206). Filho de Anush I. Após a morte de Mabwig, levou o reino novamente para Vahan.
20. Gadar. Título: Gadar I, *o bastardo* (206-211). Filho ilegítimo de Arax. Reinou nas outras partes de Sieghard, enquanto seu meio-irmão (Parx) reinava somente em Vahan.
21. Parx. Título: Anush III, *o legítimo* (211-213). Filho legítimo de Arax. Planeja unificar o reino, mas seu meio-irmão (Gadar) morre antes. Consegue o feito sem muitos esforços.

CASA DOS DRAUSUS (213-238)

22. Tewlus. Título: Tewlus I, *o Sábio*. (213-237). Faz um acordo com Parx, deixando Vahan como um região independente e assume o trono de Sieghard. Não deixa herdeiros.
23. Cledyff. Título: Cledyff I (237-238). Morto pelos povos do norte, das terras de além-escarpas.
24. Etyfedd. Título: Cleddyf II, *o Herdeiro* (238-238). Recebe o trono após a morte de Cledyff, mas abdica em favor de Kraig I.

CASA DOS HOMENS DO NORTE (DOS KRAIGEN) (238-336)

25. Kraig. Título: Kraig I, *o Conquistador* (238-259). Reclamou o direito ao trono após a morte de Tewlus I (falecido sem descendência), por ser parente da mãe do rei. Após ter o direito negado, atacou Sieghard até conquistá-lo em 238.
26. Rettig. Título: Kraig II, *o Ruivo* (259-282).
27. Stray. Título: Kraig III, *o Justo* (282-317). Somente deixou filhas.
28. Ragnar. Título: Ragnar I (317-335). Sobrinho de Kraig III.
29. Bramar. Título: Ragnar II, *o Breve* (335-336). Morre sem deixar herdeiros.

CASA DE ASKALOR (336-454)

30. Nogah. Título: Nogah I, *o de barba curta* (336-371). Neto de Kraig III.
31. Zekariah Título: Nogah II, *o Valente* (371-381).
32. Diklah. Título: Nogah III, *o de baixa estatura* (381-390).
33. Beulah. Título: Nogah IV (390-398).
34. Goliah. Título: Nogah V (398-400). Não deixa herdeiros.
35. Marcus. Título: Marcus I, *o Velho* (400-454). Primo de Nogah V. Desaparece ao levar um dos herdeiros de seu filho Marcellus para o sacrifício nos penhascos de Bogdana.

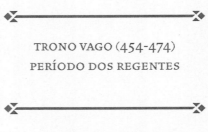

TRONO VAGO (454-474)
PERÍODO DOS REGENTES

CASA DE ASKALOR (474-477)

36. Marcellus. Título: Marcus II, *o Ousado* (474-477). Assume o poder contra a vontade de muitos nobres que esperavam pelo retorno de Marcus I. É assassinado durante a invasão dos exércitos de Linus.

CASA DE FIRDAUS (477-)

37. Linus. Título: Linus I, *o Usurpador* (477-). Invade Sieghard e assume o poder.

Partituras

Conflitos

Ode à Alódia

O Peixe Trapaceiro

Este livro foi composto em
Vendetta OT (corpo) e Amador
(títulos e capitulares) em Junho de
2024 e impresso em Triplex 250 g/m²
(capa) e Pólen Soft 80g/m² (miolo).